d

Bernhard Schlink

Die Heimkehr

Roman

Diogenes

Alle Rechte vorbehalten
Copyright © 2006
Diogenes Verlag AG Zürich
www.diogenes.ch
150/06/52/2
ISBN 13: 978 3 257 06510 7
ISBN 10:   3 257 06510 8

I

Die Ferien meiner Kindheit verbrachte ich bei den Großeltern in der Schweiz. Meine Mutter brachte mich zum
Bahnhof, setzte mich in den Zug, und wenn ich Glück hatte, konnte ich sitzen bleiben und kam nach sechsstündiger
Fahrt an dem Bahnsteig an, an dem der Großvater mich erwartete. Wenn ich Pech hatte, mußte ich an der Grenze umsteigen. Einmal saß ich danach weinend im falschen Zug, bis
ein freundlicher Kondukteur mir die Tränen trocknete und
mich nach ein paar Stationen in einen anderen Zug setzte
und dem nächsten Kondukteur anvertraute, der mich auf die
gleiche Weise an den übernächsten weitergab, so daß ich von
einer Stafette von Kondukteuren ins Ziel befördert wurde.

Ich genoß die Bahnfahrten: das Vorüberziehen der Land-
schaften und Orte, die Geborgenheit des Abteils, die Selb-
ständigkeit. Ich hatte Fahrkarte und Paß, Proviant und Lektüre, brauchte niemanden und mußte mir von niemandem
etwas sagen lassen. In den Schweizer Zügen vermißte ich die
Abteile. Dafür war jeder Sitzplatz ein Fenster- oder Gang-
platz und mußte ich nicht befürchten, in der Mitte eines Abteils eingezwängt zu werden. Außerdem war das helle Holz
der Schweizer Sitze schmucker als das deutsche rotbraune
Plastik, wie das Grau der Waggons, die dreisprachige Auf-

5

schrift »SBB – CFF – FFS« und das Wappen mit dem weißen Kreuz im roten Feld edler waren als das schmutzige Grün mit der Aufschrift »DB«. Ich war stolz, ein halber Schweizer zu sein, auch wenn ich die Schäbigkeit der deutschen Züge heimatlich fand wie die Schäbigkeit der Stadt, in der meine Mutter und ich wohnten, und der Menschen, mit denen wir lebten.

Der Bahnhof der großen Stadt am See, an dem meine Reise endete, war ein Kopfbahnhof. Ich mußte nur den Bahnsteig entlanggehen und konnte den Großvater nicht verfehlen: groß und kräftig, mit dunklen Augen, buschigem weißen Schnurrbart und Glatze, in heller Leinenjacke, mit Strohhut und Spazierstock. Er strahlte Verläßlichkeit aus. Er blieb für mich groß, auch als ich ihn überragte, und kräftig, auch als er sich auf den Spazierstock stützen mußte. Noch als ich Student war, nahm er mich beim Gehen gelegentlich an der Hand. Es machte mich verlegen, war mir aber nicht peinlich.

Die Großeltern wohnten am See ein paar Orte weiter, und wenn das Wetter schön war, nahmen Großvater und ich nicht die Bahn, sondern das Schiff. Am liebsten hatte ich den großen, alten Raddampfer, in dessen Mitte man die ölig glänzenden bronzenen und stählernen Stangen und Kolben der Maschine arbeiten sah. Er hatte viele Decks, offene und geschlossene. Wir standen auf dem vorderen offenen Deck, atmeten den Wind und sahen am Ufer die kleinen Städte auftauchen und verschwinden, um das Schiff die Möwen kreisen und auf dem See die Segelboote mit ihren prallen Segeln prunken und die Wasserskifahrer ihre Kunststücke vollführen. Manchmal sahen wir hinter den Bergen die Alpen, und der Großvater nannte die Gipfel beim Namen. Jedesmal kam es mir wieder wie ein Wunder vor, daß die Straße des Lichts, die die Sonne aufs Wasser wirft, ruhig gleißend in der Mitte und an den Rändern in tanzende Splitter zerspringend, mit dem Schiff mitwanderte. Ich bin sicher, daß schon der Großvater mir erklärt hat, daß das seine optische Richtigkeit hat. Aber noch heute kommt es mir jedesmal wie ein Wunder vor. Die Straße des Lichts beginnt da, wo ich gerade bin.

2

Im Sommer, als ich acht war, hatte meine Mutter kein Geld für meine Fahrkarte. Sie fand, ich weiß nicht, wie, einen Fernfahrer, der mich bis zur Grenze mitnehmen und dort einem anderen Fernfahrer übergeben sollte, der mich bei den Großeltern absetzen würde.

Treffpunkt war der Güterbahnhof. Meine Mutter hatte zu tun und konnte nicht bleiben; sie stellte mich mit meinem Koffer an die Einfahrt und schärfte mir ein, mich nicht von der Stelle zu rühren. Ich stand und sah jedem vorbeifahrenden Lastwagen ängstlich entgegen und erleichtert und enttäuscht hinterher. Sie ragten höher, dröhnten lauter und stanken schwärzer, als ich bisher bemerkt hatte. Es waren Ungetüme.

Ich weiß nicht, wie lange ich gewartet habe. Ich hatte noch keine Uhr. Nach einer Weile setzte ich mich auf den Koffer und sprang mehrmals auf, wenn es schien, als werde ein Lastwagen langsamer und wolle anhalten. Schließlich hielt einer an, der Fahrer hob mich und den Koffer ins Fahrerhäuschen und der Beifahrer in das hohe Bett hinter der Fahrerbank. Ich solle den Mund halten, den Kopf nicht über den Bettrand strecken und schlafen. Es war noch hell, aber auch als es dunkel wurde, konnte ich nicht schlafen. Am Anfang drehten sich Fahrer oder Beifahrer ab und zu um und schimpften, wenn mein Kopf über den Bettrand ragte. Dann vergaßen sie mich, und ich sah hinaus.

Mein Blickfeld war klein, aber ich konnte durch das Seitenfenster neben dem Beifahrer die Sonne untergehen sehen. Vom Gespräch zwischen Fahrer und Beifahrer verstand ich nur Bruchstücke; es ging um Amerikaner, Franzosen, Lieferungen und Zahlungen. Beinahe hätte mich das gleichmäßig schlagende Geräusch, die gleichmäßige, gedämpfte Erschütterung eingelullt, als der Lastwagen über die großen Platten fuhr, aus denen der Belag der Autobahn damals bestand. Aber bald war die Autobahn zu Ende, und wir fuhren über schlechte, bergige Landstraßen, auf denen der Fahrer den Schlaglöchern nicht ausweichen konnte und ständig rauf- und runterschalten mußte. Es war eine unruhige Fahrt durch die Nacht.

Immer wieder hielt der Lastwagen an, tauchten Gesichter in den Seitenfenstern auf, stiegen Fahrer und Beifahrer aus, öffneten die Ladetür und schoben und schichteten auf der Ladefläche. Manche Stationen waren Fabriken und Lager mit hellen Lampen und lauten Stimmen, andere dunkle Tankstellen, Parkplätze und Feldwege. Vielleicht haben Fahrer und Beifahrer mit der Erledigung ihrer Aufträge noch die Besorgung eigener Geschäfte verbunden, geschmuggelt oder gehehlt und dadurch länger gebraucht als geplant.

Jedenfalls waren wir zu spät an der Grenze, war der andere Lastwagen schon weg und saß ich ein paar Stunden im Morgengrauen auf einem Platz in einer Stadt, deren Namen ich nicht mehr weiß. Um den Platz standen eine Kirche, das eine und andere neue Haus und mehrere Häuser ohne Dächer und mit leeren Fenstern. Im ersten Licht der Sonne kamen Leute und bauten einen Markt auf; sie brachten Säcke, Kisten und Körbe auf großen, flachen, zweirädrigen Karren, zwischen deren Gestänge sie sich mit einer Schlinge über der Schulter gespannt hatten. Ich hatte die ganze Nacht vor dem Kapitän und dem Steuermann des Lastwagens Angst gehabt, vor einem Überfall durch Piraten, einem Unfall und davor, ich müsse aufs Klo. Jetzt hatte ich ebensoviel Angst davor, jemandem aufzufallen, der dann über mich verfügen würde, wie davor, daß niemand mich bemerken und sich um mich kümmern würde.

Als die Sonne so warm schien, daß es mir auf der schattenlosen Bank, von der ich mich nicht wegtraute, unangenehm wurde, hielt vor mir ein Auto mit offenem Verdeck am Rand der Straße. Der Fahrer blieb sitzen, die Beifahrerin stieg aus, lud meinen Koffer in den Kofferraum und wies mich auf den Rücksitz. War es das große Auto, die auffällige Kleidung von Fahrer und Beifahrerin, das Selbstbewußte und Unbeschwerte ihrer Gesten oder der Umstand, daß sie mir, als wir über der Grenze in der Schweiz waren, das erste Eis meines Lebens kauften – lange stellte ich mir, wenn ich von reichen Leuten reden hörte oder las, sie vor. Waren sie Schmuggler oder Hehler wie der Fernfahrer? Auch sie waren mir nicht geheuer, obwohl sie, beide jung, mich auf nette Art wie einen kleinen Bruder behandelten und rechtzeitig zum Mittagessen bei den Großeltern absetzten.

3

Das Haus, in dem die Großeltern wohnten, war von einem
Architekten gebaut worden, der in der Welt herumgekom-
men war. Weit vorstehendes, von kunstvoll zugehauenen
Holzstreben gestütztes Dach, ein trutziger Erker im ersten
und ein mit Wasserspeiern geschmückter Balkon im zweiten
Geschoß, die Fenster mit Stein in Stein gefügten Rundbo-
gen – das Haus war kolonialer Landsitz, spanische Burg und
romanisches Kloster. Aber alles paßte zusammen.

Außerdem hielt der Garten es zusammen: links zwei hohe
Tannen, rechts ein großer Apfelbaum, vor dem Haus eine
alte, dichte Buchshecke und die rechte Seite des Hauses mit
wildem Wein bewachsen. Der Garten war groß; zwischen
Straße und Haus lag eine Wiese, neben dem Haus gab es auf
der rechten Seite Gemüsebeete, Tomaten- und Bohnenstau-
den, Himbeer- und Johannisbeerbüsche, eine Brombeer-
hecke und einen Komposthaufen, auf der linken Seite einen
breiten Kiesweg, der zur rückwärtigen Seite des Hauses führte, zu dem von zwei Hortensienbüschen gerahmten Eingang.
Der Kies knirschte unter den Schritten, und wenn der Großvater und ich vor dem Eingang standen, hatte die Großmutter uns schon kommen gehört und machte die Tür auf.

Das Knirschen des Kieses, das Summen der Bienen, der
Klang der Hacke oder des Rechens bei der Gartenarbeit –

seit den Sommern bei den Großeltern sind es Sommergeräusche. Wie der bittere Geruch des sonnenwarmen Buchses und der faulige des Komposts Sommergerüche sind. Wie die Stille des frühen Nachmittags, in der kein Kind ruft, kein Hund bellt und kein Wind weht, Sommerstille ist. Durch die Straße, an der meine Mutter und ich wohnten, führte dichter Verkehr; wenn die Straßenbahn oder ein Lastwagen vorbeifuhren, klirrten die Scheiben, und wenn beim Abriß und Aufbau der zerbombten Nachbarhäuser die Baumaschinen im Einsatz waren, zitterten die Böden. Bei den Großeltern gab es kaum Verkehr, nicht vor dem Haus und nicht im Ort. Wenn ein Pferdefuhrwerk vorbeifuhr, hieß mein Großvater mich Schaufel und Eimer holen, und in aller Ruhe folgten wir dem Fuhrwerk und sammelten die Pferdeäpfel für den Komposthaufen ein.

Im Ort gab es den Bahnhof, die Schiffsanlegestelle, ein paar Geschäfte und zwei oder drei Gasthöfe, darunter einen alkoholfreien, in dem die Großeltern manchmal am Sonntag mit mir zu Mittag aßen. Jeden zweiten Tag ging der Großvater einkaufen und machte die Runde vom Milch- und Käsegeschäft zur Bäckerei und zum Lebensmittelgeschäft der Genossenschaft, manchmal zur Apotheke oder zum Schuster. Er trug seine helle Leinenjacke und eine ebenso helle Leinenkappe, hatte in der Jackentasche ein Büchlein, das die Großmutter aus hier und da anfallendem leeren Papier nähte und in das sie die Einkaufsaufträge schrieb, hielt mit der einen Hand seinen Stock und an der anderen mich. Ich trug die alte, lederne Einkaufstasche, die, weil wir jeden zweiten Tag einkaufen gingen, nie so voll war, daß ich mich beim Tragen schwergetan hätte.

Ging der Großvater jeden zweiten Tag mit mir einkaufen, um mir eine Freude zu machen? Ich liebte die Einkaufsgänge: den Appenzeller und Greyerzer Geruch im Milch- und Käsegeschäft, den Duft des frischen Brots in der Bäckerei, die Warenfülle im Lebensmittelgeschäft. Es war so viel schöner als der kleine Laden, zu dem mich meine Mutter schickte, weil sie bei ihm anschreiben lassen konnte.

Nach dem Einkaufen gingen wir an den See, fütterten die Schwäne und Enten mit altem Brot und sahen den Schiffen zu, die vorbeifuhren oder an- und ablegten. Auch hier war es ruhig. Die Wellen schlugen schmatzend an die Ufermauer – auch das ein Sommergeräusch.

Dann gab es noch die Geräusche des Abends und der Nacht. Ich durfte aufbleiben, bis die Amsel gesungen hatte. Wenn ich im Bett lag, hörte ich kein Auto und keine Stimmen; ich hörte die Kirchturmuhr die Zeit schlagen und auf der Strecke zwischen Haus und See halbstündlich den Zug vorbeifahren. Zunächst zeigte der seeaufwärts gelegene Bahnhof dem seeabwärts gelegenen mit einem Glockenton an, daß der Zug den Bahnhof verließ, wenige Minuten drauf fuhr der Zug vorbei, und wieder einige Minuten später signalisierte der seeabwärts gelegene Bahnhof die Abfahrt des Zugs. Dieser Bahnhof war weiter weg als der andere; ich hörte den zweiten Glockenton nur schwach. Eine halbe Stunde später kam der seeaufwärts fahrende Zug und wiederholten sich die Geräusche in umgekehrter Reihenfolge. Kurz nach Mitternacht fuhr der letzte Zug. Danach rauschte vielleicht noch der Wind in den Bäumen oder der Regen auf dem Kies. Sonst war es völlig still.

4

Nie hörte ich, wenn ich im Bett lag, Schritte auf dem Kies. Meine Großeltern gingen abends weder aus, noch bekamen sie Besuch. Erst als ich schon mehrere Sommer bei ihnen gewesen war, begriff ich, daß sie abends arbeiteten.

Anfangs hatte ich mir keine Gedanken gemacht, wovon sie lebten. Mir war klar, daß sie ihr Geld nicht wie meine Mutter verdienten, die morgens aus dem Haus ging und am späten Nachmittag wiederkam. Mir war auch klar, daß vieles, aber nicht alles, was auf den Tisch kam, in ihrem Garten gewachsen war. Ich wußte sogar schon, was Rente ist, hörte die Großeltern aber nie jammern, wie ich zu Hause beim Einkaufen oder im Hausflur ältere Leute über ihre Rente jammern hörte, und stellte sie mir daher auch nicht als Rentner vor. Ich stellte mir ihre finanzielle Situation überhaupt nicht vor.

Als mein Großvater starb, hinterließ er Lebenserinnerungen. Erst aus ihnen erfuhr ich, woher er kam, was er gemacht und wovon er gelebt hatte. So gerne er auf unseren Spaziergängen und Wanderungen erzählte, so wenig erzählte er von sich. Dabei hätte er manches zu erzählen gehabt.

Er hätte von Amerika erzählen können. In den 90er Jahren des 19. Jahrhunderts war sein Vater nach einem Erdrutsch, der sein Haus und seinen Garten verwüstet hatte, das Leben im Dorf leid und wanderte, wie viele andere aus dem Dorf, mit Frau und vier Kindern nach Amerika aus. Die Kinder sollten wackere Amerikaner werden. Mit dem Zug nach Basel, mit dem Schiff nach Köln und weiter mit Zug, Schiff und Wagen nach Hamburg, New York, Knoxville und Handsborough – die Lebenserinnerungen berichten von der Großartigkeit des vollendeten Kölner Doms, der Weite der Lüneburger Heide, dem ruhigen und dem stürmischen Meer, der Begrüßung durch die Freiheitsstatue und in Amerika von Begegnungen mit Verwandten, die schon früher ausgewandert und reüssiert oder gescheitert waren. In Handsborough starben zwei Geschwister meines Großvaters, und ein hartherziger Verwandter erlaubte nicht, daß sie auf, sondern nur, daß sie neben seinem Friedhof begraben wurden – endlich verstand ich die Photographie aus dem Schlafzimmer der Großeltern, die vor einem kleinen, hübschen, von schmiedeeisernem Gitter mit steinernem Tor umgebenen Friedhof zwei durch Bretter abgesteckte, armselige Gräber zeigte. Die Auswanderer kamen zurecht, wurden aber nicht glücklich. Sie hatten Heimweh, eine Krankheit, die tödlich sein kann. Großvaters Erinnerungen berichten, wie oft in der Kirche des Dorfs verlesen und im Kirchbuch vermerkt wurde, daß der Soundso in Wisconsin oder in Tennessee oder in Oregon an Heimweh gestorben war. Fünf Jahre nachdem die Auswanderer zu sechst aufgebrochen waren, kehrten sie zu viert mit den großen Koffern, die ihnen der Schreiner des Dorfs gefertigt hatte, heim.

Mein Großvater hätte auch von Italien und Frankreich erzählen können. Nachdem er Weberei und Spinnerei gelernt hatte, arbeitete er mehrere Jahre in Turin und Paris, und wieder offenbaren seine Erinnerungen, wie interessiert er die Sehenswürdigkeiten besichtigt und Land und Leute kennengelernt hat, den kärglichen Lohn, die elenden Wohnungen und den Aberglauben der Arbeiter und Arbeiterinnen in Piemont, den Konflikt zwischen Katholizismus und Laizismus und das Erstarken des Nationalismus in Frankreich. Wieder offenbaren die Erinnerungen auch, wie ihn das Heimweh gequält hat. Die Übernahme der Leitung einer Schweizer Spinnerei, die Eheschließung und Gründung eines Hausstands, der Kauf eines Hauses auf Schweizer Boden – endlich lebte er nicht mehr wider die eigene Natur, sondern mit ihr.

Als er am Vorabend des Ersten Weltkriegs in die Leitung einer deutschen Spinnerei wechselte, mußte er die Heimat nicht aufgeben. Er wurde ein Grenzgänger, bis in der Inflation nach dem Ersten Weltkrieg sein Gehalt schon in Deutschland und erst recht in der Schweiz nichts wert war. Er versuchte, es sofort nach Erhalt für Dinge von bleibendem Wert auszugeben, und noch heute habe ich eine der schweren, wollenen Decken, die er zahlreich aus einem aufgelösten deutschen Pferdelazarett erworben hat und die tatsächlich unverwüstlich sind. Aber Pferdedecken nähren die Frau, die gesund und kräftig sein, schwanger werden und gebären soll, nicht, und so übernahm der Großvater wieder die Leitung einer Schweizer Spinnerei.

Er hat den Deutschen die Treue gehalten. Immer hat ihn das Schicksal der Deutschen im Ausland bewegt – vielleicht weil er dachte, sie müßten so heimwehkrank sein, wie er oft heimwehkrank gewesen war. Wenn die Großmutter kochte, half er ihr, und zu seinen Pflichten gehörte, das kugelige metallene Netz mit dem gewaschenen, nassen Salat vor die Haustür zu tragen und zu schwenken, bis der Salat trocken war. Wieder und wieder passierte es, daß er lange nicht wiederkam und die Großmutter mich nach ihm schickte. Dann fand ich ihn vor der Haustür stehen und versonnen auf die Tropfen sehen, die er beim Schwenken über die Steinplatten vor dem Eingang verstreut hatte. »Was ist, Großvater?« Die Tropfen erinnerten ihn an die in die Welt zerstreuten Deutschen.

Nachdem die Großeltern den Ersten Weltkrieg, die Grippe und die Inflation überstanden hatten, nachdem der Großvater mit der Leitung der Schweizer Spinnerei Erfolg und auch zwei Patente angemeldet und profitabel verkauft hatte, kam endlich der Sohn. Ab jetzt ist in die Lebenserinnerungen gelegentlich eine Photographie eingeklebt: mein Vater mit gefalteter papierener Mütze auf dem Kopf und Steckenpferd zwischen den Beinen, die Familie am Tisch im Gartenhäuschen, mein Vater in Anzug und mit Krawatte am ersten Tag auf dem Gymnasium, die Familie mit Fahrrädern, jeder mit einem Fuß auf dem Boden und einem auf dem Pedal, als gehe es sofort los. Einige Photographien lagen lose in den Lebenserinnerungen. Mein Großvater als Schüler, als junger Ehemann, als Ruheständler und wenige Jahre vor seinem Tod. Immer schaut er ernst, traurig, verloren vor sich hin, als nehme er niemanden wahr. Auf dem letzten Bild ragt sein altersdünner Hals mit dem zerfurchten Gesicht aus dem weiten Hemdkragen wie der Kopf einer Schildkröte aus dem Panzer; der Blick ist furchtsam geworden und die Seele bereit, sich hinter Menschenscheu und Eigensinn zurückzuziehen. Er hat mir einmal erzählt, daß er lebenslang an

Kopfschmerz litt, von der linken Schläfe über das linke Ohr zum Hinterkopf, »wie die Feder am Hut«. Über Depressionen hätte er zu mir nicht gesprochen, und er wußte wohl gar nicht, daß Traurigkeit, Verlorenheit und Furchtsamkeit einen Befund darstellen können, der einen Namen hat – wer wußte das damals schon. So weit, daß er nicht aufstehen, nichts machen, nicht arbeiten konnte, ging es nur selten.

Mit fünfundfünfzig setzte er sich zur Ruhe. Die Arbeit in den Spinnereien war Brotberuf gewesen, seine Leidenschaft hatte der Geschichte, der Gesellschaft, der Politik gehört. Er kaufte mit Freunden eine Zeitung und wurde deren Herausgeber. Aber mit ihrer Position zur Schweizer Neutralität stand die Zeitung gegen die öffentliche Meinung, und mit ihren geringen finanziellen Mitteln war sie dem Konkurrenzkampf nicht gewachsen. Er und seine Freunde hatten mit dem Unternehmen mehr Sorgen als Freude und mußten es nach einigen Jahren wieder aufgeben. Immerhin hatte die Tätigkeit als Herausgeber den Großvater in Kontakt mit Verlegern gebracht, und seine letzte, Abend um Abend zusammen mit der Großmutter besorgte Arbeit war die Redaktion einer Heftereihe »Romane zur Freude und zur guten Unterhaltung«.

5

Der Liebe zur Geschichte lebte er in den Büchern, die er las, und auf den Wegen, die er mit mir machte. Kein Spaziergang, keine Wanderung, kein Marsch, wie er gerne sagte, auf dem er mir nicht Begebenheiten aus der Schweizer und deutschen Geschichte und besonders der Militärgeschichte erzählte. Er hatte einen schier unerschöpflichen Schatz von Schlachtplänen im Kopf, die er mit dem Spazierstock auf den Boden zeichnete: Morgarten, Sempach, Sankt Jakob an der Birs, Grandson, Murten, Nancy, Marignano, Roßbach, Leuthen, Zorndorf, Waterloo, Königgrätz, Sedan, Tannenberg und viele andere, die ich vergessen habe. Dazu hatte er die Gabe, lebendig und packend zu erzählen.

Ich hatte Lieblingsschlachten, deren Geschichte ich immer wieder hören wollte. Die Schlacht bei Morgarten. Herzog Leopold führt die Blüte der österreichischen Ritterschaft wie zu einer Jagdpartie; er will einen leichten Sieg erringen, die vermeintlich waffen- und wehrlosen Eidgenossen zu Paaren treiben und rasche Beute machen. Aber die Eidgenossen sind kampferprobt und -bereit. Sie wissen, wofür sie kämpfen: für die Freiheit, für Haus, Herd, Weib und Kind. Sie wissen auch, wo Leopold vorrücken wird. Der Ritter von Hünenberg, guter Nachbar und Freund der Eidgenossen, hat einen Pfeil in ihr Lager geschossen und daran ein Pergament mit einer Warnung geheftet. So erwarten sie das österreichische Heer, das zwischen dem Ägerisee und der Höhe Morgarten hindurchmuß, auf der Höhe. Als es sich auf der schmalen Straße staut und drängt, rollen sie Felsbrocken und Baumstämme hinab und werfen die einen in den See, dann brechen sie hervor und machen die anderen nieder. Die Ritter, die fliehen wollen, werden von den schweren Rüstungen ins nasse Grab gezogen.

Die Tapferkeit der Eidgenossen beeindruckte mich. Zugleich beschäftigte mich der Pfeilschuß des Ritters von Hünenberg. War das nicht Verrat? Schmälerte der Verrat nicht die Tat der Eidgenossen?

Der Großvater nickte. »Das hat dein Vater auch gefragt.«

»Und?«

»Der Ritter war frei. Er mußte nicht zu den Österreichern halten, sondern konnte sich auch auf die Seite der Schweizer oder auf keine Seite schlagen.«

»Aber er hat nicht an der Seite der Schweizer gekämpft. Er hat heimlich gehandelt.«

»Er hätte den Schweizern nicht mehr helfen können, wenn er mit ihnen gekämpft hätte. Wenn man das Richtige nur heimlich machen kann, wird es durch die Heimlichkeit nicht falsch.«

Ich wollte wissen, was aus dem Ritter von Hünenberg geworden war, aber mein Großvater wußte es nicht.

Die Schlacht von Sempach. Wieder vertrauen die Österreicher auf ihre schweren Rüstungen, wieder verkennen sie Kampfgeschick und Kampfesmut der Hirten und Bauern. Zwar gelingt es den Eidgenossen bis Mittag nicht, mit ihrem

Angriffskeil in die speerstarrende Front der Österreicher einzubrechen. Aber am heißesten Tag des Jahres läßt die Sonne das Eisen der Ritter glühen und schwerer und schwerer werden. Als Arnold Winkelried so viele Speere packt, wie er kann, sich in sie stürzt und sie unter sich begräbt, sind die Österreicher zu ermattet, als daß sie dem Einbruch der Eidgenossen noch viel entgegenzusetzen hätten. Wieder erleiden sie eine völlige Niederlage.

Anfänglich erstaunte mich nur, daß Arnold Winkelried bei seiner Heldentat noch den langen Satz sagen konnte: »Eidgenossen, ich will der Freiheit eine Gasse schlagen. Sorgt für mein Weib und meine Kinder!«

Aber mein Großvater ruhte nicht, bis ich begriff, daß die Österreicher verloren, weil sie aus dem Schaden von Morgarten nicht klug geworden waren. »Die Unterschätzung der Schweizer, die schweren Rüstungen, die Widrigkeiten der Natur, diesmal nicht des Wassers, sondern der Sonne – Fehler zu machen kann niemand vermeiden. Aber niemand muß den gleichen Fehler noch mal machen.«

Als ich diese Lektion begriffen hatte, kam die nächste. »Es gilt, nicht nur aus dem Schaden klug zu werden, den man erleidet, sondern auch aus dem, den man zufügt.« Er erzählte von den Engländern, die die Franzosen im Hundertjährigen Krieg mit ihren langen Bogen Schlacht um Schlacht besiegten, aber fassungslos waren, als die Franzosen schließlich auch lange Bogen bauten und erfolgreich einsetzten.

Die Schlacht bei St. Jakob an der Birs. Schon der Name der Gegner der Eidgenossen klang furchterregend: Armagnaken. Der Großvater beschrieb das Heer von 30 000 Mann: Söldner aus Frankreich, Spanien und England, am Ende des

Hundertjährigen Kriegs kampfgestählt, aber auch zu Raub und Grausamkeit verkommen. Der französische König braucht sie nicht mehr und stellt sie gerne den Österreichern gegen die Eidgenossen zur Verfügung und den nach der Krone begehrenden Dauphin an ihre Spitze. Dagegen stehen 1500 Eidgenossen. Nicht zum Angriff, sondern nur zur Erkundung ausgeschickt, aber vom ersten siegreichen Scharmützel zum nächsten und zum übernächsten verführt, haben sie schließlich das ganze Heer der Armagnaken gegen sich. Sie ziehen sich in das Siechenhaus von St. Jakob zurück und halten es bis in den Abend und bis zum letzten Mann. Die Armagnaken siegen, erleiden aber so hohe Verluste, daß sie die Lust am Krieg verlieren und Frieden schließen.

»Was gibt es daraus zu lernen?«

Der Großvater lachte. »Daß man auch das Verrückte mit vollem Einsatz tun muß. Daß es dann manchmal das Richtige ist.«

6

Es gab noch ein anderes Feld, von dem mein Großvater Geschichten über Geschichten zu erzählen wußte: Fehlurteile.
Auch hier hatte ich Lieblingsgeschichten, die er mir immer
wieder erzählen mußte. Auch hier hatten wir Gespräche
über die Moral der Geschichten. Sie waren schwierig. Denn
obwohl die Ungerechtigkeit das Fehlurteil definiert, haben
die berühmten Fehlurteile oft eine über die Ungerechtig-
keitswirkung hinausgehende historische Bedeutung und
schlägt die Ungerechtigkeits- manchmal sogar in eine Gerechtigkeitswirkung um.

Der Prozeß des Grafen von Schmettau gegen den Müller
Arnold. Der Müller verweigert dem Grafen die Pacht, weil
der Landrat ihm durch die Anlage eines Karpfenteichs das
Wasser abgegraben habe, worauf der Graf ihn verklagt. Der
Graf gewinnt in der ersten, der zweiten und der letzten In-
stanz vor dem Kammergericht in Berlin. Der Müller schreibt
an Friedrich den Großen, der Begünstigung, Bestechung und
schändliches Lumpenwerk argwöhnt und anordnet, daß die
Richter ins Gefängnis geworfen werden, der Landrat abgesetzt, der Karpfenteich zugeschüttet und das Urteil gegen
den Müller aufgehoben wird. Das war Willkür und Unrecht, denn die Mühle hatte reichlich Wasser, die Pacht hät-

te erwirtschaftet und gezahlt werden können, und der Müller war ein Spitzbub. Aber es begründete das Ansehen Friedrichs als eines gerechten Königs und Preußens als eines Staats, in dem vor dem Richter alle gleich sind, der Schwache wie der Starke, der Arme wie der Reiche.

Bei der Geschichte vom Prozeß gegen die Jungfrau von Orleans verkehrt sich die Ungerechtigkeits- zwar nicht in eine Gerechtigkeitswirkung, hat aber doch einen Ertrag, der anders schwerlich zu haben gewesen wäre. Sechzehnjährig kommt Johanna, das schöne Bauernmädchen, an den Hof Karls, der zu schwach ist, die Engländer zu besiegen und sich in Reims zum französischen König krönen zu lassen. Frankreich ist drauf und dran, unter die Herrschaft der Engländer zu fallen. Das Wunder will, daß Johanna das französische Heer in die Schlacht und zum Sieg führt, daß sie Orleans erobert, Karls Krönung zum französischen König ermöglicht und auf Paris marschiert. Da wird sie gefangengenommen und an die Engländer verkauft. Der König, der sie vielleicht befreien könnte, tut nichts. Die Standhafte wird gefoltert und vergewaltigt, von Bischof Pierre Couchon wegen Zauberei und Hexerei zum Tode verurteilt und verbrannt. Aber Prozeß und Urteil machen sie zur Märtyrerin Frankreichs, zur Symbolgestalt seiner Befreiung, und zwanzig Jahre später sind die Engländer vertrieben. Wie es ohne den Müller Arnold keinen preußischen Rechtsstaat gegeben hätte, so ohne Johanna keine Befreiung Frankreichs.

Eine Geschichte war dagegen nur gräßlich. Sie war allerdings auch nicht berühmt. 1846 liebt Mennon Elkner, die schöne Tochter eines protestantischen Schneiders in Nancy, Eugen Duirwiel, den Sohn des katholischen Scharfrichters, und wird wiedergeliebt. Der Scharfrichter, dem die Liebe der beiden von einer Nachbarin des Schneiders überbracht wird, will eine Heirat nicht zulassen und preßt Mennon eine Erklärung ab, daß sie sich von Eugen lossagt. Sie ist doppelt verzweifelt; sie hat den Geliebten verloren und ist schwanger. Die beiden toten Knaben, die sie zur Welt bringt, vergräbt sie im Garten. Aber wieder hat die Nachbarin spioniert; Mennon wird verhaftet, des doppelten Kindesmords angeklagt und zum Tod durchs Schwert verurteilt. Man ahnt schon, was kommt. Aber es kommt noch viel schlimmer. Eugen hat vom Vater das Amt des Scharfrichters übernommen und betritt den Richtplatz zu seiner ersten Hinrichtung, von der er nur weiß, daß er sie an einer doppelten Kindsmörderin vollziehen muß. Als er Mennon erkennt, erblaßt er, ihm schwindelt, wanken die Knie und zittern die Hände. Vom Vater, der bei ihm steht, ermahnt und von den Amtspersonen gedrängt, schlägt er zweimal zu, verwundet Mennon an Kinn und Schulter, wirft dann das Schwert weg und will und kann nicht mehr. Aber die Stunde der Hinrichtung muß eingehalten, die Scharfrichterfamilienehre gerettet werden – der Vater ist außer sich und stürzt sich mit dem Messer auf Mennon, um das Werk des Sohns zu vollenden. Mit jedem Stich wird die Menge der Zuschauer unwilliger. Dann stürmt sie den Richtplatz.

Die Großmutter, die mir, wenn ich sie bat, Gedichte über die Schlachten von Lützen und Hochstädt, über den Müller Arnold und Johanna von Orleans aufsagte, kannte auch ein dichter- und kunstloses Gedicht über das Schicksal der schönen Mennon auswendig. Wenn der Großvater mit der Geschichte bis zum Aufruhr der Menge gekommen war, brach er ab. »Frag die Großmutter. Sie erzählt das Ende viel besser.«

Das ganze Gedicht kann ich nicht mehr. Die letzten beiden Strophen gehen etwa so:

Die Henker steinigt man von allen Seiten,
sie finden unter Qualen ihren Tod.
Kann man Mennon zur Rettung nun geleiten?
Sie lebet noch, sie flehet noch zu Gott!
Man trägt sie hoffnungsvoll zum Lazarette,
allein, dort stirbt sie bald in ihrem Bette.

Fünf Opfer zählt die gräßliche Geschichte.
Obwohl aus wahrer Liebe sie entsprang,
fand sie ihr Ende auf dem Blutgerichte.
Wem macht das nicht in tiefster Seele bang?
Mögen die Opfer dort, im besser'n Leben,
einand' die Hände zur Versöhnung geben.

7

Nur über die Poesie trat die Großmutter gelegentlich mit den Kriegen, Schlachten, Heldentaten, Prozessen und Urteilen in Berührung, die den Großvater beschäftigten. Sie hielt Krieg für ein dummes, dummes Spiel, das zu lassen Männer noch nicht reif waren und vielleicht nie reif sein würden. Sie sah dem Großvater seine kriegerische Leidenschaft nach, weil er sich mit ihr gegen den Alkohol, den sie für eine fast so schlimme Geißel wie den Krieg hielt, und für das Frauenstimmrecht verbündet hatte und ihre andere, friedliche, weibliche Sicht- und Denkweise immer respektierte.

Vielleicht war es überhaupt der Respekt, der diese Ehe gestiftet hatte und zusammenhielt. Eines Sommers, als der Großvater in Italien arbeitete, besuchte ihn seine Mutter. Sie kam, ihn daran zu erinnern, daß es an der Zeit sei, eine Familie zu gründen, und erzählte ihm von den Töchtern, bei denen er annehmen durfte, daß er nicht abgewiesen würde, falls er sich um sie bewerben sollte. Dabei erzählte sie ihm auch von seiner Base, die sie bei einem Begräbnis getroffen und die ihr gut gefallen hatte. Im Sommer darauf besuchte der Großvater seine Eltern, half bei der Heuernte und machte einsame Wanderungen zu den Burgen der Heimat, zu denen ihn sein geschichtliches Interesse zog, bis seine Mutter ihn aufforderte, einmal seine Tante zu besuchen. Dort traf er die Base, die er seit der Kindheit nicht mehr gesehen hatte. Eine Photographie aus diesen Jahren zeigt eine junge Frau mit üppigem dunklem Haar, wachem, stolzen Blick, einem Mund, dessen volle Lippen Sinnlichkeit versprechen und um den es zugleich zuckt, als wolle die schöne Frau jeden Moment fröhlich loslachen. Man fragt sich, wo die jungen Männer der Heimat ihre Augen hatten und wieso die Base auf ihren Vetter mit dem schon damals schütteren Haar wartete. Der beschreibt in seinen Lebenserinnerungen eine kurze Unterhaltung am Fenster, bei der er »überrascht war über ihre klugen Gedanken, die sie in ruhiger und fester Art bei gleichwohl bescheidenem Wesen ihrem zu Überheblichkeit neigenden Vetter gegenüber äußerte«. Danach wurden ein paar Briefe gewechselt, »was wir uns geschrieben haben, ist mir nicht mehr in Erinnerung«, der schriftliche Heiratsantrag wurde schriftlich angenommen, nach einem Jahr wurde Verlobung und nach noch mal einem Hochzeit gefeiert.

Ich weiß nicht, ob die Ehe glücklich war. Ich weiß aber auch nicht, ob die Frage nach dem Glück ihrer Ehe sinnvoll ist und ob die Großeltern sie sich selbst gestellt haben. Sie haben das Leben zusammen gelebt, in guten und in schlechten Tagen, haben einander geachtet und sich aufeinander verlassen. Ich habe nie erlebt, daß sie ernstlich gestritten hätten, aber oft, daß sie sich geneckt, gescherzt und gelacht haben. Sie hatten Freude aneinander und auch daran, sich miteinander zu zeigen, sie mit dem stattlichen Mann, der mein Großvater im Alter wurde, er mit der schönen Frau, die sie bis ins Alter blieb. Aber immer lag ein Schatten über den beiden. Alles war gedämpft: ihre Freude aneinander, ihr Scherzen und Lachen, ihre Gespräche über die Dinge der Welt. Der frühe Tod meines Vaters hatte einen Schatten auf ihr Leben geworfen, der nie wich.

Auch das begriff ich erst, als ich Großvaters Lebenserinnerungen las. Manchmal haben die Großeltern meinen Vater erwähnt, so angelegentlich, so selbstverständlich, daß ich nicht das Gefühl hatte, sie wollten sich der Auskunft über ihn verweigern. Ich erfuhr, welche von Großvaters Geschichten Vaters Lieblingsgeschichten gewesen waren, daß er Briefmarken gesammelt, im Chor gesungen, Handball gespielt, gezeichnet und gemalt und viel gelesen hatte, daß er kurzsichtig, ein guter Schüler und ein tüchtiger Jura-Student gewesen war und keinen Militärdienst geleistet hatte. Im Wohnzimmer hing ein Bild von ihm. Es zeigte einen schlanken jungen Mann im Fischgrätenknickerbockeranzug vor einer Mauer stehend, den rechten Arm auf ein Sims gestützt und die Waden übereinandergelegt. Die Haltung war entspannt, aber der Blick durch die Brille ungeduldig, als warte der junge Mann, was als nächstes passiert, um sich, wenn es nichts taugt, rasch anderem zuzuwenden. Ich fand Intelligenz, Entschlossenheit und ein bißchen Arroganz in seinem Gesicht, aber vielleicht nur, weil ich diese Eigenschaften selbst gerne haben wollte. Die Stellung unserer Augen war ähnlich, schräg, das eine Auge mehr als das andere. Sonst bemerkte ich keine Ähnlichkeit.

Das genügte mir. Meine Mutter sprach gar nicht von meinem Vater und hatte auch kein Bild von ihm aufgehängt oder -gestellt. Ich hatte von den Großeltern gehört, daß er mit dem Schweizerischen Roten Kreuz im Krieg gewesen und umgekommen sei. Im Krieg geblieben, gefallen, vermißt – ich habe diese Formeln der Endgültigkeit als Kind so oft gehört, daß sie mir lange wie Grabsteine vorkamen, an denen man nicht rüttelt. Die Porträtaufnahmen von Männern in Uniform, manchmal mit schwarzem Flor am Silberrahmen, die ich bei Schulkameraden sah, berührten mich so unangenehm wie die kleinen Bildchen der Toten, die in manchen Ländern auf Grabsteinen zu finden sind. Als lasse man den Toten ihre Ruhe nicht, zwinge sie ans Licht, verlange von ihnen noch im Tod Haltung. Wenn das die Art war, wie Witwen ihrer toten Männer sichtbar gedachten, dann war mir lieber, daß meine Mutter auf das sichtbare Gedenken verzichtete.

Aber so tot und weit weg mein Vater war – eines hat uns verbunden. Die Großmutter erzählte mir einmal, daß mein Vater Gedichte gemocht habe und daß John Maynard von Theodor Fontane eines seiner Lieblingsgedichte gewesen sei. Ich lernte es noch am selben Abend auswendig. Das gefiel ihr, und über die Jahre wies sie mich auf noch das eine und andere Gedicht hin, das mein Vater gemocht habe und an das ich mich sofort machte. Vielleicht fand sie, die selbst viele Gedichte auswendig konnte, auch nur gut, daß ich abends Gedichte lernte.

Wenn der Abendbrottisch abgeräumt, das Geschirr gespült und die Blumen im Garten gegossen waren, machten sich die Großeltern an die Arbeit und redigierten die »Romane zur Freude und zur guten Unterhaltung«. Sie setzten sich an den Eßtisch, zogen die Deckenlampe herunter und lasen und korrigierten die Manuskripte, die langen Druckfahnen und die auf das Format der Hefte umbrochenen gehefteten Druckvorlagen. Manchmal schrieben sie auch; sie bestanden darauf, daß jedes Heft am Ende einen kurzen, belehrenden und bildenden Aufsatz enthielt, und wenn keiner vorlag, schrieben sie selbst einen: über die Bedeutung des Zähneputzens, den Kampf gegen das Schnarchen, das Züchten von Bienen, die Entwicklung des Postwesens, die Regulierung der Linth durch Konrad Escher, die letzten Tage Ulrich von Huttens. Sie schrieben auch die Romane um, wenn sie eine Passage unbeholfen, unglaubwürdig oder unanständig fanden oder ihnen eine bessere Pointe einfiel. Der Verleger ließ ihnen freie Hand.

Als ich nicht mehr nach dem Gesang der Amsel ins Bett mußte, durfte ich mit am Tisch sitzen. Im Licht der tiefen Lampe der helle Tisch, darum herum das dunkle Zimmer – ich liebte die Atmosphäre und fühlte mich in ihr geborgen.

Ich las oder lernte ein Gedicht oder schrieb einen Brief an die Mutter oder einen Eintrag ins Ferientagebuch. Wenn ich die Großeltern unterbrach und etwas fragte, bekam ich immer eine freundliche Antwort. Gleichwohl scheute ich mich zu fragen; die Konzentration der Großeltern war spürbar, die Bemerkungen, die sie austauschten, waren knapp, und ich kam mir mit meinen Fragen geschwätzig vor. So las, lernte und schrieb ich still. Manchmal hob ich vorsichtig, um sie's nicht merken zu lassen, den Kopf und sah sie an: den Großvater, dessen dunkle Augen aufmerksam auf die Arbeit vor ihm, aber auch verloren in die Ferne schauen konnten, und die Großmutter, die alles mit Leichtigkeit tat, mit einem Lächeln las und mit leichter, schneller Hand schrieb und korrigierte. Dabei wird die Arbeit sie schwerer angekommen sein als ihn; während er nur Bücher über Geschichte mochte und zu den Romanen, die sie betreuten, ein sachliches, nüchternes Verhältnis hatte, liebte sie Literatur, Romane wie Gedichte, hatte ein sicheres Gespür für literarische Qualität und muß unter der Beschäftigung mit den banalen Texten gelitten haben.

Ich durfte sie nicht lesen. Das eine und andere Mal wurde ich, wenn sie über einen Roman redeten, neugierig. Ich bekam zu hören, ich müsse den Roman nicht lesen; über seinen Gegenstand gebe es einen besseren Roman, eine bessere Novelle von Conrad Ferdinand Meyer oder Gottfried Keller oder welchem Klassiker auch immer. Die Großmutter stand auf und brachte mir das bessere Buch.

Als sie mir die überzähligen Exemplare der gehefteten Druckvorlagen als Sudelpapier mit nach Hause gaben, schärften sie mir entsprechend nachdrücklich ein, sie nicht zu lesen. Sie hätten sie mir lieber gar nicht gegeben. Aber Papier war teuer, und meine Mutter verdiente wenig. So schrieb ich während vieler Schuljahre alles, was ich den Lehrern nicht im Heft präsentieren mußte, auf die freien Seiten der Druckvorlagen: lateinische, englische und griechische Vokabeln, arithmetische und geometrische Aufgaben, Entwürfe von Aufsätzen, Nacherzählungen und Bildbeschreibungen, Hauptstädte, Flüsse und Gebirge, Jahreszahlen und Nachrichten für Klassenkameraden und -kameradinnen ein paar Bänke weiter. Die Druckvorlagen waren aus festem Papier und fast einen Zentimeter dick; wenn ich die beschriebenen Seiten abriß, wurden sie dünner und dünner, aber die Klammern hielten immer noch das Bündel der beim Abreißen übriggebliebenen Papierfetzen zusammen. Ich mochte die dicken Blöcke mit dem festen Papier. Und weil ich ein braves Kind war, hielt ich mich jahrelang daran, die Rückseiten nicht zu lesen.

In den ersten Sommern fanden die Großeltern das Leben, das ich mit ihnen lebte, zu einsam für mich und versuchten, mich mit Kindern gleichen Alters in Kontakt zu bringen. Sie kannten die Nachbarn, redeten mit der einen und anderen Familie und erreichten, daß ich zu Geburtstagsfesten, Ausflügen und Besuchen im Schwimmbad eingeladen wurde. Ich merkte, daß sie die Einladungen mit Liebe und Geduld erreicht hatten, und traute mich nicht, sie abzulehnen. Aber ich war jedesmal froh, wenn das Ereignis vorbei und ich wieder bei den Großeltern war.

Oft verstand ich die Mundart nicht, in der die Kinder sprachen. Ich verstand ihre Anspielungen nicht. Ihr Schulsystem, ihre Schul- und Freizeitaktivitäten, ihre soziale Organisation waren völlig anders als meine. Während sie um vier oder fünf Uhr aus der Schule und von schulisch veranstaltetem Sport oder Chorsingen oder Theaterspielen nach Hause kamen, war ich mir nach der Schule mit meinen Spielgefährten Nachmittag um Nachmittag selbst überlassen. Die Banden, die wir bildeten, und die Kriege, die wir führten, waren harmlos. Aber auf die gesitteten Gesellschaftsspiele der Schweizer Kinder hatten sie mich nicht vorbereitet.

Sogar im Schwimmbad ging es anders zu, als ich es kannte. Im Wasser wurde nicht gekämpft, niemand wurde ins Wasser gestoßen, niemand unter Wasser getaucht. Es wurde Wasserball gespielt, schnell und fair, von Mädchen und Jungen gemeinsam und gleichberechtigt. Das Schwimmbad war eine vom Ufer in den See gebaute Holzkonstruktion; auf einem Lattenrost, zwanzig auf zwanzig Meter groß, unter der Wasseroberfläche von ein Meter auf eins siebzig abfallend, auf Pfähle gestellt, an drei Seiten von höher gestellten Umkleidekabinen und Laufstegen umgeben, konnten sich die Nichtschwimmer tummeln; an der sich zum See öffnenden vierten Seite mußte man nur unter einem Seil durchtauchen, um hinauszuschwimmen. Einmal konnte ich den Schweizer Kindern damit imponieren, daß ich aus lauter sozialer Verzweiflung auf das Dach der äußersten Umkleidekabine kletterte und von dort in den See sprang.

Vielleicht wären aus den Kontakten doch noch Kameradschaften und Freundschaften geworden, wenn wir uns öfter gesehen hätten. Aber bald nach meiner Ankunft bei den Großeltern brachen die Schweizer Kinder in die Ferien auf, oder sie waren schon weg und kehrten erst kurz vor meiner Abreise wieder zurück. Einen Jungen und mich verband das Interesse an der Eroberung der beiden Pole. War Cook ein Schwindler und Peary ein Dilettant, Scott groß oder töricht oder beides und Amundsen nur von Ehrgeiz besessen oder von einer Mission erfüllt? Auch der Vater des Jungen schien mich zu mögen. »Du hast die Augen deines Vaters«, sagte er, als wir uns das erste Mal sahen. Er sagte es mit einem freundlichen, traurigen Lächeln, das mich mehr verwirrte als die Bemerkung selbst. Aber trotz der guten Vorsätze, die der Junge und ich faßten, kam unser Briefwechsel nicht zustande.

Also blieb es bei Ferien ohne gleichaltrige Spielgefährten. Es blieb bei den immer gleichen Spaziergängen an den See, Wanderungen durch eine Schlucht, um einen Weiher und über die Höhe mit Blick auf See und Alpen. Es blieb bei den immer gleichen Ausflügen auf die Burg in Rapperswil, zur Insel Ufenau, ins Großmünster, in Museen und in die Kunsthalle. Das Gleichmaß der Wanderungen und Ausflüge gehörte ebenso zu den Ferien wie das der Gartenarbeit. Äpfel, Beeren, Salat und Gemüse ernten, Beete hacken, Unkraut jäten, verwelkte Blumen abschneiden, die Hecke stutzen, Gras mähen, den Kompost schichten, die Kannen füllen und gießen – wie diese Arbeiten sich natürlich wiederholten, kam mir auch die Wiederholung der anderen Aktivitäten natürlich vor. Auch die immer gleichen Abende am Tisch unter der Lampe gehörten zu dem natürlichen Rhythmus der Ferien.

In der Erinnerung sind die Ferien eine Zeit des ruhigen, tiefen Ein- und Ausatmens. Sie sind die Verheißung eines Lebens des Gleichmaßes. Eines Lebens der Wiederholung, in dem das Gleiche immer wieder und nur ein kleines bißchen anders passiert. Eines Lebens am Wasser, dessen Wellen gleichmäßig anrollen, eine um die andere und doch keine ganz wie die letzte.

Ein Sommer war anders als die anderen. Einen Sommer lang hatte ich eine Spielgefährtin. Ein Mädchen aus einem kleinen Dorf im Tessin verbrachte die Ferien bei seiner Großtante im Nachbarhaus. Das ging nicht gut. Die Großtante, kränkelnd und schlecht zu Fuß, hatte sich vorgestellt, ihre Großnichte würde ihr vorlesen, mit ihr Patience legen und sticken wollen. Die Großnichte hatte sich auf die nahe große Stadt gefreut. Außerdem konnte die Großtante kaum Italienisch und die Großnichte kaum Deutsch.

Dabei hatte Lucia die Gabe, den Sprachunterschied einfach zu vernachlässigen. Als sie mich durch den Zaun auf italienisch ansprach und ich auf deutsch antwortete, ich verstünde sie nicht, redete sie weiter, als hätte ich das von ihr eröffnete Gespräch sinnvoll aufgegriffen. Dann schwieg sie und wartete, bis ich etwas über die Schule sagte, auf der ich Latein lernte, und redete weiter. Sie strahlte mich so hoffnungsvoll und ermunternd an, daß auch ich weiterredete; ich erzählte, was mir einfiel, und versuchte schließlich, aus den lateinischen Vokabeln, die ich in zwei Jahren gelernt hatte, italienische Wörter zu formen. Sie lachte, und ich lachte mit.

Dann kam der Großvater, redete auf italienisch zu ihr,

und aus ihr sprudelte es zurück, Sätze, Lacher, Jauchzer, das schiere Glück. Ihre Wangen glühten, ihre dunklen Augen leuchteten, und wenn sie lachend den Kopf schüttelte, schwang ihr braunes, lockiges Haar. Mich überfiel ein Gefühl, bei dem ich noch nicht wußte, was es ist und wie es heißt, aber merkte, welche Wucht es hat. Der schöne gemeinsame Augenblick war entwertet. Lucia hatte ihn verraten, ich hatte mich blamiert. Ich habe die Peinigung der Eifersucht später stärker erlebt. Aber ich war ihr nie so hilflos ausgesetzt wie bei diesem ersten Mal.

Sie ging vorbei. Bei den Unternehmungen dieses Sommers, auf die der Großvater und ich Lucia mitnahmen, ließ sie mich immer wissen, daß sie und ich zusammengehörten, sosehr sie und Großvater auch auf italienisch miteinander flirteten. »Sie hat euch beide verzaubert«, lächelte die Großmutter, wenn Großvater und ich uns für eine Unternehmung mit Lucia schönmachten. Auf die Schiffsfahrt auf die Ufenau kam die Großmutter, wie jedes Jahr, mit; sie liebte Conrad Ferdinand Meyer, kannte die vielen hundert zweizeiligen Strophen seines Gedichts »Huttens letzte Tage« auswendig und feierte auf der Insel ihre Vertrautheit mit dem Dichter und mit dem Gedicht und mit der Dichtung überhaupt. Auch sie ließ sich von Lucia verzaubern, von ihrer Bewunderung, ihrer Zutraulichkeit, ihrer Fröhlichkeit. Als auf der Heimfahrt Lucia und ich ihnen gegenübersaßen, nahm der Großvater die Hand der Großmutter – die einzige Zärtlichkeit, die ich je zwischen ihnen sah. Heute frage ich mich, ob sie sich vergebens eine Tochter gewünscht oder vielleicht sogar eine Tochter verloren hatten. Damals war ich einfach glücklich; der Tag auf der Insel war schön gewesen, der Abend auf dem See war schön, die Großeltern hatten sich und uns lieb, und Lucia hatte meine Hand genommen.

Habe ich sie geliebt? Ich hatte von der Liebe ebensowenig einen Begriff wie von der Eifersucht. Ich freute mich auf Lucia, hatte Sehnsucht nach ihr, war enttäuscht, wenn wir uns sehen wollten, aber nicht konnten, war glücklich, wenn sie glücklich war, und unglücklich, wenn sie unglücklich und mehr noch, wenn sie ärgerlich war. Ihr Ärger konnte von einem Moment auf den anderen aufflammen. Wenn ihr etwas nicht gelang, wenn ich sie nicht verstand oder sie mich nicht, wenn ich zu ihr nicht so aufmerksam war, wie sie es erwartete. Oft fand ich ihren Ärger nicht gerecht, aber über Gerechtigkeit zu streiten, war sprachlich aussichtslos, obwohl ich aus iustitia richtig giustizia gemacht hatte. Ich glaube, Lucia war an Diskussionen über Gerechtigkeit ohnehin nicht interessiert. Ich lernte, ihre Fröhlichkeit und ihren Ärger wie das Wetter zu nehmen, mit dem man auch nicht rechten, sondern das man nur beglückt oder betrübt hinnehmen kann.

Wir hatten nur wenig Zeit für uns allein. Lucia mußte mit ihrer Großtante Patience legen und sticken, sie mußte ihr den Kopf und die Füße massieren, und sie mußte ihr zuhören. »Wenn sie mich schon nicht verstehen kann, soll sie mir wenigstens zuhören«, sagte die Großtante zu meiner vergebens um Verständnis für Lucia werbenden Großmutter. Lucia wollte möglichst viel von dem mitmachen, was Großvater und ich machten, von Spaziergängen, Wanderungen und Ausflügen bis zur Arbeit im Garten. Sogar beim Pferdeäpfeleinsammeln war sie einmal dabei. Manchmal saßen wir im Baumhaus, das wir mit Großvaters Hilfe im Apfelbaum gebaut hatten. Aber wie stets war das Bauen schöner gewesen als das Spielen im fertigen Haus, und außerdem litten wir unter unserem Sprachproblem weniger, wenn wir in Aktion waren. Wir haben auch am Ende der Ferien keine Adressen ausgetauscht. Was sollten wir mit ihnen?

Auch von der Schönheit hatte ich keinen Begriff. Lucias Lebendigkeit, ihre Aufmerksamkeit, ihre Zugewandtheit, ihre tanzenden Locken, ihre Augen, ihr Blick, ihr Mund, ihr perlendes, sprudelndes, glucksendes Lachen, ihr Witz, ihr Ernst, ihre Tränen – es war alles eins, und ich konnte es nicht in Wesensart, Verhaltensweisen und Aussehen auseinanderlegen.

Nur Lucias Grübchen hatte für mich eine eigene, besondere Faszination. Daß die Stirn über dem inneren Ende der linken Braue immer so glatt sein und auf einmal ein Grübchen zeigen konnte. Es war ein Grübchen der Ratlosigkeit, der Verlegenheit, der Enttäuschung und der Traurigkeit. Es rührte mich, weil es zu mir sprach, wenn Lucia nicht mit mir sprechen wollte oder konnte. Auch wenn sie ärgerlich war, tauchte es auf und freute mich, so unglücklich mich ihr Ärger machte und so bedacht ich war, ihn nicht durch ein Zeichen der Freude zu steigern.

Als ich mich ein paar Jahre später in eine Klassenkameradin verliebte, hatte ich einen Begriff von Schönheit, Liebe und Eifersucht, und hinter dem, was ich erlebte, trat die begrifflose Erfahrung mit Lucia ganz zurück. Ich hatte das Gefühl, ich verliebte mich das erste Mal. Ich vergaß sogar Lucias Abschiedsgeschenk.

Am Morgen des letzten Tages vor ihrer Abreise besuchte sie die Großeltern und mich im Garten und half uns ein bißchen, wie sie das manchmal getan hatte. Sie nahm Abschied vom Garten und auch von den Großeltern; den Tag mußte sie mit ihrer Großtante verbringen, und am nächsten Morgen würde es nur noch für ein kurzes Lebewohl reichen. Als ich sie nach Hause brachte, zeigte sie mir eine Tür, die vom Garten über wenige Stufen in den Keller führte. »Komm um sechs, ich mache die Tür auf.«

Es war die Tür zur Waschküche. Als ich sie aufgemacht hatte, gerade so weit, daß ich hineinschlüpfen konnte, und sofort wieder zu, sah ich den großen kupfernen Waschkessel, Wannen und Eimer, Waschbrett und Wäschestampfer und roch den frischen Geruch gewaschener Wäsche. An gespannten Leinen hingen weiße Bettücher. Die beiden Fenster waren groß, aber ihre über und über mit Wein bewachsenen Gitter ließen nicht viel Licht hinein. Alles lag in grünem Dämmer.

Lucia erwartete mich. Sie stand an der anderen Seite des Raums, hielt den Finger vor die Lippen, und ich sagte nichts und bewegte mich nicht. Wir sahen uns an, dann bückte sie sich, griff mit beiden Händen den Saum ihres Rocks, hob ihn hoch und zeigte mir ihr Geschlecht. Auffordernd hob sie den Kopf, und ich verstand, öffnete den Gürtel und die Knöpfe meiner kurzen Hose, schob sie mit der Unterhose die Beine hinunter und richtete mich auf. Mein Geschlecht hatte sich noch nie geregt und regte sich auch jetzt nicht. Anders als Lucia hatte ich auch noch keine Schamhaare. Aber ich stand mit heißem Gesicht und klopfendem Herzen und einem Verlangen, das mich ganz und gar ergriff, auch wenn ich nicht wußte, worauf es sich richtete.

Wir standen uns eine Weile bewegungslos gegenüber.

Dann lächelte Lucia, ließ mit der rechten Hand den Rock los und kam zu mir. Mit der linken hielt sie weiter den Rock, und so zeigte sie immer noch ein bißchen nackten Bauch und nackten Schenkel und Geschlecht, und ich konnte mich nicht entscheiden, ob ich darauf schauen sollte oder in ihr Gesicht, in dem ich etwas fand, das ähnlich erregend war wie ihre Nacktheit. Als sie bei mir war, nahm sie mit der rechten Hand meinen Kopf, drückte kurz ihren Mund auf meinen und ließ meinen Körper einen Hauch ihres Körpers spüren. Dann drehte sie sich um und verschwand durch die andere Tür ins Haus, ehe ich zu mir kam. Ich hörte sie noch den Gang entlang und die Treppe hinaufrennen und eine weitere Tür öffnen und schließen.

II

Fing ich danach an, die verbotenen Rückseiten der Druckvorlagen zu lesen? Hatte der Roman, den ich mit Lucia erlebt hatte, meine Lust auf Romane geweckt? Oder geschah
es erst später und einfach aus Langeweile? Während einer
öden Schulstunde? Lustlos über den Hausaufgaben? Auf
einer Bahnfahrt, bei der ich keine andere Lektüre dabeihatte? Als ich dreizehn war, zog meine Mutter mit mir aus der
Stadt in ein Dorf, wo sie ein kleines Haus gekauft hatte, und
ich mußte mit der Bahn zur Schule fahren.

Der erste Roman, den ich las, handelte von einem deutschen Soldaten, der aus russischer Gefangenschaft geflohen
war und auf dem Weg in die Heimat viele Gefahren bestanden hatte. Seine Gefahren und Abenteuer hatte ich bald wieder vergessen. Aber nicht seine Heimkehr. Er schafft es nach
Deutschland, findet die Stadt, in der seine Frau lebt, findet
das Haus, findet die Wohnung. Er klingelt, und die Tür
öffnet sich. Seine Frau steht da, so schön und so jung, wie er
sie die langen Jahre des Kriegs und der Gefangenschaft in
Erinnerung hatte, nein, noch schöner und wenn vielleicht
ein bißchen älter, dann einfach erblüht, weiblicher, frauli-
cher. Aber sie sieht ihn nicht freudig an, sondern entsetzt
wie einen Geist, und auf dem Arm trägt sie ein kleines Mäd-

43

chen, keine zwei Jahre alt, und ein anderes, älteres schmiegt sich an sie und schaut verschämt hinter ihrer Schürze hervor, und neben ihr und den Arm um sie gelegt steht ein Mann.

Kämpfen die Männer um die Frau? Kennen sie sich schon? Begegnen sie sich zum ersten Mal? Hat der, der den Arm um die Frau gelegt hat, sie getäuscht und ihr gesagt, der andere sei gefallen? Oder hat er sich sogar als der andere ausgegeben, schon aus Krieg oder Gefangenschaft zurückgekehrt? Hat die Frau sich leichten Herzens in ihn verliebt und in ein neues Glück fallen lassen? Oder hat sie ihn ohne Liebe aus Not genommen, weil sie ohne ihn die Flucht nicht bestanden hätte und den neuen Anfang nicht bestünde? Weil sie einen Mann braucht, der für sie und ihre erste Tochter sorgt? Ihre erste Tocher, die gar nicht die Tochter des neuen, sondern des ersten Manns ist, der abgerissen, ungläubig, verzweifelt vor ihr steht?

Ich erfuhr es nicht. Ich hatte den Block, auf den die Vorlage gedruckt war, schon in Gebrauch gehabt und die ersten freien Seiten schon abgerissen und weggeworfen. Die ersten freien Seiten – es waren die letzten Seiten des Romans.

Ich wollte das Ende des Romans im nächsten Sommer nachlesen. Ich hatte die letzten Seiten weggeworfen, aber die erste mit Autor und Titel war erhalten. Ich wußte, daß die
Großeltern im Schlafzimmer die komplette Reihe aufbe-
wahrten; sie füllte Fach um Fach eines schmalen, hohen
Regals.

Ich dachte, die Suche könne nicht schwierig werden. Zwar
trugen die Druckvorlagen nicht die Nummern, unter denen
die Hefte erschienen und nach denen sie im Regal geordnet
waren, aber da ich die Druckvorlage im letzten Sommer
bekommen hatte und monatlich zwei Hefte erschienen, erwartete ich, den Roman unter den letzten vierundzwanzig
Heften zu finden. Aber ich fand ihn nicht. Da ich wußte,
daß die Großeltern manchmal die Titel änderten, suchte ich
auch nach dem Autor, und als ich dabei ebenfalls erfolglos
blieb, verdächtigte ich sie, wie die Titel auch die Namen der
Autoren zu ändern, und suchte nach dem Anfang des Romans. Aber ich fand nicht den Titel, nicht den Autor und
nicht den Anfang des Romans. Auch als ich die Suche auf
frühere Hefte ausdehnte und ein Heft nach dem anderen
hervorzog und aufschlug, fand ich den Roman nicht. Allerdings bin ich nicht alle rund 400 Hefte durchgegangen.

Nach der ersten sonnigen Ferienwoche regnete es bis zum Ferienende. Die Großeltern arbeiteten nicht mehr im Garten, und ich konnte nicht mehr unter einem Vorwand hochlaufen, mich in ihr Schlafzimmer stehlen und an die Suche machen.

Im Sommer drauf hatte ich den Roman vergessen. Es war das letzte Mal, daß ich die ganzen Ferien bei den Großeltern verbrachte. Die Freunde und Freundinnen machten gemeinsame Reisen oder gingen im Austausch nach England oder Frankreich. Ich war gefragt worden, ob ich auf eine Fahrradtour mitkommen wolle. Ich konnte es mir nicht leisten. Zwar trug ich seit einem halben Jahr Zeitschriften aus und verdiente nicht schlecht. Aber ich brauchte das Geld. Ich mußte für Kleidung und Bücher selbst sorgen; meine Mutter hatte sich mit dem Kauf des Hauses übernommen.

Ich war enttäuscht, nicht mit den anderen verreisen zu können. Zugleich freute ich mich auf die Ferien bei den Großeltern. Wenn meine Mutter in mir noch ein Kind sehen und mich erziehen wollte, ärgerte es mich. Bei den Großeltern genoß ich, als Kind behandelt zu werden, das sein darf, wie es ist, und dabei ernst genommen und liebgehabt wird. Ich freute mich darauf, in meinem Bett unter Stückelbergs »Mädchen mit der Eidechse« aufzuwachen, der Großmutter beim Kochen zu helfen und sie dabei um ein Gedicht zu bitten, den Großvater von den in die Welt zerstreuten Deutschen zurück in die Küche zu holen und am Abend mit beiden um den hellen Tisch zu sitzen. Ich freute mich auf den Duft von Großmutters Eau de Toilette im Badezimmer, die Zimmerlinde in Großvaters Arbeitszimmer, das Geschirr mit den roten Blüten am Rand, das Besteck mit den elfenbeinernen Griffen, die große Käseglocke. Ich freute mich auf die Sommerstille, die Sommergeräusche und -gerüche.

Entsprechend intensiv habe ich alles erlebt. Viele Erinnerungen an Haus und Garten, Ort, See und Landschaft nehmen ihre Bilder von diesem letzten Sommer.

Während des Studiums waren meine Besuche bei den Großeltern kurz, ein paar Tage vor oder nach Weihnachten, ein paar nach dem Ende des Sommer- oder vor dem Beginn des Wintersemesters. Ich schickte Großvater meine Arbeiten, von denen ich dachte, sie könnten ihn interessieren. Er schrieb umgehend einen anerkennenden Brief; die kritischen Fragen, die er reichlich hatte, hob er auf, bis wir uns wieder trafen. Er sammelte Zeitungsausschnitte für mich, vor allem über die Deutschen in Schlesien, Siebenbürgen und Kasachstan, denen ich seiner Meinung nach nicht genug Aufmerksamkeit widmete. Einmal im Semester kam ein Päckchen mit einem Bündel Zeitungsausschnitte, Apfelschnitzen, die die Großmutter für mich getrocknet hatte, und einem Fünfmarkschein.

Im Winter vor meinem Examen hatte ich Angst, mit der Vorbereitung nicht fertig zu werden, und wollte den Weihnachtsbesuch ausfallen lassen. Aber die Großeltern schrieben, ich müsse kommen. Ich müsse nicht lange bleiben, aber kommen. Es eile.

Sie hatten ihre Wohnung immer ordentlich gehalten. Bei diesem letzten Besuch war die Ordnung beklemmend. Die Großeltern hatten sich von allem getrennt, was sie nicht dringend brauchten und woran nach ihrer Einschätzung auch ich, ihr einziger Enkel, kein Interesse haben würde. Sie wollten nicht ins Altersheim gehen. Sie wollten die Wohnung behalten. Aber sie bereiteten sich aufs Sterben vor und wollten nichts Überflüssiges, nichts Unwesentliches um sich haben.

Sie gingen mit mir von Zimmer zu Zimmer und fragten mich, was ich haben wolle. Mancher vertraute Gegenstand fehlte schon, und die Schränke, die sie öffneten, und die Regale waren halb leer. Alles wollte ich haben, an allem hingen Erinnerungen, und alles, was die Großeltern meinetwegen behalten würden, würde sie im Leben halten. Aber in der Nüchternheit, mit der sie sich aufs Sterben vorbereiteten, machten sie mir klar, daß ich nur weniges nehmen könne.

Auf Jahre würde ich als Student und Referendar keine große Wohnung haben und mir auch nicht die Miete für Stellfläche im Möbellager leisten können. Ich könne nur brauchen, was in ein Zimmer passe. Vielleicht Großvaters Schreibtisch und Sessel? Seine historischen Bücher? Großmutters Gotthelf, Keller und Meyer? Das Bild der Spinnerei, die der Großvater geleitet hatte? Ich hatte einen Kloß im Hals, konnte nicht sprechen und nickte zu allem.

Die »Romane zur Freude und zur guten Unterhaltung« waren noch da. Aber die Großeltern schlugen sie mir nicht vor, und ich bat sie nicht darum. Sie hätten sie mir sicher gegeben. Ich hätte ihnen auch gestehen können, daß ich seinerzeit ihre Ermahnung übertreten und zuerst den Roman vom heimkehrenden Soldaten und danach weitere Romane gelesen hatte. Sie waren, nachdem sie die Redaktion der Hefte abgegeben hatten und die Reihe eingestellt wurde, stolz auf ihre Romane, die der Lektor der Kiosk AG in Bern immer wieder als die besten ihrer Art gelobt hatte. Außerdem waren sie in ihrer Sterbensnüchternheit eigentümlich heiter. Ich war an diesen Nachweihnachtstagen bei ihnen oft den Tränen nahe, nicht sie.

Als ich abreiste, brachte mich der Großvater auf den Bahnhof in der großen Stadt, wie immer. Wie immer suchte er für mich den richtigen Waggon und das richtige Abteil, den Waggon in der Mitte des Zugs, weil es da bei Zusammenstößen besonders sicher sei, und das Abteil mit einer Dame gesetzten Alters, der er mich als seinen Enkel vorstellte, der auf der Fahrt nach Hause sei und auf den sie ein Auge haben möge. Wie immer duldete er nicht, daß ich ihn nach der Abschiedsumarmung auf den Bahnsteig begleitete.

Ich lehnte mich aus dem Fenster und sah ihn aus dem Zug steigen und den Bahnsteig entlanggehen. Am Ende des Bahnsteigs drehte er sich um, winkte mir zu, und ich winkte zurück.

Wenige Wochen später wurden die Großeltern von einem Auto angefahren. Sie hatten im Dorf eingekauft und waren auf dem Heimweg. Der Fahrer war betrunken und geriet auf den Bürgersteig. Die Großmutter starb, noch ehe der Krankenwagen kam, der Großvater starb im Krankenhaus. Er starb kurz nach Mitternacht, aber ich entschied, daß auf ihren gemeinsamen Grabstein für beide dasselbe Todesdatum gehörte.

ZWEITER TEIL

I

Ich habe Großvaters Schreibtisch und Sessel noch. Ich habe auch noch die Bücher der Großeltern und das Bild der Spinnerei. Schreibtisch und Sessel hatten ihren Platz zuerst in meinem Zimmer bei meiner Mutter, dann in meiner ersten eigenen Wohnung, einem Zimmer mit Kochnische, Duschkabine und Blick auf den Bahnhof, dann in einer der damals üblichen, heruntergekommenen Altbauwohnungen mit hohen Decken, Stuck und Flügeltüren, in die meine Freundin und ich zogen, als ihr Kind kam. Als wir uns trennten und ich auszog, lagerte ich Schreibtisch und Sessel mit meinen anderen Sachen ein.

Ich mußte weg. Weg von meiner schönen, launischen, treulosen Freundin, weg von ihrem quengeligen, zappeligen Sohn und weg aus der Stadt, in der ich aufgewachsen war, Schule und Universität besucht hatte und in der überall Erinnerungen lauerten. Ich nahm allen Mut zusammen, kündigte meine Stelle als Assistent, ohne eine neue zu haben, verkaufte die Schweizer Obligationen, die ich von den Großeltern geerbt hatte, und brach auf.

Eigentlich war die Kündigung nicht besonders mutig. Ich hatte, nachdem ich meine Doktorarbeit geschrieben hatte, sechs Jahre an einer Habilitation gesessen, mit der ich nicht fertig wurde. Ich wußte es schon lange, hatte es mir nur nicht eingestanden. Der Nutzen der Gerechtigkeit – es war ein Großvaterthema, zu dem es unendlich viel Interessantes zu lesen und zu denken gab. Aber meine Gedanken fügten sich nicht zu einem System, sondern blieben zufällig und anekdotisch – Großvatergedanken zum Großvaterthema. Ich wollte beweisen, daß die Gerechtigkeit nur dann von Nutzen ist, wenn ihre Forderungen ohne Rücksicht auf gesellschaftliche Nützlichkeit theoretisch entfaltet und praktisch durchgesetzt werden. Fiat iustitia, pereat mundus – ich fand, das habe in der Tat das Motto der Gerechtigkeit zu sein, und wenn die Welt meine, der Gehorsam gegenüber den Forderungen der Gerechtigkeit führe sie in den Untergang, dann habe sie die Freiheit, den Gehorsam aufzukündigen, und trage dafür die Verantwortung, nicht aber habe die Gerechtigkeit die Pflicht, die Strenge ihrer Forderungen zu mildern.

Ich habe Beispiele über Beispiele gesammelt, von Großvaters Fällen und den Schauprozessen Freislers und Hilde Benjamins zu Entscheidungen des Bundesverfassungsgerichts, die nicht Recht und Gerechtigkeit durchgesetzt haben, sondern politisch vermitteln und befrieden oder sonstwie gesellschaftlich nützen wollten. Gewiß, Friedrich der Große, Bischof Pierre Couchon, Freisler, Hilde Benjamin und die Richter des Bundesverfassungsgerichts hatten verschiedene Vorstellungen von Gerechtigkeit. Aber ich glaubte zeigen zu können, daß sie bei ihren politischen Urteilen alle wußten, daß sie nicht allein der Gerechtigkeit dienten, was immer sie sich unter Gerechtigkeit vorstellten, sondern anderen Zwecken. Diese anderen Zwecke waren so verschieden wie ihre Vorstellungen von Gerechtigkeit: das Wohl des Königs oder der Kirche, der Rassen- oder der Klassenkampf oder der politische Frieden. Aber sie waren darin gleich, daß sie ihnen wichtiger waren als die Gerechtigkeit, in deren Zeichen doch die Verfahren durchgeführt und die Entscheidungen getroffen werden sollten.

So weit, so gut. Aber wie sollte ich den Schaden, den das angerichtet, und den Nutzen, den es manchmal erzielt hat, den Nutzen und Schaden für die Gerechtigkeit und die Gesellschaft, den Nutzen und Schaden auf kurze und auf lange Sicht in ein System bringen, gewichten und verrechnen? Am Ende war ich nicht das Thema leid und nicht das Material, aber meine Gedanken, die das System nicht bauen konnten, das sie bauen sollten. Ich war die vielen Worte leid, die Worte, die ich las, die ich dachte, die ich schrieb. Ich wollte nicht nur von der Freundin, ihrem Sohn und der Stadt weg, sondern auch von den vielen Worten.

Auch der Aufbruch war eigentlich nicht besonders mutig. Ich wollte für einige Monate nach Amerika und war zwar noch nie alleine so lange und so weit weg gewesen, kannte aber in New York und in San Francisco jemanden, bei dem ich wohnen konnte, und konnte hoffen, in Knoxville und Handsborough, meinen Zielen auf dem Weg von der Ost- an die Westküste, vielleicht noch Verwandte zu finden. Was sollte mir passieren?

Aber die letzten Tage vor der Abreise war mir körperlich elend. Ich hatte keine Angst vor abstürzenden Flugzeugen oder entgleisenden Zügen. Es sollte mir recht sein, wenn die Reise mit einem Flugzeugabsturz über dem Atlantik ein rasches Ende fände. Ich hatte Angst vor der Fremde, die mir auf einmal über alle Maßen bedrohlich erschien, und vor dem Verlust des Gewohnten und Vertrauten, das mir auf einmal so richtig, mir so gemäß und so gewogen vorkam. Ich hatte Großvaters Heimweh, bevor ich auch nur aufgebrochen war. Beinahe hätte ich meine Freundin gefragt, ob wir nicht die Trennung rückgängig machen und alles beim alten lassen sollten. Dafür hat das Heimweh mich auf der Reise selbst verschont.

Südlich von San Francisco fand ich das Paradies. Ein Gelände mit blühenden Gärten, Wiesen und wenigen flachen, sich einfügenden Gebäuden, gegen die Straße durch einen Wald abgeschirmt, zum Pazifik in felsigen Terrassen abfallend, sonnig, warm und erfüllt vom Geruch des Meeres und der Blüten. In den Gebäuden gab es ein Restaurant, Gemeinschaftsräume und Zimmer für rund sechzig Gäste. In den Gemeinschaftsräumen oder auf den Wiesen wurde Yoga gelehrt, Tai Chi, Meditation, Atmen und Massage. In gruppentherapeutischen Sitzungen, an deren Namen und Methoden ich mich nicht mehr erinnere, lernten die Sanften, wütend, und die Wütenden und Schreienden, sanft und still zu werden. Auf einer der felsigen Terrassen ergossen sich heiße schwefelige Quellen in gemauerte Becken, in denen man die ganze Nacht liegen konnte, die Sterne über sich und das Rauschen des Meeres im Ohr. Nach einer Weile folgten die Gedanken langsamer aufeinander, dann hörten sie auf, und dann blieben auch die Träume aus. Der Kopf war zur Ruhe gekommen.

Wenn es nicht zu teuer gewesen wäre, hätte ich mich verzaubern lassen und wäre geblieben, noch eine Woche, noch einen Monat, noch ein Jahr. Als ich nach drei Wochen die

Hälfte meines Gelds ausgegeben hatte, hörte ich von einem Institut in San Francisco, das in drei Monaten zum Masseur ausbildete. Massage – von allen Erfahrungen im Paradies hatte sie mich besonders beeindruckt. Ich hatte nicht geahnt, daß Kontakt ohne Worte, aber auch ohne Sexualität und Erotik so tief sein kann, daß Hände so wohltuend berühren können, daß die Körper, die man massiert, so schön werden und daß die Massage eines glücklichen Menschen glücklich macht und die eines erschöpften Menschen erschöpft. Ich wollte in dieser Welt der Körperlichkeit zu Hause sein. Die Gebühren waren maßvoll. Der Bekannte in San Francisco, ein Maler mit großer Wohnung, war bereit, mich bei sich wohnen zu lassen. Als ich beim Abschied aus dem Paradies gleichwohl traurig war, tröstete mich mein dortiger Lehrer. Ich solle nicht traurig sein, daß ich gehen müsse. Ich solle fröhlich sein, weil ich jederzeit wiederkommen könne.

Ich bin drei Monate ins Institut gegangen, habe massiert und wurde massiert, habe Vorlesungen über Anatomie und die ethischen und ökonomischen Aspekte der Massage als Beruf gehört, an den Wochenenden die lateinischen Bezeichnungen der Knochen und Gelenke, Muskeln und Sehnen gelernt und amerikanisch auszusprechen geübt und an den Abenden der letzten Wochen die Massage konzipiert, mit der ich die Prüfung bestanden habe. Ich war glücklich über alles, was ich lernte, über mein schlechtes Amerikanisch, das mich der Versuchung, klug und witzig zu reden, enthob, und überhaupt darüber, daß Worte bei dem, was ich tat, keine Rolle spielten. Ich hatte das Gefühl, in einer neuen Welt zu leben und zu der alten den Abstand gefunden

zu haben, den ich gesucht hatte. Nur die spöttischen Bemerkungen des Malers und inzwischen guten Freundes, bei dem
ich wohnte, irritierten mich manchmal. So, wie ich die Aus-
bildung zum Masseur betriebe, sei ich ein Arbeits- und Dis-
ziplinmonster. Ich sei superdeutsch und -protestantisch.
Was habe meine Mutter mit mir angestellt? Was ich mit mir?

2

Auf dem Flug nach Deutschland spielte ich mit Plänen für ein Leben als Masseur in Kalifornien. Auf der Bahnfahrt vom Flughafen in meine Heimatstadt, einer Fahrt durch eine akkurat zersiedelte Landschaft, vorbei an aufgeräumten Städten mit ordentlich verputzten Häusern, gepflegten Vorgärten, kleinlichen Zäunen und regennassen, sauber glänzenden Straßen wurde mir verzweifelt bewußt, wie falsch diese Welt war und daß ich doch ein Teil von ihr war und sie nicht verlassen konnte. Es ging einfach nicht.

Für die ersten Wochen kam ich bei meiner Mutter unter. Wir sahen uns kaum; sie ging früh, kam spät nach Hause und ging bald ins Bett. Sie war Chefsekretärin; sie hatte mit ihrem Chef unten angefangen und war jetzt mit ihm oben angekommen. Sie hatte sich immer auf der Höhe der Sekretariatstechnik, der Sekretärinnenmode und des Sekretärinnenkomments gehalten. Als der Chef die Liebschaft, die er ein knappes Jahr lang mit ihr hatte, beendete, wurde sie von einem Tag auf den anderen wieder nichts als die Sekretärin. Sie stand ihm aber zur Verfügung, wenn ein Scheitern oder ein Erfolg die Anteilnahme einer Frau verlangte. Daß sie ihm zu jeder Stunde für jede Arbeit zur Verfügung stand, verstand sich ohnehin. Auf seine Weise war auch ihr Chef loyal. Er nahm sie nicht nur Stufe um Stufe mit nach oben, sondern setzte für sie auch eine einzigartige Bezahlung durch.

Das war ihr Stolz. Sie hätte gerne Medizin studiert, konnte aber vor Kriegsende das Abitur nicht machen, weil sie im Arbeitseinsatz war, und nach Kriegsende nicht, weil ich da war und sie Geld verdienen mußte. Ihre Eltern waren zwar vermögend gewesen, kamen aber auf der Flucht beim Beschuß durch Tiefflieger um und konnten ihr nicht helfen. Als der Lastenausgleich kam, fand meine Mutter, es sei zu spät für Abitur und Studium, und kaufte sich in einem Dorf vor der Stadt ein Haus. Hat sie mir übelgenommen, daß meine Geburt ihren Lebensplan zerstört hat? Sie wäre eine gute Ärztin geworden: genau, mit scharfem Blick für das Wichtige und das Unwichtige, immer auf der Höhe ihrer Wissenschaft. Was ihr an Herzlichkeit der Zuwendung gefehlt hätte, hätte sie durch Aufmerksamkeit und Einsatz kompensiert; ihre Patienten hätten sich vielleicht nicht gemocht, aber gewiß kompetent behandelt gefühlt.

Sie lebte ein Leben der Pflichterfüllung, wie sie es als Ärztin nicht besser hätte tun können. Vielleicht haßte sie sich dafür, daß sie ihre Energie und Disziplin nur an den Kampf ums Geld und nicht an etwas Höheres wandte. Ich wuchs mit dem Refrain auf, daß Schule ein Privileg sei und daß, wenn sie schon für den Lohn so hart arbeite, ich für das Privileg erst recht zu arbeiten hätte. Daß ich die Habilitation aufgegeben hatte, war für sie eine Enttäuschung oder sogar Kränkung gewesen. Dabei hatte sie mir Schule und Studium nicht etwa besonders leichtgemacht; ich mußte als Schüler auch dann noch arbeiten, als die Raten für das Haus sie nicht mehr drückten, und im Studium zu dem kargen Wechsel, den sie mir zahlte, immer dazuverdienen. Meine Reise nach Amerika hatte sie nicht gebilligt, und sie billigte auch nicht, daß ich mich nach meiner Rückkehr nicht wieder an die Habilitation machte oder aber die erste beste Arbeit annahm, die sich anbot.

Zum Glück mußte ich nicht lange suchen. Ich fand bald eine Stelle als Lektor bei einem Verlag, die mir vom ersten Tag an Spaß machte. Der Verlag wollte sein juristisches Programm ausweiten, und ich hatte eine Zeitschrift zu gründen und eine Lehrbuchreihe zu entwickeln. Die Zeitschriften und Lehrbücher, die es gab, hatten mich oft genug geärgert. Bessere zu konzipieren, die richtigen Herausgeber und Autoren zu finden, Kontakt zu den studentischen Lesern zu halten, von Universitätsstadt zu Universitätsstadt zu reisen – ich konnte dabei alles nutzen, was ich in den Jahren als Assistent gelernt hatte.

Der Verlag hatte seinen Sitz in der Nachbarstadt, und dort fand ich eine neue Wohnung, schöner als alle meine früheren Wohnungen. Die drei Etagen einer Villa aus den zwanziger Jahren waren in drei Wohnungen umgewandelt worden, und meine war die mittlere, mit zwei kleinen und einem großen Zimmer, vor dem großen Zimmer einem großen Balkon mit Blick auf eine große Wiese, umrundet von einer dichten, die Nachbarhäuser verdeckenden Reihe von Tannen. Ich zog mit Großvaters Schreibtisch und Sessel, meiner Hälfte des Doppelbetts, der Küche, die meine Freundin nicht mehr hatte haben wollen, und einem Berg von Kartons ein. Tag um Tag saß ich nach der Arbeit auf dem Boden des großen Zimmers und packte die Kartons aus: Kleider, Bettwäsche, Handtücher, Geschirr, Bücher, die verschiedenen Fassungen meiner Doktorarbeit, Material und Notizen zur Habilitation, alte Referate, Zeugnisse, Hefte und Zeichnungen, Briefe und Tagebücher, Stofftiere, Bakelitautos, Papiermachéindianer, -cowboys und -soldaten und andere Kindheitsschätze, von Zähnen, Kugellagern, Magneten und Sammelbildern bis zu einem auf einem Trümmergrundstück gefundenen amerikanischen Stahlhelm und einer an einer Baustelle gestohlenen Petroleumlampe. Ich ging alle Kartons durch, weil ich für den neuen Anfang alles Unnütze wegwerfen und nur Wichtiges aufheben wollte, wie damals die Großeltern.

Die Indianer, Cowboys und Soldaten hatten in ihren Kämpfen Federschmuck, Pfeil- und Gewehrspitzen verloren, auch Arme und Beine. Ich nahm ihre letzte Parade ab. Während ich mich an ihre Namen und Taten erinnerte, erinnerten sich meine Hände, daß das feste Papier, aus dem sie die Figuren gewickelt hatten, ihnen vertraut war. Sie hoben es wieder auf, es war auf einer Seite bedruckt, und ich begann zu lesen. Nach ein paar Sätzen wußte ich, daß ich den Roman vom heimkehrenden Soldaten las. Ich sammelte die Seiten und Seitenfetzen auf, strich sie glatt und ordnete sie. Manchmal folgten ein paar Seiten aufeinander, dann gab es wieder große und kleine Lücken. Ich ging auch das Papier durch, in dem die Bakelitautos und die anderen Kindheitsschätze eingepackt gewesen waren, fand aber keine weiteren Seiten. Die erste Seite, auf der ich Titel und Autor gefunden hätte, fehlte.

3

Ich las:

schneller, als er geschätzt hatte. Karl rief »jetzt«, und mit ihm sprangen sie über den Bahndamm: der Graf, der Grenadier, Gerd, Jürgen, Helmut und die beiden Schlesier. Als sie schon den Abhang runterhasteten, sprangen hinter ihnen noch zwei. Sie sprangen zu spät und zu kurz. Ihren Schrei, als die Räder sie trafen, überschrie das Pfeifen der Lokomotive.

Der Zug war schneller gekommen, als Karl geschätzt hatte, und er war kürzer. Ehe sie den kleinen Wald erreicht hatten, war er vorbei, standen die Wachen auf dem Bahndamm und schossen. Die erste Kugel traf Helmut; er flog ein paar Meter durch die Luft und blieb liegen. Die nächsten erwischten die beiden Schlesier. Dann schrie Jürgen auf, rannte aber weiter. Karl stolperte, überschlug sich und hörte gar nicht auf, sich zu überschlagen, bis er im Gesträuch zwischen den ersten Bäumen liegenblieb. Auch die anderen schafften es in den Wald und warfen sich hin.

Eine Weile zischten noch Kugeln. Aber sie waren nicht mehr gezielt. Die Wachen sahen sie nicht mehr. Sie konn-

ten sie auch nicht verfolgen; das hätte bedeutet, die anderen Gefangenen zu verlassen.

Sie blieben liegen, bis sie keine Schüsse hörten, keine Kommandos, keine Rufe. Bis nur noch die Vögel sangen, die Grillen zirpten und die Bienen summten. »Karl«, flüsterte der

...

du sterben?« Karl sah ihn an, als sei ihm die eine Antwort so gleichgültig wie die andere, als wolle er's aber endlich wissen. »Wenn du nicht sterben willst, muß sie ab.«

Jürgen blieb am Baum lehnen, stierte auf seine linke Hand, dick wie eine Panzerfaust, grau-lila-grün verfärbt, stinkend, und schüttelte langsam den Kopf. Dann guckte er die anderen mit seinen Kinderaugen an und sagte mit seiner Kinderstimme: »Aber Else singt, und wenn ich sie nicht mehr am Klavier...«

»Wenn sie doch ab muß!« Gerd schüttelte den Kopf, stand auf und kam rüber, kam mit entschlossenem, bedächtigen Gang, als wolle er die Hand an den Pflug legen und eine lange, gerade Furche ziehen, kam und strich Jürgen zärtlich mit der Linken über den Kopf und traf mit der Rechten sein Kinn, hart und fest, fing ihn auf, als er zusammensackte, und legte ihn sorgsam auf den Boden. »Du dummer Bub.«

Karl gab die Kommandos. Holz auf die Glut, das eine Messer ins Feuer, das andere ins kochende Wasser, Hemd in Streifen reißen, Jürgen festhalten. Dann schnitt er. Er zog die Lippe zurück, bleckte die Zähne, und in seinen Augen glomm die Lust an der Präzision der grausamen, notwendigen Arbeit. Jürgen kam zu sich und schrie, schrie mit quiekender Kinderstimme und wurde wieder ohnmächtig. Als die Hand da lag, sprudelte das Blut wie ein Quell. Karl nahm das rotglühende Messer aus dem Feuer und preßte es auf den Stumpf. Es zischte und rauchte und stank, und der Graf kotzte.

»Wird er wieder?«

Karl fauchte: »Woher soll ich das wissen? Ich bin kein Arzt.« Er verband den Stumpf.

»Woher hast du gewußt, daß er stirbt, wenn du nicht…«

Karl richtete sich auf. »So wie die Hand stank?« Er lachte den anderen ins Gesicht. »Ihr habt den Gestank doch nicht mehr ausgehalten. Ihr hättet ihn zurückgelassen. Ihn hier auf der Insel aussetzen – hätte euch das moralisch besser gefallen?«

Wieder glomm etwas in seinen Augen, eine Härte, eine Kälte, eine Verachtung, die den anderen angst machte. Als er die Messer ins kochende Wasser warf und sagte, in zehn Minuten brechen

…

nur fürs Auge, nur ein Bild, und die Knochen blieben kalt und steif. Dann stieg die rote Kugel ein bißchen höher, und es kam der einzige gute Moment des Tages.

Genießt! Gleich ist der Moment vorbei. Gleich ist die Sonne nicht mehr rot, sondern gelb. Gleich wärmt sie nicht mehr, sondern sticht. Gleich müßt ihr die Lappen um den Kopf wickeln, daß nur noch Schlitze für die Augen und die entzündeten, geschwollenen, zerstochenen Lider bleiben. Denn gleich schwärmen die Mücken auf, für jeden von euch eine Wolke, die um euch bleiben wird, bis die Kälte der Nacht kommt. Und eure Kleider werden keinen Schutz bieten und nicht die Lappen um den Kopf und nicht die Schuhe an den Füßen, und die Stiche werden nicht einfach jucken, sondern euch schinden, als seien es die Beulen eines Aussatzes.

Genießt! Die Knochen werden warm, und die Tundra beginnt zu duften. Das jämmerliche bißchen Moos, die paar Blüten und Kräuter, das verkrüppelte Nadelholz – es duftet betörend wie ein Versprechen. Im Duft ist der Geruch der Heimat, des Waldes und der Heide, und der Geruch der Fremde, in der nie geschmeckte Kräuter wachsen und nie gesehene Blumen blühen.

In die Herzen der Kameraden wehen Heimweh und Fernweh, und die Männer seufzen, seufzen in wohliger Sehnsucht. Sie recken sich, verwundert, weil sie sich in der Kälte der Nacht nicht vorstellen konnten, daß die Knochen je wieder ihren Dienst täten, und setzen sich auf. Der Grenadier verteilt, was zu verteilen ist: ein paar Beeren und vielleicht ein Stück getrockneten Fisch oder, solange sie noch davon haben, eine halbe Kartoffel. Dann brechen sie auf, wenn's geht, ehe der gute Moment vorbei ist. Aber auch wenn er schon vorbei ist, brechen sie auf, ohne zu klagen, ohne zu zögern. Es geht nach Hause.

Nur an dem Morgen, nach dem sie bei den Lotschenen gelagert hatten, war alles anders. Jürgen blieb einfach liegen; Karl dachte zuerst, er sei tot, aber dann sah er ihn lächeln. Gerd und der Grenadier richteten sich auf, setzten sich Rücken an Rücken und sahen sich um, als seien sie zur Sommerfrische. Aber es gab nichts zu sehen. Der Ort, an dem die Lotschenen gelagert hatten, war leer.

»Sie haben versprochen, wiederzukommen und uns mitzunehmen.« Der Graf suchte mit der Hand über den Augen den Horizont ab. »Wir sollen uns nicht von der Stelle rühren.«

»Es ist schön hier«, sagte Gerd.

»Warum«, wunderte sich der Grenadier, »warum haben wir die ganzen Wochen gedacht, wir müßten weiter?«

Jürgen lächelte den Stumpf seiner Hand an.

Karl zog die Lippen zurück und zeigte die Zähne. Sollte er ohne sie weiter? Manchmal hatte er sich in den letzten Wochen gewünscht, er wäre alleine. An vielen Tagen waren die Gefährten ein Klotz am Bein gewesen, eines Tages könnten sie ein Stein um seinen Hals sein. Er mochte sie nicht. Nicht Jürgen, das Kind, das nie erwachsen werden würde, nicht den dümmlichen, anmaßenden Grafen, nicht den Grenadier, eine Kampfmaschine, aus der ebensowenig ein friedenstauglicher Gesellschaftsmensch würde wie aus einem Panzer ein Traktor, und Gerd, dessen gläubige, bäuerliche Rechtschaffenheit ihm auf die Nerven ging. Aber er wußte schon, daß er sie aufscheuchen und weiterscheuchen würde, daß sie quengeln und heulen und bocken würden, daß er sie in den Arsch treten würde, bis sie das Zeug ausgeschwitzt hätten, das die Lotschenen gestern mit ihnen geteilt hatten. Er würde ihnen im Nacken sitzen, bis sie wieder wüßten, daß sie auf dem Weg nach Hause sind.

Ein gutmütiges Volk, die Lotschenen, dachte

4

Hatte ich schon mal von der stinkenden Hand oder den gut-mütigen Lotschenen gelesen? Ich erinnerte mich nicht. Ich blätterte weiter; es folgten Abenteuer auf Abenteuer. Ich wollte wissen, was vom Ende erhalten war, und las die letz-ten Seiten.

immer vorneweg, bis vor Moskau und hoch in den Kau-kasus. Nach Stalingrad haben wir nichts mehr von ihm ge-hört.«

Karl schüttelte den Kopf. »Er kommt wieder. Er kommt wieder und baut das Geschäft und das Haus wieder auf.«

Der Alte lachte spöttisch. »Schön wär's. Aber ich glaub's nicht. Von allen anderen, die beim Russen sind, haben wir gehört.« Er musterte Karl. »Kommst du auch vom Rus-sen? Siehst aus, als hättest du einen langen Weg hinter dir und wenig Gutes vor dir. Kannst hier im Lager schlafen, bis du was Besseres hast.«

»Lebt seine Frau?«

»Ja.« Der Alte schaute vor sich hin. »Aber sie lebt nicht mehr hier.« Er hob die Hände und ließ sie wieder sinken. »Ist keine leichte Zeit für Frauen.«

»Ich möchte ihr was von ihrem Mann ausrichten. Wo…«

»Von ihrem Mann ausrichten?« Der Alte schüttelte den Kopf und stand auf. »Schlaf. Ich weck dich morgen früh.«

So verbrachte er die erste Nacht in der Heimat zwischen den wenigen Beständen seines Geschäfts. Er ging durch das Lager und registrierte, was da war: viele Stühle, ein paar Schränke und Kommoden, die ersten Exemplare des Schreibtischs, den er entworfen hatte, ehe er ins Feld mußte. Sie gefielen ihm immer noch; er hatte gut daran getan, den Schreibtisch nicht für Fabrikdirektoren und Parteibonzen zu entwerfen, sondern für Schriftsteller und Wissenschaftler. Dankbar dachte er an den Alten, der die Bestände gerettet hatte und das Lager bewachte. Er war fast blind, hörte schlecht und ging schwer – es mußte ihn eine riesige Anstrengung gekostet haben. Und er wäre nicht dabeigeblieben, wenn er nicht immerhin ein bißchen daran glaubte, daß der junge Chef zurückkäme. Hätte er sich ihm zu erkennen geben sollen?

Irgend etwas hielt ihn auch am nächsten Morgen davon ab, er wußte nicht, was. Er dankte dem Alten. Dann ging er zum Einwohnermeldeamt; die oberen Stockwerke waren weg, aber im Keller und Erdgeschoß roch es nach Behörde, als sei nichts gewesen. Es war ganz einfach. Seine Frau lebte in der Nachbarstadt, Kleinmüllerstraße, Hausnummer 58. Er stellte sich an die Autobahn, und ein kleiner, dreirädriger Lastwagen nahm ihn mit und setzte ihn zwanzig Minuten später in der Stadtmitte ab. Verwundert ging er durch die Straßen: heile Häuser, blühende Gärten, keine Trümmer, kein Schutt, keine Bombentrich-

ter. Von der zweitürmigen Kirche läutete es Mittag, und auf dem Markt gab es Kartoffeln, Gemüse und Äpfel. Wie im Frieden, dachte er, und daß es gut sei, daß seine Frau nicht zwischen Trümmern leben müsse.

Lange stand er vor dem Haus. Roter Sandstein, eine Tür, als sei dahinter jemand eingesperrt, ein Balkon, als gelte es, auf ihm Kanonen aufzustellen, manche Fenster groß, aber manche schmal wie Schießscharten, der ganze Bau massig und düster trotz des Gartens darum herum. Karl wurde das Herz schwer. Er ging über die Straße, öffnete das Gartentor und ging die Stufen

Schade. Ich hätte gerne noch mal gelesen, wie Karl klingelt, sich die Tür öffnet und seine Frau da steht. Und was dann passiert – ich habe nicht wirklich erwartet, beim diesmaligen Lesen mehr zu erfahren als beim erstmaligen, aber ich habe mit Spannung gelesen, als ginge die Geschichte diesmal weiter und zu Ende.

5

Nachdem ich mich in der Wohnung eingerichtet hatte, richtete ich mich in der Stadt ein. Ich kannte sie; die Nachbarstadt war die schöne Schwester meiner häßlichen Heimatstadt, und schon als Schüler fuhren wir in die schicke Altstadt, in deren Cafés, Bars und Kellern mehr los war als bei uns. Freunde sind zum Studium dorthin gezogen; die Universität ist älter und angesehener und hätte auch mich gelockt, wenn ich nicht an der Heimatuniversität schon früh eine Stelle als studentische Hilfskraft bekommen hätte.

Ich bin, um mich in der Stadt einzurichten, auf die Märkte gegangen, jeden Samstag auf einen anderen. Es waren Märkte, auf denen neben einigen Händlern viele Bauern aus der Umgebung ihre Stände hatten, kleine Stände, an denen sie selbst oder ihre Frauen oder Omas Obst und Gemüse verkauften, Honig, selbsteingekochte Marmelade, selbstgekelterten Fruchtsaft. Natürlich waren auf jedem Markt andere Stände. Aber das Angebot war ähnlich, das Bild, der Geruch, die Rufe, die im breiten Dialekt den Mangold oder die frischen Erdbeeren anpriesen. Das Publikum war verschieden und ließ mich die verschiedenen Stadtteile kennenlernen: hier ein geschlossen kleinbürgerliches Viertel der Alteingesessenen, da eines, in dem die Häuser immer gepflegt und erhalten worden waren und alter und neuer Wohlstand nebeneinander wohnten, da ein Viertel im Wandel, neben grauen Häusern und kleinen Betrieben schmucke, sanierte Wohnhäuser und verkehrsberuhigte Straßen mit natursteinbelegten Kreuzungen. Es war das Jahr 1980, und die Städte kehrten von der Bau- und Zerstörungswut der 50er bis 70er Jahre zu einer gewissen Achtung vor sich selbst zurück.

Das Viertel um den Friedrichsplatz war ein solches Viertel im Wandel. Von den freistehenden Häusern, manche mit Renaissance- und Jugendstilelementen, waren einige schon saniert. Bei den älteren, schlichteren Häusern in geschlossener Bauweise dauerte es länger, standen hier und da aber Gerüste. Auch die zweitürmige Jesuskirche aus rotem Sand- und gelbem Backstein thronte so schmuck über den Kastanien, den Marktständen und dem Treiben auf dem Platz, daß sie noch nicht lange gesäubert sein konnte. Die Straßen vor der benachbarten Schule waren schon verkehrsberuhigt, und die anderen waren in Einbahnstraßen verwandelt worden, deren verwirrendes Netz die Autofahrer abschrecken sollte. Ich hatte auf dem Markt eingekauft und saß in einem Restaurant am Markt, das Tische und Stühle auf den Bürgersteig stellte.

6

Aber ich mußte von dem, was ich im Roman vom heimkehrenden Soldaten gelesen hatte, erst träumen, ehe ich erkennen konnte, was darin beschrieben war. Im Traum kam ich von weit her, wie Karl, lief verwundert durch die Straßen einer Stadt, auch wie Karl, ging wie er über einen Markt und stand wie er vor einem massigen, düsteren, abweisenden Haus aus rotem Sandstein. Dann wachte ich auf und wußte, daß ich das Haus kannte. Daß ich am Markt gesessen und es gesehen, nur nicht beachtet hatte.

Ich fuhr nach der Arbeit hin. Die Straße, die am Friedrichsplatz entlangführt, heißt nicht Kleinmüller-, sondern Kleinmeyerstraße, und das Haus trägt nicht die Nummer 58, sondern 38. Aber der rote Sandstein, die Gefängnistür, der Kanonenbalkon und die Schießscharten stimmen. Das Haus ist düster und fällt nicht ins Auge, seine Front zeigt nach Osten und lag im Schatten, aber ich konnte mir vorstellen, daß es in der Morgensonne freundlicher aussähe. Ich würde es herausfinden. Ich würde alles herausfinden.

Ich öffnete das Gartentor, ging die Stufen zur Tür hoch und las die Namen neben den Klingeln. Karl war Treppen gestiegen, das wußte ich noch, und also mußte seine Frau im ersten, zweiten oder dritten Stock gewohnt haben. Keiner der Namen sagte mir etwas. Zuerst wollte ich klingeln, aber dann ließ ich es bleiben. Ich notierte mir die Namen, um zu schreiben oder anzurufen.

Karl war von einem kleinen, dreirädrigen Lastwagen über die Autobahn mitgenommen worden, eine Fahrt von zwanzig Minuten. Er mußte in der Stadt gelebt und sein Geschäft geführt haben, in der ich aufgewachsen war; seine Frau war in die Nachbarstadt gezogen, in der ich jetzt lebte und arbeitete. Der Roman hatte nicht erwähnt, wo sein Lager gewesen war. In der Nähe unserer alten Wohnung? Ich war schon auf der Welt, als er zurückkam. Vielleicht spielte ich gerade auf der Straße, als er vorbeiging.

Ich lachte über meine Beinahe-Begegnung mit einer Romangestalt. Aber blieb nicht erstaunlich, daß die Großeltern dieses Manuskript bekommen hatten? War der Autor ein Freund meiner Mutter, den sie an die Großeltern vermittelt hatte? Oder war alles Zufall? Die »Romane zur Freude und zur guten Unterhaltung« hatten, wie ich noch wußte, neben Schweizer auch deutsche Autoren – warum nicht einen aus meiner Heimat? Einen Menschen, der Städte und Häuser nicht erfinden mochte, sondern der Wirklichkeit stahl?

7

Zu Hause las ich weiter.

Fluß war breit, breiter als jeder andere Fluß, den sie jemals gesehen hatten.

»Das muß der Amazonas sein«, sagte Jürgen ehrfürchtig. »Ich habe gelesen…«

Der Graf lachte höhnisch. »Der Amazonas…«

»Haltet die Klappe.« Der Grenadier zeigte flußaufwärts. »Was ist das?«

Es war kein Schiff. Kein Passagier- und kein Frachtschiff. Es war auch kein Verbund von Lastkähnen, wie Karl ihn vom Rhein kannte. Es sah aus, als schwimme eine Insel den Fluß hinunter, eine Insel mit Haus und Zaun darum herum. Karl begriff, daß diese schwimmende Insel ihre Chance war. Über den ganzen Fluß würden sie es schwimmend nicht schaffen, aber vielleicht bis zur Insel und dann von der Insel auf die andere Seite. Er zog Schuhe, Hose und Hemd aus und packte sie in den Sack. Weil er wußte, daß die anderen mit keiner Erklärung zufrieden wären, aber ihm folgen würden, sprang er in den Fluß.

Sie schafften es. Sogar Jürgen, der den Stumpf über Was-

ser halten wollte, sogar der Graf, der eine lächerliche Angst hatte, Wasser in die Nase zu kriegen. Nach einer halben Stunde saßen sie auf den Holzstämmen, aus denen die Insel zusammengebunden war, waren außer Atem und ließen die Beine baumeln.

»Was ist das?« Der Grenadier zeigte zum Zaun, über den der Gipfel des Hauses ragte.

»Wir werden's gleich wissen.« Karl stand auf und nickte dem Grenadier zu. »Komm!«

Sie gingen um den Zaun herum, fanden einen Eingang, wurden hereingelassen und zum Chef geführt.

»Deutsche«, lachte er, »Soldaten. Ihr habt hier nichts verloren. Nicht in Rußland und nicht in Sibirien.«

»Wir suchen hier auch nichts. Wir wollen weg.«

»Ha«, er lachte weiter und schlug sich auf die Schenkel, »habt ihr ein Glück. Habt ihr ein Glück, daß ihr zu Aolski gefunden habt. Wenn ihr arbeitet, nehme ich euch mit, bis sie euch am Ufer vergessen haben.« Er zeigte zu den beiden Ufern. »Dort ist Sowjetunion, dort ist Sowjetunion, aber hier ist ein freies Land. Keine Partei, keine Kommissare, keine Sowjets. Ich habe sechs Töchter und sechs Söhne, und wenn jedes Kind acht Kinder hat, hat das freie Land bald ein großes freies Volk. Es lebe das freie Aolistan.«

»Was passiert, wenn die Reise zu Ende ist?« Karl wußte nicht, auf welchem Fluß sie waren und wohin er floß, aber irgendwo würde das ganze Holz abzuliefern sein – diesseits der Grenze, nicht jenseits.

Der Chef sah ihn mißmutig und mißtrauisch an. Er war ein Bär von einem Mann. Einen Moment lang dachte Karl, er wolle ihn mit seinen Pranken zerquetschen. Aber dann lachte er wieder und schlug sich wieder auf die Schenkel. »Der pfiffige Deutsche will wissen, was passiert, wenn die Reise zu Ende ist? Dann treibt's das freie Aolistan auseinander. Uns weht der Wind davon, und wenn er uns absetzt, fügen wir das freie Aolistan wieder zusammen.« Er ging zu einem breiten, flachen, grob zusammengezimmerten Bau und machte das Tor auf. Drinnen stand ein Wasserflugzeug.

Karl fragte sich, wie eines Tages das große freie aolistanische Volk mit diesem kleinen Flugzeug wieder an den Oberlauf des Flusses fliegen würde. Aber wenn der Chef geschafft hatte, ein kleines Flugzeug zu organisieren, würde er vielleicht auch ein großes organisieren können. Vielleicht auch eines, mit dem der Wind sie in die Heimat oder immerhin über die Grenze tragen würde?

Sie blieben einen ganzen Monat. Jeden Abend feierten der Chef, seine Frau und seine Kinder ein Fest, und sie feierten mit. Jeden Morgen standen sie mit der Sonne auf und arbei-

...

wären Riesen über sie gekommen, die sie vernichten wollten. Es regnete Feldsteine, wie von tausend starken Armen geschleudert. Die Bäume, zwischen denen sie lagerten, splitterten, als schlüge eine Faust in ein Wäldchen aus Streichhölzern, von Kindern zum Spielen gebastelt. Der Boden bebte, als wolle er versinken. Karl, der sein Lager hinter einem Felsen aufgeschlagen hatte und nicht getroffen wurde, hörte in dem Niederfallen der Steine und Zusammenkrachen der Bäume die Schreie der Kameraden. Er erkannte die von Jürgen, quiekend wie damals, als er ihm die Hand amputiert hatte, die röchelnden, näselnden des Grafen und die des Grenadiers, der brüllte, als stürze er sich, schon getroffen und verwundet, mit dem Bajonett auf den Feind. Gerd hörte er nicht, dann sah er ihn im fahlen Licht des Monds, einen Schritt vor seinem Felsen, von einem gestürzten Baum verletzt, aber auch für die Sekunde geschützt, die Karl brauchte, um ihm die Hand zu reichen und ihn hinter den Felsen zu ziehen. Da lagen sie keuchend, während draußen die Wut der Riesen weitertobte und das Geschrei der anderen schwächer wurde und erstarb.

Als sie sich am Morgen hinter dem Felsen hervorwagten, erkannten sie den Ort nicht wieder. Gerd hob ein paar Steine an, um nach den Kameraden zu suchen, gab es aber gleich wieder auf. Der Wirrwarr aus Stämmen, Ästen und Steinen, auf dem sie standen, war wohl zwei Meter höher als der Boden, auf dem sich die Kameraden gestern ihr Lager bereitet hatten. Die Kameraden zu bergen, würden sie einen Bagger brauchen.

»Zuerst das Pech mit dem Flugzeug, die Grenze schon zum Greifen nah, jetzt das – sind wir verflucht?«

Karl schnaubte verächtlich. »Verflucht? Alles ist besser als das Bergwerk. Der schlechteste Tag hier draußen ist besser als der beste im Bergwerk.« Er sann seinen Worten nach. Dann bekräftigte er: »Auch der Tod hier draußen ist besser als das Bergwerk.«

Gerd schüttelte den Kopf. »Ich weiß, du hast recht. Aber es ist, als würde Gott ein Spiel mit uns spielen.«

»Wir müssen los.«

»Gleich.« Gerd nahm Karls Arm. »Spürst du es nicht? Wie sie Abschied von uns nehmen und wollen, daß auch wir von ihnen Abschied nehmen?« Er legte die andere Hand ans Ohr, als lausche er.

Karl versuchte, seine Ungeduld zu beherrschen, indem er zu zählen begann. Bis fünfzig gebe ich ihm, sagte er sich, und dann gab er ihm bis hundert und dann bis hundertfünfzig. Und mitten im Zählen hörte er Gerd »Ich hatt' einen Kameraden« summen,

8

Wie ich mich nicht erinnert hatte, schon mal von der stinkenden Hand und den gutmütigen Lotschenen gelesen zu
haben, kam mir beim Lesen auch das freie Aolistan und die
Wut der Riesen nicht wieder in Erinnerung. Nicht einmal
von der Begegnung mit dem getreuen Alten waren mir, obwohl mich das Ende doch besonders beschäftigt hatte, Spu-
ren im Gedächtnis geblieben. Aber auch wenn ich in dem,
was ich las, nicht wiedererkannte, was ich schon einmal gelesen hatte, fühlte es sich vertraut an. Vertraut und doch auch
fremd – irgend etwas fehlte. Manchmal kam es mir vor, als
fehle Wasser, als habe in den Abenteuern des Karl, an die
ich mich erinnerte, Wasser eine größere Rolle gespielt. Nicht
nur mal ein breiter Fluß, sondern große Seen und weite
Meere, Inseln und Küsten, der Baikal- und der Aralsee, das
Kaspische und das Schwarze Meer.

Dieses Blendwerk der Erinnerung irritierte mich. Ich hatte als Assistent eine Zeitlang mit Kollegen an einem Com-
puterprogramm zur Lösung juristischer Fälle gearbeitet,
das klären sollte, ob zum Beispiel eine Klage erfolgreich,
eine Forderung begründet, eine Leistung geschuldet ist.
Bald verstanden wir, daß das Problem nicht in Program-
mierkunststücken, Speicherkapazitäten und Rechenzeiten

lag. Es lag darin, daß wir nicht genau wußten, was Juristen machen, wenn sie Fälle lösen. Solange wir es nicht genau wußten, konnten wir es auch nicht auf dem Computer simulieren. Nun fanden wir zwar vieles darüber, was Juristen machen sollen, wenn sie Fälle lösen, aber weniges über das, was sie tatsächlich machen. Unter dem wenigen war die Vermutung, beim Lösen juristischer Fälle spiele wie bei der Diagnose des Arztes oder der Analyse des Chemikers das Wiedererkennen von Mustern eine entscheidende Rolle, und meine Aufgabe wurde, mit Juristen Interviews über die Rolle der Mustererkennung in ihrer Arbeit zu führen.

»Ein Déjà-vu«, antwortete ein pensionierter Richter, »ist ein Gefühl des Wiedererkennens, obwohl man, was man wiederzuerkennen meint, noch nie gesehen hat. Je älter ich wurde, desto öfter ging es mir so: Ich dachte, in einem neuen Fall einen alten wiederzuerkennen, löste ihn mit schlafwandlerischer Sicherheit und fand, wenn ich ihn beim alten ablegen wollte, daß es den gar nicht gab.«

»Wie erklären Sie...«

»Muster – davon reden wir doch. Mit den Jahren speichern sich im Kopf nicht nur Muster von vergangenen Fällen und Lösungen, sondern fügen sich die Elemente, aus denen die Muster gewirkt sind, von selbst zu weiteren Mustern zusammen. Sie erkennt man beim Déjà-vu wieder.«

»Sie fügen sich von selbst zusammen?«

»Na ja, vermutlich hat man sich das Muster mal durch den Kopf gehen lassen, als man für einen Fall nach einer Lösung gesucht hat. Napoleon soll am Morgen von Austerlitz ein Déjà-vu gehabt haben. Ich verstehe das. Er hatte im Kopf nicht nur die Schlachten, die er gekannt und geschlagen hat, sondern auch alle, die ihm bei irgendeiner Gelegenheit durch den Kopf gegangen sind, lauter Muster aus den Elementen Soldaten, Infanterie und Kavallerie, Kanonen, Gelände, Stellung. Eines dieser Muster war das Muster von Austerlitz.«

Die vorfindlichen Muster für unser Programm aufzuarbeiten war schon ehrgeizig und aufwendig genug – nun auch noch die imaginären? Was sind die Elemente, aus denen die juristischen Muster gewirkt sind? Wenn es gelänge, sie zu identifizieren – wie sollte das Programm sie zu imaginären Mustern fügen, nicht zu beliebigen, sondern zu gerechten? Vielleicht sogar zu gerechten, die von keinerlei Nützlichkeitserwägungen verunreinigt wären?

Ich habe keines dieser Rätsel gelöst. Ich habe die Ergebnisse meiner Interviews dargestellt – das war's. Ich war auch deswegen gerne beim Verlag, weil ich die Rätsel ruhen lassen konnte. Wie Autoren zu behandeln sind, ob ein Manuskript taugt, ob ein Buch sich schlecht oder gut verkaufen wird – das sind alles keine Rätsel.

Aber nun hatte ich wieder ein Rätsel. Ich hatte ein Déjàvu, wo ich mich doch hätte erinnern können. Was hatten die Elemente des Romans hinter meinem Rücken gemacht, zu welchen Mustern hatten sie sich gefügt?

Ich las den Rest.

lebhaft und fröhlich gewesen war, mit müden Augen und traurigem Mund. »*Es ist alles zerstört, das Geschäft, das Haus, alles.*«

»*Dann bauen wir's wieder auf.*«

»*Wie die Weihnachtskrippe*«, *lächelte die Mutter, und Karl erinnerte sich, wie der Vetter an Weihnachten mit dem neuen Ball die alte Krippe mit den vielen Figuren verwüstet und er sie mit der Mutter wieder aufgebaut hatte. Er wollte zurücklächeln, aber sie lächelte schon nicht mehr, sondern sagte wieder:* »*Es ist alles zerstört, das Geschäft, das Haus, alles.*«

Er wollte sich nicht wiederholen, wußte aber auch nichts anderes zu sagen. Daß ein Haus nur ein Haus und ein Geschäft nur ein Geschäft ist? Daß alleine zählt, ob man lebt?

»*Es ist alles…*«

»*Sei still!*« *Er fuhr seine Mutter so laut an, daß er aufwachte und hochschreckte.*

Gerd fragte: »*Ist alles in Ordnung?*«

Er nickte. »*Tut mir leid, daß ich dich geweckt habe.*«

»Träumst du vom Berg? Ich träume jede Nacht, daß ich die Lore hochschieben muß. Weißt du noch, die schwere Lore, die den Westfalen umgebracht hat, als er sie nicht weiterschieben konnte und sie zurückrollte?«

Karl nickte. »Schlaf weiter, Gerd. Denk nicht an die Lore. Denk nicht an die Toten. Denk an die Heimat.«

Nach einer Weile fragte Gerd: »Werden sie uns noch haben wollen?«

Karl lachte verächtlich. »Ich werde sie nicht danach fragen.«

...

und wenn sie nicht bezahlten, werde sein Fluch sie verfolgen. Dann entließ er sie.

Sie machten sich auf den Weg. Mal ging Karl voraus, mal Gerd, sie wechselten sich ab. Der Boden war steinig, aber der Sand, der sie doch erst am vierten Tag erwarten sollte, knirschte schon zwischen den Zähnen. Immer wehte ein Wind, immer trug er den Sand zu ihnen, in den Mund und ins Haar und in die Kleider und in die Ohren und in die Nase und in die Augen, die sie zu schmalen Schlitzen zusammenkniffen. Das Gebirge schien am Abend des ersten Tages so weit weg wie am Morgen und ebenso am zweiten und dritten Tag. Am vierten Tag war ihnen das Gebirge egal. Sie kamen zum Brunnen. Obwohl sie vorbereitet worden waren und nicht viel erwartet hatten, waren sie enttäuscht. Das Wasser stank.

»Er hat gesagt, es sei gutes Wasser.«

Karl fuhr auf. »Hör auf. Wo wir keine Wahl haben, gibt es nichts zu nörgeln und nichts zu jammern. Wir werden das Wasser trinken, wir werden es mitnehmen, und wir werden es bezahlen.« In der Höhlung hinter dem beschriebenen Stein lagen schon ein paar Münzen; er legte, was sie versprochen hatten, dazu.

Das Wasser schmeckte faulig und war doch Wasser. Es ließ sie ihre Lippen, ihren Mund und ihre Kehle wieder spüren. Es gluckste im Bauch. Es netzte ihnen Gesicht und Hände. »Es ist gut«, sagte Gerd andächtig, »es ist gut.«

Sie füllten die Flaschen und gingen weiter. Gerd sah sie nicht, und Karl sagte nichts über die dunkle Wolke am Rand des Gebirges. Was immer sich dort zusammenbraute – was sollten sie anderes tun als weiterlaufen? Die Wolke nahm bald nicht mehr nur den Horizont, sondern den Himmel über dem Gebirge und dann den halben Himmel ein.

Jetzt sah auch Gerd sie. »Gleich gibt's Regen!«

Karl schüttelte den Kopf. Er sah der Wolke beim Weiterwachsen zu. Es war nicht einfach eine Wolke. Sie war ein lebend Ding, wie eine Moskitowolke, ein Bienenvolk, ein Vogelschwarm. Sie kreiste in sich, wälzte etwas um, spie etwas aus, das sie sich gleich wieder einverleibte, um dadurch weiterzuwachsen. Dazu machte sie ein sirrendes Geräusch, wie Karl es noch nie gehört hatte und auch nie wieder hören wollte. Kaum erinnerte es ihn an das Sirren unter Hochspannungsleitungen, blitzte es auch schon. Keine Blitze, wie er sie kannte, keine zuckenden Lichtspuren, sondern ein gleißendes Lichtgeflecht wie das Geäder auf der Hand eines furchtbaren, zürnenden, strafenden alten Gottes. Es war ein tosender elektrischer Sturm. Karl hörte die Luft knistern und spürte, wie seine Haare standen. Dann hörte er einen entsetzlichen Schrei, einen

Schrei wie eines Messers Schneide, wie eine klaffende Wunde, und sah Gerd für eine Sekunde hell auflodern, ehe er stürzte, sich überschlug, hinabrollte und ihm schwarz vor den Füßen lag. Auch das Bild des schwarzen grinsenden Gesichts währte nur eine Sekunde, ehe alles schwarz wurde und der Wind losbrach und den Sand aufpeitschte und Karl in die Knie zwang.

Das ist das letzte Gericht, dachte er. Wenn ich das überlebe, überlebe ich alles. Er spürte den Sand an seiner Seite höher und höher wachsen. Ich darf hier nicht bleiben. Ich darf hier nicht eingeweht werden. Ich darf hier nicht begraben werden. Er stand auf und ging los, Schritt um Schritt. Er hatte kein Ziel und keine Kraft; es war nur sein Trotz, der ihn Fuß vor Fuß setzen ließ. Sie mochten ihn holen, der Sand, die Wüste, der Tod, aber er würde sich ihnen nicht schenken. Dreimal brach er zusammen und spürte, wie der Sand ihn einwehen und begraben wollte, und dreimal stand er wieder auf und ging weiter. Dann ging er nicht mehr, sondern wurde gegangen, geschoben, getragen, geworfen. Die Wolke wollte ihn nicht mehr einwehen und begraben. Sie atmete ihn ein und wieder aus, hob ihn an und trug ihn fort, blies ihn über den Grund, als wolle sie ihr Spiel und ihren Spaß mit ihm haben. Nichts konnte er machen, nichts. Er konnte nur registrieren, daß er noch lebte.

Aber auf einmal konnte er wieder sehen. Das Tosen des Sandes hatte ein Ende. Der Himmel strahlte wieder in hellem Blau, hochmütig, weil er sich die Kränkung, so grob verhüllt worden zu sein, nicht anmerken lassen wollte. Karl begrüßte die Sonne, die er beim Marsch durch die

Wüste so oft verflucht hatte, nach dem Dunkel des Sturms wie einen Freund. Er sah, daß ihn der Sturm an den Rand des Gebirges geworfen hatte. Und er sah an den grauen Hängen eine grüne Kuppe mit einer kleinen Hütte und wußte, da hatte der Sturm ihm das Ziel bestimmt.

Als er die Hütte fast erreicht hatte, öffnete sich die Tür, und eine Frau trat heraus und kam auf ihn zu. Sie kommt daher wie eine Königin, dachte Karl und hatte Angst. Er hatte seine Kraft und seinen Willen verbraucht, er war schwach. Er steckte in Lumpen, starrte vor Dreck und stank – gleich würde sie ihre Männer rufen und ihn davonscheuchen lassen wie einen streunenden räudigen Köter. Er sah ihre Schönheit, ihr lockiges Haar, ihre kräftigen Schultern, ihre vollen Brüste, ihre runden Hüften und langen Beine. Als sie näher kam, sah er eine freundliche Frage in ihren Augen und ihrem lächelnden Mund. Aber als er antworten wollte, brachte er nur ein Krächzen hervor, und im selben Augenblick stolperte er und kippte zur Seite. Sein letzter Gedanke war, daß er ihr immerhin hätte vor die Füße fallen können.

Als er zu sich kam, lag er in einem Bett. Er spürte das leinene Tuch, und nach den vielen Jahren war es wie klares Wasser oder frisches Brot. Er hörte Gesang, öffnete die Augen und sah

...

halte dich nicht. Ich gebe dir den langen Mantel und die große Tasche meines Vaters und packe dir ein, daß es dir über das Gebirge und in das Tal reicht, in dem die Grenze verläuft.«

Karl wußte nicht, ob er ihr glauben sollte. »Ich…«

»Sag nichts.« Kalinka schlang die Arme um seinen Hals und legte den Kopf an seine Brust. »Wenn dich der Gedanke an die Heimat so quält... der Gedanke an sie... Wird sie dir gut sein? Wird sie dich in den Schlaf singen? Wird sie die richtigen Kräuter wissen, wenn die alte Wunde schmerzt? Wird sie deinen Kopf zwischen ihren Brüsten bergen, wenn du vom Bergwerk träumst und auffährst? Wie gerne würde ich dich behalten, noch mal neun Monate und noch mal und noch mal – für immer wollte ich dich.«

Kalinka löste sich von ihm und ging hinein. Während er noch mal den Blick in die Weite gehen ließ, über die Wüste an die Hänge des Gebirges und hinauf zu den Gipfeln, war nichts mehr von der Trauer in ihm, mit der er so oft hier gestanden und in die Weite gesehen hatte. Wehmut über den Abschied war da, aber stärker war die Freude auf den Aufbruch.

Nach einer Weile rief sie ihn. Sie hatte den Mantel bereitgelegt und die Tasche gepackt. Sie hatte das Essen gerichtet, das gleiche wie die anderen Abende. Sie liebte ihn auch nicht anders als all die anderen Male. Als er am Morgen aufstand und aufbrach, stellte sie sich schlafend. Aber dann stand sie doch in der Tür und sah ihm nach, wie er höher und höher stieg.

Neun Monate! Die Ankunft bei Kalinka stand auf Seite 93, die Abreise auf Seite 95 – neun Monate hatte er also nichts anderes getan als gegessen, traurig in die Weite gesehen und Kalinka geliebt. Neun Monate, in denen er nicht weiterkonnte? Nein, neun Monate, in denen er nicht weiterwollte – trotz aller Sehnsucht nach Heimat und Frau.

Ich wunderte mich, daß meine moralischen Großeltern ihm das hatten durchgehen lassen. Oder straften sie ihn dadurch, daß er bei der Heimkehr seine Frau an der Seite des anderen fand? Wenn der Roman auf Karls Bestrafung hinauslief, konnte die Frau ihn, den Totgeglaubten, nicht nach dem ersten Erschrecken mit glücklichem Aufschrei in die Arme schließen. Mußte der andere sich nicht, als Lügner und Täuscher bloßgestellt, davonstehlen. Konnte Karl, wenn er den anderen zum Kampf herausforderte, nur kläglich verlieren.

Am Wochenende besuchte ich meine Mutter. Als das Dorf am Neckar, in das sie mit mir gezogen war, ein Vorort wurde, zog sie in ein Dorf am Rand des Odenwalds. Sie grüßte alle, hielt im Laden einen kleinen Schwatz und lebte sonst für sich. Sie war immer gerne Auto gefahren und fuhr, seit sie es sich leisten konnte, sportliche Cabriolets. Auf dem Weg zur Arbeit stand sie im Stau. Aber abends arbeitete sie spät und konnte auf dem Heimweg schnell fahren. Im Sommer schlug sie das Verdeck zurück, ließ ihr langes, blondes Haar vom Wind zausen und genoß an den Ampeln die bewundernden Blicke der Männer, mit denen sie sonst nichts im Sinn hatte. Sie wäre eine schöne Frau gewesen, wenn sie nicht abweisend geschaut und um den Mund einen verächtlichen Ausdruck gehabt hätte. Aber das sah man an der Ampel nicht. Manchmal verschwanden Abweisung und Verachtung aus ihrem Gesicht. Vielleicht war es auch nur die Dämmerung auf der Terrasse ihres Hauses oder das Kerzenlicht in einem Restaurant.

Ich besuchte sie alle vier, fünf Wochen, und manchmal trafen wir uns zum Kino oder auf ein Abendessen in der Stadt – mühelose, ein bißchen langweilige Begegnungen. Meine Mutter hatte immer eine nicht geradezu lieblose, aber überaus nüchterne Art gehabt, mit mir umzugehen. Nüchtern war sie ohnehin, und mir gegenüber hat sie die Nüchternheit noch betont, weil sie das Männliche in meine Erziehung bringen wollte. Zärtlichkeit, Vertraulichkeit, Trauer um Erlittenes oder Verpaßtes, Zögern vor einer Entscheidung – das alles war ihr fremd. Oder sie hatte es so lange und so tief versteckt, daß es sich nicht mehr hervorwagte. Wir teilten uns mit, was in unseren Leben passierte, ohne es groß zu kommentieren. Ihre Kritik an mir ließ nicht nach, wurde aber in angelegentliche Fragen gekleidet. »Denkst du manchmal an deine Habilitation? Siehst du noch diese Person, die du mir damals vorgestellt hast?«

Manchmal brachte ich alles Nötige mit und kochte. Meine Mutter mochte und konnte nicht kochen; ich bin mit Brot, Aufschnitt und aufgewärmten Fertiggerichten aufgewachsen. Selten erlebte ich sie so offen und beschwingt, so mädchenhaft, wie wenn ich an Herd und Tisch arbeitete und sie sich um mich herum mit Überflüssigem beschäftigte oder schon das erste Glas Sekt trank. Die Tabuthemen blieben Tabu; über meinen Vater, ihr Verhältnis zu ihm, ihr Verhältnis zu anderen Männern und zu ihrem Chef erfuhr ich auch dann nichts. Aber sie erzählte manchmal von ihrer Kindheit und vom neuen Anfang nach der Flucht, dem Hamstern auf den Bauernhöfen des Umlands, den Carepaketen, dem Brennesselsammeln und -kochen.

»Du hast Brennesselspinat gekocht?«

»Ja, stell dir vor.«

»Hast du mich zum Hamstern mitgenommen?«

»Ich war die kleine, tapfere, blonde Frau mit dem Kind auf dem Arm. Du hast dir dein Geld schon früh verdient.«

Ich fragte sie nach den »Romanen zur Freude und zur guten Unterhaltung«. Nie war sie mit mir zu den Großeltern gefahren und, soweit ich wußte, auch nie ohne mich. Ich ließ schon als Kind nicht locker, bis sie mir erklärte, die Großeltern verziehen ihr nicht, daß ihr Sohn sie geliebt und geheiratet habe und daher in Deutschland geblieben und umgekommen sei, und sie verstünde zwar den Schmerz der Großeltern, sehe aber nicht ein, warum sie sich dem abwegigen Vorwurf aussetzen solle. Ich sagte mit schwerem, stolzen Kinderherz, dann wolle ich auch nicht mehr hingehen. O nein, stellte sie klar, anders als sie hätte ich doch nicht darunter zu leiden. Ich solle es den Großeltern auch nicht übelnehmen. Sie hätten mich lieb und ich sie auch. Sie seien gute Menschen. Sie kämen nur mit ihrem Schmerz nicht zurecht.

»Erinnerst du dich an die Romanreihe, die die Großeltern nach dem Krieg herausgegeben haben? Hast du gelegentlich Autoren an sie vermittelt? Freunde oder Bekannte, die geschrieben haben?«

»Du weißt doch – ich hatte mit den Großeltern nur den nötigsten Kontakt. Wann kommt dein Zug dort an, wann kommt er hier an, wie lange bleibst du. Ich habe ihnen keine Autoren vermittelt.«

»Kennst du das Haus in der Kleinmeyerstr. 38, am Friedrichsplatz, bei der Jesuskirche? Sandstein…«

»Ist das ein Verhör? Erfahre ich wenigstens, wessen ich angeklagt bin?«

»Es ist kein Verhör. Ich versuche, mehr über einen Roman aus der Reihe herauszukriegen.« Ich erzählte ihr von meinen Lektüren, der vor vielen Jahren und der vor wenigen Tagen, von Karls Abenteuern und von meiner Entdeckung des Hauses. »Der Autor muß aus der Gegend kommen!«

»Hast du nichts Besseres zu tun?«

»Du meinst meine Habilitation? Ich werde sie nicht zu Ende schreiben, Mama. Ich kann dir nicht sagen, wie froh ich bin, sie loszuhaben. Manchmal denke ich gerne über das eine oder andere Problem nach. Aber zu Ende – zu Ende möchte ich viel lieber Karls Geschichte erzählt bekommen.«

»Es gibt ein Dutzend Varianten, sie zu Ende zu erzählen. Du hast keine Ahnung, wie viele Heimkehrgeschichten nach dem Krieg erzählt und gedruckt worden sind. Heimkehrromane waren ein eigenes Genre, wie Liebes- und Kriegsromane.«

»Erzählst du mir eine Variante?«

Sie dachte nach. Sie nahm sich richtig Zeit und dachte gründlich nach. Dann sagte sie: »Sie bleibt beim anderen. Ihr war mitgeteilt worden, Karl wäre gefallen, und sie hat um ihn getrauert und dann den anderen Mann getroffen und sich in ihn verliebt. Karl bleibt ganz ruhig, als sie ihm das sagt. Dann will er, daß sie und der andere ihm beim Leben ihrer Töchter schwören, daß sie niemandem sagen, daß er lebt. Sie versteht das nicht, aber er besteht darauf, und so schwört sie und nach ihr der andere Mann. Dann geht Karl.«

Hast du nichts Besseres zu tun? Meine Mutter hatte verstanden, mir ein schlechtes Gewissen zu machen. Es war ihr Erziehungsmittel gewesen, das mich zum guten Schüler gemacht und dafür gesorgt hat, daß ich getreulich meine Pflichten in Haus und Garten erfüllt, verläßlich Zeitschriften ausgetragen und mich um die Nöte meiner Freunde und Bekannten gekümmert habe. Das Privileg, lernen zu dürfen, das Leben im schönen Haus mit dem schönen Garten, das Geld für das Nötige und erst recht das Überflüssige, die Freundschaft der Freunde und die Liebe der Mutter – alles wollte verdient sein. Es wollte willig und fröhlich verdient sein; meine Mutter hatte den Konflikt zwischen Pflicht und Neigung dahin aufgelöst, daß ich die Pflicht mit Neigung zu erfüllen hatte.

Ich habe mich später oft darüber lustig gemacht. Ich habe auch gedacht, ich hätte mich davon befreit, indem ich die Arbeit an der Habilitation leichten und frohen Herzens aufgab. Aber kaum hatte meine Mutter ihre kritische Frage gestellt, war das schlechte Gewissen wieder da, wie früher, und wie früher brauchte es noch nicht einmal eine böse Tat. Ich hatte ein schlechtes Gewissen, obwohl ich mir keiner Schuld bewußt war.

Aber wenn man sucht, findet man. Im kalifornischen Paradies hatte ich den Vorsatz gefaßt, meiner Freundin und ihrem Sohn, so sie dies brauchten, ein guter Freund zu sein. Nichts war aus dem Vorsatz geworden. Dabei war es ein guter Vorsatz gewesen. Meine chaotische Freundin Veronika hatte einen guten Freund nötig, und ihr Sohn Max, um den sich sein Vater nicht kümmerte und nie gekümmert hatte, hing nach acht Jahren unter einem Dach an mir und ließ sich von mir zwar nicht viel, aber mehr Unsinn ausreden als von jedem anderen. Ich wollte Max nicht büßen lassen, daß ich dem Mann, mit dem Veronika vor unserer Trennung eine Affäre angefangen hatte, nicht begegnen mochte.

Ich begegnete nicht mehr ihm, sondern schon dem nächsten. Veronika verzichtete auf meine Freundschaft; als der letzte sie verlassen hatte, habe sie mich gebraucht, jetzt komme sie zurecht. Aber Max freute sich, mich zu sehen, und wir nahmen die alte Gewohnheit auf, alle zwei Wochen gemeinsam ins Kino zu gehen. Manchmal blieb es nicht beim Film, und wir aßen Pizza oder Currywurst mit Pommes frites und tranken noch eine Cola und noch eine.

Jetzt hatte ich etwas Besseres zu tun, jedenfalls alle vierzehn Tage. Aber das Bessere beeilte sich, mir für meine Suche nach dem Ende von Karls Geschichte eine Spur zu zeigen, und ich nahm dies als Zeichen, ich müsse kein schlechtes Gewissen haben und dürfe mit meiner Suche fortfahren. Max und ich sahen im Kino die Abenteuer des Odysseus mit Kirk Douglas, und mir fiel es wie Schuppen von den Augen. Ich hatte nicht das Kaspische oder Schwarze Meer vermißt, sondern die Ägäis. Das Muster, zu dem sich Karl und seine Gefährten, ihr Schweifen, ihre Abenteuer, das Bestehen von Gefahren, das Scheitern an ihnen und Karls Heimkehr fügten, war das Muster der *Odyssee*.

Ich hatte die Abenteuer des Odysseus als Kind in einer Sammlung griechischer Sagen gelesen. In der Schule hatte ich Auszüge der *Odyssee* vom Griechischen ins Deutsche übersetzt und darüber hinaus die ersten 96 Zeilen auf griechisch auswendig gelernt. Der Polyphem, die Sirenen, Skylla und Charybdis, Nausikaa, Penelope, die Rache an den Freiern – das hatte ich behalten. Noch in derselben Nacht las ich die *Odyssee* wieder. Ich fing mit dem Ende an. Ich hatte geglaubt, Odysseus habe auf Ithaka mit Penelope sein Glück und seine Heimat gefunden. Statt dessen erfuhr ich, daß er von ihr wieder Abschied nehmen und mit einem Ruder auf der Schulter wandern mußte, bis er in ein Land kam, in dem die Menschen keine Ahnung hatten, was ein Ruder, was ein Schiff, was das Meer und was Salz ist. Von dort durfte er zwar wieder zurückwandern. Aber sterben sollte er fern vom Meer, und da Ithaka eine Insel im Meer ist, bedeutete das den Tod fern von der Heimat. So hatte es Teiresias Odysseus im Hades geweissagt, und Homer versichert am Ende der *Odyssee*, daß Teiresias' Weissagung sich erfüllte.

Vom Ende führte mich Homers Hinweis in das Buch, in dem Odysseus in die Unterwelt hinabsteigt und von Teiresias die Zukunft erfährt. Im selben Buch landet er bei den Lästrygonen, Riesen, die viele seiner Gefährten fressen und deren Schiffe zerstören, davor findet er bei der vierzehnköpfigen Familie des Äolos auf einer schwimmenden Insel Aufnahme, und noch mal davor muß er die Gefährten mit Gewalt weitertreiben, weil sie, von den gutmütigen Lotophagen mit Lotos bewirtet, die Heimat vergessen haben. Im

Hades spricht Odysseus nicht nur mit Teiresias, sondern auch mit seiner Mutter, später vergreifen sich die Gefährten an den Rindern und Schafen des Sonnengottes, kommen zur Strafe im Sturm um, und Odysseus wird an Kalypsos Insel gespült, wo er rund neun Jahre bleibt, ehe sie ihn weiterziehen läßt.

Dazwischen finden die Begegnungen mit dem Zyklopen Polyphem und das fröhliche Jahr bei der Göttin Kirke statt, die Verlockung durch den süßen Gesang der Sirenen und die Fahrt zwischen dem Strudel Charybdis und dem Felsen der Skylla. Vermutlich hatte der Autor meines Romans daraus die anderen, auf den nicht erhaltenen Seiten beschriebenen Abenteuer gestaltet. Aus der Begegnung mit Polyphem das Verschüttetwerden in einer Höhle, aus der Karl und seine Kameraden sich listig an den russischen Rettungsmannschaften vorbeistehlen müssen? Aus Kirke eine sibirische schamanische Zauberin? Aus den Sirenen Sängerinnen vom Chor des KGB? Strudel und Fels konnten bleiben, waren aber vielleicht zu einem engen Paß oder hohen Wasserfall geworden. Der Autor hatte nach Herzenslust variiert. Aolski war nicht Herr über die Winde, aber doch über ein Flugzeug und mochte auch Karl zu einem Flugzeug verholfen haben, mit dem Karls Kameraden ebenso Unfug anstellten wie Odysseus' Gefährten mit dem Windsack des Äolos; Riesen gab es nicht, aber die Naturgewalten wüteten, als wären es Riesen; der Mutter begegnete Karl statt im Hades im Traum; und Gerd hatte zwar nicht dem Sonnengott Rinder und Schafe, vermutlich aber dem Eigentümer des Brunnens Münzen gestohlen. Sandsturm statt Sturm auf dem Meer – warum hatte der Autor nicht das Kaspische oder Schwarze

95

Meer nehmen mögen? Waren die neun Monate bei Kalinka statt neun Jahre bei Kalypso unserer schnelllebigen Zeit oder dem Umstand geschuldet, daß der Autor den Roman nach dem Krieg geschrieben hatte?

Bei Jürgens stinkender Hand mochte Philoktets stinkender Fuß Pate gestanden haben, und im getreuen Alten lebte der Sauhirt Eumaios, dem Odysseus auf Ithaka als erstem begegnet war und der ihm schließlich beim Kampf mit den Freiern half. Das war von Karls getreuem Alten, fast blind, fast taub und schlecht zu Fuß, schwerlich zu erwarten. Überhaupt stimmte am Ende des Romans zu vieles nicht mehr mit der Vorlage überein, als daß mir die Vorlage das Ende des Rätsels hätte lösen können. Einen Telemach, einen Sohn Karls, gab es nicht. Karls Penelope hatte den Freiern nicht widerstanden, sondern sich einen erwählt und mit ihm ein Kind, wenn nicht zwei. Ihn zu erschlagen hatte nicht die gleiche Evidenz wie Odysseus' Wüten unter den dreisten Kerlen, die Penelope belästigt, bedrängt und beraubt hatten. Nein, im Haus 58 oder 38 der Kleinmüller- oder Kleinmeyerstraße hatte kein Gemetzel stattgefunden.

12

Warum war der Autor am Ende von der Vorlage abgewichen? Aber die andere Frage war ebenso interessant. Warum war er der Vorlage bis zum Ende gefolgt?

Was ich gelesen hatte, wirkte nicht, als habe er leere Seiten vor sich und die *Odyssee* neben sich gehabt und phantasielos Abenteuer um Abenteuer aus der Welt der Sage in Karls Welt übersetzt. Es wirkte spielerisch. Da mußte jemand eine Geschichte schreiben, wollte eine Soldaten- und Heimkehrergeschichte erzählen, kannte den Jargon, kannte die *Odyssee* und machte sich's leicht. Er machte sich nicht die Mühe, Sibiriens Vegetationen, Regionen und Grenzen zu recherchieren. Ihm war egal, daß in Sibirien die Flüsse nicht nach Süden, sondern nach Norden fließen. Er wußte, daß es in Sibirien Tundra, Wälder und Flüsse gibt, daß es nach Süden heiß und trocken wird und daß dort andere Länder angrenzen. Warum den Leser mit den Namen behelligen!

Wollen wir's überhaupt genau wissen? Ich dachte an einen alten Freund, der Sterne und Sternenkonstellation zu benennen und zu deuten weiß wie kein anderer. Er erfindet alles, aber selbst wenn man es weiß, ist ihm zuzuhören ein Genuß. Weil wir mit den wahren Namen nicht mehr anzufangen wissen als mit falschen? Weil es nur darum geht, sich das gewaltige Gefunkel des Sternenhimmels durch Benennung und Bedeutung vertraut zu machen?

Nach der *Odyssee* las ich Josef Martin Bauers *So weit die Füße tragen*. Ich erinnerte mich an den Erfolg, den das Buch 1955 bei seinem Erscheinen gehabt und daß es ihn dem Eindruck verdankt hatte, es erzähle eine wahre Geschichte. Daß ein deutscher Soldat es aus eigener Kraft von Sibirien in die Heimat geschafft hatte, tat der deutschen Seele gut. Ebenso wie Karls Weg begleitete und überquerte auch der Weg Clemens Forells große Flüsse und führte durch die Tundra und durch Wälder, durch die Wüste und übers Gebirge. Beider Wege gingen nach Süden; wie sollte es auch von Sibirien über den Ural und durch Rußland und Polen oder die Tschechoslowakei nach Deutschland zu schaffen gewesen sein. Die Route von Clemens Forell ist mit ihren Stationen so präzise benannt, und die Umstände der Ankunft im Iran sind so detailliert beschrieben, daß sich alles völlig authentisch liest. Ich fragte mich, ob meine Vorstellung eines phantasievollen, spielerischen Autors nicht zu einfach war. Könnte nicht auch der Autor von Karls Geschichte eine wahre oder immerhin mögliche Geschichte erzählt und lediglich ein bißchen ausgeschmückt haben?

Aber die Situation der deutschen Kriegsgefangenen in Sibirien ist erforscht und die Literatur zugänglich. Ich lernte, daß die meisten deutschen Gefangenen nichts von dem Widerstandswillen, der Widerstandskraft hatten, aus denen der Mut zur Flucht kommt. Nur wenige haben die Flucht aus Sibirien versucht, keinem einzigen ist sie gelungen. Auch der Roman *So weit die Füße tragen* hat ein gewaltiges Geschehen vertraut gemacht, indem er erfunden hat, daß Gefangenschaft nicht ausweglos war, daß man ihr entfliehen und nach langer Irrfahrt wieder in die Heimat finden konnte.

Also blieb es bei dem Autor, der eine Geschichte schreiben sollte und sich's leichtmachte. Wie kommt jemand, der die *Odyssee* derart intim kennt, dazu, einen Roman zur Freude und zur guten Unterhaltung schreiben zu müssen? Ich konnte mir nicht vorstellen, daß er nicht auf dem Gymnasium gewesen war. Dann hatte er wahrscheinlich auch studiert. Wurde er eingezogen, kam nach dem Krieg zunächst nicht wieder in seinen alten Beruf und hielt sich mit Heftromanen über Wasser? Nach dem Odysseus-Heft noch ein Jason-, Ödipus- und Orest-Heft? Und als die Zeiten besser wurden, wurde er Griechischlehrer, Philosophieprofessor oder Theaterintendant?

Ich schrieb an die Deutsche Bibliothek und die Schweizerische Landesbibliothek, fragte, ob sie in ihren Beständen die »Romane zur Freude und zur guten Unterhaltung« hätten, und bekam abschlägige Bescheide. Sie hätten grundsätzlich alles, was in der Schweiz beziehungsweise in Deutschland gedruckt werde; es könne aber aus der Vergangenheit Veröffentlichungen kleiner Verlage geben, die ihnen entgangen seien.

Ich setzte ein Inserat in die *Neue Zürcher Zeitung.* »Für wissenschaftliche Untersuchung Hefte der von Anfang der 40er bis Anfang der 60er Jahre erschienenen Reihe ›Romane zur Freude und zur guten Unterhaltung‹ gesucht. Bitte Angabe der Hefttitel und -autoren und Preisvorstellung an Chiffre…« Ich bekam eine einzige Zuschrift, der kostenlos

Heft 242 beilag, *Notfall um Mitternacht* von Gertrud Ritter. Immerhin erfuhr ich so, daß die Hefte im Rhein-Verlag in Basel erschienen waren, dessen Logo einen Fluß mit einer gedeckten Fähre zeigte. Mein Buchhändler kannte den Rhein-Verlag nicht. Ich fand ihn aber im Handelsregister und den Namen des eingetragenen Eigentümers im Basler Telephonbuch. Ich rief an und sprach den gleichnamigen Sohn. Sein Vater war tot, der Verlag ruhte, er selbst handelte mit Computern. Er erinnerte sich noch an meinen Großvater; als er ein kleiner Junge gewesen sei, habe der alte Herr regelmäßig Manuskripte, Druckfahnen und -vorlagen geholt und gebracht. Nein, ein Archiv des Verlags gebe es nicht.

13

An einem Donnerstag bin ich nach der Arbeit in die Kleinmeyerstr. 38 gefahren und habe im ersten Stock geklingelt.
Im ersten Stock – je länger ich die vage Erinnerung an das
Ende des Romans mit mir trug, desto sicherer war ich, daß
Karl die Treppe nicht höher gestiegen war. Ich hatte weder
geschrieben noch angerufen; ich wollte die Treppe hochstei-
gen und vor der Tür stehen wie Karl – unangekündigt und
unvorbereitet auf das, was würde.

Das Namensschild neben dem Klingelknopf zeigte »Bindinger« an. Ich wartete. Auf dem Friedrichsplatz spielten
Kinder, von der Jesuskirche schlug es sechs. Als ich ein zweites Mal klingeln wollte, hörte ich das Summen des Türöffners und drückte die schwere Tür auf. Das Treppenhaus
war groß, die Treppenstufen waren breit und tief, die brust-
hohe Holztäfelung mit Mäanderrelief wurde offensichtlich
gepflegt, und gegenüber dem Eingang zur Erdgeschoßwoh-
nung hing ein die Wand füllendes, stark gedunkeltes Bild
eines Herrn zu Pferd vor allerlei Volk in bunten Kostümen
mit Fahnen und Wimpeln. Ich ging die Treppe hoch.

In der Tür stand eine Frau meines Alters, mittelgroß,
mittleres Gewicht, blasses blondes Haar, nach hinten gerafft
und von einer Klammer gehalten, weite blaue Jeans und wei-

ter roter Pullover, barfuß. Sie nahm die Klammer aus dem Haar, schüttelte den Kopf, bis das Haar locker fiel, und sagte: »Ich komme eben erst nach Hause.«

»Von der Arbeit?«

Sie nickte. »Woher kommen Sie?«

»Auch von der Arbeit.«

Sie lächelte. »Ich meine, was Sie herführt.«

»Es ist ein bißchen schwierig. Es liegt viele Jahre zurück und hat nicht mit Ihnen, sondern mit Ihrer Wohnung zu tun. Wissen Sie, wer nach dem Krieg hier gewohnt hat?«

»Wir haben hier gewohnt.«

»Wir?«

»Meine Eltern, meine Schwester und ich. Wer sind Sie?«

»Debauer. Peter Debauer.«

Ich suchte in meinen Taschen, fand eine berufliche Visitenkarte und gab sie ihr. »Darf ich Ihnen die ganze Geschichte erzählen?«

Sie sah auf meine Karte, auf ihre Uhr, in ihre Wohnung und mich an. Sie nickte und gab mir die Hand. »Barbara Bindinger.«

Der Flur war groß und hatte die Holztäfelung des Treppenhauses. Durch eine offene Doppeltür ging der Blick in ein Zimmer mit Stuck und Parkett und durch eine offene, doppelte Glastür auf den Balkon. Alles war großzügig geschnitten, aufwendig gestaltet, hell. Aber die Möbel, Vorhänge und Teppiche aus den 50er und 60er Jahren paßten nicht dazu, und überdies sah es aus, als habe schon lange niemand mehr aufgeräumt und saubergemacht.

»Setzen wir uns auf den Balkon? Ich glaube, es ist warm genug.«

Ich erzählte. Nach einer Weile stand sie auf, brachte eine Flasche Wein und zwei Gläser und schenkte uns ein. Sie hörte aufmerksam zu. So wie sie in der Tür gestanden hatte, vor mir her durch Flur und Zimmer auf den Balkon gegangen war und jetzt mir gegenübersaß, war sie keine auffällige Erscheinung. Aber ich hatte die Bewegung gemocht, mit der sie ihr Haar lockergeschüttelt hatte, und ihr schiefes, freches, warmes Lächeln. Erst jetzt, im hellen Licht auf dem Balkon, sah ich ihre blassen blauen Augen und die Haut ihres Gesichts, mit einem schwachen Hauch Rosa so blaß, so weiß, so nackt, daß mich ein Gefühl bedrängte, als tue ich einen unziemlichen Blick auf ihre Brüste oder ihr Geschlecht. In ihrer Oberlippe sah ich eine kleine Narbe, Überbleibsel einer besonders gelungenen, sonst spurlosen Operation oder eines Sturzes. Ihre Lippen waren schön.

Als ich fertigerzählt hatte, lächelte sie wieder und zuckte die Schultern. »Ich erinnere mich nicht, verschämt hinter der Schürze meiner Mutter hervorgeschaut zu haben, als ein fremder Mann die Treppe hochkam. Oder hätte meine Schwester verschämt hervorgeschaut und wäre ich auf Mutters Arm gewesen? Ich erinnere mich nicht an einen anderen Mann neben meinem Vater, damals nicht und später nicht. Meine Eltern waren glücklich verheiratet, so, wie man in ihrer Generation eben glücklich verheiratet war. Ich kann mir überhaupt nicht vorstellen, daß Mutter Geheimnisse hatte, daß sie einen Liebhaber hatte. Aber weiß ich's? Meine Schwester hat Mutters Unterlagen, und vielleicht ist darunter ein Tagebuch, und vielleicht liegen zwischen dessen Seiten Photos und Briefe eines Liebhabers und die gepreßte Rose, die er ihr nach der ersten Nacht oder ersten Stunde im

Hotel geschenkt hat. Ich würd's ihr gönnen, besonders in den vielen Jahren, als sie Witwe war. Aber dem Ende Ihres Romans brächte Sie das nicht näher, oder?«

»Kann ich mit Ihrer Schwester reden?«

»Sie lebt nicht hier. Aber sie lebt auch nicht weit weg.«

Ich wußte nicht, ob das eine ausweichende oder ermutigende Antwort auf meine Frage war. Insistieren wollte ich nicht, und ich konnte es auch nicht, weil sie sogleich fortfuhr: »Es bleibt, daß das Haus übereinstimmt, das Stockwerk und die kleine und die große Schwester. Vielleicht wohnte der Autor im Haus? Wir müßten rausfinden können, ob hier nach dem Krieg ein brotloser Griechischlehrer wohnte. Was meinten Sie noch? Philosophieprofessor? Theaterintendant? Unten wohnte ein Theaterintendant, wir verdanken ihm das ausrangierte Bühnenrequisit im Treppenhaus, aber er zog erst in den 50ern ein und in den 60ern wieder aus. Schade, daß wir Mutter nicht mehr fragen können.«

»Sie lebt nicht mehr?«

»Sie ist vor drei Monaten gestorben. Das alles sind noch ihre Sachen; ich bin erst vor zwei Wochen eingezogen und schaff's nach der Arbeit nicht, mich um die Wohnung zu kümmern. Zum Glück hat Margarete alles, was von Mutters Sachen brauchbar war, genommen; ich muß nur noch entrümpeln.«

Ich erzählte ihr von meiner immer noch leeren Wohnung.

»Ist das besser? Eine leere Wohnung statt einer mit Sachen, die man nicht mag?«

»Ich finde es wunderbar. Ich habe zur Zeit einfach keine Lust, durch Möbelhäuser und Trödelläden zu ziehen und neue Möbel zu suchen.«

Sie fragte mich, ob ich ihr beim Entrümpeln helfen könne. Sie war Lehrerin, hatte sechs Jahre in Kenia unterrichtet,
kannte hier noch so gut wie niemanden. »Am Samstag? Ich
kümmere mich um den Transporter und koche am Abend.
Glauben Sie mir, ich koche gut.«

14

Am Samstag räumten wir die Sachen ihrer Mutter aus der Wohnung und luden sie auf der Müllkippe ab. Barbara kochte ein afrikanisches Gericht. Wir aßen auf dem Boden; Barbara hatte nur Kühlschrank und Herd, Geschirr und Besteck, Handtücher, Leintücher und Wolldecken behalten. Sie schlief auch auf dem Boden. Ich fragte sie, was mit ihren Möbeln aus Kenia sei. Sie hatte sie satt gehabt und dort gelassen. Sie lebte aus drei wunderschönen Schrankkoffern mit Kleiderstangen und großen Schubladen, die sie dort gebraucht gekauft hatte. »Ich bin nicht besonders häuslich.«

Aber schöne Möbel zu finden war ihr doch wichtig genug, daß wir in den nächsten Wochen an jedem Freitag losfuhren und in Trödel- und Antiquitätenläden suchten. Anfangs beschränkten wir die Suche auf die Läden der Umgebung. Dann dehnten wir sie bis in den Spessart, den Hunsrück und die Eifel aus. Barbara sah sich unter der Woche Branchen-Telephonbücher an, machte eine Reihe von Anrufen und wußte am Wochenende, wo sie hinwollte. Gut waren große Läden mit großen Lagern, in deren Durcheinander sich billig finden ließ, was in kleinen Läden das teure Prunkstück im Schaufenster war. Sie suchte Jugendstil, und die Eßzimmereinrichtung und der Schreibtisch mit Sessel und Bücherschrank, die sie über die Wochen Stück um Stück fand, paßten in ihre Wohnung, als seien sie dafür gemacht. Sie hatte Geschmack. Ich suchte nicht nach einem bestimmten Stil. Ich fand einen schmalen, hohen Schrank mit einem großen, ovalen Spiegel in der einzigen Tür und ein breites Bett, beides aus Kirschbaum, und Bücherregale mit Glastüren, die zu Großvaters Schreibtisch und Sessel paßten. »Wenn wir zusammmenlebten, wären wir jetzt komplett«, lachte sie.

Anfangs fuhren wir freitags um zwei Uhr los und waren abends wieder zurück. Später übernachteten wir und nahmen ein Doppelzimmer. »Das ist dir doch recht, oder? Wir brauchen unser Geld für anderes.« Ich mochte nicht zugeben, daß es mir nicht recht war. Immer schon ist mir nächtliche körperliche Nähe, die nicht mit körperlicher Intimität einhergeht, schwer erträglich gewesen, das gemeinsame Übernachten in Schullandheimen und Berghütten, mit Freunden, mit meiner Mutter, sogar mit den Großeltern, als sie mich einmal als Kind bei sich in ihrem Zimmer schlafen ließen, weil in meinem Zimmer Maler einen Wasserschaden beseitigten. Ich sagte nichts. Und ich war verblüfft, wie einfach, wie angenehm die Nähe der gemeinsamen Nächte war. Barbaras Bedürfnis, noch zu lesen oder schon zu schlafen, ihr gelegentliches nächtliches Aufwachen und Aufstehen, ihre Geräusche und Gerüche, mein Warten, wenn sie das Badezimmer alleine benutzte, und manchmal unsere gemeinsame Benutzung, ihr Gesicht beim Einschlafen, beim Aufstehen und vor dem Spiegel, und ihr Körper mit zu schweren Brüsten, zu dicken Oberschenkeln, Zellulitis und oft in abgetragener, ausgeleierter Unterwäsche – nichts von alledem störte mich, war mir zuviel, zu nah. Sie verhielt sich in allem mit einer solchen Leichtigkeit, daß ich, trotz der Wochen im Paradies und im Institut immer noch körperlich eher schüchtern, auch eine neue Leichtigkeit des Verhaltens gewann. Dazu war sie so vergnügt und witzig, daß ich's zuerst gar nicht glauben wollte, mich dann aber anstecken ließ. Sie posierte als Barockengel, als Reichs- und als Bundesadler, als ratloser Biber und als sterbender Schwan. Sie tanzte zur Musik aus dem Radiowecker aus dem Schlaf- ins Badezimmer und wieder zurück, und schließlich tanzte ich mit. Als sie sich über die kleinen witzigen Gedichte von Gernhardt, die ich auswendig konnte, vor Lachen ausschüttete, lernte ich weitere. Noch ihr Schweigen war vergnügt oder doch zufrieden.

Ich hatte mich noch nie in jemanden verliebt, der mir vertraut war. Es war selten bei der ersten, meistens bei der zweiten oder dritten Begegnung passiert oder auch dazwischen, indem ich aufwachte und wußte, daß ich mich über Nacht in die Frau, mit der ich den Abend verbracht hatte, verliebt hatte. Bei Barbara war es anders. Als sie beim Möbelkaufen die Bemerkung machte, wenn wir zusammenlebten, wären wir jetzt komplett, lachte ich gedankenlos mit. Dann dachte ich, daß wir tatsächlich gut zusammenleben würden, und dann, daß ich gerne mit ihr zusammenleben würde. Dann merkte ich, daß es viel mehr war, daß es genau das war, woran mein Glück und meine Freude hingen und was ich wollte: mit ihr zusammenleben, neben ihr einschlafen und aufwachen, mit ihr kochen und essen, den Alltag mit ihr teilen und Kinder mit ihr haben. Dann ging es mir wie auch sonst, wenn ich mich verliebt hatte; ich dachte, ich könnte noch mal innehalten und entscheiden, ob ich wirklich in diese Liebe springen will oder nicht. Aber ich war schon in sie gefallen.

Am nächsten Wochenende waren wir in der Nähe der Eifel, halbwegs zwischen Bonn und Köln, in einem riesigen Lager mit Plunder und Trödel und einzelnen schönen Stücken, von Biedermeier bis Art déco, und darunter einem Bett und einem ledernen Sofa, die Barbara besonders gefielen. Als sie um das Bett zu feilschen anfing, sagte ich lachend, damit sie es notfalls als Scherz abtun konnte: »Nicht lieber das Sofa? Bettmäßig sind wir komplett.« Sie lachte zurück, ließ das Bett und feilschte um das Sofa.

In der folgenden Nacht kam sie zu mir ins Bett und kuschelte sich an mich. Nach einer Weile setzte sie sich auf, zog ihr Nachthemd aus und sagte: »Zieh deines auch aus, ich will dich spüren.« Sie sagte es mit einer Stimme, die ich an ihr noch nicht kannte. Dann liebten wir uns.

15

Ich nahm es als Siegel auf eine unausgesprochene Übereinkunft. Als sie am nächsten Morgen aufwachte, ihren Kopf auf meinem eingeschlafenen Arm und ihren Arm auf meiner Brust, dachte ich, jetzt sei alles anders, jetzt stimme alles. Das erste Mal waren wir stürmisch und unbeholfen gewesen. Aber in der Mitte der Nacht waren wir aufgewacht und hatten uns so selbstverständlich gefunden, als seien unsere Körper einander seit langem vertraut.

Auch Barbaras Zärtlichkeit war ein Glück, das ich zuerst nicht glauben wollte, von dem ich mich dann aber anstecken ließ. Wir konnten die Hände nicht voneinander lassen, nicht im Auto, nicht wenn wir zusammen die Straße entlanggingen, nicht in den Läden und Restaurants. In ihrer Leidenschaft war sie so rückhaltlos, daß es mich mitriß und meine Gehemmtheit, Steifheit, Sperrigkeit wegspülte. Schon die Stimme, mit der sie sprach, wenn sie mich lieben wollte, glühte in meinem Bauch, und der kleine dunkle Blutstropfen, der, wenn wir uns geküßt hatten, manchmal in der Narbe auf ihrer Oberlippe stand, brannte in meinem Herzen. Ich fühlte mich lebendiger, als ich mich jemals gefühlt hatte. Aber ein noch größeres Wunder als ihre Leidenschaft war ihre Zärtlichkeit, die den ganzen Tag und jede einzelne Minute verwandelte. Ja, es war alles anders.

Zugleich blieb alles, wie es war. Der Raum, den unsere Beziehung in unserem Leben einnahm, wurde nicht größer. Es blieb dabei, daß wir an den Wochenenden wegfuhren. Es blieb dabei, daß wir uns unter der Woche höchstens einmal trafen. Dann lud entweder sie mich zu sich oder ich sie zu mir zum Essen ein, und während wir uns früher am späten Abend voneinander verabschiedet hatten, verbrachten wir jetzt die Nacht zusammen. Aber wenn ich, nachdem ich länger im Verlag gearbeitet hatte, sie außer der Reihe anrief und fragte, ob ich bei ihr vorbeikommen und übernachten könne, ergab es sich nie. Sie war nicht da oder mußte gleich noch mal weg, zu einem Elternabend gehen oder eine Kollegin treffen, sie mußte den Unterricht vorbereiten oder Arbeiten korrigieren, sie war müde, hatte ihre Tage, Kopfweh oder Rückenschmerzen. Sie sagte es zärtlich, mit einem kleinen Lachen und voller Freude auf unsere nächste Begegnung. Ich fand es schade, konnte die Zeit ohne sie aber auch gut für mich brauchen und machte mir keine Sorgen. Ich wollte mir keine Sorgen machen.

Wenn ich den Raum, den unsere Beziehung einnahm, schon nicht vergrößern konnte, wollte ich ihn immerhin anders gestalten. Ein Wochenende bei ihr oder bei mir verbringen, uns mit ihren neuen oder meinen alten Freunden treffen, gemeinsam einkaufen und kochen, ins Kino, Theater oder Konzert gehen. Ihre Schwester besuchen.

Das gab den ersten Streit. Ich fragte: »Warum machst du aus ihr ein Geheimnis? Sie hat hier gelebt, mußte sich hier abmelden – ich kann mir beim Einwohnermeldeamt ihre Adresse besorgen und hinfahren.«

»Was willst du ihr sagen?«

»Daß sie in einem Roman vorkommt, was es mit dem Roman auf sich hat, daß ich herausfinden will, ob… Was rede ich, du weißt es doch alles.«

»Wie willst du ihr erklären, daß du auf sie gekommen bist?«

»War ja nicht so schwer. Ich kann…«

»Also über mich. Du willst ihr sagen, daß du mit mir geredet hast und daß ich dir von ihr erzählt habe. Was willst du ihr noch über mich sagen?«

Wir saßen bei mir, hatten gegessen und tranken Espresso. Ich setzte weiter darauf, daß wir zusammenziehen würden; zwar hatten wir nie darüber geredet, aber wir hatten beide nur noch Möbel gekauft, die sich in einer gemeinsamen Wohnung sinnvoll ergänzen würden, sie das Ledersofa und ich zwei Ledersessel mit passendem Tisch, sie einen großen Spiegel in goldenem Rahmen für ihren Flur und ich eine Art-déco-Lampe für meinen, die, wie sie mehrfach geäußert hatte, ihre Eßzimmereinrichtung abrunden würde. Weil ich kein Eßzimmer hatte, aßen wir in meiner Küche. Sie saß mir gegenüber, das offene dunkle Fenster hinter sich und schaute mich feindselig an. Über dem inneren Ende ihrer linken Braue, genau da, tauchte ein Grübchen auf, Lucias Grübchen, ein Grübchen des Trotzes und des Zorns. Es freute mich, und ich lächelte, und natürlich machte mein frohes Lächeln sie noch ärgerlicher. Sie reckte das Kinn, warf die Lippen auf, funkelte mich an, und ihr Gesicht wurde fremd und böse.

»Ich habe mir nicht zurechtgelegt, was ich deiner Schwester sagen soll. Ich finde, wir sollten zusammen zu ihr fahren und zusammen mit ihr reden. Wenn das nicht geht, weil du mit deiner Schwester ein Problem hast, erklär's mir, und gib mir meinetwegen Regieanweisungen, wie ich mich ihr gegenüber verhalten soll.«

»Ja«, sagte sie und wurde mit jedem Satz lauter, »ich habe mit meiner Schwester ein Problem. Ich verstehe nicht, daß ich es ausdrücklich sagen muß, ich finde, du hättest es merken können, aber weil es anscheinend nicht anders geht, sag ich es ausdrücklich: Ich habe mit meiner Schwester ein Problem. Du hättest auch merken können, daß ich nicht darüber reden will. Aber weil es anscheinend wieder nicht anders geht: Ich will über mein Problem mit meiner Schwester nicht reden. Ist das klar?«

»Heißt das, daß wir nie zu ihr fahren?«

»Nie, nie… Ich weiß nicht, ob wir zu ihr fahren und wann. Wir werden sehen.«

»Wie wär's, wenn ich alleine…«

»Hast du nichts Besseres zu tun?«

Ich lachte. »Du redest wie meine Mutter. Was ist eigentlich nicht gut…«

Aber daß sie wie meine Mutter redete, ließ sie völlig außer sich geraten. Ich verstand es nicht. Sie war meiner Mutter nie begegnet, und ich hatte ihr nur wenig und nichts Schlechtes über sie berichtet. Gibt es eine Urangst der Frauen, daß die Männer sie mit ihren Müttern identifizieren? Ich kam nicht dazu, Barbara danach zu fragen. Sie beschimpfte mich, mein Verhalten, meinen Charakter, mein Aussehen, das Aussehen meines Geschlechts, wie ich sie liebe und wie ich mein Leben lebe. Ich merkte, daß sich bei ihr eine Anspannung Luft machte, die über meinen Vergleich mit meiner Mutter, ihr Problem mit ihrer Schwester, unser

Gespräch und sogar unsere Beziehung hinausging. Aber was es mit dieser Anspannung auf sich hatte, fand ich auch später, als Barbara wieder ruhig und vergnügt und zärtlich war, nicht heraus.

»Ich war schon als kleines Mädchen so. Es bedeutet nichts. Es passiert einfach. Es tut mir leid.«

16

Im August hatte ich bei ihr geklingelt. Die Schule hatte gerade angefangen. In den Ferien war sie mit ihren großen Koffern aus Kenia gekommen.

Der Herbst war warm bis in den November. Dann wurde es von einem auf den anderen Tag kalt und begann zu regnen. Ich freute mich am Rauschen des Regens in der Nacht und am Regenblick aus meinem Büro, das dadurch heimeliger wurde. Jetzt, dachte ich, jetzt ist es an der Zeit zusammenzuziehen.

Am Mittwoch rief Barbara mich im Büro an, um Pläne fürs Wochenende zu machen. »Laß uns nach Basel fahren. Ich war als Kind mit den Eltern dort und mag es und möchte es dir gerne zeigen.«

»Ja, ich mag Basel auch. Aber es wird am Wochenende regnen, und bei Regen sind alle Städte grau. Es gibt so vieles, was wir hier noch nie gemacht haben, und wenn du davon nichts machen willst, backen wir Plätzchen. In sechs Wochen ist Weihnachten.«

»Du weißt, daß ich am Wochenende nicht hier bleiben will.«

»Seit wir uns kennen, sind wir am Wochenende weggefahren.«

»Weil wir beide wegfahren wollten. Oder wolltest du etwa nicht?«

Ich hörte in ihrer Stimme wieder die Anspannung und wollte nicht noch mal erleben, wie sie sich entlud. »Doch, es waren wunderschöne Wochenenden.«

»Dann ist ja alles klar. Wir sind zusammen weggefahren, weil wir zusammen wegfahren wollten. Wenn du hier bleiben willst und ich wegfahren will, bleibst du hier, und ich fahre weg. Ich rufe dich am Montag an.« Sie legte auf.

Ich war wütend, und ich war enttäuscht. Wenn das alles war – wie sollte daraus werden, was ich hoffte? Zusammenziehen? Ich konnte mir jedes Wort sparen. Aber warum spielte sie das Spiel mit den Möbeln mit? Oder tat sie das gar nicht? Bildete ich mir nur ein, daß wir mit den Möbeln ein Spiel spielten? Ich konnte es mir nicht vorstellen.

Zuerst tat ich nur so, als genösse ich mein Wochenende allein. Ich wollte es ihr und mir zeigen. Dann fing ich an, es wirklich zu genießen. Ich ging mit Max ins Kino, was ich in den vergangenen Wochen nicht aufgegeben, aber nicht mehr so ausgedehnt hatte wie früher. Diesmal gab es nach der Pizza noch Eis, und ich versuchte, an Max' Problemen mit Veronikas neuem Freund Anteil zu nehmen, ohne mich mit Empörung und Ratschlag einzumischen. Ich räumte meine Wohnung auf, und dabei stellte sich das gute Gefühl ein, auch mein Leben sei eigentlich aufgeräumt und geordnet. Ich sichtete Rechnungen, schrieb Überweisungen, heftete Erledigtes ab und tat Anstehendes, das ich nicht gleich erledigen mochte, ins Körbchen. Ich las Manuskripte, die für die ersten Hefte der juristischen Zeitschrift eingegangen waren, und entwarf Briefe an schwierige Autoren; zu beidem fand ich im Büroalltag keine Zeit und Ruhe.

Dann machte ich, was ich schon lange hatte machen wollen. Ich ordnete das Material, das ich zu Karls Geschichte gesammelt hatte. Viel war es nicht. Ich hatte in der Universitätsbibliothek Literatur über den Heftroman der 4oer und 5oer Jahre gesucht, aber nicht gefunden. Dagegen gab es viel historische und soziologische Literatur über deutsche Kriegsgefangene und -heimkehrer, aus der ich manches Interessante erfahren hatte, aber nichts, was mir weiterhalf. Das Nationalkomitee Freies Deutschland, die deutschen Antifagruppen, die summarischen Verfahren und Verurteilungen, die Orientierung des sozialen Gefüges zunächst an den deutschen militärischen Rängen, dann an der kollaborativen Nähe zur russischen Lagerverwaltung und schließlich, als die Russen den Empfang von Paketen nicht mehr beschränkten, am Markt, auf dem die Güter aus den Paketen gehandelt wurden – das war weder die Welt Karls noch die seines Autors. Das galt auch für die Schicksale der Spätheimkehrer, ihre Eingewöhnungs- und Anpassungsschwierigkeiten, ihre Eheprobleme und Probleme mit den Kindern, ihren Alkoholismus und ihre Sprachlosigkeit, womit sich die Literatur zu den Heimkehrern vor allem beschäftigte.

Am ehesten versprach die schöne Literatur Hinweise. Vielleicht hatte der Autor das Ende der Geschichte, das er nicht aus der *Odyssee* hatte, sich nicht ausgedacht, sondern ebenfalls übernommen. Vielleicht brächte die Vorlage, wenn ich sie fände, mich dem Autor näher. Vielleicht würde aus dem Griechischlehrer ein Griechisch- und Deutschlehrer oder aus dem Theaterintendanten ein Theaterintendant, der 1950 mit der Adaption einer Heimkehrernovelle für die Bühne Furore gemacht hatte.

Außerdem mußte ich zum Einwohnermeldeamt, nicht wegen Barbaras Schwester, sondern um herauszufinden, wer um 1945 noch in der Kleinmeyerstraße 38 und auch in den Nachbarhäusern gewohnt hatte. Ich mußte die Leute anschreiben, sie aufsuchen, ihnen den Autor beschreiben, so gut ich konnte, und hören, was sie zu sagen hatten. Ich entwarf einen Brief, den ich an Barbaras Schwester schicken und Barbara davor zeigen wollte.

Ich nahm ein Bad und las Leonhard Franks Erzählung von Karl und Anna. Die Frau, zu der nicht ihr Mann heimkehrt, sondern dessen Freund, der wieder und wieder über die Frau gehört, sie sich dabei vorgestellt und sich in sie verliebt hat, so daß er der Versuchung nicht widerstehen kann, in die Rolle seines Freundes, der noch in Gefangenschaft geblieben ist, zu schlüpfen und sich als ihr Mann auszugeben – wenn sie von Anfang an weiß, daß er nicht ihr Mann ist, warum tut sie, als sei er's? Wenn sie es nicht weiß, aber ahnt, warum fragt sie nicht? Um sich die Möglichkeit offenzuhalten, Erschrecken und Entsetzen zu heucheln und zu ihrem Mann zurückzukehren? Aber sie bricht mit ihrem Mann, lange bevor er zurückkommt und sie mit seinem Freund davongeht. Ich kannte die Geschichte von Martin Guerre, dessen charmanter, energischer Doppelgänger auch Frau, Hof und Land übernahm, gierig wurde, sich mit der Familie anlegte, um noch mehr Land prozessierte und vor Gericht durch den unerwarteten Auftritt des totgeglaubten Martin Guerre entlarvt wurde. Hier verstand ich die Frau; Martin

Guerre hatte sie nicht geliebt, schlecht behandelt und grundlos verlassen. Aber in Frank Leonhards Erzählung – wie muß ein Mann seine Frau lieben, daß er so über sie reden kann, daß ein anderer sich beim bloßen Zuhören in sie verliebt! Oder verrät er sie damit? Ist es dieser Verrat, der ihn der Frau entfremdet und den sie ihm nicht verzeiht?

Am Sonntag war ich der Meinigkeit meines Lebens wieder gewiß. Es war zuerst eine traurige, dann eine trotzige und schließlich eine versöhnte Gewißheit. Es wurde dunkel. Draußen war es kalt und naß, meine Wohnung war warm, voller Musik und roch nach Rosmarin.

17

Um fünf klingelte es, und Barbara stand vor der Tür. Sie war naß, das Haar klebte am Kopf, und der Mantel tropfte. »Ich... ich bin gelaufen.«

»Von Basel bis...«

»Nein, du dummer Mensch, von der Brücke, wo mein Auto gestreikt hat, hierher. Ich war nicht in Basel, ich war zu Hause. Hast du trockene Sachen für mich?«

Sie duschte und zog Unterwäsche und Socken, Jeans und Pullover von mir an. Dann kam sie, setzte sich auf den anderen Sessel und hielt die Tasse mit heißer Schokolade in den Händen, als wolle sie die Hände wärmen. »Danke, daß du Schokolade gemacht hast. Was für Musik ist das? Sie ist schön.«

»Arvo Pärt. Es ist eine Musik ohne Anfang und ohne Ende, und seit ein paar Stunden höre ich sie immer wieder.«

Sie trank einen Schluck. »Ich muß mit dir reden.«

Ich wartete.

»Es gibt einen anderen Mann. Nicht hier, sondern in Kenia. Ich habe ihn nicht mehr gesehen, seit ich hier bin, und auch dort habe ich ihn Monate vor meiner Abreise das letzte Mal gesehen, im März, genauer gesagt. Aber es gibt ihn noch, ich spüre es. Und womöglich kommt er.«

»Möchtest du, daß er kommt?«

Sie sah mich an, als quäle ich sie. »Er ist… Wir sind… wir sind eine Art von verheiratet.«

»Was für eine Art? Ich wußte nicht, daß es da verschiedene Arten gibt.«

Wieder sah sie mich gequält an. »Er ist Journalist, Amerikaner, ständig unterwegs, und richtig zusammengelebt haben wir nie. Wir haben eigentlich auch nicht heiraten wollen. Was für einen Sinn sollte das machen, er heute da und morgen dort, und ich in Deutschland, wo er nicht mal die Sprache spricht. Aber dann dachten wir, daß das eben unser Leben ist: unstet, unbehaust, ungesellig, und daß wir, wo immer wir sind, immerhin einander haben wollen. Weißt du, ich war wirklich immer unstet, auch als ich in Deutschland gelebt habe, schon als ich ein Kind war.«

Ich lächelte sie an. »Immer schon am Wochenende weggefahren?«

Sie lächelte zurück. »Immer schon.« Sie trank wieder einen Schluck. »Im April ist er in den Sudan gereist, in den Süden, wo die Rebellen das Land beherrschen, aber natürlich nicht unangefochten und außerdem untereinander zerstritten. Seitdem habe ich nichts von ihm gehört. Ich habe über ihn gehört: Er sei von den Rebellen gefangengenommen worden oder von den Regierungstruppen, er sei an Verhandlungen zwischen beiden Seiten beteiligt oder kümmere sich um Hilfsmaßnahmen – alles möglich. Manchmal habe ich mir Sorgen gemacht und dann auch wieder nicht; er ist schon über ein Jahr weggeblieben, ohne von sich hören zu lassen, und dann mit einer Wahnsinnsreportage zurückgekommen. Vielleicht kennst du sogar seinen Namen, Augie

Markovich, er hat zweimal den Pulitzer bekommen. Wir haben uns auch versprochen, uns nie Sorgen um einander zu machen.« Sie schüttelte den Kopf. »Er hat manchmal sogar nicht von sich hören lassen, obwohl er es gekonnt hätte, damit ich an das Versprechen glauben lerne.«

Ich wartete, ich wollte die Frage, die ich schon mal gestellt hatte, nicht noch mal stellen. Würde sie nicht von selbst die Antwort geben? Ich wollte nicht drängen, aber dann hielt ich's nicht länger aus und fragte: »Was möchtest du? Daß er wieder in dein Leben kommt? Daß er in ihm bleibt?«

Sie sah mich ratlos an. »Ich weiß es nicht. Ich wollte nicht, daß es mit dir... Es ist einfach passiert, und es ist schön, ich kann nicht fassen, wie schön es ist. Zugleich...« Sie schüttelte wieder den Kopf. »Ich weiß nicht mehr, wer ich bin. Bin ich gar nicht die unstete, unbehauste, ungesellige Person, die ich immer dachte? Bin ich am Ende wie alle anderen? Mit Sehnsucht nach Haus und Garten und Hund und Freunden und Kindern und Mann und danach, Tag für Tag nach Hause zu kommen, es zu Hause kuschelig zu haben? Ich will das nicht. Ich hasse es und habe es immer gehaßt.«

»Wie wär's mit der Sehnsucht zuerst nach dem Mann und den Kindern, dann nach den Freunden und dem Hund erst zuletzt nach Haus und Garten?«

Sie blieb ernst. »Ich verstehe, was du sagen willst. Ich werde es in meinem Herzen bewegen, okay?«

»Okay.«

Sie trank die Tasse aus. »Hilfst du mir, das Auto in die Werkstatt zu schaffen? Und gehen wir heute abend ins Kino? Und kann ich heute nacht bei dir bleiben, bis meine Sachen trocken sind?«

18

Von da an wurde es anders zwischen uns. Am nächsten Wochenende fuhren wir noch mal weg; der Regen hatte aufgehört, und Basel lag spielzeugschön unter klarem, kalten, blauen Himmel. Danach verbrachten wir die Wochenenden vor Weihnachten zu Hause, trafen uns unter der Woche öfter und führten das normale Leben eines normalen Paars. Sie lernte meine Freunde und Kollegen kennen und ich ihre, wir gingen in die Oper, obwohl ich lieber ins Konzert ging, und ins Konzert, obwohl sie lieber in die Oper ging, wir sahen jeden afrikanischen Film, den es im Fernsehen oder im Kino gab, wir backten Zimtsterne, Haselnußmakronen und Hildabrötchen, wir besuchten zusammen einen Yogakurs. Daß ich sie meiner Mutter vorstellte, wollte sie nicht, noch nicht, und sie wollte auch noch nicht mit mir zu ihrer Schwester fahren. Aber als Zeichen des guten Willens ließ sie mich die Adresse ihrer Schwester wissen.

Sie blieb so witzig, wie sie von Anfang an gewesen war, aber war nicht mehr so zufrieden, nicht mehr so vergnügt. Es war, als sei unsere Beziehung zunächst wie eine Enklave gewesen, aus der Barbara ihre Sorgen ausgespart hatte. Jetzt war die Enklave in ihr Leben eingemeindet und hatten die Sorgen zu unserer Beziehung freien Zugang. Barbara machte sich Vorwürfe, daß sie ihre Mutter wie schon ihren Vater nicht noch vor dem Tod besucht hatte. Beide Male wäre es schwierig, beide Male wäre es möglich gewesen, beide Male war es nicht zwingend: Als der Vater ins Krankenhaus kam, war Barbara zum Austausch in Edinburgh, und er hatte doch die anderen Infarkte gut überstanden, und daß die Mutter an Krebs so schnell und ehe Barbara ohnehin zurückkäme, sterben würde, hatten die Ärzte nicht geahnt oder nicht gesagt. Ich erfuhr auch, daß Barbara sich mit den großen Klassen, lustlosen Schülern und erschöpften Kollegen nach den kleinen Klassen in Kenia nicht leichttat, daß sie dort für ihren Unterricht in Deutsch und Englisch mehr Interesse gefunden hatte als hier, daß ihr der kalte, nasse, graue Herbst mehr zu schaffen machte als früher, daß ihr die meisten alten Freunde fremd geworden waren und sie ihnen.

Wir redeten viel über uns. Ich erzählte ihr von meinen Großeltern, meinen Eltern, Veronika und Max, dem Nutzen der Gerechtigkeit und den Möglichkeiten des Heimkehrens. Sie fand, ich müsse meine Mutter mehr nach meinem Vater fragen, müsse mit Veronika über das reden, was mir bei Max Sorge mache, und solle aus dem, was ich über den Nutzen der Gerechtigkeit wisse, einen Essay machen. Sie hörte zu, wenn ich mich im Verlag geärgert, und holte Pflaster, wenn ich mich beim Kochen geschnitten hatte. Sie tat alles, was sie konnte, um dazusein.

Manchmal fuhr sie nachts mit einem kleinen Schrei auf, oder sie weckte mich, weil sie Stunde um Stunde nicht schlafen konnte, obwohl ihr beim Lesen die Augen zufielen. Manchmal weinte sie nachts. Ich habe sie in die Arme genommen, und wenn sie einen schlimmen Traum geträumt hatte, erzählte sie mir, was sie davon noch wußte. Sonst wollte sie nicht reden. Ich habe ihr dann Geschichten erzählt, Heimkehrgeschichten, Geschichten von Schlachten, Gerechtigkeitsgeschichten, die Geschichte vom gesprächigen Winkelried bei Sempach und von Mennon und Eugen. Meist schlief sie ein, ehe ich mit der Geschichte zu Ende war. Manchmal taten ihr Rücken und Glieder weh, und ich massierte sie.

Natürlich hat sie auch über ihren Mann geredet. Aber was ich über ihn eigentlich wissen wollte, erfuhr ich nicht. Ich wollte nicht wirklich wissen, in welchen Gefahren er sich vielleicht befände und in welchen er sich schon befunden und wie er sie bestanden hatte. Ich mochte mit ihr auch nicht erörtern, was man bei dem Arrangement, das beide getroffen hatten, einander an Hoffen und Warten und Treue schulde. Ich wollte wissen, was sie an ihm geliebt hatte. Ob sie es noch liebte. Zwar konnte sie ihm nicht schreiben, es sei aus, weil sie ihm nicht schreiben konnte. Aber was würde sie ihm schreiben, wenn sie schreiben könnte?

Er war nicht greifbar und doch ständig präsent. Vielleicht war er gerade darum so präsent. Jedesmal wenn sie schweigsam, abwesend, versonnen, traurig war, dachte ich, sie denke an ihn. Wenn sie die Zeitung durchblätterte, als suche sie nach etwas, dachte ich, sie suche nach einer Nachricht über ihn. Wenn bei ihr das Telephon klingelte und sie rascher als nötig aufsprang, dachte ich, sie hoffe auf einen Anruf von ihm.

Manchmal stellte ich Ultimaten: »Ich halte das nicht mehr aus, Barbara. Wenn du dich nicht für mich entscheiden kannst, muß ich mich entscheiden.«

»Aber ich entscheide mich doch für dich, jeden Tag und jede Stunde, die wir zusammen sind.«

»Nein, du entscheidest dich für mich erst, wenn du dich auch gegen ihn entscheidest.«

Sie sah mich traurig an. »Wie soll ich das machen? Soll ich einen Abschiedsbrief schreiben, den ich hier an den Spiegel stecke und, wenn er kommt, ihm wortlos übergebe? Ich kann mich innerlich entscheiden, soviel ich will – in der Welt ist es erst, wenn ich es ihm sage.«

Manchmal, wenn ich bei ihr schlief, wachte ich nachts auf. Hatte ich etwas gehört? War eine Autotür zugeschlagen worden? War ein Auto losgefahren? Hatte er geklingelt?

Einen Stein ans Fenster geworfen? Dann lag ich, hörte die Geräusche der Nacht, die Uhr der Jesuskirche, bei Westwind einen Zug, vielleicht das Rauschen des Regens in der Kastanie vor dem Fenster und wartete, bis er, wenn er es gewesen wäre, das zweite Mal geklingelt, gerufen, einen Stein ans Fenster geworfen hätte.

»Weiß er eigentlich, wo du jetzt lebst?« hatte ich sie gefragt, nachdem ich das erste Mal aufgewacht war und in die Nacht gehört hatte.

»Ja. Als er in den Sudan aufbrach, war Mutter gerade gestorben und hatte ich schon beschlossen, in ihre Wohnung zu ziehen.«

So wußte ich immerhin, daß ich nicht völlig sinnlos in die Nacht hörte. Gelegentlich nahm ich mir, ehe ich wieder einschlief, vor, die Flugpläne zu studieren und zu eruieren, wann die letzte Abend- und die erste Morgenmaschine aus Afrika in Frankfurt landete und wann er spätestens und wann frühestens an Barbaras Wohnung klingeln könnte. Aber ich hab's nie gemacht.

Als er tatsächlich kam, war heller Tag. Samstag. Wir hatten eingekauft und räumten die Taschen aus. Die vier Kartons Wein, die wir gekauft hatten, wollte der Händler liefern, und als es klingelte, sagte Barbara: »Da kommt schon der Wein« und ging an die Tür. Aber sie rief nicht: »Er gehört in den Keller, ich zeige Ihnen, wo« oder: »Stellen Sie ihn ab, wir tragen ihn selbst in den Keller.« Sie rief niemandem etwas zu, wie es doch ihre Art war, nicht dem Weinlieferanten, nicht dem Mann mit der Paketpost, nicht dem Vermieter. Sie stand stumm in der Tür und lauschte, so denke ich, seinem Schritt im Erdgeschoß und auf der Treppe.

Bis ich zu ihr trat und zugleich er um die Ecke der Treppe bog. Da schrie sie kurz auf, lief die Stufen hinunter, fiel ihm um den Hals und weinte, und er ließ die Taschen fallen, die polternd die Treppe hinterrollten, und nahm sie in die Arme. Ich zögerte einen Augenblick. Dann nahm ich den Mantel und ging die Treppe hinunter und an den beiden vorbei. Er hatte die Augen geschlossen. Sie sah mich aus tränennassen Augen an und flüsterte »nein«, und ich wartete einen Augenblick, aber sie sagte nichts mehr, und so ging ich weiter. Ich wartete noch einen Augenblick, ehe ich die Eingangstür ins Schloß fallen ließ. Aber sie lief mir nicht nach und rief auch nichts hinter mir her.

DRITTER TEIL

I

Später lernte ich, mit Ironie zu erzählen, wie ich gerade das Ende der Geschichte eines Mannes zu rekonstruieren versuchte, der nach langer Abwesenheit zurückkehrt, die Treppe hochsteigt und in der Tür seine Frau mit einem anderen stehen sieht, und wie ich eines Tages selbst mit einer Frau in der Tür stand, als deren Mann nach langer Abwesenheit zurückkehrte und die Treppe hochstieg. Dann kamen Fragen wie: »Hattest du von dem Mann nichts gewußt?« Ich sagte die Wahrheit: »Ich hatte gehofft, sie liebt mich mehr als ihn. Aber sie rannte ihm entgegen und fiel ihm um den Hals.« Ich machte eine Pause und lachte. »Immerhin hatte ich das Ende für meine Geschichte.«

Die Geschichte kam gut an, besonders bei Frauen. Sie finden sensible, traurige, trotzdem tapfer lachende Verlierer interessant.

Aber das war später. An dem Samstag selbst fuhr ich in den Wald, dachte, mir werde es beim Laufen bessergehen, merkte, daß es mir mit jedem Schritt, jeder Bewegung, jedem Atemzug elender ging, und ließ mir am Abend von einem Freund, der Arzt war, Schlaftabletten verschreiben und stellte das Telephon ab. Daß man um eine Liebe so lange traure, wie sie gedauert hat, hatte ich einmal gelesen und hoffte, es werde mir im Frühling bessergehen. Als ein Brief von Barbara kam, der Umschlag nicht dick, der Inhalt, so schätzte ich, eine Seite, trug ich ihn eine Weile mit mir herum, bis ich ihn ungelesen zerriß und wegwarf.

Ich wollte auch den Ordner zu Karls Geschichte wegwerfen. Ich hatte die Heimkehrgeschichten satt. Manche kehren heim und manche nicht, was soll's? Was soll's, ob Karl heimgekehrt oder weitergezogen ist? Augie ist heimgekehrt wie Odysseus, und Barbara hat auf ihn gewartet wie Penelope, eine moderne Penelope, die nicht mehr bei Tage webt und bei Nacht das Gewebte auftrennt, sondern sich verliebt, aber weiß, wann sie das Gewebe der Liebe entschlossen zerreißen muß. Das allein zählte. Aber dann hob ich den Ordner doch auf.

Ich kaufte mir einen Eßtisch, vier Stühle und ein Ledersofa. Ich sah Max häufig und ab und zu meine Freunde. Ja, im Frühling ging es mir besser, und im Herbst schlief ich mit einer Journalistin, die mich nach einem Empfang, den mein Verlag auf der Frankfurter Buchmesse gab, zu sich nach Hause einlud. Nachdem wir miteinander geschlafen hatten, beschuldigte sie mich, sie habe gar nicht gewollt, ich hätte sie mit Gewalt genommen, ich sei ihr gegen ihren Willen in ihre Wohnung gefolgt, hätte sie schon auf der Einladung bedrängt und belästigt. Ich war empört, verteidigte mich, entschuldigte mich für den Fall, daß ich etwas mißverstanden hätte, aber alles hätte ich nicht mißverstanden, und an ihre Aufforderung, auf ein Glas hochzukommen, erinnerte ich mich Wort für Wort. Es war eine unangenehme Auseinandersetzung und beunruhigend genug, daß ich am nächsten Morgen einen Kollegen fragen wollte, ob ich am Abend zuviel getrunken hätte. Aber ich vergaß es, und als die Journalistin mich ein paar Tage später zu Hause anrief und beschimpfte, war mir der Vorfall gleichgültig geworden.

Im selben Herbst bekam ich ein Angebot von einem anderen Verlag in einer anderen Stadt. Es versprach einen neuen Anfang, nicht mehr in der Stadt zu leben, in der Barbara lebte, nicht mehr zu hoffen und zu fürchten, ihr zu begegnen. Oder war sie weggezogen? Mit Augie weggezogen? Ich hatte der Versuchung, ihre Nummer zu wählen und zu hören, ob sie sich meldete, nie nachgegeben.

Mein Verlag tat alles, mich zu halten, und Max stellte »Dann gehen wir nicht mehr ins Kino« mit einer so tiefen Resignation fest, daß es mir weh tat. Ich blieb. Ich wollte auch keinen neuen Anfang, der nach Flucht schmeckte.

2

Nein, so war's nicht. Ich hätte es gerne so gehabt. Ich hätte mich gerne so gehabt: ironisch, distanziert, souverän. Statt dessen war ich kindisch.

Ich habe die Szene im Treppenhaus nicht ironisch erzählt, sondern lächerlich gemacht und damit angefangen, als ich wieder unter Leute ging. Ich habe über den leichtfüßigen Wechsel der Frauen von einem Mann zum anderen und den Glauben der Männer an die Liebe der Frauen gespottet. Es war peinlich, die anderen haben nur aus Höflichkeit gelacht, und die Frauen sahen mich eher befremdet und mitleidig als interessiert an. Aber ich mußte immer wieder an der Wunde kratzen. Ein Freund versuchte, mir am Ende eines Abends, als die anderen gegangen waren und er und ich beim letzten Glas saßen, behutsam klarzumachen, daß ich mich lächerlich machte. Er redete über die Renegaten, die sich dadurch überlegen zeigen wollen, daß sie verhöhnen, woraus sie gelebt haben, der Atheist den Glauben, der Kommunist das bürgerliche Elternhaus, der Aufsteiger die kleinen Verhältnisse. Ich hab ihn nicht verstanden.

Die Schlaftabletten stimmen. Ich setzte mich mit ihnen und mit Alkohol für Tage außer Gefecht. Als das Telephon nicht zu klingeln aufhörte, habe ich das Kabel aus der Wand gerissen. Ich habe nicht aufgemacht, als Barbara unten klingelte, und auch nicht, als sie, von jemandem ins Haus gelassen, vor der Wohnungstür stand und klopfte und rief. Ich war dabei zwar betrunken, erinnerte mich aber später gut genug, um den Brief, als er kam, nun auch noch zerreißen zu müssen.

Das war nicht alles. Mußte Barbara, wenn es ihr ernst war, nicht noch einen und noch einen Brief schreiben? Wie sie es, wenn es ihr ernst gewesen wäre, bei dem einen Mal Klingeln, Klopfen und Rufen nicht hätte belassen dürfen? Sie konnte nicht wissen, ob ich da war und ihr Klingeln, Klopfen und Rufen überhaupt hörte. Daß sie kam und schrieb, aber nicht noch mal kam und noch mal schrieb, machte mir nur spürbar, daß sie mich nicht genug liebte. Allerdings hätten mir auch ein zweites Kommen und ein zweiter Brief nicht genügt, weil wahre Liebe es ein drittes und ein viertes Mal, unzählige Male versucht.

Tisch, Stühle und Sofa, Max und die Freunde – natürlich ging das Leben weiter und ging es mir nach ein paar Monaten besser. Das Schlimme nach der Nacht mit der Journalistin war nicht, daß ich Angst gehabt hätte, ich hätte sie vergewaltigt. Ich hatte sie nicht vergewaltigt. Aber sie hatte gespürt, daß ich in verletzender Weise nicht beteiligt war. Das Bedürfnis nach Nähe und Zärtlichkeit, die Angst vor der Einsamkeit oder den Dämonen der Vergangenheit – nichts von dem, was zwei Menschen sonst für eine Nacht zusammenbringt, hatte sie bei mir gefunden. Ich hatte eine Nummer abgezogen, und sie war darüber so empört, als hätte ich Gewalt gebraucht.

Ich hätte gerne gewußt, ob mir schon auf dem Empfang

etwas verrutscht war. Denn so fühlte sich die Nacht mit der Journalistin an: als sei mir die Fähigkeit, die notwendige Beteiligung wenn nicht zu empfinden, dann doch zu spielen, einfach weggerutscht wie eine Perücke oder eine Maske. Hatte ich Aussetzer und mußte auf mich aufpassen? Wie sollte ich das einen Kollegen fragen!

Es stimmt auch, daß ich nie Barbaras Nummer angerufen und gehört habe, ob sie sich meldet. Aber immer wieder habe ich ihre Nummer gewählt und es zwei- oder dreimal klingeln lassen, ehe ich auflegte. Ich habe es nicht gemacht, um sie zu wecken oder zu ärgern, auch nicht, um es vielleicht doch einmal länger klingeln zu lassen, bis sie sich meldet. Ich wollte mit den zwei, drei Klingeltönen ein bißchen in ihrem Leben sein.

3

Es braucht keinen Psychotherapeuten, der einem sagt, daß
man Schmerz nicht verdrängen soll. Daß man sich nicht in
die Arbeit stürzt, nicht mit Journalistinnen schläft, die man
nicht liebt, nicht die erstbeste Frau zur nächsten Freundin
macht. Daß man Trauer verarbeiten muß. Es ist psychothe-
rapeutisches Alltagswissen.

Aber wie sollte ich das machen? Nachdenken? Worüber?
Wie lange sollte ich zu Hause bleiben, Platten hören und
Bücher lesen? Wie oft mit meinen Freunden über meinen
Schmerz und meine Trauer reden? Sie hörten verlegen zu
und hofften, ohne mich verletzen zu wollen, bald wieder
zur Routine der Freundschaft zurückkehren zu können. Ich
verstand, daß Trauerarbeit bei der Liebe meint, daß man sich
nicht in die Arme der nächsten wirft. Danach war mir sowieso nicht.

Ich konnte aber auch nicht sehen, daß die Freunde und
Kollegen, die sich nach dem Scheitern ihrer Ehe oder Beziehung rasch auf die nächste mit einer Jüngeren einließen, von
der unverarbeiteten Vergangenheit eingeholt und überwältigt worden wären. Oder daß die, die nach einem Verlust in
sich gekehrt waren, später gestärkt ins Leben getreten wären. Manchmal kamen mir die Alternativen Verdrängen und

Verarbeiten wie die Bauch- und die Rückenlage von Babys vor, die von Generation zu Generation im Wechsel empfohlen und verdammt werden. Ich erinnerte mich an einschlägige Gespräche mit Arzt und Schwester nach Max' Geburt.

Ja, ich habe, als ich wieder arbeiten konnte, mehr gearbeitet als jemals davor. Die Situation im Verlag legte es auch nahe; er kaufte andere wissenschaftliche Verlage dazu, rationalisierte und entließ, und am Ende war ich im Bereich juristischer Literatur der einzige Jurist und hatte entsprechend viel Verantwortung. Der Bereich war kleiner als der medizinische und der naturwissenschaftliche, kleiner auch als der Bereich mit Angler-, Segler-, Taucher- und anderer Hobbyliteratur. Vermutlich wäre der Verlagsleitung, die aus diesen anderen Bereichen stammte, nicht aufgefallen, wenn mein Bereich sich als kleine Nische recht und schlecht behauptet hätte. Aber ich mußte die angefangene Lehrbuchreihe entweder wieder aufgeben oder rasch komplettieren und in sie investieren, damit sie sich auf dem Markt etablieren konnte. Auch für die Zeitschrift hieß es entweder Aufgabe oder Qualität, Sichtbarkeit, Erfolg. Ich hatte in beide Projekte schon zu viele Gedanken und Arbeit gesteckt, als daß ich sie hätte aufgeben können.

Eine Frau zu suchen, eine Frau auch nur zu sehen, blieb mir in den ersten Monaten der Verlagsneuorganisation keine Zeit. Ich ging früh ins Büro, kam spät nach Hause, war oft auf Reisen. Sogar meine Mutter meinte, ich arbeite viel – nicht zu viel, das gab es für sie nicht, aber viel. Als sich der Erfolg einstellte, einige Lehrbücher der Reihe zu Bestsellern wurden und die Auflage der Zeitschrift von Monat zu Monat stieg, wurde ich danach süchtig, mein wachsendes Arbeitspensum effizient und erfolgreich zu bewältigen. Es wuchs rasch; nachdem die Zeitschrift und die neue Lehr-buchreihe ein Erfolg waren, mußten die alten Hand- und Lehrbücher in Inhalt und Layout modernisiert werden, und die jungen Juristen, die sich im Studium an den Verlag ge-wöhnt hatten, sollten in der Praxis bei ihm die Kommentare finden, die sie brauchten. Die Verlagsleitung war einverstan-den, als ich zwei Studenten einstellte.

Ich habe Bettina nicht eingestellt, weil sie von samtener Schönheit war. Ich habe ihre nicht einschüchternde, nicht herausfordernde, sondern beruhigende Schönheit erst be-merkt, als sie im Verlag arbeitete. Ich kann nicht sagen, was an ihrer Erscheinung Auge und Herz so wohltat. Die brau-nen Haare, die braunen Augen, der Mund, dessen Lippen in der Mitte immer einen winzigen Spalt offenließen, die ei-gentümliche Bedächtigkeit ihrer Bewegungen – warum be-rührte es mich als Versprechen von Gutmütigkeit, Akzep-tanz, Verwöhnung?

Sie war gutmütig. Sie hat mich akzeptiert und verwöhnt, wie ich noch nie akzeptiert und verwöhnt worden war. Manchmal hatte ich das Gefühl, daß sie mich machen ließ, was ich wollte, weil ihr egal war, was ich machte. Das hätte mich nicht gestört. Warum nicht eine Beziehung wechselsei-tiger wohlwollender Gleichgültigkeit? Aber ich merkte, daß ich mich nicht verwöhnen lassen konnte. Ich wollte nicht Bet-tinas Schuldner sein. Ich sah den Preis, den sie fordern wür-de oder doch zu fordern das Recht hätte. Man verwöhnt nicht umsonst. Letztlich verwöhnt man um der Liebe willen. Nicht einmal wenn ich Bettina geliebt hätte, hätte ich das Gefühl ge-habt, den Preis für soviel Verwöhnung zahlen zu können.

4

Ich hatte zuviel zu arbeiten, als daß ich zum Lesen von Büchern gekommen wäre. Aber die *Odyssee* lag neben dem Bett. Wenn ich zu aufgedreht war, einschlafen zu können, oder mitten in der Nacht aufwachte, waren ein paar Zeilen des vertrauten Texts das Richtige.

Im 9. und 10. Gesang berichtet Odysseus vom ersten Teil seiner Irrfahrt. Von Troja fahren er und seine Gefährten zu den Kikonen; sie verheeren die Stadt, vertilgen die Männer, vergewaltigen die Frauen und verteilen die Schätze. Von den Kikonen geht es zu den Lotophagen, die Odysseus' Gefährten mit der honigsüßen Lotosfrucht so verwöhnen, daß sie Aufbruch und Heimkehr vergessen. Bei den menschenhassenden und -fressenden einäugigen Zyklopen geht es Odysseus und seinen Gefährten schlecht, aber Äolos, der mit seiner Frau und seinen sechs kräftigen Söhnen und sechs lieblichen Töchtern jeden Tag ein Fest feiert, beherbergt und bewirtet sie einen Monat lang. Die Lästrygonen meinen es wieder schlecht mit Odysseus und seinen Gefährten; sie sind Riesen wie die Zyklopen, allerdings zweiäugig, und wie die Zyklopen hassen und fressen sie Menschen. Mit nur noch einem Schiff und wenigen Gefährten landet Odysseus bei der Zauberin Kirke, die seine Gefährten in Schweine verwandelt und auch Odysseus verwandeln würde, wenn er ihr nicht, durch den Götterboten gewarnt, schwertschwingend gegenüberträte, wodurch er sich ihre Liebe und den Gefährten wieder die menschliche Gestalt gewinnt. Auf dem Rest seiner Irrfahrt trifft Odysseus im 11. und 12. Gesang die Schatten seiner Mutter und anderer großer Frauen im Reich der Toten, die Sirenen, die ihn mit ihrem hellen Gesang in den Tod locken wollen, Skylla, das Ungetüm mit sechs Köpfen, zahllosen Zähnen und zwölf Füßen, und Charybdis, die das dunkle Meerwasser dreimal am Tag hinunterschlürft und dreimal am Tag ausspeit, ehe er sich's bei der schöngelockten, duftend gekleideten Kalypso wohlergehen läßt. Die letzten Frauen, denen Odysseus begegnet, bevor er zu Penelope heimkehrt, sind Nausikaa und Arete, die züchtige Tochter und die verständige Gattin des Königs der Phäaken.

Wenn die vergewaltigte Journalistin meine Kikonin und die verwöhnende Bettina meine Lotophagin war, stand jetzt eine einäugige Zyklopin an. Aber auf die Riesin mit einem Auge in der Mitte der Stirn wie auch auf Skylla, das Ungetüm mit überzähligen Köpfen, Zähnen und Füßen, und die Meerschlürferin und -ausspeierin Charybdis wollte ich verzichten. Schon eine von sechs Schwestern mit sechs Brüdern zu finden war aussichtslos. Zu der Unterhaltungsliteratur der 50er Jahre, die meine Mutter besaß, gehörte *Im Dutzend billiger*. Eine Familie mit sechs Söhnen und sechs Töchtern ist ein Medienereignis, und wenn es eine solche Familie da, wo ich lebte, gäbe, wüßte ich davon. Sollte ich mich mit weniger Geschwistern begnügen? Sollte ich statt einer Familie eine Gruppe akzeptieren und nach einer Sängerin in einem gemischten Chor, einer Musikerin in einem Orchester oder einer Tennisspielerin in einer Mannschaft fürs gemischte Doppel suchen? Die anschließende Riesin wußte ich schon: eine Kassiererin im Supermarkt, nicht so groß wie die Lästrygonenkönigin, die Homer mit einem Berggipfel vergleicht, aber wie ihre nicht ganz so riesige, von Homer als rüstig beschriebene Tochter. Sie thronte an der Kasse wie ein Erwachsener unter Spielzeug, und als sie einmal aufstand, um im Zigarettenbehälter eine klemmende Packung zu lösen, überragte mich ihre kolossale Weiblichkeit um einen halben Kopf.

Ich habe mich für den gemischten Chor entschieden. Ich hatte gerne im Schulchor gesungen und dachte, ein Chor wäre, wenn ich die Probentermine einigermaßen einhalten könnte, ein guter Ausgleich zur vielen Arbeit. Es war der Chor der Friedenskirche, nicht nur im Gottesdiensteinsatz, sondern auch mit Konzertauftritten stadtbekannt. Wenn der Chor des weltlichen Bach-Vereins nicht eine lange Warteliste gehabt hätte, wäre ich lieber in ihn gegangen. War die Suche nach der Äolos-Tochter im Chor der Kirche Blasphemie? Geheuer war mir mein Projekt nicht. Andererseits brachte es nur ein bißchen Struktur in das alte Spiel des Suchens und Werbens und Findens und Verlassens, und mit einer Nonne, der klassischen Herausforderung für den gotteslästerlichen Verführer, war eine Sängerin im Kirchenchor nicht zu vergleichen.

Ganz und gar nicht. Als ich mitsang, stellte ich fest, daß es im Kirchenchor nicht weltlicher hätte zugehen können. Die beiden umschwärmten Schönheiten, die eine blond und beim Sopran, die andere dunkel und beim Alt, der junge Tenor, den die älteren Frauen anhimmelten, die Clique derer, die von Anfang an dabeigewesen waren und immer wieder an die Traditionen erinnerten, die älteren, alles voller Neugier und voller Mißbilligung verfolgenden Herren vom Baß – es war nicht anders als in jedem Verein. Ich habe mich nicht um die beiden Schönheiten bemüht, auch nicht um die fröhliche Anästhesistin oder die spöttische Rechtsanwalts- und Notarsgehilfin, die, beide vom Alt, mir gefielen. Ich stellte mir vor, daß Odysseus sich als Gast in Äolos' Haus zu allen Töchtern freundlich verhalten und gewartet hatte, bis eine ihn wollte.

Die, die mich wollte, wollte ich nicht. Sie war Fahrlehrerin in der Fahrschule ihres Vaters und von einer Leidenschaft fürs Auto verzehrt, die ich sonst bei Männern kannte und haßte. Aber das Projekt hatte von mir so Besitz ergriffen, daß ich, als sie mich einlud, ohne Zögern mit ihr nach Hause und ins Bett ging.

5

Mit der Verkäuferin war's schwieriger. Sie hatte einen nüchternen, mißtrauischen Verstand und merkte, daß mein Werben nicht stimmte. Ich habe sie kaufen müssen, nicht mit Geld, aber mit Geschenken, die ihr so gut gefielen, daß ihr gleichgültig wurde, aus welchem falschen Grund ich sie machte. Als ich ihr auch noch Geschenke machte, nachdem wir miteinander geschlafen hatten, und sie begann, ihr Mißtrauen zu vergessen, hätte ich sie verlassen sollen. Aber die Frauen tun auch nicht, was sie sollen. Barbara hatte nicht getan, was sie sollte. Warum sollte ich?

Außerdem liebte sie so rücksichtslos, überwältigend, verschlingend, daß ich mich von mir befreit fühlte. Ja, sie war eine Riesin, die mich nicht zerfleischte, aber aus allem riß, was mich niederhielt, und so schüttelte, daß noch die letzten Reste von mir abfielen. Bis sie dachte, ich meinte es ernst, es selbst ernst meinte und zärtlich wurde.

Als nächste mußte ich eine Zauberin finden. Inzwischen hatte ich die Leidenschaft des Sammlers entwickelt, die nicht mehr dem einzelnen Objekt, sondern nur noch der Komplettierung der Sammlung gilt. Eine plastische Chirurgin, die zwar niemanden willentlich vom Menschen in ein Vieh verwandelt, aber umgekehrt aus kaputten Köpfen schmukke Gesichter zu machen versteht? Eine Handleserin und Glaskugelguckerin, die zwar nicht die zauberische Kunst der Verwandlung, aber die der Vorhersage beherrscht? Eine Künstlerin, die Illusionen zerstört und schafft?

Ich entschied mich für eine Kosmetikerin. Auch die Kunst der Kosmetikerin besteht nicht darin, schöne Menschen in häßliche Enten, sondern häßliche Enten in schöne Menschen zu verwandeln. Aber wie bei der plastischen Chirurgie ist auch bei ihr davon auszugehen, daß sie Menschen häßlich zurichten könnte, wenn sie wollte. Ein Kosmetikladen war bei mir um die Ecke. Es gab zwei Kosmetikerinnen, die ältere Eigentümerin und eine jüngere Angestellte. Ich meldete mich bei der älteren an, aber als ich kam, war sie nicht da und behandelte mich die jüngere. Sie kam aus Persien, hatte eine Haut wie eine Aprikose, eine Stimme wie eine Schalmei und massierte mein Gesicht mit einer freudigen Hingabe, die mich an den Rand der Tränen brachte.

Damit fing meine Verstörung an. Ich weinte nur beinahe. Aber es war mir seit früher Kindheit nicht mehr passiert und irritierte mich. Dann fingen die Träume an und irritierten mich noch mehr.

Ich wachte auf und wußte, daß ich von Barbara geträumt hatte. Ich wußte es, noch ehe ich den Inhalt des Traums erinnerte: eine kleine, banale Szene, in der wir zusammen im Auto fahren oder das Bett machen oder kochen. Ich wußte es, weil ich mit dem wohligen Gefühl selbstverständlicher Vertrautheit aufwachte, das ich an guten Tagen mit Barbara gehabt hatte. Dann wurde ich wacher, und das Gefühl wurde zur Sehnsucht, einer Sehnsucht, die sich zunächst erfüllbar anfühlte, als müsse ich mich nur nach Barbara umdrehen und die Hand nach ihr ausstrecken. Dann, noch wacher, verstand ich die Unerfüllbarkeit der Sehnsucht, spürte sie gleichwohl noch einen Augenblick, ehe sie in Enttäuschung umschlug. Dann war ich wach und fing an, in der Erinnerung nach dem Inhalt des Traums zu suchen.

Am Tag sehnte ich mich nicht nach Barbara. Die anfängliche Tagessehnsucht hatte sich schon lang zu Ironie und Sachlichkeit gewandelt. Wie kam die Traumsehnsucht dazu, diese Wandlung nicht zu registrieren? Ein eigenes Leben zu führen?

Auch sonst träumte ich wie seit meiner Kindheit nicht mehr. Abenteuer mit Verfolgungsjagden, Fluchten und Stürzen, Schul- oder Universitätsprüfungen, alltägliche Situationen mit meiner Mutter und einmal eine Zugfahrt mit dem Großvater, auf der wir Proviantpaket um Proviantpaket auspackten, aber nicht aßen.

Ich träumte noch einen ganz anderen Traum. In ihm komme ich abends von einer Reise zurück, steige aus einer Taxe und stehe vor dem Haus. Das Haus ist abgebrannt. Es muß am selben Tag passiert sein; die Trümmer rauchen noch. Ich bin nicht entsetzt. Ich bin zuerst erstaunt und dann von einem großen Freiheits- und Glücksgefühl erfüllt. Ah, endlich bin ich alles los, das Gehäuse der Wohnung, dem ich mich einzufügen habe, die Möbel, die mich umstellen und belauern, alle meine Sachen, die ich aufräumen, sauberhalten, pflegen und reparieren muß. Endlich bin ich mein Leben los und frei, ein anderes zu leben.

Jedesmal, wenn ich von einer der vielen Reisen zurückkam, die ich für den Verlag machen mußte, fiel mir der

Traum wieder ein. Ich saß in der Taxe, dachte an das abgebrannte Haus und war zugleich hoffnungsvoll und ratlos, weil ich nicht wußte, welches andere Leben ich leben sollte. Aber das Haus war heil, und ich behielt mein Leben.

6

Als ich an einem Abend im Sommer von einer Reise zurückkam, stand Max vor dem Haus. Das Hemd war unordentlich
in die Hose gestopft, das Haar verstrubbelt, und er sah verloren und unglücklich aus.

»Was machst du hier?«

»Ich … Mama …«

Er zeigte auf den Koffer neben dem Betonkasten, in dem
die Mülleimer standen. »Mama sagt, ich soll eine Weile hier
wohnen.«

»Hat sie einen neuen Freund?« Ich schüttelte den Kopf.
»Es geht nicht, Max. Komm, ich fahre dich nach Hause.«

Er sagte nichts, als ich seine Hand nahm, den Koffer
griff, zum Auto ging, mit ihm einstieg und losfuhr. »Sie ist
verrückt. Ich hätte auch noch länger unterwegs sein können.«

»Sie hat im Verlag angerufen und gesagt gekriegt, daß du
heute abend nach Hause kommst.«

»Das kann man ihr nicht gesagt haben. Man wußte nicht,
wann ich nach Hause kommen, nur daß ich morgen früh im
Verlag sein würde.«

Wir fuhren über die Autobahn. Die Sonne war schon hinter den Bergen der Pfalz untergegangen, aber der Abend-

himmel leuchtete noch. Ich war müde von der Reise, hatte mich noch kurz auf den Balkon setzen und früh ins Bett gehen wollen. Max tat mir leid. Ich tat mir leid.

»Mama ist nicht zu Hause.«

»Wie?«

»Mama ist mit dem neuen Freund nach Florida geflogen. Er kommt von dort. Sie sagt, wenn du mich nicht bei dir haben willst, kannst du mich am Sonntag zu Inge bringen. Bis Sonntag ist sie noch im Urlaub.«

Es war Dienstag. Am Mittwoch und Donnerstag hatte ich im Verlag alle Hände voll zu tun, am Freitag mußte ich nach München, und daran hatte ich ein Wochenende am Chiemsee anschließen wollen. »Was ist mit der Schule?«

»Was soll mit ihr sein?«

»Wie willst du morgens hin- und mittags zurückkommen?«

»Das hat Mama nicht gesagt.«

Ich fuhr ins Autobahnkreuz, fuhr einen Kreis und noch einen und war zum zweiten Mal an diesem Tag auf dem Weg nach Hause. Max saß stumm neben mir. »Seit wann wartest du vor dem Haus?«

»Sie haben mich um zwei abgesetzt. Weil doch ihr Flugzeug um fünf ging. Ich habe Kinder getroffen, und wir haben gespielt.«

»Hast du was gegessen?«

»Nein. Mama hat gesagt...«

»Ich will nicht mehr hören, was Mama gesagt und nicht gesagt hat.«

Max saß wieder stumm. Sonst zappelte er sogar im Kino und quengelte beim Italiener, bis die Pizza vor ihm stand.

Ich fuhr bei McDonald's vorbei und kaufte Hamburger und Pommes mit Ketchup. Dann saßen wir zu Hause am Küchentisch, aßen und wußten beide nicht, was wir reden sollten.

»Wir müssen morgen früh aufstehen. Ich muß um acht im Verlag sein und dich davor in die Schule bringen.«

Er nickte.

»Ich mache dir das Bett. Hast du alles? Zahnbürste, Schlafanzug, frische Wäsche für morgen, deine Schulhefte und -bücher?«

»Mama hat…« Ihm fiel ein, daß ich nicht hören wollte, was Veronika gesagt und nicht gesagt hatte. Ich öffnete den Koffer, legte ihm den Schlafanzug und die Sachen für den nächsten Tag zurecht und gab ihm, weil er keine dabeihatte, eine neue Zahnbürste. Während er sich die Zähne putzte, richtete ich mir das Bett auf dem Sofa und ihm mein eigenes Bett. Er beeilte sich; ich merkte, daß er nicht erst ins Bett gehen wollte, wenn ich mit dem Bettrichten fertig und aus dem Zimmer wäre. Als er lag, fragte er: »Erzählst du mir eine Geschichte?«

Kann man einem Zehnjährigen noch ein Märchen erzählen? Ich versuchte es mit der Sage von Hildebrandt, der nach vielen, vielen Jahren heimkehrt und einem anderen Ritter begegnet. Es ist Hadubrandt, Hildebrandts Sohn, der seinen Vater ebensowenig erkennt wie dieser ihn. Er herrscht jetzt in der Heimat und ist empört, daß er vom Fremden nicht mit der Demut begrüßt wird, auf die der Herrscher Anspruch hat. Die beiden kämpfen, bis sie erschöpft sind. Dann fragt Hildebrandt Hadubrandt nach Name und Sippe und gibt sich als sein Vater zu erkennen. Aber Hadubrandt glaubt ihm nicht; er hält seinen Vater für tot und Hildebrandt für einen Schwindler. So geht der Kampf weiter.

»Und?« Die alte Sage hatte den comic- und kinogewohnten Max doch gepackt, und er wollte wissen, wie sie zu Ende geht.

»Hildebrandt konnte einen tödlichen Schlag nur dadurch abwehren, daß er Hadubrandt tödlich traf.«

»Oje.«

»Ja, das dachten die Sänger, die die Sage überlieferten, eines Tages auch. Seitdem sangen sie, daß die beiden einander erkannten, umarmten und küßten.«

7

So fing mein Leben mit Max an. Ich sagte die Reise nach München ab. Mittwoch, Donnerstag und Freitag fuhr ich ihn mit dem Auto zur Schule und holte ihn auch dort ab. Am Wochenende übten wir die Fahrt in der halb Straßen-, halb Eisenbahn, die die beiden Städte verbindet, und den zehnminütigen Weg von der Endstation über die Brücke zur Schule. Wir übten auch den Weg zu meinem Verlag, wo Max sich von Montag an nach der Schule einfand, mit mir in der Kantine aß und neben mir im Büro Aufgaben machte. Am Montag abend lag ein Brief von Veronika in der Post, mit dem sie ihre Rückkehr in sieben Wochen ankündigte. Ich hoffte, Max' Gefühl, meine Gastelternrolle sei nicht selbstverständlich und verdiene Wohlverhalten, würde sieben Wochen anhalten.

Das tat es nicht. Mit jedem Tag wurde Max lebhafter, eigenwilliger, fordernder. Er fand ein leerstehendes Büro, in dem er die Aufgaben lieber als bei mir machen wollte. Er wollte lieber mit den Kindern spielen, die er beim Warten auf mich getroffen hatte, als Aufgaben machen. Wenn ich mit meiner Arbeit fertig war, wollte er mit mir ins Schwimmbad oder ins Kino oder ins Hotel; er hatte eine eigentümliche Freude daran, in Hotellobbys zu sitzen und sich eine Cola servieren zu lassen.

Aber während er unruhiger wurde, wurde mein Leben ruhiger. Ich wollte weniger. Ich arbeitete weniger, und es ging auch mit weniger Arbeit. Ich ließ Odysseus' Frauen und nahm die Suche nicht mehr auf: nach den Schatten großer Frauen, nach der Verlockung zum Tod, nach schönen Haaren und duftenden Kleidern, nach einer züchtigen Tochter und deren verständiger Mutter. Ich ging seltener aus und machte mir meine Wohnung und meine Küche zu eigen. Abends um neun Uhr lag Max im Bett, hatte eine Geschichte gehört und schlief ein. Ich saß nicht in irgendeinem Restaurant, wartete auf das Essen oder die Rechnung, sondern hatte gegessen und gespült und konnte noch zwei bis drei Stunden machen, was ich wollte.

So kehrte ich zu Karl zurück. Ich schrieb ans Einwohnermeldeamt und erfuhr, daß in den späten 30er und in den 40er Jahren im Erdgeschoß der Kleinmeyerstr. 38 Karl und Gerda Wolf, im ersten Stock die Familien Lampe und Bindinger und im zweiten Rudolf Hagert gewohnt hatten. Karl Wolf starb 1945; Gerda Wolf zog 1952 nach Wiesbaden. Rudolf Hagert zog 1955 ins Altersheim und starb dort 1957. Gerda Wolf stand im Wiesbadener Telephonbuch, und ich schrieb ihr einen Brief, erklärte mein Interesse an den ehemaligen Bewohnern der Kleinmeyerstr. 38 und bat um ein Gespräch. Drei Tage später war ihre Antwort da. Ich könne gerne kommen.

Am Sonntag morgen fuhr ich mit Max nach Wiesbaden. Wir sahen die Stadt an, fuhren mit der Drahtseilbahn, deren oberer Wagen seinen Tank mit Wasser füllt, um mit dem Gewicht des Wassers zu Tal zu fahren und den unteren Wagen hochzuziehen, und gingen in den Weingärten spazieren.

Kurz vor drei setzte ich Max mit einem Buch auf eine Bank, von der er sich nicht zu entfernen versprach, und war um drei bei Gerda Wolf. Sie mochte Mitte Siebzig sein, war gepflegt, weißhaarig, schlank und bewegte sich rasch und sicher. Ihre Wohnung war klein und voll mit Büchern, Bildern und Orden, die wie Bilder in kleinen Rahmen hingen. »Die Orden meines Vaters«, sagte sie und zeigte auf die Photographie eines Mannes mit ordengeschmückter Uniform.

»Karl Wolf war Ihr Vater?«

»Ja. Als die Zeitung meldete, daß der Führer nicht mehr lebt, erschoß er sich. Er war zu Hause, weil er sein Bein verloren hatte.«

Wir setzten uns an den Tisch, den sie gedeckt hatte, und sie schenkte Tee ein und legte Marmorkuchen auf, den sie selbst gebacken hatte. Ich erzählte noch mal, was ich schon im Brief geschrieben hatte: Karls Geschichte, seine Heimkehr ins Haus Kleinmeyerstr. 38, meine Vermutung, daß der Autor vor oder im Krieg im Haus gelebt hatte oder ein und aus gegangen war.

»Mehr wissen Sie nicht?«

Ich schüttelte den Kopf. »Ich vermute, daß der Autor Abitur hatte, nie in Sibirien und nicht einmal im Krieg war. Aber ich weiß es nicht.«

Sie sah mich fragend an.

»Ich glaube, was man selbst erlebt hat, möchte man richtig erzählen. Man läßt die sibirischen Flüsse nicht nach Süden statt nach Norden fließen. Man läßt Soldaten nicht in einem Jargon reden, in dem Roman- und Filmgestalten reden, aber nicht Soldaten. Oder doch? Will ein Autor die Klischees der Leser bedienen?«

»Rudolf Hagert war Chemiker und hat bei der BASF in der Forschung gearbeitet. Außerdem war er ein Autonarr. Ich kann mir nicht vorstellen, daß er jemals einen Roman auch nur gelesen hat. Untermieter hatte er nicht, nicht vor und nicht nach Kriegsende. Auch wir hatten keine. Frau Lampe und ihre Tochter vermieteten an Studenten; die Mutter wollte für ihre Tochter einen Mann finden und hat auch einen gefunden. Die Tochter hat den Bindinger geheiratet, einen Untermieter, einen Studenten. Studenten«, sie rümpfte die Nase, »wer damals studiert hat und nicht an der Front war, war entweder ein Krüppel oder ein Spinner.«

»Sind Sie den Untermietern begegnet?«

»In all den Jahren hat nur einer den Anstand gehabt, bei uns zu klingeln und sich vorzustellen. Nur einer.«

»Ein Krüppel? Ein Spinner?«

»Ein netter junger Mann, der traurig war, daß sie ihn wegen eines Herzfehlers nicht nahmen. Weil er nicht so weit vom Schuß sein mochte, habe ich mit Freda gesprochen und sie mit Karl, und der hat ihn schließlich geholt.«

»Freda? Karl?«

»Freifrau von Fircks, meine alte Freundin, und ihr Mann Hanke, Gauleiter von Schlesien.«

»Wissen Sie, was aus dem jungen Mann geworden ist? Kennen Sie seinen Namen? Hat er…«

»…geschrieben? Ich habe keine Ahnung. Er war Student und wird seine Studienarbeiten geschrieben haben. Aber das haben die anderen Untermieter auch. An seinen Namen erinnere ich mich nicht mehr. Frau Bindinger müßte ihn kennen. Die beiden waren befreundet.«

»Sie ist letztes Jahr gestorben.«

Frau Wolf nickte, als habe dieser Tod seine schmerzliche Richtigkeit.

»Leben Freda von Fircks und Karl Hanke noch?«

»Freda hat noch mal geheiratet und lebt mit Rössler in Bielefeld. Karl Hanke – wissen die jungen Leute heute so wenig über die deutsche Geschichte? Es hieß, er sei über Spanien nach Argentinien geflohen oder in amerikanische Gefangenschaft geraten oder von deutschen Soldaten aufgehängt oder von Tschechen erschlagen oder erschossen worden – Freda hat ihn 1950 für tot erklären lassen müssen, aber ich glaube, daß er lebt. Er war der beste.«

Sie richtete sich auf und strahlte mich an. »Seine Ritterlichkeit gegenüber Magda, seine freiwillige Meldung zu den Panzern, seine Verteidigung Breslaus – nicht umsonst hat der Führer ihn geliebt.«

8

Sie hatte recht. Hitler hatte Hanke geliebt, so sehr, daß er ihn kurz vor seinem Tod anstelle Himmlers zum Reichsführer ss ernannte. Die Breslauer haben ihm nie verziehen, daß er, der für den Ausbau der Stadt zur Festung, ihre Verteidigung und Zerstörung verantwortlich war und sie bis zum letzten Mann halten wollte, sich am 2. Mai 1945 davonmachte – von einer Startbahn, die die Breslauer unter den größten Opfern hatten bauen müssen und auf der kein Flugzeug gelandet, von der kein Flugzeug gestartet ist außer dem Fieseler Storch, den Hanke versteckt hatte und zum Verlassen der Stadt benutzte. Aber vielleicht hat er sich nicht feige davongemacht, sondern wollte mit Schörner zusammentreffen, den Hitler ebenfalls kurz vor seinem Tod zum neuen Oberbefehlshaber des Heeres ernannt hatte.

Nichts sprach dafür, daß er feige war. 1939 meldete er sich freiwillig, als er es sich als Staatssekretär Goebbels' in Berlin hätte gutgehen lassen können, davor hatte er sich mit Goebbels angelegt, der seine Frau Magda wegen seiner Liebe zu Lida Baarova schlecht behandelte, und noch davor hatte er seine Stelle als Lehrer wegen seiner Arbeit für die Partei aufs Spiel gesetzt und verloren. Er war organisatorisch geschickt und einfallsreich, entdeckte, als niemand der

Partei Versammlungsräume vermieten wollte, die Berliner Tennishallen als Auftrittsorte für Goebbels, organisierte die Kriegsberichterstattung und schrieb selbst. Zugleich bediente er sich aus der Parteikasse, schuf sich in der Festung Breslau ein Reich des Luxus, war stur, anmaßend und rücksichtslos bis zur Grausamkeit. Ja, Gerda Wolf hatte recht. Karl Hanke war wohl das Beste, was der Nationalsozialismus zu bieten hatte.

Als ich Max Hankes Karriere erzählte, schnalzte er denn auch mit der Zunge. Er war durch die langen Telephongespräche neugierig geworden, die ich mit einem befreundeten Historiker über Hanke geführt hatte. »Tapfer ist gut, oder?«

Wir saßen auf dem Balkon und aßen zu Abend. Ich hatte immer gedacht, es müsse schön sein, als Vater einem Kind die Welt zu erklären – vielleicht hätte ich sie als Kind gerne von meinem Vater erklärt bekommen. Ich hatte nicht gewußt, daß Kinder die schwierigen Fragen, die sie stellen, für einfach halten, daher einfache Antworten erwarten und von den angemessenen, komplizierten Antworten enttäuscht sind. Inzwischen wußte ich's. Ich sah in den Abendhimmel, trank einen Schluck Wein und wappnete mich gegen Max' Enttäuschung. »Tapferkeit ist gut, wenn es um eine gute Sache geht. Wenn es um eine schlechte geht, ist Tapferkeit…« Ich zögerte. »Nicht gut« war mir zu blaß, »schlecht« zu stark.

»Schlecht?«

»Es ist wie mit dem Fleiß. Wenn du fleißig etwas Gutes machst, ist dein Fleiß gut. Wenn du fleißig eine Grube gräbst, damit der Nachbar hineinfällt und sich weh tut, ist das schlecht. Weil es schlecht ist, daß du die Grube gräbst, ist auch der Fleiß, mit dem du's tust, nicht gut.«

Max dachte so angestrengt nach, daß sich zwischen seinen Brauen eine Falte bildete. »Wäre der Hanke besser gewesen, wenn er feige gewesen wäre?«

»Tapfer oder feige, fleißig oder faul – bei einer schlechten Sache ist es egal.« Stimmte das? Waren Feigheit und Faulheit, die eine schlechte Sache sabotierten, nicht Tugenden?

Das fragte sich auch Max. »Aber wenn ich beim Graben faul bin, wird die Grube nicht so tief und tut sich der Nachbar nicht so weh.« Dann trug ihn das Beispiel davon. »Wie ist das eigentlich – falle ich in die Grube, die ich dem Nachbarn grabe, nicht selbst hinein?«

»Das ist eine andere Geschichte.« Statt glücklich der Wendung des Gesprächs zu folgen, ließ ich mich zu einem Schlußwort hinreißen. »Der Wert von Tapferkeit, Fleiß, Sparsamkeit und Ordnungssinn hängt jedenfalls davon ab, wofür es ist.«

»Ich weiß noch nicht, wofür ich spare.«

Einen Augenblick lang dachte ich, Max mache sich lustig. Aber seine Stirn zeigte weiter die Falte zwischen den Brauen, und er sah mich ernst an. »Wenn du genug hast, gibst du es eben für was Gutes aus.«

»Wenn ich's dann aber für was Schlechtes ausgebe?«

Ich merkte, daß ich zwar gesagt hatte, was ich sagen zu sollen meinte, daß ich es aber gar nicht glaubte. Mochte Tapferkeit eine geringere Tugend als Gerechtigkeit, Wahrheits- oder Nächstenliebe sein – eine Tugend war sie allemal, und wenn es Hanke nun schon gab, war er mir tapfer lieber als feige. Ich mochte keine faulen Leute, und ich mochte nicht, wenn Leute mit ihrem Geld nicht zurechtkamen oder wenn sie in ihrem Leben ein Durcheinander anrichteten. Ich war der Sohn meiner Mutter. Ich mochte auch mit Max keine Diskussionen darüber führen, ob der Fleiß, den ich von ihm für die Schule verlangte, oder die Ordnung, die er bei mir zu Hause halten mußte, guten Zwecken diente. Ich hätte auf Max' erste Frage antworten müssen: Ja, tapfer ist gut, aber tapfer allein langt nicht. Dafür war es zu spät. Ich konnte nur noch sagen: »Für was Schlechtes ausgeben? Das läßt du schön bleiben.«

9

Ich ließ mir von der Auskunft die Telephonnummer von Barbaras Schwester Margarete geben. Als ich sie anrief, unterbrach sie mich, kaum hatte ich meinen Namen genannt. »Ich hatte nicht mehr mit Ihnen gerechnet.«

»Sie…«

»Ich hatte Ihren Anruf vor Jahren erwartet. Wann hatten Sie Kontakt mit meiner Schwester?«

»Das war, wie Sie sagen, vor Jahren.«

»Barbara hat mir damals erzählt, Sie wollten wissen, wer über uns geschrieben haben könne und was sich in Mutters Unterlagen dazu finde. Darum geht es immer noch?«

»Ja.«

»Sie können am Samstag um elf kommen. Wenn Sie Kopien machen wollen, müssen Sie ein Gerät mitbringen.« Sie legte auf.

Ich besorgte ein Kopiergerät und war am Samstag pünktlich bei ihr. Um nicht zu spät zu sein, kam ich zu früh an und wartete im Auto um die Ecke. Margarete Bindinger wohnte in einer Siedlung aus den 50er Jahren in einer Doppelhaushälfte mit Garten. In eine solche Siedlung wäre ich als Kind gerne gezogen, und manchmal machten Mutter und ich am Sonntag einen Spaziergang, und ich sah neidisch, wie praktisch und freundlich alles war: die Häuser mit Keller und Dachboden, einem Balkon im ersten Stock und einer Toilette gleich neben dem Eingang hinter dem kleinen Fenster, die Gärten mit Terrasse, Schaukel, Teppichstange, Obst- und Zierbäumen und Nutzbeeten, und auf den Straßen liefen die Kinder Rollschuh und hatten Fußball- und Völkerballfelder und Quadrate zum Hüpfen markiert. Jetzt waren die Kinder und die Bäume groß, in den Gärten gab es nur noch Rasen, Sträucher und Blumen, und auf der Straße parkte Auto an Auto.

Die Gartentür hatte außen einen Knopf, der sich nicht drehen ließ, und innen eine Klinke. Ich scheute mich, hinüberzugreifen und aufzumachen, und klingelte. Die Haustür ging auf, und Margarete Bindinger sagte: »Ich muß doch wohl nicht kommen und Ihnen helfen.« Sie wartete, bis ich vor ihr stand, klein und hager, mit grauem Gesicht und einem Ausdruck, als wäre sie mich lieber wieder los. Statt meine Begrüßung zu erwidern, zeigte sie auf das Kopiergerät und fragte: »Braucht er viel Strom?«

»Ich weiß nicht. Ich will gerne…«

Sie winkte ab. »Ich will Ihnen nicht den Strom für die Kopien berechnen, die Sie machen. Ihr Kopierer sieht handlich aus, und ich wollte wissen, ob er was für mich wäre.« Sie gab die Tür frei und ging ins Haus. Erst jetzt sah ich, daß ihr rechtes Bein kürzer war und sie sich auf einen Stock stützte. Sie führte mich ins Zimmer zur Straße und setzte mich an einen großen Tisch mit sechs Stühlen. Auf dem Tisch lag eine Mappe. Sie setzte sich gegenüber.

»Ich…«

Aber sie winkte wieder ab. Statt mich reden zu lassen,

stellte sie knappe Fragen, erwartete knappe Antworten und wurde ungeduldig, wenn die Antworten länger gerieten. Als ich über Karl und meine bisherige Suche nach dem Autor Auskunft gegeben hatte, fragte sie: »Warum interessiert der Autor Sie?«

»Er kannte meine Großeltern und kennt meine Heimat, hat einen Roman geschrieben, zu dem ich gerne das Ende wüßte – ich bin einfach neugierig.«

Sie sah mir direkt ins Gesicht. »Nein, Sie sind nicht einfach neugierig. Aber was geht es mich an. Barbara hat gesagt, ich soll Ihnen helfen, und warum nicht. Viel ist es nicht.« Sie legte die Hand auf die Mappe. »Mutter hat kein Tagebuch geführt. Sie hat Briefe aufgehoben, Briefe ihrer Eltern, ihrer besten Freundin, meines Vaters und von uns. Ein paar Briefe sind von einem Mann, von dem ich nicht weiß, wer er war und woher sie sich kannten.« Sie stand auf. »Ich lasse Sie allein. Rufen Sie, wenn Sie fertig sind.«

Ich schlug die Mappe auf.

10

Sehr verehrtes Fräulein Beate,
    es hat alles seine Richtigkeit. Daß Sie sind, wo die Welt heil ist, und daß ich bin, wo sie aus den Fugen gerät, hat seine Richtigkeit. Daß wir uns begegnet sind, hat seine Richtigkeit. Daß Sie mich nicht lieben, hat seine Richtigkeit.
    Drei Tage ist es her, daß Sie es mir gesagt haben. Mit so viel Anmut, so viel Güte, so viel Wärme, daß ich, obschon ich nicht das Glück gefunden habe, das ich gesucht habe, doch auf eine Art glücklich bin. Man kann lieben und nicht wiedergeliebt werden und es wie eine Ungerechtigkeit empfinden. Aber es gibt auch eine Gerechtigkeit unerwiderter Liebe.
    Gestern abend bin ich hier angekommen, und seit dem frühen Morgen wird gekämpft. Es ist großartig.
    Ich danke Ihnen, daß ich Sie, während ich in Ihrer Nähe war, zur Zeugin meiner Gedanken machen durfte. Darf ich Ihnen weiterhin schreiben?
    Ihr Volker Vonlanden
    17. Januar 1942

Die nächsten Briefe, im Abstand von wenigen Wochen geschrieben, waren ähnlich: ein paar Sätze über die Welt, ein

paar über den Krieg und ein paar über Beate. Volker Vonlanden verglich Beate mit der Morgenröte, dem Abend- und
Morgenstern, warmem Regen, der Luft nach einem Gewitter, einem Schluck Wasser nach einem Tag unter der Sonne
und der Wärme des Ofens nach einer Nacht im Schnee.
Hübsch fand ich die Passage über die Morgenröte.

*Nein, Beate, Sie erinnern mich nicht an die Morgenröte,
die sachte aufscheint und die Welt langsam in helleres und
helleres Licht taucht. Es gibt noch eine andere Morgenröte, kurz an Dauer und groß an Kraft, die von einem Augenblick auf den anderen die Nacht verscheucht, den
Dunst wegdampft und den Tag begründet. An diese Morgenröte erinnern Sie mich. Es war einmal eine Revolution,
in der ein Kriegsschiff mit einem Schuß das entscheidende
Signal gegeben und auch den entscheidenden Sieg errun-
gen hat, und das Kriegsschiff hieß »Morgenröte«. Sie wissen, daß Sie mit einem Wort mein Leben revolutionieren
können, nicht wahr?*

Ab Spätsommer gibt es zunächst keine Briefe mehr. Ein
Brief zu Weihnachten erklärt, warum. Er läßt auch erkennen, daß die Frühjahrs- und Sommerbriefe Beates Herz erreicht und umgestimmt haben.

Liebe Beate,
*im letzten Winter habe ich Dir geschrieben, daß Du mir
die Augen für die Gerechtigkeit unerwiderter Liebe ge-
öffnet hast. Was hast Du eigentlich gedacht, daß ich damit
gemeint habe?*

Unerwiderte Liebe ruht nicht, bis sie sich der Liebe ver-
weigern kann, die sich ihr verweigert hat. So schafft sie sich
Gerechtigkeit, oder sie verdient keine.

Wir hatten's im Sommer schön zusammen, aber vorbei
ist vorbei. Lebe wohl! Auf der Fahrt zurück habe ich ein
Mädel getroffen, das mir gefällt. Du weißt, wie's ist.

Volker

Weihnachten 1942

Der nächste Brief datiert eineinhalb Jahre später. Ihm lag ein
Ausschnitt aus einer Zeitung bei.

Meine sehr verehrte, liebe Beate,

Sie dürfen mir das Porträt nicht übelnehmen. Ich weiß,
Sie machen von sich nicht viel Aufhebens und wollen auch
nicht, daß andere es machen. Aber darum habe ich das
Stück auch nicht geschrieben. Ich habe es nicht für Sie ge-
schrieben, sondern für die Männer im Feld. Daß Sie mir
dabei vor Augen standen und nun den Männern vor Au-
gen stehen – macht es Sie nicht doch ein kleines bißchen
stolz?

Ich finde, es sollte.

Ihr Volker

12. Juni 1944

Der Artikel, eine halbe Zeitungsseite, hieß »Auch dafür«
und war von Volker Vonlanden gezeichnet.

Sie liebt mich nicht. Sie hat es mir bei meinem letzten
Urlaub gesagt. Sie kann mich gut leiden, aber ich bin nicht

der Richtige, und sie weiß, daß der Richtige noch kommt, und wartet auf ihn. Manchmal frage ich mich, wo er wohl kämpft: in Italien, in Frankreich, in Rußland? Kämpft er gleich hier an meiner Seite?

Sie ist ein Mädel mit blondem Haar, blauen Augen und einem fröhlichen Mund. Sie lacht gerne und laut. Der hohen Stirn siehst du an, daß sie gute Gedanken hat, und dem Kinn, daß sie sich nicht kleinkriegen läßt, von nichts und von niemandem. Wenn Bomben gefallen sind, lacht sie trotzig und macht sich an die Arbeit. Sie hat kräftige Arme und kann zupacken. Sie ist groß, gerade gewachsen, und wenn du sie gehen siehst, möchtest du mit ihr tanzen.

Sie liebt mich nicht. Eines Tages wird sie einen Kameraden lieben, den richtigen. Eines Tages wird mich das richtige Mädel lieben. Auch sie lacht trotzig, wenn Bomben gefallen sind. Auch sie packt zu – beim Aufräumen, in der Fabrik, bei der Ernte. Auch sie wartet auf mich, sie weiß es nur noch nicht.

Viele von uns kämpfen für ihre Frauen und Kinder. Sie wissen, daß jeder Schuß, der trifft, jeder Angriff, der gelingt, jede Verteidigung, die hält, unsere Lieben schützt. Du hast keine Frau und kein Kind? Du hast auch keine Freundin? Du hattest eine, aber sie liebt einen anderen? Du liebst eine, und sie liebt dich nicht wieder? Auch wenn du sie nicht kennst – irgendwo gibt es ein prächtiges deutsches Mädel, für das du der Richtige bist. Das trotzig lacht und zupackt und auf dich wartet. Das genauso Schutz braucht wie die Frauen und Kinder der anderen.

Auch dafür kämpfen wir – für das Glück, von dem wir

noch nicht wissen, wann und wie es kommt. Aber wir wissen, daß es kommt.

Dem nächsten und zugleich letzten Brief hatte Volker Vonlanden wieder einen Artikel beigelegt, den ich vergebens suchte. Er war wohl verlorengegangen.

Liebe Beate,
    vielleicht interessiert Sie, was ich zuletzt geschrieben habe. Wohin wir sehen, bricht vieles zusammen, und viele machen es nach und mit. Als wenn wir Menschen Häuser wären.
    Was sollen uns der Schutt und die Asche der Häuser! Lassen Sie uns feiern, was unzerstörbar ist und was uns begleiten und bestärken wird auf allen unseren Wegen.
    Ich hoffe, Sie wiederzusehen,
    Ihr Volker
    16. März 1945

Aber nach dem letzten Brief war die Mappe noch nicht leer. Ich fand einen zwanzigseitigen schreibmaschinengeschriebenen Text mit dem Titel »Die eiserne Regel«, der Volker Vonlanden als Verfasser nannte und kein Datum trug. Waren das die Gedanken, zu deren Zeugen Volker Vonlanden Beate hatte machen dürfen? Aber wofür waren sie gedacht worden? Nur für die Zeugin Beate, zur eigenen Vergewisserung, fürs Studium?

Es ging zunächst um drei Weltzeitalter, von denen das erste das Recht der Natur, der Stärke, des Kampfes, des Sieges gekannt und die Vernichtung des Schwachen, des Fremden, des Feindes gefordert habe, das zweite unter dem jüdisch-christlichen Liebesgebot gestanden sei, während das dritte wieder zum Recht des ersten zurückkehre. Das dritte beginne gerade, das zweite habe mit dem Zerfall Roms begonnen. Dann ging es um das Tötungsverbot und die Tötung von gefangenen Feinden durch die Azteken, verwundeten spartanischen Kriegern durch die Spartaner und kranken römischen Kindern durch die Römer. Schließlich kam der Abschnitt, dem der Text seinen Titel verdankte.

Die goldene Regel verbietet in verschiedenen Formulierungen, dem anderen anzutun, was man selbst nicht erleiden will. Manchmal wird diese Verbots- durch eine Gebotsregel ergänzt; sie gebietet, für den anderen zu tun, was man für sich selbst getan haben möchte. So oder so ist die goldene Regel eine Pflichtenregel. Wo bleibt bei ihr das Recht? Nicht einmal dem ersten aller Rechte, dem Recht der Verteidigung gegen einen Angriff, gibt sie Raum. Nach ihr darf man, weil man als Angreifer keiner Verteidigung begegnen will, dem Angreifer auch keine Verteidigung entgegensetzen.

Das Recht hat seinen Grund nicht in dieser goldenen, sondern in einer eisernen Regel. Was du bereit bist, dir zuzumuten, das hast du auch anderen zuzufügen das Recht. Auch für die eiserne Regel gibt es verschiedene Formulierungen. Wem du dich auszusetzen bereit bist, dem hast du auch andere auszusetzen das Recht, was du dir abverlangst, hast du das Recht, auch anderen abzuverlangen usw. Es ist die Regel, aus der Autorität und Führung wächst. Die Strapazen, die der Führer sich selbst abver-

langt, hat er das Recht, den Geführten abzuverlangen,
und sind diese dann auch bereit, auf sich zu nehmen; weil
er sie sich und ihnen abverlangt, erkennen sie in ihm den
Führer.

Dazu werden viele Beispiele gebracht. Dann kehrt der Text
zum Tötungsverbot zurück. Das Tötungsverbot bringe das
Recht nicht zu seinem Recht. Auch beim Töten gelte die eiserne Regel.

Wo ich den Tod gewärtige, habe ich auch das Recht zu tö-
ten. Ich gewärtige den Tod, wo ich den Kampf auf Tod und
Leben annehme, gleichgültig, ob er erklärt wird und wer
ihn erklärt. Die Juden greifen uns nicht an? Sie wollen in
Ruhe ihre Geschäfte machen, ihren Schacher und Wucher
treiben? Die Slawen wollen nur ihre kleinen Äcker bestel-
len, ihr Brot backen und ihren Fusel brennen? Das kann
sie nicht schützen. Deutschland hat den Kampf auf Leben
und Tod mit ihnen angenommen.

11

Als habe sie meinem Lesen gelauscht, wie man einem Gespräch lauscht, um am Ende sofort zur Stelle zu sein, stand Margarete Bindinger in der Tür. »Ich habe auf keine Ihrer Fragen eine Antwort. Ich weiß nicht, ob er nach dem Krieg eines Tages bei uns zu Hause aufgetaucht ist. Ich habe keine Ahnung, ob meine Mutter schwanger war, als sie meinen Vater kennenlernte, und ob es deswegen für die Heirat keinen Augenblick zu früh war. Ist Vonlanden mein Vater? Ich kam zwar schon fünf Monate nach der Hochzeit zur Welt, sehe aber, so heißt es in der Familie, meinem Vater ähnlich. Das waren doch Ihre Fragen, oder?«

Ich nickte. »Wann haben Ihre Eltern geheiratet?«

»Im Oktober 1942.«

Also hatte Beate sich schon bald nach dem schönen gemeinsamen Sommer und nicht erst an Weihnachten gesagt, daß es mit Volker Vonlanden nichts werden würde. »Hat Ihre Mutter je über ihn gesprochen?«

»Nein.«

»Vermutlich hat sie auch nicht gerade gerne an ihn gedacht. Er war…«

»…ein unangenehmer Mensch? Nun, ein angenehmer Mensch war er gewiß nicht. Aber meine Mutter konnte Leute ziemlich übel abfahren lassen, und wenn sie das mit ihm gemacht hat, verstehe ich, daß er's ihr heimzahlen wollte.« Sie sah vor sich hin, die Stirn gerunzelt und die Lippen zusammengepreßt, als erinnere sie sich an all die Male, bei denen ihre Mutter sie als Kind hatte abfahren lassen.

»Ich meine nicht sein Bedürfnis, es Ihrer Mutter heimzuzahlen, sondern sein Gerede über Gerechtigkeit und...«

Sie schnaubte verächtlich. »Ich bin nie wiedergeliebt worden und hätte es lieber anders gehabt. Aber was ist daran ungerecht?« Sie sah mich an, als erwarte sie von mir eine Antwort. Dann verlor sie das Interesse an ihrer Frage. »Wie auch immer – wenn man so empfindet, sollte man es für sich behalten und sich nicht aufblähen.«

»Warum hat Ihre Mutter die Sachen aufgehoben?«

»Auch darauf habe ich keine Antwort. Meine Mutter lebte nicht mit ihren Erinnerungen. Sie wissen, was ich meine: Photoalben anlegen und anschauen, Andenken sammeln, Bilder der Kinder aufheben, über die Vergangenheit reden – all diese Weißt-du-noch-Schätze, die Familien haben und gerne auspacken und rumzeigen, gab es bei uns nicht. Die Briefe, die sie aufhob, behielt sie für sich.«

Ich rollte das Kabel, das ich um den Kopierer gewickelt hatte, aus, steckte es in die Steckdose und fragte: »Am liebsten würde ich alles kopieren – ist Ihnen das recht?«

»Sie wissen, wie das im Archiv ist: Was man mit dem gesichteten Material macht, muß man in einem Exemplar ans Archiv geben. Sie lassen mich wissen, was Sie noch herausfinden – abgemacht?«

»Abgemacht.«

Sie blieb in der Tür stehen und sah wortlos zu, wie ich Seite um Seite kopierte. Ich sah ihr nicht an, ob sie aufpaßte, daß ich nichts beschädigte oder wegnahm, oder ob es einfach eine Abwechslung war, daß jemand sich in ihrem Haus zu schaffen machte. Es war still, das leise Summen des Kopierers war das einzige Geräusch, und ich wußte zwar, daß Margarete Bindinger keinen Mann und keine Kinder hatte, aber die Stille kam mir vor, als lebe sie nicht nur allein, sondern als lebe auch sie nicht im Haus. Dann war ich fertig, rollte das Kabel auf und legte die Kopien auf den Kopierer und das Kabel auf die Kopien. Ich nahm alles unter den Arm und richtete mich auf.

»Warum fragen Sie nicht? Trauen Sie sich nicht?«

Ich verstand nicht.

»Wollen Sie nichts über Barbara wissen?«

»Ich… ich weiß nicht.« Ich sagte es und wußte, daß es nicht stimmte. Natürlich wollte ich wissen, was mit Barbara war. Deswegen war ich auf der Fahrt so beschwingt gewesen und schon gestern, als ich den Kopierer ausgeliehen, die Landkarte angesehen und die Fahrtroute festgelegt hatte.

»Sie wissen nicht, ob Sie was über Barbara wissen wollen?« Sie schüttelte den Kopf und lachte spöttisch. »Dann kriegen Sie auch nichts zu hören.« Sie ging zur Haustür.

»Ich…« Ich wollte mich nur bedanken.

»Sie wollen doch was wissen?«

Ich brachte weder eine Bestätigung noch eine Ablehnung, noch die Erklärung über die Lippen, ich wisse es nach wie vor nicht. Ich sagte nichts. Sie sah mich wartend an, und ich merkte, daß in ihren Augen nicht Spott war, sondern Grausamkeit. Sie spielte genußvoll ein kleines grausames Spiel mit mir. Jetzt wollte ich mir lieber die Zunge abbeißen, als nach Barbara fragen. Sie sah den Trotz in meinem Gesicht, verlor das Interesse an ihrem Spiel und sagte: »Sie war mit ihrem Mann ein paar Jahre in New York und lebt seit der Scheidung wieder hier.«

12

Ich machte einen Umweg und fuhr an Barbaras Haus vorbei. Auf dem Friedrichsplatz ging der Markt zu Ende; die
Stände wurden abgeschlagen. Ich bekam die paar Äpfel und
Kartoffeln, die ich kaufte, umsonst; es war der Frau lästig,
noch mal Kasse und Waage in Betrieb zu setzen. Überall lagen Abfälle auf dem Boden, und ich mußte aufpassen, wo
ich hintrat.

Barbaras Haus sah aus, wie ich es in Erinnerung hatte.
Nach ein paar Minuten, in denen ich tat, als warte ich nicht
darauf, daß die Tür aufgehe und Barbara heraustrete, fuhr
ich weiter.

Dieses Wochenende und noch eines, dann würde Veronika wiederkommen und Max abholen. Ich hatte mich an ihn
gewöhnt. Ich hatte nicht gewußt, wieviel von dem Bedürfnis, das durch das Zusammenleben mit einer Frau befriedigt wird, auch durch das mit einem Kind befriedigt werden
kann: das Bedürfnis nach alltäglicher, unaufwendiger Gemeinsamkeit, nach Austausch über das, was man macht,
nach dem Empfangen und Gewähren von Anteilnahme,
nach kleinen Ritualen. Statt morgens beim Anziehen eine
Tasse Instantkaffee zu trinken und im Auto eine Banane zu
essen, setzte ich mich mit Max zum gemeinsamen Frühstück

hin. Wenn wir am Abend zusammen ins Schwimmbad oder in ein Hotel fuhren und ich still war, fragte er: »Hast du heute viel gearbeitet?« oder sagte: »Wie gut's uns geht. Der Tag ist rum, und wir machen, was wir wollen.«

Jeden Tag freute ich mich aufs Geschichtenerzählen vor dem Einschlafen. Nach der ersten Heimkehrgeschichte wollte er immer wieder eine hören. Die Geschichte, in der der heimkehrende Mann seine Frau, die ihn nicht erkennt, auf die Probe stellt, indem er um sie wirbt, was sie aus Treue zurückweist. Oder die, in der er ihre Treue erfährt, indem er ihr von einem erfundenen Ehe- und Familienglück ihres Mannes in der Fremde erzählt, was sie traurig, aber neidlos und liebevoll anhört. Die Geschichte, in der er seine Frau mit einem anderen antrifft und unerkannt weiterzieht, weil er totgesagt war und das neue Glück nicht stören will, das die Frau nach langer Trauer gefunden hat. In einer Geschichte hat einer den heimkehrenden Mann fälschlich totgesagt, und dieser rächt sich an ihm und tötet ihn, und in einer anderen Geschichte ist es der neue Mann selbst, der die Lüge in die Welt gesetzt hat, und der Heimkehrer gibt sich zu erkennen und kämpft und siegt und rettet die Frau vor einem falschen neuen Glück in das wahre. Besonders liebte Max die Variante, daß der Mann gerade am Hochzeitstag heimkehrt, das Paar zur Trauung schreiten sieht und sich sofort entscheiden muß, was er tun soll. Er liebte auch die Variante, in der beide Männer sich kennenlernen und gemeinsam einen Ausweg aus der heillosen Situation suchen.

Dann gab es die Geschichten von dem Mann, der mit einer anderen Frau heimkehrt, weil ihm in der Fremde fälschlich vom Tod seiner Frau berichtet wurde oder weil die andere Frau ihm zur Flucht verholfen oder ihn sonst aus einer Gefahr gerettet hat. Es gab Geschichten vom heimkehrenden Sohn mit und ohne bösen Bruder, mit und ohne böse Stiefmutter, mit gutem oder mit hartem Vater. Es gab Geschichten vom heimkehrenden Mann, Vater oder Sohn, der sich nach langer Abwesenheit zu Hause so fremd fühlt, so schlecht zurechtkommt, so abweisend oder sogar ungerecht oder gemein ist, daß er die anderen zur Verzweiflung und aus dem Haus treibt. Erst als Max immer wieder eine Heimkehrgeschichte hören wollte, merkte ich, wie viele ich schon kannte. Und ich suchte, fand und las noch viele mehr.

Sollte ich ohne Max wieder mehr arbeiten und mehr reisen? Doch noch nach Odysseus' letzten Frauen suchen? Die Freunde öfter treffen? Tennis oder Golf lernen? Auf der Fahrt nach Hause wurde mir klar, daß nichts davon mich überzeugte. Aber was sonst?

Das muß die Midlife-crisis sein, sagte ich mir, und indem mein Problem einen Namen hatte, fühlte ich mich einen Augenblick lang besser. Dann war der Augenblick vorbei, und ich sah mich: Mitte Vierzig, Verlagsangestellter, mäßiger Erfolg und mäßiger Verdienst, langweiliges Auto, ordentliche Wohnung, keine Familie, keine feste Freundin, keine Veränderung zum Schlechten oder zum Guten in Sicht. Als ich mich zu bemitleiden begann, fiel mir der tote Achill ein, der Odysseus im Hades sagt, er wolle lieber als Taglöhner leben, als im Totenreich Herrscher sein.

13

Ich schrieb an das militärgeschichtliche Forschungsamt in Freiburg und fragte nach Volker Vonlanden. Nach zwei Wochen kam die Antwort. Man habe drei Artikel, die unter seinem Namen erschienen seien. Aber man wisse nichts über seine Person. Vielleicht handele es sich bei dem Namen um ein Pseudonym; Pseudonyme und Abkürzungen seien bei Kriegsberichterstattern durchaus gebräuchlich gewesen.

Die Artikel lagen in Kopien der ganzen Zeitungsseiten mit Kopf und Datum bei. »Auch dafür«, der Artikel, den ich bereits kannte, war am 10. Juni 1944 in der *Deutschen Allgemeinen Zeitung* erschienen, »Die Schlacht« und »Unzerstörbar« am 16. August 1942 und 4. Februar 1945 in *Das Reich*. Beide Blätter, das erste eine Tages- und das zweite eine Wochenzeitung, wurden in Berlin verlegt, waren aber keine Berliner Blätter und stifteten daher auch keine Verbindung zwischen Vonlanden und Berlin. Ich wußte, daß *Das Reich* Goebbels' Blatt war und einen gewissen intellektuellen, programmatischen Anspruch hatte; wenn er darin veröffentlicht hatte, konnte Vonlanden nicht ohne Beziehungen gewesen sein.

Ich vermutete, daß »Unzerstörbar« der Artikel war, den Volker Vonlanden seinem letzten Brief beigelegt hatte. Es paßte das Datum, und es paßte das Thema.

Über die Schwierigkeiten der gegenwärtigen Lage brauchen wir nicht zu reden. Wir erfahren sie. Auch darüber, daß manche schwach werden, im Glauben verzagen oder den Glauben verlieren, brauchen wir nicht zu reden. So geht es eben, wenn die Lage schwierig wird. Solange die Schwachen ihre Pflicht tun, wollen wir sie nicht verurteilen, sondern ihnen aufhelfen.

Sie an das erinnern, was unzerstörbar ist. Was uns in allen Schwierigkeiten und durch alle Schwierigkeiten bleibt. Wir waren ein zerrissenes Volk, in dem Arm gegen Reich, der Fabrikarbeiter gegen den Fabrikherren, Land gegen Stadt, Bürger gegen Adel, Geld gegen Geist standen. In den letzten zwölf Jahren wurde, was uns getrennt hat, versöhnt. Wir sind Gemeinschaft geworden. Wir waren ein krankes Volk – die Kultur entartet, die Gesellschaft verjudet, das Erbgut verseucht. In den letzten zwölf Jahren haben wir, was unserem Geist und unserem Körper geschadet hat, abgestoßen und ausgemerzt. Wir sind genesen. Wir waren ein unentschiedenes Volk, unentschieden, welche Zukunft wir suchen, welchen Weg wir gehen, auf wen wir als Freund zählen und wen wir als Feind bekämpfen sollen. In den letzten zwölf Jahren sind wir unserer Sendung gewiß geworden. In unserem Herzen haben wir das tausendjährige Reich bereits. In der Welt stehen wir erst an seinem Anfang, am Anfang eines tausendjährigen Kampfs.

Es gibt welche, die uns verlassen und verraten und die versuchen werden, uns, was unser ist, zu nehmen. Es soll ihnen nicht gelingen.

Der Artikel »Die Schlacht« galt der Belagerung Leningrads, über die ich nur wußte, daß sie für die Einwohner besonders leidvoll war und schließlich erfolglos abgebrochen wurde. Ich schlug nach und erfuhr, daß Hitler am 8. Juli 1941 verkündet hatte, Leningrad solle dem Erdboden gleichgemacht werden, am 8. September 1941 statt der Eroberung die Belagerung und Aushungerung und für den 14. September 1942 dann doch wieder die Zerstörung der Stadt befahl. Aber da war es schon zu spät. Die Wehrmacht hatte andere, dringendere Aufgaben, und am 18. Januar 1943 wurde die Belagerung durchbrochen, und am 14. Januar 1944 wurden die Belagerer vertrieben.

Vonlandens Artikel stellt die Frage nach der Ritterlichkeit des modernen Kriegs und exemplarisch der Belagerung Leningrads mit dem Ziel, die Stadt auszuhungern, zu erobern und zu zerstören. Er räumt ein, daß er, indem er die Frage stelle, es sich vielleicht zu schwer mache. Ritterlichkeit gegenüber den Bolschewisten? Aber so einfach, die Forderung nach Ritterlichkeit von der Qualität des Feinds abhängig zu machen, dürfe man es sich nicht machen. Denn ritterlich sei man um seiner selbst willen, nicht einem anderen zuliebe oder zuleid.

Das Wesen der Ritterlichkeit wird aus der eisernen Regel entwickelt. Ritterlichkeit bedeute, anderen nichts zuzumuten, was man nicht bereit sei, sich selbst zuzumuten. Deutschland stehe in einem Kampf auf Leben und Tod, in dem es bereit sei, seinen Männern, Frauen und Kindern das Äußerste zuzumuten. Daher bleibe es ritterlich, auch wenn es dem Feind mit äußerster Härte begegne.

Dann hält der Artikel inne. Bedeute Ritterlichkeit nach

gängigem Verständnis nicht Rücksicht des Starken auf die Schwachen, auf Frauen, Kinder und Alte? Wie vertrage sich das mit dem dargelegten Wesen der Ritterlichkeit?

Ich erwartete, die Antwort auf die Frage werde vom dritten Weltzeitalter, seiner Abkehr vom jüdisch-christlichen Liebesgebot und seiner Rückkehr zum Recht der Natur, der Stärke, des Kampfs und des Sieges handeln. Aber aus Ab- und Rückkehr war Fortschritt geworden, Fortschritt zu mehr und mehr Gleichheit. Ritterlichkeit schließe ein, die Schwachen als Gleiche zu sehen und zu behandeln. Im Frieden bedeute dies, sie in ihrer gleichen Fähigkeit und in ihrem gleichen Bedürfnis, glücklich zu sein, anzuerkennen. Insofern sei das gängige Verständnis von Ritterlichkeit im Frieden richtig. Im Krieg sei es falsch. Denn im Krieg verlange die Gleichheit der Schwachen, sie in ihrer gleichen Fähigkeit und ihrem gleichen Bedürfnis zu töten zu sehen und zu behandeln. Zu töten? Ja, noch der Schwächste sei stark genug, einen anderen zu töten.

Der Artikel beschreibt, daß Partisaninnen Seite an Seite mit Partisanen kämpfen, daß Alte und Kinder ihnen helfen und weder zu alt noch zu jung sind, ein Gewehr abzufeuern, eine Granate zu werfen, eine Mine zu legen. Belagern, aushungern, erobern, zerstören – es treffe die gleich, die in ihrer Fähigkeit und in ihrem Bedürfnis, die Deutschen zu töten, gleich seien. Dann kommt der Artikel zum Ende.

So entfaltet sich vor unseren Augen eine Schlacht um eine Stadt, wie die Geschichte sie seit der Schlacht um Troja nicht gekannt hat. Keine Schlacht des täglichen Gefechts; es kann lange Zeit ruhig bleiben vor den Toren Lenin-

grads, wie es in den zehn Jahren der Ilias die meiste Zeit vor den Toren Trojas ruhig blieb. Die Trojaner wurden nicht ausgehungert wie die Leningrader, aber so mürbe, blind und dumm gemacht, daß sie den Feind selbst in die Stadt holten. Die Trojaner wurden nicht bombardiert noch beschossen, aber in den Kämpfen vor den Toren der Stadt gab es kein Erbarmen. Als der letzte Kampf begann, war er von schrecklicher, großartiger Gewalt, und er mußte damit enden, daß Troja dem Erdboden gleichgemacht wurde. Auch der letzte Kampf um Leningrad wird von schrecklicher, großartiger Gewalt sein und damit enden müssen, daß die Stadt dem Erdboden gleichgemacht wird. Es ist das ritterliche Ende einer ritterlichen Schlacht.

14

Als reiche das noch nicht, kam ein Anruf meines Historiker-
freunds, der herausgefunden hatte, wie Hanke zu Tode gekommen war.

Ob er Schörner nicht erreicht hatte oder sich mit ihm
nicht einig geworden war oder es zu spät war, sich noch über
irgend etwas einig zu werden – am 4. Mai war er zusammen
mit anderen auf der Flucht. Sie übernachteten in Komotau
bei einem deutschen Bauern, wurden von dessen tschechi-
schem Knecht an die Partisanen verraten und überfallen,
festgenommen und in Gorkau ins Gefängnis gebracht. Dort
blieben sie ein paar Wochen, Offiziere und Zivilisten, wobei
Hanke wie schon von den Partisanen so auch von den Wachmannschaften nicht erkannt wurde. Schließlich wurden sie
mit weiteren Gefangenen nach Seestadtl transportiert.

Es war ein sonniger Frühlingstag. Auf der Straße war lebhafter Verkehr, und so ließen die Wachmannschaften die
Gefangenen auf dem parallel zur Straße verlaufenden Bahndamm gehen. Zuerst gingen sie auf den Gleisen, dann, als ein
Zug kam, daneben. Kurz bevor der Zug auf ihrer Höhe war,
sprang Hanke über die Gleise, andere folgten, und sie rannten den Abhang hinunter auf den Bach, die Büsche und das
Wäldchen zu. Aber der Zug war kurz und bald vorbei, und

die Wachmannschaften schossen vom Bahndamm hinter den Fliehenden her. Andere Gefangene rannten in die andere Richtung davon, und weitere bewaffnete Tschechen nahmen deren Verfolgung auf. Auf den Gleisen verbluteten zwei, die beim Sprung von der Lokomotive erfaßt worden waren. Der Gefangene, der über das Geschehen berichtet hat, hat es als wildes Rennen, Schießen und Schreien beschrieben. Hanke und zwei andere Fliehende seien getroffen und von den Wachmannschaften erschlagen worden. Die anderen seien entkommen.

Unter ihnen Volker Vonlanden? War er mit Hanke aus Breslau ausgeflogen, von den Partisanen gefangengenommen worden, über die Gleise gesprungen und den Abhang hinuntergerannt?

Jedenfalls hatte ich den Autor meiner Heimkehrgeschichte. 1940/1941 hatte er in der Stadt, in der ich lebte, studiert, bei Familie Lampe in der Kleinmeyerstr. 38 in Untermiete gewohnt und vergeblich versucht, mit Beate Lampe anzubandeln. Im Winter 1941/1942 war er unter Hankes Fittiche geraten, durch ihn als Kriegsberichterstatter eingesetzt oder gefördert worden. Im Sommer 1942 hatte er Beate noch einmal getroffen, diesmal erfolgreich. Es sprach alles dafür, daß er während der letzten Wochen oder Monate Hankes in dessen Nähe war. Es sprach auch viel dafür, daß er nach dem Krieg noch einmal in der Kleinmeyerstr. 38 war. Den Roman hatte er irgendwann zwischen diesem Besuch und der Mitte der 50er Jahre geschrieben, als meine Großeltern mir die Druckvorlagen gaben.

Ich hatte ihn gemocht. Weil er die Odyssee gemocht und mit ihr gespielt hatte. Weil die Lektüre seines Romans meine erste und keine schlechte Begegnung mit trivialer Kultur war. Weil das offene Ende, das freilich nicht sein Ende war, meine Phantasie Purzelbäume hatte schlagen lassen. Weil man sich gar nicht so lange mit jemandem beschäftigen kann, ohne ihn zu mögen.

Oder zu hassen. Auch wenn ich soweit nicht war – das Spielerische, das mir in seinem Roman gefallen hatte, gefiel mir in seinen Briefen und in seinen Artikeln nicht mehr. Mit derselben Leichtigkeit, mit der er aus dem Hades einen Traum, aus dem Meer eine Wüste und aus der schöngelockten Kalypso die vollbusige Kalinka gemacht hatte, hatte er Rücksichtslosigkeit in ein ethisches Prinzip, das Aushungern Leningrads in einen Akt der Ritterlichkeit und die Verführung Beates in einen Tribut an die Gerechtigkeit verkehrt.

Wollte ich mich noch weiter mit ihm beschäftigen? Immer noch wollte ich wissen, wie der Roman endete. So viele Heimkehrgeschichten ich gelesen, so viele ich mir ausgedacht hatte, so viele Fortsetzungen der Begegnungen in der Kleinmeyerstr. 38 ich mir vorstellen konnte – ich wollte wissen, wie die Begegnung vom Autor zu Ende erzählt worden war. Vielleicht war es eine Heimkehr, die noch nie erzählt, noch nie geschrieben, noch nie gedacht worden war. Vielleicht war es die Heimkehr schlechthin.

15

Max glaubte nicht, daß ein schlechter Mensch die Heimkehr aller Heimkehren erzählen könne. Daß, was gut ist, auch wahr und schön ist und, was schlecht, auch falsch und häßlich, ist die hartnäckigste Kinderhoffnung. Auch ich trug noch Reste von ihr in meinem Herzen und würde nicht enttäuscht sein, wenn das Ende des Romans platt wäre. Nur wissen mußte ich es.

Aber es gab nicht mehr viel, was ich tun konnte. Ich setzte ein Inserat in die großen Tages- und Wochenzeitungen, in dem ich Volker Vonlanden mit den mir bekannten Stationen und Schriften kennzeichnete, mich als Historiker ausgab und um Hinweise bat. Zwei Detektive boten ihre Dienste an, ein Genealoge wollte den Stammbaum der Vonlandens liefern, und ein angeblicher ehemaliger Freund verlangte für seine wichtigen Informationen eine Kostenvorauserstattung von 500 DM.

Ich schrieb an Freda von Fircks, die mir antwortete, sie erinnere sich nicht, Volker Vonlanden begegnet zu sein. Der Gefangene, der mit Hanke und vielleicht auch Volker Vonlanden zusammen gewesen war und über das Geschehen am Bahndamm berichtet hatte, war 1949 nur über einen Journalisten mit der *Norddeutschen Zeitung*, die seinen Bericht veröffentlich hatte, in Verbindung getreten. Ich müßte den Journalisten finden, um den Gefangenen zu finden, der damals schon alt und schwach und krank war und nicht mehr sagen wollte, als er schon berichtet hatte – ich ließ es bleiben.

Hanke begleitete mich noch eine Weile. Mein Historikerfreund hatte Artikel gefunden, die Hanke in der *Schlesischen Tageszeitung* geschrieben, und Reden, die er gehalten hatte, und schickte sie mir. Sie hatten eine innere Stimmigkeit. Sie genügten auch einem äußeren Anspruch. War Volker Vonlanden der Ghostwriter gewesen?

Hanke nahm das Drohen der Niederlage ernst, schrieb nichts von Wunderwaffen und wunderbaren Wendungen, sondern statt vom kommenden Sieg vom vergangenen Glück.

Schon vor zwölf Jahren stand der Bolschewismus bereit, das Reich Asien einzuverleiben. Wie er damals versuchte, mit aller politischen Kraft sein Ziel zu erreichen, so versucht er heute unter Aufgebot seiner letzten militärischen Reserven, das Reich und Europa zu überrollen. Wir sind dem Schicksal dankbar, daß es uns diese zwölf Jahre schenkte und die Möglichkeit gibt, uns heute mit der Waffe in der Hand dem Gegner zu stellen. Hätte der Bolschewismus vor zwölf Jahren im Reich gesiegt, würden die, die überlebt hätten, die heutige Situation und Möglichkeit als Gnade des Himmels betrachten.

In einem Artikel, in dem er sich mit den anscheinend reichlich abgeworfenen feindlichen Flugblättern auseinandersetzte, fand er Zeit für eine kleine etymologische Studie.

Der Name unseres Führers ist Programm. Der Ahnen-
nachweis Adolf Hitlers weist aus, daß sein Großvater sich
noch Hüttler nannte. Aus einer ebenso harten Landschaft
an der Donau stammend, wie es unsere Gebirgsgegenden
sind, sagt der Führer in seinem Kampf *selbst, daß sein Va-*
ter der Sohn eines armen Häuslers war. Hitler und Hütt-
ler in der Ostmark heißt Häusler bei uns. Wenn wir uns
mit dem Gruß »Heil Hitler« grüßen, dann grüßen wir
uns selbst, wir, die wir aus den Hütten und den Häuseln
unserer Gebirgs- und Weberdörfer stammen. Die Hitler-
fahne ist eine Hüttler- und Häuslerfahne, und wenn die
Feindagitation sagt, dieser Krieg sei ein Hitlerkrieg, dann
wissen wir, daß es in der Tat ein Krieg ist, wo es um die
Hüttler und Häusler geht.

In der letzten Rede, vom Rundfunk gesendet und vom *Völ-*
kischen Beobachter gedruckt, versuchte er nicht mehr, der
Verteidigung der Festung Breslau einen militärischen Sinn
zu geben, sondern gab ihr einen existentialistischen Grund.

Der Grund ist, daß wir allen Ballast abgeworfen haben,
den wir bisher durch unser Leben schleppten, den wir
fälschlich Kultur nannten und der doch nur billige Zivili-
sation war. Oft glaubten wir, daß wir mit der Vernichtung
dieser äußeren Kulisse unseres bürgerlichen Lebens auch
selbst vernichtet würden. Das ist nicht wahr. Zehntausen-
de von Männern und Frauen in der Festung Breslau ha-
ben erfahren, daß sie von allem, was sie als unmittelbaren
Bestandteil ihres persönlichen Seins betrachteten, ihren
Wohnungen, ihren Erinnerungen, ihren Sammlungen, tau-

send Kleinigkeiten, an denen ihr Herz hing, daß sie von alledem bewußt Abschied nahmen, ohne daran zu zerbrechen.

Wir haben früher vom totalen Krieg gesprochen und gemeint, ihn total zu führen. Wir wissen erst heute, was es heißt, den Krieg wirklich total zu führen.

Dazu hatte mir mein Historikerfreund einen Augenzeugenbericht gelegt, der Hankes Bunker beschreibt: Eine breite Treppe, mit Läufern belegt, führte hinab in einen wieder mit Läufern ausgelegten breiten Gang, an dem freundliche, funktionale Büros lagen und von dem kleine Gänge zu einer modernen Küche, zu Dusch- und Baderäumen, zu Schlafzimmern und zu einer weiteren, bescheideneren Küche fürs Personal gingen. Am Ende des Gangs war Hankes Zimmer: groß, aus verborgenen Lampen hell erleuchtet, mit schweren Möbeln und wertvollen Bildern und Teppichen ausgestattet. Hier feierte Hanke, der sich tags mit schönen Frauen umgab, abends »rauschende Feste, an denen wieder Frauen teilnahmen, die wunderschön anzusehen und raffiniert gekleidet waren, Frauen, bezaubernd und verführerisch wie in Friedenszeiten in Modeheften. Woher sie in dieser Not kamen und wohin sie in diesem Chaos gingen? Niemand weiß es mehr. Die eine Antwort geben könnten, gingen mit Breslau unter.«

16

Im Sommer 1989 ging meine Mutter in Rente, und ich schenkte ihr aus diesem Anlaß eine Woche im Tessin. Sie hatte mir als Kind von einer Reise dorthin erzählt, von der langsamen, leisen Bergbahn, die von Locarno zur Wallfahrtskirche hochfährt, vom Platz vor der Wallfahrtskirche mit dem Blick auf die Stadt und den blauen See, von den Tischen und Stühlen am Ufer in Ascona, zu denen von den Hotels Klaviermusik hinausklingt, von der Fahrt mit dem Schiff zu Inseln mit verwunschenen Gärten und von unwegsamen Tälern, in denen die letzten Wölfe heulen. Als ich ihr das Geschenk antrug, wäre ich nicht erstaunt gewesen, wenn sie abgelehnt hätte. Aber sie nahm an.

Das Verhältnis zwischen alleinerziehenden Müttern und ihren Einzelsöhnen hat immer etwas vom Verhältnis zwischen Ehegatten. Es ist darum nicht glücklich; es kann genauso lieblos, quengelnd, aggressiv und genauso ein Machtkampf wie eine Ehe sein. Wie bei ihr und anders als sonst im Verhältnis zwischen Mutter und Sohn gibt es keinen Dritten, keinen Vater und keine Geschwister, die einen Teil der Spannung ableiten könnten, die in einer so intimen Beziehung unvermeidlich entsteht. Entspannt wird das Verhältnis erst, wenn der Sohn die Mutter verläßt, und oft genug ist das entspannte ein Nichtverhältnis, wie zwischen den meisten Ehegatten nach der Scheidung. Es kann aber auch ein entspanntes, vertrautes, lebendiges Verhältnis werden, und nach Jahren, in denen ich mich mit meiner Mutter zwar in gewohnten Bahnen bewegt und nur selten schwergetan, aber auch immer ein bißchen gelangweilt hatte, kam mir die Woche im Tessin wie eine Verheißung vor, wie unser Verhältnis auch sein könnte. Wir hatten nicht nur Spaß an dem, was wir machten und sahen; Mutter ließ sich auf die Reise so freudig ein, daß ich manchmal meinte, Abweisung und Verachtung seien aus ihrem Gesicht verschwunden. Wir redeten über ihre Pläne für die Jahre der Rente und meinen Traum eines eigenen Verlags – sie voller Interesse an meinen Anregungen und ich an ihren. Ich war verblüfft, wie klar und klug sie aus der Erfahrung ihres Berufslebens die Chancen und Probleme der Verwirklichung meines Traums sah.

Weil es so gut lief, fragte ich sie an einem Abend am Ufer in Ascona: »Du hast mir noch nie erzählt, wie du durch den Krieg gekommen bist – wie wär's?«

Sie wich aus. »Was soll es groß zu erzählen geben?«

»Du kommst aus Schlesien, hast Breslau und Gauleiter Karl Hanke gekannt, die Verteidigung gegen die Russen, die Eroberung und die Vertreibung erlebt – ich wüßte gerne, wie das war.«

»Warum?«

Ich berichtete vom Fortgang meiner Suche von Karls Geschichte. »Er hat mich in deine Gegend geführt.«

»Meine Gegend? Ich komme aus Oberschlesien. Breslau und Karl Hanke sind Niederschlesien.«

»Siehst du ein, daß du mir mehr erzählen mußt? Ich kann nicht einmal Ober- und Niederschlesien unterscheiden.«

Sie lachte. »Siehst du ein, daß ich dir nicht mehr erzählen muß? Der Unterschied zwischen Ober- und Niederschlesien ist so ziemlich das Unwichtigste, das es gibt.« Sie wartete, als hoffe sie, ich werde auch lachen und damit sei es gut. Dann zuckte sie die Schultern, als ergebe sie sich darein, mehr sagen zu müssen. »Wir sind im Herbst 1944 von Neurade nach Breslau gezogen, wo Vater eine Aufgabe bei den Stadtwerken übernehmen sollte, die er früher erfüllt hatte und für die der Zuständige ausgefallen war, frag mich nicht, was für eine. Vater war Ingenieur, damals schon pensioniert, aber für die Stadtwerke noch mal aktiviert. Als Breslau zur Festung erklärt wurde, durfte er trotzdem mit Mutter raus. Auf der Flucht wurden sie dann von den Schüssen der Tiefflieger getroffen.«

»Und du?«

»Ich?« Sie sah mich an, als verstünde sie nicht, wie ich auf die Frage kam. »Ich habe … Ich bin in Breslau geblieben, bis der Krieg vorbei war, und dann gleich hierhergekommen.«

»Du hast die Festungszeit von Anfang bis Ende miterlebt? Wie war das? Hast du Hanke erlebt? Hast du seine Leute kennengelernt? Warst du in seinem Bunker? Hast du …«

Sie lachte und winkte ab. »Nicht so viele Fragen auf einmal!« Aber sie machte keine Anstalten, auch nur eine meiner Fragen zu beantworten. Wir saßen und sahen auf den See. Es gab keine Klavierspieler mehr in den Hotels. Aber auf einem Ruderboot sangen junge Leute italienische Schlager, und es klang zu uns zuerst leise, dann lauter, vermischt mit Lachen und Rufen, und schließlich wieder fern und leise.

»Das Schlimmste war die Rollbahn. Das Heben und Schleppen und Schieben, das Rumkommandiert- und Angebrüllt- und Beschimpftwerden. Nie werde ich das brummende, sägende, knatternde, sirrende Geräusch der Flugzeuge und Maschinengewehre vergessen. Die Schüsse klatschten in den Stein, und wir mußten rennen, um in einen Hauseingang zu kommen, aber die Häuser wurden gesprengt, damit die Rollbahn die nötige Breite bekam, und der Weg zu den Hauseingängen wurde immer länger. Wenn wir rannten, machten die Flugzeuge Jagd auf uns, und für uns Junge ging's, aber für die Alten… Eines Abends kam ich nach Hause, und das halbe Haus stand nicht mehr. Von weitem sah ich die Gardinen im Wind flattern, rote Rosen auf gelbem Grund, und wunderte mich und dachte: Warum sehen die aus wie meine? In der Nacht darauf gab es einen Angriff mit Brandbomben, und am nächsten Morgen waren die Gardinen verbrannt und mit ihnen alles, was in der Wohnung gewesen war. Ich stand vor dem Haus, und durch die Fensterhöhlen sah ich den blauen Himmel.«

Mutter wandte sich mir zu und sah mich an. »Oder willst du hören, wie unsere Soldaten unsere Wohnungen aufbrachen und nach Wertgegenständen suchten? Oder wie sie im Keller mit Huren Feste feierten? Oder wie eine Bombe das Postamt traf und eine Frau so zerfetzte, hier der Kopf, da ein Bein, dort die Eingeweide, daß man ihre Teile in eine kleine Kiste schichten konnte? Oder wie eine Bombe einen einspännigen Wagen traf, das Pferd tötete und den Soldaten über die Straße in einen Garten vor ein Haus schleuderte?

Als er, verwundert über seine Rettung, sich aufrichtete und mich anlächelte, stürzte das Haus zusammen und begrub ihn unter sich. Oder willst du von den Fremdarbeitern hören, den ärmsten der Armen, und völlig verloren, wenn sie verwundet waren?«

Sie hatte immer schneller und immer lauter geredet, und am Nachbartisch drehten sich die Gäste nach uns um. Sie wandte sich von mir ab und sah wieder auf den See. »Trotzdem kam der Frühling. Als ich an meinem Geburtstag aufwachte, war es still, und ich hörte die Amsel singen, und im Garten blühten die Schneeglöckchen und begann der Flieder zu knospen. Es war ein schöner Morgen, obwohl ich überall Ruinen und Trümmer sah. Und der Regen war schön. In der Karwoche regnete es nach langer Zeit erstmals wieder. Es begann nachts, ich schlief in einem zum Garten offenen Keller und wachte vom Rauschen des Regens auf. Ich lag und hörte und mochte nicht wieder einschlafen, weil's so schön war. Ein milder, sanfter Frühlingsregen, zu dem ich den nassen Staub roch.« Nach einer Weile zuckte sie die Schultern. »So war's.«

»Danke. War's das nur für heute, oder soll's das für immer gewesen sein?«

Sie sah mich erleichtert und ein bißchen kokett an. »Für immer? Wie soll ich wissen, ob's für immer ist?«

17

Wir hätten die Rückfahrt wie die Hinfahrt an einem Tag schaffen können. Aber ich wollte da, wo die Großeltern gelebt hatten, Station machen. Ich wollte ihr Haus wiedersehen, die Tannen, den Apfelbaum, die Buchshecke, die Wiese und den Garten. Ich wollte am Ufer sitzen, aufs Wasser sehen und Schwäne und Enten füttern. Ich wollte hören, ob die Bahnhöfe einander die Abfahrt eines Zugs noch mit einem Glockenton anzeigten. Ich wollte Mutter die Welt vorführen, in der Vater aufgewachsen war. Vielleicht wollte ich sie damit auch überraschen, überrumpeln, aus ihrer Reserve locken, um ihre Kontrolle bringen. Jedenfalls sagte ich, wo wir waren, erst, als wir in der ›Sonne‹ abgestiegen, ausgepackt und geduscht hatten und vor dem Abendessen noch am See spazierten.

»Du hast gedacht, ich würde nicht auf die Orte achten, durch die wir fahren?« Sie sah mich spöttisch und herausfordernd an.

Ich antwortete nicht. Wir kamen zu einem kleinen Park an der Mündung des Dorfbachs in den See. »Hier haben Großvater und ich immer die Schwäne und Enten gefüttert.« Ich ging ans Wasser und holte die Tüte mit altem Brot aus der Tasche, das ich beim Essen gesammelt hatte, und wie damals schwammen die Tiere heran, noch ehe ich die ersten Krumen hinausgeworfen, noch ehe ich das Brot auch nur klein gebrochen hatte. Wie damals gab es, als ich warf, ein Getümmel, schnappten die Schnellen, Starken den Schwachen, Langsamen die Krumen vor dem Schnabel weg und versuchte ich, durch gezieltes Werfen austeilende und ausgleichende Gerechtigkeit miteinander zu verbinden.

Als sie sah, was ich tat, lachte Mutter. »Willst du die Enten Gerechtigkeit lehren?«

»Großvater hat sich auch über mich lustig gemacht. So sei die Natur nun einmal: Die Starken kriegen mehr als die Schwachen, die Schnellen mehr als die Langsamen. Aber ich bin nicht die Natur.«

Mutter hielt mir ihre offene Hand hin, ich legte ein Stück trockenes Brot hinein, und sie brach es klein und warf die Krumen weit hinaus zu den Schwänen, zwei weißen Eltern und fünf hellbraunen Kindern. »Nur weil ich Schwäne mehr mag als Enten.«

»Hast du nie wissen wollen, wo Vater aufgewachsen ist?«

Sie hielt mir noch mal ihre offene Hand hin und warf den Schwänen noch mehr Krumen zu. »Ich weiß, wie es weitergeht: Wie war Vater eigentlich? Wie war es, als ihr euch getroffen, verliebt, geheiratet habt? Wie, als er gegangen, als er gestorben ist?« Sie schüttelte den Kopf. »Was meinst du, warum ich dir nichts erzählt habe? Ich mag nicht erzählen. Ich mag nicht. Ich hasse es.«

Sie redete so heftig, daß ich beinahe nichts mehr gesagt hätte. Ich kannte Mutters Heftigkeit; sie gab mir das Gefühl, ich müsse mit allem rechnen, jeder Gemeinheit, jedem Geschrei, jeder Gewalt, und es sei nur noch die disziplinierende Struktur der Worte und der Sätze, die verhindere, daß es zum Äußersten kommt. Als ich ein Kind war, kam es manchmal zu Schlägen, die mir nicht wirklich weh taten, aber den Boden unter den Füßen wegzogen. Mutter schlug, als wolle sie mich abwehren, fortdrängen, loshaben. Wann immer sie heftig geworden war, war ich in Panik geraten. Jetzt kam mir vor, als könne sie die Heftigkeit an- und abstellen, als spiele sie ein Spiel mit mir. Ich wollte es nicht mitspielen.

Ich gab Mutter noch mal ein paar Stücke Brot, und wir fütterten die Enten und die Schwäne, bis die Tüte leer war. »Gehen wir zurück zum Hotel?«

Nach dem Abendessen fragte sie: »Was weißt du über deinen Vater?«

»Ich weiß, daß er hier aufgewachsen ist, als Kind ein Steckenpferd und eine aus Papier gefaltete Mütze hatte, als Gymnasiast Krawatte, Anzug und Fahrrad bekam, später einen Knickerbockeranzug mit Fischgrätenmuster trug, Briefmarken sammelte, im Chor sang, Handball spielte, zeichnete, malte, viel las, Gedichte mochte, kurzsichtig war, nach dem Abitur vom Militärdienst befreit war, Jura studierte, nach Deutschland kam und daß er im Krieg geblieben ist.«

Sie lachte. »Da weißt du ja mehr als ich!« Wieder wartete sie, ob ich auch lachen werde und das Thema damit erledigt sei. Dann holte sie tief Luft. »Er war ein Abenteurer. Ein Schweizer, der Jura studiert und sich eines Tages sagt, daß er verrückt sein muß, in Hörsälen, Bibliotheken und Seminaren zu sitzen und dem Recht und dem Leben nachzuspüren, während draußen die Welt explodiert und Recht und Leben mit ihr. Wie er nach Schlesien gekommen ist, weiß ich nicht. Wir haben uns im September 1944 in Neurade kennengelernt. Es war ein sonniger, warmer Tag, ich ging abends in eine Gartenwirtschaft, und da saß er allein an einem Tisch. Ich habe mich gesetzt und auf meine Freundin gewartet und ihn immer wieder angucken müssen – ich hatte vergessen, wie gut ein junger Mann aussehen kann, wenn er nicht eine Uniform, sondern einen Anzug anhat, einen gutgeschnittenen Tweedanzug mit Weste, blauem Hemd und roter Krawatte mit blauen Tupfern. Auf einmal stand er auf, kam lächelnd an meinen Tisch und fragte mich, ob er sich zu mir setzen oder ob er mit mir einen Spaziergang machen und mich danach zum Abendessen einladen dürfe. Ich…« Sie redete nicht weiter.

»Und?«

»Wir haben den Abend zusammen verbracht und die Nacht, noch zwei Tage und Nächte zusammen gehabt und am letzten Morgen geheiratet. Dann mußte er weg, und ich habe ihn erst im April 1945 in Breslau wiedergesehen. Eines Morgens stand er in meiner Kellerruine und gab mir einen Schweizer Paß. Er redete mit seinem Schweizer Akzent, der alles leichter klingen ließ. Als seien die Ruinen und das Elend und der Tod gar nicht so schlimm. Er sah meinen Bauch: ›Paß gut auf euch auf.‹ Ein paar Tage später hat er eine falsche Straße genommen und wurde getroffen.«

»Du…«

»Ich habe es gesehen. Er hat sich von mir verabschiedet und ging eine Straße entlang und wurde erschossen. Manchmal war das so: Eben konntest du noch durch eine Straße laufen, und dann haben die Deutschen und Russen um sie gekämpft.«

Als sie wieder nicht weiterredete, wollte ich wieder fragen. Aber dann sah sie mich an. Sie hatte die ganze Zeit auf ihre Hände in ihrem Schoß geschaut. »Er war so groß wie du, und du hast seine schrägen grünen Augen und seine Hände geerbt.« Das war eine Zugabe. Ihr Gesicht ließ keinen Zweifel, daß die Vorstellung zu Ende und der Vorhang gefallen war.

VIERTER TEIL

I

Als in Berlin die Mauer fiel, hatte ich Fieber und lag im Bett. Ich schlief früh ein, ohne Fernsehen, ohne Nachrichten, ohne die Bilder der Jungen und Mädchen auf der Mauer am Brandenburger Tor, der jubelnden Ost- und Westberliner an den Übergängen, der verlegenen, von ihrer Fähigkeit zur Freundlichkeit überraschten Volkspolizisten. Am nächsten Morgen waren die Bilder in der Zeitung schon Geschichte. Ob sie einen Irrtum dokumentierten, der rasch berichtigt werden würde, oder den Beginn einer neuen Welt, wußte der Leitartikler nicht zu sagen.

Ich erinnerte mich an den Aufstand am 17. Juni 1953, den Bau der Mauer am 13. August 1961, den Ungarn-Aufstand, die Kuba-Krise, Kennedys Ermordung, die Landung auf dem Mond, die Flucht der Amerikaner aus Saigon, Pinochets Putsch, Nixons Abschied vom Weißen Haus, den Reaktorunfall in Tschernobyl. Jede Erinnerung kam mit einem Bild: Arbeiter mit der deutschen Fahne vor dem Brandenburger Tor, Maurer, die unter den Augen von Soldaten Betonblöcke aufeinanderschichten, die Luftaufnahme einer Raketenstellung, John und Jackie in einer offenen Limousine, ein eingemummter Mensch neben einer wundersam flatternden amerikanischen Fahne inmitten einer Sand-

und Steinödnis, ein Hubschrauber auf dem Dach der amerikanischen Botschaft, zu dem sich Menschen hinaufdrängen, Allende, Helm auf dem Kopf und Maschinenpistole in der Hand, bereit, den Präsidentenpalast zu verteidigen, während der hängende Riemen des Helms schon die Niederlage anzeigt, Nixon auf dem Rasen vor dem Weißen Haus, der aus einem Hubschrauber aufgenommene Reaktor, der nichts sichtbar Tödliches hat und doch tödlich aussieht. Zum Ungarn-Aufstand gab es nicht ein Bild, sondern Ton: Meine Mutter und ich hatten im Radio zufällig Budapest empfangen, das die Welt in den letzten Tagen des Aufstands verzweifelt auf englisch, französisch und deutsch um Hilfe bat.

Neben der Geschichte aus der Ferne hat es in meinem Leben auch in der Nähe Geschichte gegeben. Von ihr hätte ich nicht nur Bilder haben, ich hätte sie erleben können. Aber ich habe sie verpaßt. Als die Studenten auf die Straße gingen, habe ich Geld verdient, und als ich in Kalifornien die letzten Hippie- und Blumenkinder hätte treffen können, Massage gelernt. Ich habe weder in Bonn gegen die Nachrüstung noch in Brokdorf gegen die Lagerung von Brennstäben noch in Frankfurt gegen den Bau der Startbahn West demonstriert.

Diesmal wollte ich die Geschichte nicht verpassen. Ich hatte mich gesund geschlafen, fuhr in den Verlag, nahm Urlaub, flog am selben Tag nach Berlin und mietete mich in einer Seitenstraße des Kurfürstendamms ein. Die Pension belegte den zweiten und dritten Stock eines einst herrschaftlichen, jetzt schäbigen Mietshauses, mein Zimmer war mit Plüsch, Kitsch und einer Plastikduschkabine vollgestopft, und im düsteren Frühstücksraum wucherte ein Urwald künstlicher Pflanzen. Der Blick in den Hof ließ einen vergessen, daß draußen Tag war.

Ich fuhr mit der S-Bahn nach Ostberlin und lief durch die Straßen. Es war Mittag. Die vollen Imbißstuben, die eiligen Fußgänger, die die Mittagspause für Einkäufe nutzten, das Rinnsal von Trabants, Wartburgs und buckeligen Lastwagen auf den breiten Straßen, der strenge Geruch verbrennender Braunkohle, manchmal ein Haufen Briketts auf dem Bürgersteig, der darauf wartete, durch das ebenerdige Fenster in den Keller geschippt zu werden, manchmal ein rotes Banner, das das 40jährige Bestehen der DDR feierte – es war sozialistischer Alltag. Der Alltag war grau, kaum anders, als ich ihn bei meinen früheren Besuchen in Ostberlin kennengelernt hatte, vor dem Bau der Mauer als Schüler mit der Klasse und danach als Student mit einem Seminar zur marxistischen Rechts- und Staatstheorie. Wie damals rührte er mich. Die unzeitgemäße Langsamkeit und Mühseligkeit des Lebens und die Unbeholfenheit des Versuchs, mit überflüssigen Ampeln, langweiligen Reklamen und spiegelndem Glas in den Fenstern neuer Gebäude Modernität zu beweisen, erinnerten mich an die vergebliche Ernsthaftigkeit, mit der Kinder Erwachsenenwelten bauen und Erwachsensein spielen. Sie rührten mich, obwohl ich wußte, daß die Welt, die die Kinder hier gebaut hatten, quälend kleinlich und daß ihre Spiele gemein und grausam sein konnten.

Ich ging in das Kaufhaus am Alexanderplatz, in dem schon Weihnachtsengel als geflügelte Jahresendzeitfiguren verkauft wurden. Ich ließ mich vom Gedränge an Stände treiben, bei denen ich wenig zu sehen und nichts zu kaufen fand. Ich wollte das Geld ausgeben, das ich eingetauscht hatte, und suchte nach Papierwaren, nach Briefblöcken und -umschlägen, Mappen und Ordnern, die man immer brauchen kann. Aber die Briefblöcke und -umschläge hatten Linien, und die Mappen und Ordner sahen aus, als würden sie nach dem ersten Gebrauch auseinanderfallen. In einer Buchhandlung Unter den Linden kaufte ich Bücher über Schacheröffnungen, von denen ich wußte, daß ich sie nicht lesen würde.

Die Universität war nicht mehr bewacht, wie seinerzeit beim Berlin-Besuch mit dem Seminar. Ich ging hinein, roch scharfen Putz- und Desinfektionsmittelgeruch, fand Anschlagtafeln, auf denen Veranstaltungs-, Öffnungs- und Schließungszeiten bekanntgegeben und FDJ-Treffen angesetzt und verschoben wurden. Durch eine offene Tür schlüpfte ich unbemerkt in einen düsteren Hörsaal, in dem eine Vorlesung zur modernen DDR-Literatur gehalten wurde. Ich blieb bis zum Ende, verzaubert von der verwunschenen Atmosphäre des großen Raums, in dem nur wenige Studenten saßen und nur ein kleines Lämpchen am Pult der Professorin brannte. Dann stand ich wieder auf der Straße. Der tiefe, graue Himmel wurde dunkel, und die Laternen gingen an. Was hatte ich von der Begegnung mit der Geschichte erwartet? Daß die Menschen demonstrieren? In Gruppen an den Ecken stehen und die Situation diskutieren? Ministerien und Rundfunkstationen besetzen? Die Polizei angreifen und entwaffnen? Die Mauer einreißen?

Offensichtlich hat es die Geschichte nicht eilig. Sie respektiert, daß im Leben gearbeitet, eingekauft, gekocht und gegessen werden muß, daß sich Behördengänge, sportliche

Aktivitäten und Treffen mit Verwandten und Freunden nicht einfach erledigen. Vermutlich war es in der Französischen Revolution nicht anders gewesen. Wenn man am 14. Juli die Bastille stürmt und nicht arbeitet, muß man sich am 15. an das machen, was in der Schuhmacher- oder Schneiderwerkstatt liegengeblieben ist. Nach dem Morgen bei der Guillotine geht's am Mittag wieder ans Nageln und Nähen. Was soll man den ganzen Tag in der gestürmten Bastille? Was an der offenen Mauer?

Einen Teil der Zeit, den der Alltag den Ostberlinern ließ, verbrachten sie ohnehin nicht in Ost-, sondern in Westberlin. Sie kauften ein. Waren, Marken und Preise vergleichen, Sonderangebote aufspüren, wahre von falschen Schnäppchen scheiden, ohne Scham fragen, fordern und feilschen – auch das muß gelernt und geübt werden.

Ich ging über Kurfürstendamm und Tauentzien, trat in Kaufhäuser, Kleider- und Schuhläden, Bau-, Elektro- und Lebensmittelmärkte und sah dem Einkaufen zu. War das der Westen? Zeigte sich bei denen, die sich ihm nicht langsam eingewöhnt hatten, sondern von heute auf morgen anverwandeln mußten, sein wahres Gesicht? Sein Gesicht der Gier? Aber dann sah ich ein junges Paar so zärtlich die ausgelegten Büstenhalter, Höschen und Hemdchen anschauen und anfassen und schließlich mit dem gewählten Stück so glücklich weitergehen, daß ich meinen Kommerz- und Konsumpessimismus arrogant fand. Am Wittenbergplatz stand ein fliegender Bananenhändler und kam mit dem Aufreißen der Kartons, Zerteilen der Stauden, Aushändigen der Früchte, Wechseln und Kassieren kaum nach. Eine Banane könne er nicht verkaufen, ich müsse wenigstens zehn nehmen. Ein Ostberliner Käufer schenkte mir eine.

Ich bin auch am zweiten Tag viele Stunden durch Ostberlin gelaufen, nicht durchs Zentrum, sondern durch die Wohnviertel. Straßen mit Schlaglöchern, Gehwege, deren Pflaster aus großen Steinplatten und kleinen Steinklötzchen wieder und wieder mit Schotter oder Teer ausgebessert worden war, Zäune aus grauem, mürben Holz, Fassaden, an denen der Putz großflächig blätterte und die Backsteine freigab – zuerst erstaunte mich, daß der Verfall mich so heimelig berührte. Dann verstand ich, daß ich durch Straßen meiner Vergangenheit ging, Straßen meiner Heimatstadt in den späten 40er und frühen 50er Jahren, Straßen meiner Kindheit. Ich versuchte es, und es gelang: Wie damals als Kind zerdrückte ich eine graue, mürbe Zaunlatte mit der bloßen Hand.

Es wurde dunkel. Wieder war der Himmel den ganzen Tag tief und schwer über der Stadt gehangen, und bei Einbruch der Dunkelheit war es, als lege er sich nun auf die Häuser, Parks, Plätze und Straßen nieder. Sehnsüchtig sah ich die hellen Fenster und ihre falsche Verheißung von Geborgenheit. Auch als ich in der U-Bahn saß und die Menschen auf dem Heimweg sah, packte mich die Sehnsucht, obwohl ich niemanden wirklich um sein Heim, seine Familie, seinen Abend beneidete.

In der Pension traf ich einen amerikanischen Journalisten, der gerade angekommen war. Über einem gemeinsamen Abendessen fragte er mich aus. Wie würde es weitergehen? Wollten die Deutschen in der DDR einen eigenen freien deutschen Staat? Wollten sie die Wiedervereinigung? Was wollten die Deutschen in der Bundesrepublik? Würde in der DDR mit den Kommunisten abgerechnet werden? Würden die Russen in der DDR bleiben oder gehen? Würde sich Gorbatschow halten? Würde sich das Militär an die Macht putschen? Daß ich auf seine Fragen keine Antworten hatte, störte ihn nicht. Was ich persönlich von den Ereignissen erhoffte?

Ich redete von den beiden Hälften Deutschlands, der katholischen, rheinischen, bayerischen, üppigen, lebensfrohen, extrovertierten West- und der protestantischen, preußischen, kargen, lebensstrengen, introvertierten Osthälfte. Die Osthälfte sei genauso Teil meiner geistigen Welt wie die Westhälfte, und ich wolle mich in ihr auch genauso bewegen, in ihr genauso arbeiten, wohnen, lieben, leben können. Vielleicht sei's genug, wenn mir eine freie DDR so offenstünde, wie es Österreich und die Schweiz tun. Aber sei es nicht natürlicher, zwei Hälften zu einem Ganzen zusammenzufügen?

Er ließ mich reden. Was ich sagte, hatte ich, bevor ich es sagte, selbst nicht gewußt. Aber es kam mir völlig einleuchtend vor. Als hätte ich es lange und gründlich überlegt. Oder als wäre mir bei meinem Fußweg durch Ostberlin statt verfallender Häuser gerade die Welt Luthers und Bachs, Friedrichs des Großen und der preußischen Reformer begegnet.

Ich erklärte ihm auch, warum es kein Abrechnen geben werde. »Odysseus hat nur deshalb bei seiner Heimkehr die Freier erschlagen und die Mägde, die's mit den Freiern getrieben hatten, aufhängen können, weil er nicht geblieben ist. Er ist weitergezogen. Wenn man bleiben will, muß man sich miteinander arrangieren, nicht miteinander abrechnen. Es stimmt doch, daß in Amerika nach dem Bürgerkrieg nicht abgerechnet wurde? Weil Amerika nach der Spaltung wieder zu sich heimgekehrt ist, um bei sich zu bleiben. Auch wenn Deutschland wieder zu sich heimkehrt, will es bei sich bleiben.«

Lachte er mich an, oder lachte er mich aus? Ich war mir nicht sicher. Wir hatten zwei Flaschen Wein geleert. Aber ebenso betrunken war ich von den beiden Tagen. Vergangenheit und Gegenwart, Üppigkeit und Kargheit, Freude und Strenge, Leben nach außen und Leben nach innen – alles fand und fügte sich, die Welt wurde rund und ganz, und ich saß in ihrer Mitte bei einem Glas Wein.

3

Bevor ich nach Hause flog, ging ich noch mal in die Universität Unter den Linden. Diesmal stieg ich die breiten, roten, marmornen Treppen hoch, vorbei an Marx' These, die Philosophen interpretierten die Wirklichkeit nur verschieden, es komme aber darauf an, sie zu verändern. Die breiten Gänge waren leer, und auch auf den Treppen in dem nächsten Stock und auf den Gängen dort begegnete ich niemandem. Wieder hing der scharfe Putz- und Desinfektionsmittelgeruch in der Luft.

Neben einer Tür wies eine Anschlagtafel eine Vorlesung und ein Seminar zum Verfassungsrecht der kapitalistischen Staaten aus. Als ich die Themen las, ging die Tür auf, kam ein Herr auf mich zu und streckte mir die Hand hin. »Dr. Römer?«

Ich nahm seine Hand. »Dr. Debauer.«

»Professor Pfister hat uns Dr. Römer angekündigt. Kommen Sie für Dr. Römer?«

»Vielleicht kommt er noch.«

»Treten Sie doch schon ein.« Er machte eine einladende Handbewegung, stellte sich als Dr. Fach vor, nahm mir den Mantel ab und führte mich durch eine weitere Tür in einen Raum mit Spinden an den Wänden und in der Mitte einem langen Tisch, um den mehrere Männer und Frauen saßen, manche jung, manche alt, manche mit Schlips und Jackett und manche im Pullover. Dr. Fach forderte mich auf, am schmalen Ende des Tischs Platz zu nehmen. Während er redete, kamen weitere Teilnehmer der Runde.

Ich erfuhr, daß Professor Pfister aus Hannover seit vielen Jahren einen der wenigen deutsch-deutschen juristischen Kontakte mit Professor Lummer von der Humboldt-Universität hatte und daß sich beide einig waren, jetzt, wo die Mauer offen war, sollten rasch ein paar Dozenten aus Hannover an der Humboldt-Universität unterrichten und umgekehrt. Sie hätten Privatdozent Dr. Römer erwartet, nun sei schon einmal ich da. »Dr. Debauer – Sie sind ebenfalls Privatdozent?«

»Noch bin ich mit der Habilitation nicht ganz fertig. Ich komme auch nicht aus Hannover und wurde von Professor Pfister nicht persönlich angesprochen. Aber«, ich versuchte es einfach, »man fand, im Staats- und Verwaltungsrecht sei Verstärkung besonders nötig.« Ich hatte meine Dissertation über Grundrechte geschrieben.

Ich wurde nicht gefragt, wer »man« war, der fand, ich solle an der Humboldt-Universität Staats- und Verwaltungsrecht unterrichten. Ich wurde über Dissertation und Habilitation, weitere wissenschaftliche Arbeiten und Projekte, Lehrerfahrung vor großem Publikum und in kleinen Gruppen, praktische Tätigkeit und politisches Engagement ausgefragt. Ich versuchte, nicht zu lügen. Aber am Ende hatte ich in Amerika, statt Massage zu lernen, vergleichendes Verfassungsrecht gelehrt, hatte dort Aufsätze veröffentlicht und in Deutschland Forschungen geleitet und stand mit der Habilitation vor dem Abschluß.

Im Raum war es trotz eines offenen Fensters viel zu heiß, und ich schwitzte. Die Spinde, der lange Tisch, die große Runde – ich fühlte mich wie ein Schüler, der im Lehrerzimmer der Lehrerkonferenz Rede und Antwort stehen muß. Vielleicht fiel mir das Lügen auch deshalb immer leichter. Für meine Andeutung, ich sei als eine Art wissenschaftlicher Mitarbeiter auf der Seite SPD-regierter Länder an mehreren Verfahren vor dem Bundesverfassungsgericht beteiligt gewesen, gab es anerkennendes Kopfnicken. Auch daß ich mich beim Verlag vom Lektor zum wissenschaftlichen Beirat beförderte und versprach, kostenlos Literatur für die Bibliothek zu beschaffen, wurde anerkennend zur Kenntnis genommen. Am Ende dankte Dr. Fach mir im Namen der Sektion für das Gespräch. »Kollege Debauer, wir freuen uns, wenn Sie im Dezember mit einer Vorlesung und einem Seminar zum Verfassungsrecht der Bundesrepublik Deutschland bei uns anfangen.«

4

So begann im Dezember ein neuer Alltag. Ich unterrichtete montags und dienstags und arbeitete den Rest der Woche im Verlag. Für den einen der beiden Ostberliner Tage nahm ich Urlaub, für den anderen stellte der Verlag mich frei – sein Beitrag zur deutschen Einheit. Anfangs bereitete ich mich zu Hause vor und flog am Montagmorgen nach Berlin. Aber bald flog ich am Freitagabend und nahm die Bücher, die ich zur Vorbereitung brauchte, mit. Ich wohnte im Gästehaus der Universität, einem Backsteinbau der Jahrhundertwende, und der Hof, auf den das Fenster meines Zimmers ging, war tags wie nachts still, als seien die Menschen, die hinter den Fenstern der anderen Häuser arbeiteten oder wohnten, verhext worden und in tiefen Schlaf gefallen. Manchmal stellte ich sie mir vor: in dem Labor, nach dem die Etage gegenüber aussah, schnarchende Chemiker neben zischenden Bunsenbrennern, in dem Büro darüber Sachbearbeiter, Kopf und Brust auf den Tisch gebettet, in der Wohnung links über dem Hof der im Sessel zusammengesackte Vater, dem die Bierflasche aus der Hand gefallen ist, und die vor dem Herd dahingesunkene Mutter.

Ich frühstückte in einem Hotel zwei Straßen weiter. Ich ging mit einem Teller am Frühstücksbüfett entlang, nahm ein Brötchen, hier ein bißchen Wurst, dort ein bißchen Käse und schließlich Butter und Marmelade, zeigte den vollen Teller einem Kellner und bekam den exakten Betrag berechnet: 73 oder 97 Pfennige oder, wenn ich's gut mit mir gemeint hatte, 1,36 Mark.

Am ersten Dienstagmorgen kam Dr. Römer mit. Am Abend davor hatte er an meine Tür geklopft, sich vorgestellt und mit mir eine Unterhaltung begonnen, die mich in eine Verlegenheit nach der anderen stürzte. Als ich auswich, ich müsse mich noch vorbereiten, hatte er das gemeinsame Frühstück vorgeschlagen.

Er fand entwürdigend, jeden Bissen vorzeigen und abrechnen zu müssen. Es sei kleinlich, stelle ihn unter den empörenden Verdacht, er nehme sich zuviel, treibe Gängelei und Kontrolle auf die Spitze. Vermutlich arbeite der Kellner für die Staatssicherheit. Dann höhnte er: »Hat Marx nicht versprochen: jeder nach seinen Fähigkeiten, jedem nach seinen Bedürfnissen?«

Daß ich das Frühstücksbüfett verteidigte, nahm er als Verteidigung der Staatssicherheit. Er hatte seine Habilitation über die nationalsozialistische Auslegung des Bürgerlichen Gesetzbuches geschrieben und sah Ähnlichkeiten zur sozialistischen Auslegung. Die Feigheit der Richter und Professoren, die im Dritten Reich um ihrer Karriere willen das Recht verbogen hatten, sei die gleiche wie die Feigheit der Richter und Professoren in der DDR. Der Mut und die Kraft zum Widerstand seien hier ebenso geboten wie dort. Er legte mir die Hand auf den Arm. »Wir dürfen den Fehler, den unsere Eltern gemacht haben, nicht noch mal machen. Widerstand leisten – wenn wir diese Botschaft der Geschichte nicht begreifen, ist die Geschichte nur eine sinn- und ziellose Schlächterei.« Er drückte meinen Arm. »Das ist unsere historische Aufgabe. Deshalb sind wir hier.«

Zum ersten Mal sah ich ihn genau an: sein rundes, freundliches, zufriedenes Gesicht, seine fleischigen Hände, seinen fülligen Körper. Ich wußte nicht, was mich an dem, was er gesagt hatte, alles störte. Aber ich wußte, daß ich ihn nicht mochte, nicht wie er aussah, wie er dasaß, wie er mit seiner Hand meinen Arm faßte. »Widerstand? Wollen Sie gegen den Kellner Widerstand leisten?« Ich sagte es nicht, um ihn zu vertreiben. Aber als er wortlos aufstand und rausging, zahlte ich gerne 60 Pfennig für seinen Kaffee und 82 Pfennig für sein Brötchen, seinen Käse, seine Butter und seine Marmelade.

Ich hatte am Anfang dreißig bis vierzig Studenten in meiner Vorlesung, und von Woche zu Woche wurden es mehr. Sie kamen nicht, weil ich ein guter Redner gewesen wäre. Von Woche zu Woche wurde vorstellbarer, daß es mit der DDR zu Ende gehen und die Wiedervereinigung, der Anschluß an die Bundesrepublik kommen würde. Alle Studenten waren Offiziere der Nationalen Volksarmee, alle Studentinnen Facharbeiterinnen; es waren gestandene junge Leute, oft mit Familie, der DDR verbunden und die Zukunft als Richter, Staats- oder Rechtsanwalt fest im Blick. Unwillig, aber entschlossen begannen sie, sich umzustellen; sie lernten das neue Recht wie eine fremde Sprache, die Sprache eines Landes, in das einen nicht Neigung, sondern berufliche Notwendigkeit verschlägt. Weder in der Vorlesung noch im Seminar stellten sie Fragen oder äußerten sie Meinungen, und auf meine Fragen reagierten sie wie auf lästige Störungen. Als ich ihnen im Seminar aufgab, kritisch über Entscheidungen oder Abhandlungen zu referieren, beschränkten sie sich auf knappste, kargste Wiedergaben. Einmal hörte ich einen Studenten über meinen Vortrag leise vor sich hin sagen: »Das glaubt er doch selbst nicht«, und versuchte, darüber ein Gespräch zu führen. Ich merkte, daß den Studenten nicht irritierte, daß ich, was ich sagte, nicht glaubte, sondern daß ich sie glauben machen wollte, ich glaubte, was ich sagte.

Auch das Verhältnis zu den Kollegen von der Sektion wandelte sich von Woche zu Woche. Hatten sie mich bei meiner Vorstellung noch als Bewerber behandelt, der von Glück reden kann, wenn er genommen wird, sahen sie in mir zunehmend den Boten einer neuen Welt, die unaufhaltsam in ihre alte Welt einbrach und sie verändern oder zerstören würde. Ich begegnete offener Ablehnung, kalter Höflichkeit, spöttischer Neugier, sachlichem Interesse am Austausch über unsere verschiedenen Welten, echter Freude an der Entdeckung einer gemeinsamen Zukunft und Mut wie Angst, was die kommenden Herausforderungen anging.

Eine Kollegin nahm mich in eine Versammlung der Parteimitglieder der Sektion mit. Gorbatschow hatte eine Rede gehalten, die diskutiert werden sollte. Der Vorsitzende der zwanzig- bis dreißigköpfigen Versammlung leitete mit wenigen Sätzen über Anlaß und Gegenstand der Rede ein, forderte zu Äußerungen auf und schaute in die Runde.

Es war ein grauer Berliner Wintertag, nachmittags um vier Uhr wurde es draußen bereits dunkel, und im Versammlungsraum, zugleich Zimmer des Dekans, verbreitete nur die Schreibtischlampe ein schwaches Licht. Wie alle

Räume in Ostberlin war auch dieser Raum überheizt, und in dem langen Schweigen, das auf die Worte des Vorsitzenden folgte, sah ich Augen schwer werden und kämpfte selbst mit der Müdigkeit. Da fing jemand an zu reden, den ich nicht kannte. Ich hörte ihm zuerst befremdet, dann fasziniert zu. Er redete, ohne etwas zu sagen. Sein Reden hatte Struktur, die Sätze hatten Anfang und Ende und fügten sich aneinander, die Marx- und Lenin-Zitate waren hübsch, und woran er erinnerte und was er zu bedenken gab, klang, als habe es Substanz. Aber es ergab keine These, keinen Gedanken, weder einen affirmativen noch einen kritischen. Es war die Vermeidung jeder Festlegung, jeder Äußerung, wofür später Kritik zu erdulden oder Selbstkritik zu üben sein könnte. Es war eine Art des Redens, die eigenen, schwierigen Gesetzen gehorchte und oft nur kläglich gestümpert werden mochte, hier aber zu einer Kunst entwickelt worden war. Es war eine absurde Kunst. Wenn sie mit der Welt, in der sie entstanden war, vergangen sein würde, wollte ich ihr keine Träne nachweinen. Gleichwohl machte mich traurig, daß Kunst so vergehen kann.

5

Eines Abends fand ich zu Hause einen Brief aus Ostberlin. Ob ich noch an Volker Vonlanden interessiert sei? Rosa Habe hatte mein Inserat erst jetzt gesehen; die entsprechende Zeitungsseite war von einer westdeutschen Freundin in einem Päckchen zusammengeknüllt als Polster gebraucht worden.

Ich rief sie an, und sie lud mich auf Sonntag vormittag zu sich nach Pankow ein. Ich brachte ihr einen Blumenstrauß, den schönsten, den ich im Ostberliner Blumenladen kriegen konnte, jammervoll wie das Gefieder eines siechen Hühnchens. Sie nahm ihn wie eine Kostbarkeit entgegen – ich merkte nicht, ob mit echter oder ironischer Freude. Sie war eine rüstige alte Dame, die mit leiser, klarer Stimme sprach und sich mit Anmut bewegte. Sie bat mich zum Tee in den Wintergarten.

»Sie kennzeichnen in Ihrem Inserat zwar Stationen und Schriften von Volker Vonlanden. Aber was macht ihn historisch interessant?«

»Ich weiß nicht. Manchmal habe ich ein Gespür, und es stimmt. Manchmal stimmt's nicht.«

Sie sah mich zweifelnd, aber freundlich an. »Der ganze Aufwand wegen eines Gespürs?«

Ich lachte und erzählte ihr von meinen Großeltern, dem

Heimkehrroman, dem Haus in der Kleinmeyerstraße, den Kriegsartikeln und der Nähe zu Hanke. »Ich bin kein Historiker. Ich hab mich als Historiker ausgegeben, damit das Inserat ernst genommen wird. Aber bis zu Ihrem Brief habe ich keine ernsthafte Zuschrift bekommen.«

»Meine Zuschrift hätten Sie anders auch bekommen.« Sie schüttelte den Kopf. »Also doch Dreck am Stecken? Er war für uns Walter Scholler, und als ihn einer auf der Straße als Volker Vonlanden ansprach, hat er ihn so freundlich, so überlegen abgewiesen, daß wir, die wir dabei waren, keine Sekunde irre wurden und der, der ihn angesprochen hatte, seinerseits verunsichert war. Aber danach ist er verschwunden, von einem Tag auf den anderen, ohne Abschied.«

»Immerhin ist Ihnen seine Konfrontation als Volker Vonlanden in Erinnerung geblieben – weil Sie doch schon einen Verdacht hatten?«

»Verdacht? Nein, ich hatte keinen Verdacht.« Aber sie sagte auch nicht, welchem Umstand sich ihre Erinnerung statt dessen verdankte, und ich insistierte nicht. Ohne Abschied – es konnte bedeuten, daß sie sich nahegestanden waren.

»Was hat Walter Scholler gemacht?«

»Er hat bis zum Herbst 1946 das Feuilleton des *Nacht-Expreß* geleitet und auch selbst geschrieben: Theater- und Literaturkritiken, Essays, Geschichten. Wir hatten den Eindruck, daß er mit dem Major von der Sowjetischen Militäradministration befreundet war, der hinter den Kulissen der eigentliche Chefredakteur war, einem kleinen, runden, schlauen Juden aus Leningrad. Vor den Kulissen gab's natürlich einen deutschen Chefredakteur und war der *Nacht-Expreß* eine politisch unabhängige Boulevardzeitung.«

»Keine schlechte Karriere für jemanden, der aus dem Nichts auftaucht.«

»Er tauchte nicht aus dem Nichts auf. Er war Jude, stammte aus Wien, hatte sich nach dem Beginn der Verfolgung im Haus der Eltern in den Alpen versteckt, bis ein Nachbar ihn im Winter 1944/1945 verriet. Er kannte die richtigen Namen und die richtigen Gesichter, ich meine die Namen und die Gesichter der Genossen in Auschwitz, die die Nazis noch in letzter Minute ermordet haben. Und er hatte am Unterarm die Nummer.«

»Das kann nicht sein!«

»Ich wußte die Nummer auswendig bis« – sie wurde rot –, »bis zu meinem Schlaganfall vor zwei Jahren. Wissen Sie, ich habe ihn damals ein bißchen unter meine Fittiche genommen. Er war heimatlos wie die anderen Bürgerkinder, die aus ihrer Welt gefallen sind und trotz aller Mühe, trotz allen Eifers in unserer Welt nie ankamen. Darum hat Becher ihn gemocht. Er hat das verwandte Schicksal gespürt.«

»Was, sagte er, wurde aus seinen Eltern?«

»Sie wurden gleich nach dem Anschluß festgenommen, der Vater ein politisch aktiver Rechtsanwalt und die Mutter eine Psychoanalytikerin. Er sah sie nicht wieder.«

»Wissen Sie, ob es in Wien in den dreißiger Jahren einen Rechtsanwalt Scholler gab? Oder auch einen Rechtsanwalt Vonlanden?«

Sie saß angespannt, die Hände im Schoß gefaltet und den Blick auf den Boden gerichtet. »Ich habe ihm nicht nachspioniert. Er war eben weg. Viele waren damals den einen Tag da und den nächsten weg. So war die Zeit.«

»Aber jetzt, wo Sie wissen…«

Sie sah mich feindselig an. »Ich weiß gar nichts. Sie wollen mich glauben machen, daß Walter Scholler mich betrogen hat, wie der furchtbare Mensch, der ihn damals als Volker Vonlanden angesprochen hat.«

»Wissen Sie, wer der furchtbare Mensch war?«

»Nein, ich weiß es nicht. Vielleicht war er auch kein furchtbarer Mensch, sondern hat sich nur geirrt. Vielleicht hatte er Vonlanden schon lange gesucht, und wenn man etwas lange genug sucht, sieht man es in allem und jedem. Das kennen Sie doch auch, nicht wahr?« Sie sah mich auffordernd an.

Ich nickte. »Ja, das kenne ich auch.«

Sie stand auf. »Wie liebenswürdig, daß Sie mich besucht haben. Mein Sohn lebt in Rostock und meine Tochter in Dresden, und seit ich im Ministerium…« Sie brach ab und sah wieder auf den Boden. »Was rede ich da. Was interessieren Sie meine Kinder und meine frühere Arbeit.« Sie sah weiter auf den Boden. »Seinen Akzent habe ich gemocht. Es war der Hauch eines Akzents, nicht mehr, und doch der Gruß aus einer heilen Welt, einer Welt des Walzers, der Bälle, der Kaffeehäuser, der steinernen Treppen, die von einer Straße zur anderen führen, wie in Paris…« Sie sah mich wieder an. »Kennen Sie Wien?« Aber sie erwartete keine Antwort, ging mit mir zur Tür und verabschiedete mich.

Nach ein paar Tagen wußte ich, daß im Wien der dreißiger Jahre weder ein Ehepaar Scholler, er Rechtsanwalt und sie Psychoanalytikerin, noch ein Ehepaar Vonlanden im Telephonbuch eingetragen war.

6

Dann ging das Semester zu Ende. Ich würde im nächsten Semester nicht wiederkommen können, obwohl ich eingeladen wurde. Dr. Römer wollte mir übel und mußte früher oder später darauf stoßen, was es mit mir auf sich hatte. Das würde nicht nur für mich peinlich werden, sondern mehr noch für die Sektion, die sich gerade zu einer reputierlichen Fakultät nach westdeutschem Vorbild wandeln wollte. Außerdem fand ich die vielen kleinen Lügen, ohne die es, nachdem ich mit ihnen angefangen hatte, nicht weiterging, anstrengend, mehr noch, entwürdigend. Ich dachte an Männer, die eine Geliebte haben, von der die Frau und die vielleicht auch von der Frau nichts weiß, inoffizielle Mitarbeiter der Staatssicherheit, die ihre Kollegen und Freunde heimlich ausspionieren, Buchhalter, die über Jahre kleine Beträge stehlen, bis sie ein großes Vermögen haben – ich kam nicht dazu, sie moralisch zu verurteilen, weil ich mich nicht genug wundern konnte, wie man so leben mag, immer in Gefahr, immer auf der Hut, immer ein anderer als der, der man ist. Vielleicht gelingt es um eines großen Ziels willen. Ich hatte keines.

So war das Fest, zu dem ein Kollege die meisten Mitglieder der Sektion und auch mich eingeladen hatte, für mich ein Abschiedsfest. Ich weiß nicht mehr, was wir feierten: seinen sechzigsten Geburtstag, ein dienstliches Jubiläum, den schwierigen, endlich gelungenen Kauf eines Hauses an einem See vor den Toren der Stadt, die Umwandlung der Sektion in eine Fakultät. Ich freute mich, daß Dr. Römer nicht eingeladen war.

Erst nachträglich begriff ich, daß auch der einladende Kollege selbst seinen Abschied feierte. Ich habe nie erfahren, was an den Geschichten über eine Zusammenarbeit mit der Staatssicherheit, die damals auch über andere Kollegen aufkamen, stimmte. Ich konnte mir vorstellen, daß er, ein international renommierter Urheberrechtler mit weltläufigem Auftreten, sich auf das Spiel mit der Staatssicherheit eingelassen und zugetraut hatte, es nach seinen Regeln spielen zu können. Ob er nun die beginnenden Untersuchungen fürchtete oder sich ihnen einfach nicht aussetzen mochte – er kehrte zum nächsten Semester nicht an die Universität zurück, gründete eine Anwaltskanzlei und war bald gesucht und erfolgreich. Er war der erste, der ausschied.

Wir waren in seine Wohnung in der Karl-Marx-Allee, der früheren Stalinallee, eingeladen. So öde die viel zu breite, zugige Allee und so wüst die Front der einst gekachelten, jetzt, nachdem viele Kacheln abgefallen waren, pockig vernarbten Häuser war – die Wohnung war von großzügiger, behaglicher Wirtlichkeit. Die Frau des Kollegen öffnete mir. »Sie wurden von keiner Kachel getroffen? Gut. Wir Ossis wissen, wie wir Steinen auszuweichen haben. Sie Wessis müssen es erst noch lernen.« Sie sagte es mit strahlendem Lächeln. Ich hatte in den letzten Wochen das Gefühl gehabt, die Kollegen begegneten mir mehr und mehr wie einem freundlichen Besatzungsoffizier. Hier begrüßte einfach eine schöne Frau ihren jüngeren, ein bißchen verlegenen Gast. Sie führte mich in zwei durch Schiebetür verbundene, große Räume mit Biedermeiermöbeln und reichte mir ein Glas Rotkäppchen-Sekt. »Ich muß Sie nicht vorstellen. Sie kennen fast alle und wen nicht, bei dem ergibt's sich.«

Ich machte die Runde. Dr. Fach war da, wie immer nachlässig gekleidet, berlinernd, riechbar und sichtbar nicht beim ersten Glas und der ersten Zigarette; bei meiner Vorstellung im November hatte ich ihn für einen bornierten Bürokraten gehalten, aber inzwischen wußte ich, daß er über Jahre die Doktoranden der Sektion gegen kleinliche Gängelungen durch die Partei abgeschirmt hatte und mit seiner Bildung, Schlichtheit, Traurigkeit und Großherzigkeit ein wunderbarer proletarischer Gentleman war. Dr. Weil war da, die mich in die Versammlung der Parteimitglieder der Sektion mitgenommen hatte; von ihr wußte ich inzwischen, daß sie wenige Monate vor der Öffnung der Mauer mit großem Mut und großer Kraft einen Aufsatz veröffentlicht hatte, in dem sie den Rechtsstaat gewissermaßen noch mal erfand und für die DDR einforderte, so heroisch und so vergeblich, als habe ein Inka wenige Monate vor der Ankunft der Spanier endlich auch für die Inka das Rad erfunden, nur um von den spanischen Rädern überrollt zu werden. Der Redner, der auf der Versammlung weitschweifig nichts gesagt hatte, war da; ihn kannte ich inzwischen als Dr. Kunkel, einerseits Kunstfreund und -kenner, andererseits eleganter Opportunist. Der Rechtshistoriker Dr. Blöhmer erzählte ruppig und witzig von den Kämpfen, die er früher als Boxer ausgetragen hatte, und machte den Frauen schöne Augen. Der Rechtsphilosoph Dr. Flemm erinnerte sich an eine Konferenz in den 50er Jahren, auf der er wegen einer bürgerlichen Verirrung fertiggemacht und nach der er als Bürgermeister in ein kleines Dorf strafversetzt wurde, und der zeitliche Abstand verklärte ihm das traurige Ereignis zu einem lustigen Abenteuer.

Je älter ich werde, desto mehr muß ich mich anstrengen, wenn ich auf einer Gesellschaft mein Gegenüber verstehen will. Ein Ohrenarzt hat mich untersucht und der Sache einen Namen gegeben: Partyschwerhörigkeit. Medizinisch ist mir nicht zu helfen, und so helfe ich mir selbst, indem ich das Zuhören, wenn es zu anstrengend wird, aufgebe und einfach ein freundliches, aufmerksames Gesicht mache, lache, wenn alle lachen, und meinen Gedanken nachhänge. Ich dachte an den Morgen nach dem Fall der Mauer zurück, meine erste Fahrt nach Frankfurt, meinen ersten Flug nach Berlin und die vielen Fahrten und Flüge seitdem, die Tage in der Universität und die Nächte im Gästehaus. Ich war nicht zur Bürgerbewegung, zur kirchlichen Opposition und zu den neuen Parteien gegangen und hatte Kontakt weder zu den gesellschaftlichen Nischen noch zu den Opfern der Staatssicherheit gesucht. Ich hatte nicht getan, was ich leicht hätte tun können, um mir ein Bild der historischen Situation zu machen. Statt dessen hatte ich mich durch eine fremde akademische Welt treiben lassen, die es bald nicht mehr geben würde, alle Eindrücke freudig aufgenommen, niemanden verurteilt, niemanden freigesprochen und die Atmosphäre von Fremdheit und Untergang genossen.

Ich genoß auch die Melancholie des Abends. Ich saß im Wartesaal der Geschichte; der eine Zug wurde gerade von der Rangierlokomotive aufs Abstellgleis geschoben, der andere würde jeden Moment ankommen und nach kurzem Halt weiterfahren. Nicht alle, die aus dem einen Zug ausgestiegen waren, würden in dem anderen einen Platz finden; manche würden im Warteraum sitzen bleiben und erleben, wie das Büfett schließt, die Heizung abgestellt und das Licht abgeschaltet wird. Aber noch rollt draußen der alte Zug ratternd über die Schienen, ist der neue nicht angekommen, wird am Büfett ausgeschenkt und ist es warm und hell.

7

Die Flugzeuge waren immer voll. Oft nahm ich morgens den ersten und abends den letzten Flug und saß unter müden, erschöpften, gereizten Passagieren. Ein Sitznachbar meinte, wegen überfüllter Gepäckablage über dem Sitz dürfe er für die Ablage seines Gepäcks außer seinem Fußraum auch meinen benutzen. Einer wollte der Stewardeß verwehren, die letzte Flasche Wein mir zu geben; sie müsse sie zwischen uns aufteilen. Einer klärte mich auf, daß ein Passagier in einer Reihe mit vier Sitzen ein Recht auf eineinviertel und in einer mit drei auf eineindrittel Armlehnen hat, und zeigte mir, wie man von seinem Armlehnenanteil den richtigen Gebrauch macht. Die meisten Passagiere waren Männer.

Auf einem meiner letzten Flüge von Berlin nach Frankfurt sah ich Barbara. Als alle anderen schon saßen, stieg sie ein, machte zehn Reihen vor mir die volle Gepäckablage auf und zu, gab ihr Gepäck der Stewardeß und setzte sich. Wir hatten beide Gangplätze, und ich konnte ein Stück ihres Arms sehen und, als sie sich anders setzte, ein bißchen Kopf, Schulter und Rücken.

Ich sah nicht zu ihr. Ich schlug den Roman auf, den ich jetzt, wo ich nicht mehr jede freie Stunde zur Vorbereitung brauchte, gekauft hatte. Ich fing an, ihn zu lesen, während das Flugzeug sich in Bewegung setzte, über die Startbahn rollte und in die Luft stieg. Aber ich behielt nichts und mußte dieselben Sätze noch mal und noch mal lesen.

Ich war plötzlich entsetzlich müde. Von den letzten Monaten, den vielen Reisen und der doppelten Arbeit im Verlag und in der Universität? Von der Aussicht auf die Rückkehr in den Verlag, wo die Arbeit mir öde erschien, seit ich der Geschichte begegnet war, wenn auch nur im Wartesaal? Immer noch von dem Kampf, den ich vor Jahren um Barbara gekämpft hatte? Auf einmal waren die damalige Hoffnung und die damalige Trauer wieder so lebendig, als seien nicht Jahre, sondern Tage vergangen.

Das Flugzeug hatte seine Flughöhe erreicht, und die Stewardessen servierten Getränke. Draußen ging die Positionslampe an der Flügelspitze an und aus, und manchmal zitterten zwischen den Wolken die Lichter einer Stadt. Warum müssen die Lichter am Boden zittern und können nicht stetig leuchten? Warum verspüren wir Müdigkeit, dieses unergiebige, unbrauchbare Gefühl? Ich schloß die Augen. Ich stellte mir Barbara vor, wie sie sich's zehn Reihen vor mir im Sitz bequem macht, vielleicht ein paar Worte mit ihrem Nachbarn wechselt, ein Buch aufschlägt und Rotwein trinkt. Ich sah ihr Gesicht vor mir: die blasse Haut, die nach zwei Gläsern glühen kann, die blassen blauen Augen, die kleine Narbe in der Oberlippe und das Grübchen über dem inneren Ende der linken Braue. Ich hatte gesehen, daß sie eine schwarze Hose und einen rosa Pullover trug und weder dicker noch dünner geworden war, und phantasierte sie so leibhaftig in den Sitz neben mir, daß mir war, als könnte ich meine Hand nach ihr ausstrecken und sie anfassen. Das machte mich auf ihren Nachbarn eifersüchtig; ich neidete ihm Barbaras Nähe und die Selbstverständlichkeit, mit der ein Kontakt zwischen ihm und ihr möglich war, sei's auch nur ein oberflächlicher.

Die Eifersucht machte mich noch müder. Aber auch als ich sie verscheuchte und an die Leichtigkeit des Anfangs dachte, an die Wochenendfahrten und Möbelkäufe, an die Vertrautheit der gemeinsamen Nächte und die Entdeckung der Zärtlichkeit und der Leidenschaft, an Barbara, regennaß in meiner Tür und später mit den Händen um die heiße Tasse Schokolade in meinen Jeans und meinem Pullover auf dem Sessel, blieb ich müde. Ja, mir war, als mache gerade die glückliche Erinnerung mich müde. Das erschreckte mich, und ich kramte eine Erinnerungsikone nach der anderen aus dem Gedächtnis: Großvater, der mich vom Zug abholt, Lucia, die meinen Kopf hält und meinen Mund küßt, das Nachdenken über Gerechtigkeit in den ersten Jahren der Arbeit an der Habilitation, das kalifornische Paradies, das Gelingen der Arbeit im Verlag, Barbara, die sich im Bett aufsetzt und ihr Nachthemd auszieht, die Wochen mit Max, die Reise mit meiner Mutter ins Tessin, das Abschiedsfest in Ostberlin. Daß die Erinnerungen mich wehmütig machten, weil ihr Gegenstand unwiederbringlich war, und traurig, weil sie nur die schöne Seite von Lebensabschnitten spiegelten, die auch noch eine häßliche Seite hatten, war in Ordnung. So ist das eben mit glücklichen Erinnerungen. Nicht in Ordnung war, daß sie mich nicht nur wehmütig und traurig machten, sondern müde. Es war eine tiefe, stumme, schwarze Müdigkeit.

Die Anstrengung der letzten Monate, die Öde der Arbeit

im Verlag, die Erschöpfung des Kämpfens um Barbara – das alles konnte nicht sein, was mich plötzlich so müde machte. Es konnte es schon darum nicht sein, weil ich um Barbara gar nicht gekämpft hatte. Ich hatte mich gekränkt und beleidigt verkrochen. Vor der Öde der künftigen Arbeit im Verlag hatte ich kapituliert, ohne daß ich über die Möglichkeit einer anderen, neuen, besseren Gestaltung der Arbeit auch nur nachgedacht hatte. Ebenso hatte ich mich in den letzten Monaten an der Universität nicht wirklich angestrengt. Ich hatte Distanz gewahrt, aus der Distanz die Rollenbrüche der anderen beobachtet, meinen eigenen Rollenbruch verschwiegen und mich, ehe es schwierig und peinlich werden konnte, verabschiedet. Ich hatte mich nicht eingelassen – wie hätte ich mich wirklich anstrengen können!

Die Stewardeß hatte mir zwei kleine Flaschen Wein gegeben, und ich schenkte mir aus der zweiten den letzten Schluck ein. Daß ich mich mit Lucia nicht eingelassen hatte, nahm ich mir nicht übel; ich war zu jung gewesen. Bei den Großeltern war ich ein Parsifal geblieben, obwohl ich eines Tages alt genug war, sie zu fragen und zu stellen. Bei der Arbeit an der Habilitation war ich in das schöne Spiel mit den Gedanken zu verliebt gewesen, als daß ich sie den Beschränkungen einer Struktur hätte unterwerfen wollen. Im kalifornischen Paradies und auch in Max' Leben hätte ich mir einen festeren Platz erobern können. Meine Mutter – bei ihr hatte ich schon früh aufgegeben, mich nicht eingelassen, sondern davongestohlen. Ich habe ihr damit nicht unrecht getan; sie war nicht besser. Aber ich habe mir nicht gutgetan.

Ist existentielle Müdigkeit also das Ergebnis nicht von zuviel, sondern von zuwenig Einsatz? Macht nicht sich's zu schwer machen müde, sondern sich's zu leicht machen? Oder war das Quatsch? War es nur die Arbeits- und Anstrengungsideologie meiner Mutter in anderem Gewand? War ich einfach besonders müde, weil man manchmal besonders müde ist?

Als das Flugzeug gelandet war, seine Parkposition erreicht hatte und wir aufstehen durften, drängte ich mich vor, wie es eigentlich ungehörig und mir zutiefst unangenehm ist. Ich schaffte es, in der Schlange vor der Paßkontrolle angelegentlich neben Barbara zu stehen und sie zu fragen: »Hast du am nächsten Wochenende schon was vor?«

8

Am nächsten Wochenende fragte ich sie auf der Heimfahrt: »Heiratest du mich?«

Wir waren am Freitag um zwei Uhr losgefahren, wie früher. »Wohin soll's gehen?« hatte sie in der Schlange vor der Paßkontrolle ohne ein Zeichen der Überraschung zurückgefragt und genickt, als ich vorschlug: »Wollten wir nicht nach Konstanz?« Auf unserer letzten Wochenendreise, der Reise nach Basel, hatten wir uns als nächstes Ziel Konstanz vorgenommen.

Wir fuhren zunächst über die Autobahn, dann auf der Schwarzwaldhochstraße. Der Schwarzwald lag im Schnee, auf den freien Hängen wurde Ski oder Schlitten gefahren, und die Tannen, die sonst in dunklem Grün düster stehen, trugen die weiße Last wie einen hellen Schmuck. Der Himmel war blau, und manchmal ging der Blick über die neblige Rheinebene bis zu den Vogesen.

Wir erzählten uns, was wir in Berlin zu tun gehabt hatten. Bald nach der Öffnung der Mauer hatten Barbaras Schule und eine Schule in Ostberlin eine Partnerschaft mit Lehrer- und Schüleraustausch begründet, und Barbara hatte zwei Wochen lang dort unterrichtet. Sie hatte die braveren und stilleren Kinder und auch die meisten Lehrer, die ihrer

Rolle gewisser als Barbara und ihre Kollegen waren, gemocht. Allerdings wandelten die Verhältnisse sich; die Kinder wurden frecher und die Lehrer unsicherer und mit wachsender Unsicherheit autoritärer. Der alte Direktor, ein kontrollwütiger Genosse unter dem Verdacht, er habe für die Staatssicherheit gearbeitet, war gerade durch einen neuen ersetzt worden, der manches reformieren wollte und Barbara gefragt hatte, ob sie nicht länger kommen könne, die zweite Hälfte des laufenden Schuljahres und das folgende.

»Und?«

»Ich ginge gerne. Ich muß sehen, wie Schule und Ministerium dazu stehen.«

»Du suchst dort nicht dein Glück, wie die Glücksritter, die du sicher auch getroffen hast, du willst auch nicht aus Pflicht hin, sondern aus Lust. Lust woran?«

»An der Mischung von Vertrautheit und Fremdheit. In Afrika oder Amerika kann ich mir auch vorstellen, ein anderer zu sein, als ich bin, aber ich muß dafür mit der Heimat brechen. Hier kann ich's mir vorstellen und in meinem Land, mit meinen Leuten, in meiner Sprache bleiben.«

»Was stellst du dir hier vor?«

»Ein Leben als Lehrerin an einer Schule in der DDR. Die Gängelungen, die kleinen Freiheiten, die Kontakte mit den Kollegen, Eltern und Schülern, das Aufpassen auf die IM, die Ferien in Bulgarien, Rumänien oder in der Datscha, das Jagen nach Dingen, die nur selten und knapp zu haben sind, die viele Zeit mit den Freunden und der Familie, die Freude an einem Buch oder einer Platte aus dem Westen.«

»Ist das nicht das Leben, von dem du einmal gesagt hast, du haßt es?«

»Als Leben im Osten finde ich's exotisch genug, um es ausprobieren zu wollen.«

»Schon in ein paar Monaten oder sogar Wochen ist das Leben dort nicht mehr exotisch, sondern wie hier, nur häßlicher. Es wird Aldi und Penny geben, und deine Schüler werden Sachen von H & M tragen und zu McDonald's gehen.«

Sie zuckte die Schultern. War sie bei unserem Gespräch auch nur halb dabei? War sie genauso unsicher wie ich? Hatte sie auch Angst, daß unsere Begegnung eine Narretei des Schicksals und unsere Verabredung ein Irrtum war? Würden wir später, wenn wir uns umarmen und lieben wollten, spüren, wie fremd wir uns geworden waren? Fremd nicht wie am Anfang, als wir neugierig aufeinander waren, sondern fremd wie an einem Ende, an dem man miteinander fertig ist? Konnte, was einmal gestimmt hatte, wieder stimmen? Konnten wir füreinander noch einmal das Wunder sein, das wir damals füreinander waren? Hatten wir einander in den Umarmungen, in denen wir andere gespürt und genossen hatten, verraten? Würde es, wenn wir uns jetzt umarmten, nur peinlich werden?

Wir nahmen in Konstanz im Insel-Hotel ein Zimmer mit Balkon. Als ich am Geländer stand und auf den See sah, legte Barbara die Arme um meinen Bauch und lehnte den Kopf an meinen Rücken. Nach einer Weile kam sie in meine Arme, und wir standen einfach da, hielten uns, küßten uns nicht, sagten nichts, sahen auf den See, das Ufer, den Himmel oder schlossen die Augen. Der Abend war lau, in der Luft lag schon der Frühling. Erst als es dunkel wurde, gingen wir zurück ins Zimmer. Wir machten das Licht an, packten aus, räumten ein und zogen uns für den Abend um. Wir waren geschäftig und heiter. Was immer zwischen uns schwierig werden mochte, unsere Körper hatten einander wiedererkannt. Ich hatte Barbaras Schultern, Arme, Rücken und Hüften gefaßt, ihre Brüste und ihren Bauch gespürt, ihre Haut und ihr Haar gerochen, ihren Atem gehört.

Auch in der Nacht von Freitag auf Samstag und in der von Samstag auf Sonntag haben wir uns nur gehalten. Am Sonntag wollten wir um den See und nach Hause fahren. Aber es regnete in dünnen, grauen Schnüren, wie auf einer chinesischen Tuschzeichnung, und nach dem Frühstück gingen wir wieder aufs Zimmer, machten die Balkontür weit auf, hörten den Regen rauschen und liebten uns. Wir ließen uns Champagner und Essen aufs Zimmer bringen und am Montag morgen um halb vier wecken. Um fünf waren wir auf der Autobahn, um halb sieben gerieten wir bei Stuttgart in den morgendlichen Berufsverkehr. Als wir im Stau standen, fragte ich sie.

9

Sie sagte nichts. Ich schaute sie von der Seite an, wartete, daß sie sich mir zuwenden und antworten würde, aber sie sah auf die Straße und die Autos. Hatte sie mich nicht gehört? Erst als ich nachfragen wollte, wandte sie sich mir zu. »Ist es für dich wichtig, daß wir verheiratet sind? Für mich macht's keinen Unterschied.«

»Für mich macht es einen.«

»Hast du Angst, daß wir uns wieder verlieren, wie damals?«

»Vielleicht habe ich damals gelernt, wie fest eine Ehe zusammenhält. Ich denke, du hast mich wirklich geliebt, und doch bist du bei deinem Mann geblieben.«

»Nicht weil er mein Mann war. Er hat um mich gekämpft, während du geschmollt hast.« Über der linken Braue tauchte das Grübchen auf, und ihre Stimme wurde hart. »Hast du das vergessen? Hast du vergessen, daß ich dich angerufen habe, noch mal und noch mal? Daß ich vor deiner Haustür und deiner Wohnungstür stand und klopfte und rief? Daß ich dir geschrieben habe? Hast du aus dir ein Opfer gemacht, den armen Mann, dem die böse Frau übel mitspielt?«

»Ich fürchte…«

»Ich fürchte…« Sie äffte mich nach. »Was fürchtest du?«

Sie war wütend. »Was willst du mir vormachen und einre-
den? Die Amerikaner nennen einen wie dich einen Sweettal-
ker, einen Süßredner, einen Schönschwätzer. Nein, ich mag
nichts von deinen Ängsten hören und was für ein furchtsa-
mes und sensibles Kerlchen du bist. Ich…«

»Hör auf, Barbara, hör auf.« Ich wollte sie stoppen, machte sie aber noch wütender. Schließlich mußte ich schreien,
damit sie mir zuhörte. »Du hast recht. Ich habe geschmollt.
Ich habe aus dir die böse Frau und aus mir den armen Mann
gemacht. Es tut mir leid – daß ich nicht gekämpft habe, daß
ich dich verletzt habe, daß wir Jahre verloren haben. Es tut
mir leid, Barbara.«

Sie schüttelte den Kopf. »Das wird dir erst heute klar,
nicht wahr? Und nur weil ich wütend geworden bin. Wenn
wir uns nicht zufällig im Flugzeug begegnet wären, hätte ich
dich auch nie mehr gesehen. Hast du erwartet, daß ich den
ersten Schritt mache und wieder vor deiner Tür stehe und
rufe und klopfe?« Sie redete nicht mehr laut, aber ihre müde
Stimme machte mir mehr angst als ihre laute. »Nein, du hast
nichts von mir erwartet – und nichts für uns. Ich verstehe
dich nicht, Peter Debauer. Ich verstehe nicht, warum du dich
nie gemeldet hast. Ich verstehe nicht, warum du jetzt heiraten willst.«

Die Autos vor mir fuhren weiter, und ich ließ den Motor
an und fuhr langsam unter der Brücke hervor, unter der wir
gestanden hatten, und den Berg hinauf.

»Ich habe erst auf dem Flug von Berlin nach Frankfurt,
auf dem ich dich gesehen habe, begriffen, daß mein Leben
falsch läuft, weil ich mich nicht einlasse, sondern raushalte
oder, wenn es schwierig wird, verabschiede. Ich habe es nur

begriffen, weil ich dich gesehen habe. Ich will dich. Wenn du mich nicht willst, werde ich um dich kämpfen. Ich weiß noch nicht, wie, aber ich werde es lernen.«

Sie lächelte mich mit ihrem schiefen Lächeln an, sah wieder auf die Straße und verstummte. Wir kamen gerade noch rechtzeitig für Schule und Verlag zurück. Als ich vor ihrem Haus hielt, nickte sie und sagte: »Ja. Laß uns heiraten.«

Aber kaum war ich im Verlag, rief sie mich an. »Es geht nicht. Ich will sagen, es geht nur, wenn wir nicht den Fehler machen, den die Ossis und die Wessis machen.«

»Was meinst du?«

»Denken, daß der andere sich so verändert hat, wie man sich selbst verändert hat, oder daß er noch so ist, wie er vor der Trennung war, oder daß er nur der ist, den die eigene Erinnerung, die eigene Vorstellung festhalten konnte. Weißt du, was ich meine?«

Ich überlegte und antwortete nicht sofort.

»Bist du noch dran?«

»Ja, ich bin noch dran. Ich weiß, was du meinst.«

Sie seufzte. »Wenn das klar ist – magst du heute abend zu mir zum Essen kommen?«

So begann unsere vierte Normalität. Jede hatte nur ein paar Wochen gedauert, die Wochen der Möbelsuche, die Wochen der Entdeckung der Zärtlichkeit, die Wochen der Bangigkeit, nachdem sie erzählt hatte, daß sie verheiratet war. Ich hoffte, daß es wieder nur ein paar Wochen dauern würde bis zur nächsten und endgültigen Normalität der gemeinsamen Wohnung, des gemeinamen Lebens, des Verheiratetseins, vielleicht in Ostberlin, wenn die Schule und das Ministerium Barbara gehen ließen und ich einen Verlag fände. Das war meine neue Idee: einen der Verlage übernehmen, die in der DDR privatisiert und verkauft wurden.

Wir gingen zum Standesamt und bestellten das Aufgebot. Der junge Beamte studierte mein Familienbuch mit, wie ich fand, übertriebener Aufmerksamkeit.

»Ihre Eltern haben also in Neurade geheiratet, und Sie sind in Breslau geboren.« Er wendete das Familienbuch hin und her. »Im September 1961 hat Ihre Mutter das Familienbuch anlegen lassen.« Er sah mich prüfend an. »Wissen Sie, was Ihre Mutter veranlaßt hat, es gerade damals anlegen zu lassen? Sie hätte keine schlechtere Zeit wählen können.«

Ich zuckte die Schultern.

»Wollte Ihre Mutter noch mal heiraten? Gab es einen Erbfall?«

»Ich habe keine Ahnung.«

Der Standesbeamte griff nach dem Telephon, wählte, bat um eine Auskunft aus der Akte meiner Mutter, wartete geduldig und bestätigte die Auskunft, die er schließlich bekam, mit brummendem Kopfnicken. Dann wandte er sich uns stolz zu. »Es ist, wie ich es mir gedacht habe. Ihrer Mutter sind die Dokumente auf der Flucht abhanden gekommen. Als sie sich ein neues Familienbuch hat anlegen lassen, haben wir das Standesamt I in Ostberlin angeschrieben; es ist für die an Polen und Rußland gefallenen Gebiete zuständig. Das Standesamt hat nicht reagiert, entweder weil es die einschlägigen Unterlagen nicht hatte oder weil nach dem Bau der Mauer Anfragen aus Westdeutschland einfach liegengelassen wurden. Dann hat Ihre Mutter eine Kopie eines Briefs Ihres Vaters an seine Eltern vorgelegt, in dem die Eheschließung erwähnt wird, und eine Freundin beigebracht, die eidesstattlich versichert hat, daß die Angaben Ihrer Mutter stimmen.«

»Wer war die Freundin?«

»Das ist jetzt nicht wichtig. Wichtig ist, daß wir inzwischen gute Kontakte nach Polen haben und uns Standesamtsunterlagen zugänglich sind, von denen wir früher nur träumen konnten. Wir schreiben Neurade und Breslau an, und dann kriegen Sie endlich eine richtige Heirats- und Geburtsurkunde.« Er strahlte uns an.

»Ich will keine andere Geburtsurkunde, wir wollen heiraten.«

»Ich verstehe. Aber Sie müssen uns auch verstehen. Wir

haben inzwischen gute Kontakte nach Polen, ich schätze meine Kollegen in unserer polnischen Partnergemeinde, und wir sollten den normalen bürokratischen Verkehr, der nach den Jahren des Kalten Kriegs endlich möglich geworden ist, auch pflegen. Ein paar Wochen – länger wird es nicht dauern.«

»Wenn an seiner Richtigkeit keine begründeten Zweifel bestehen, genügt das 1961 angelegte Familienbuch.« Ich verstand nichts vom Personenstands- und Standesamtsrecht. Aber es konnte nicht anders sein.

Er sah mich an, als wolle er mir sagen: Bis jetzt war ich freundlich, ich kann auch anders. »Es bleibt Ihnen unbenommen, Rechtsschutz in Anspruch zu nehmen, wenn Sie meinen, das gehe schneller.«

Barbara guckte von mir zu ihm und wieder zu mir. »Was sagt er?«

»Er sagt, daß ihm Mutters Familienbuch nicht reicht und daß er die Unterlagen in Polen anfordern will. Daß wir dagegen nichts machen können...«

»Nein. Das habe ich nicht gesagt. Ich habe...«

»... nichts machen können, was uns schneller heiraten läßt. Das Gericht braucht länger als die Post nach Polen und wieder zurück nach Deutschland.«

Barbara, die den Rechtsfehler des Standesbeamten und die Dreistigkeit, mit der er ihn machte, nicht verstehen konnte, strahlte ihn an. »In ein paar Wochen – können Sie so freundlich sein, den Vorgang ein bißchen zu beschleunigen? Und würden Sie uns bitte anrufen, wenn die Unterlagen aus Polen eingetroffen sind?«

Aber es dauerte fünf Wochen, bis er mich anrief und einbestellte. Sie wurden mir länger als Barbara, die mir lachend erklärte: »Groß ist der Unterschied zwischen Nicht-Verheiratet- und Verheiratetsein ohnehin nicht. Glaub mir, ich weiß, wovon ich rede.« Ich wußte, daß ich Barbara nicht stärker lieben würde und daß ich ihrer nicht sicherer sein könnte, falls wir verheiratet wären. Aber manchmal wachte ich nachts neben ihr auf und spürte wieder die Angst, die mich vor der Rückkehr ihres Mannes hatte wach liegen lassen. Ich wollte die Angst loswerden.

Der Standesbeamte begrüßte mich mit gönnerhafter Freundlichkeit. »Nehmen Sie Platz, nehmen Sie Platz. Sie kommen diesmal ohne Ihre Verlobte? Ist auch gut, ist vielleicht besser.« Er griff eine Akte. »Sie haben unseren Kontakten nicht recht vertraut. Aber«, er kostete den Triumph aus, »unsere polnischen Freunde haben sehr gute Arbeit geleistet, sehr gute Arbeit. Wir wissen, daß in Neurade im September 1944 keine Eheschließung Debauer stattfand und daß in Breslau im April 1945 kein Peter Debauer, wohl aber ein Peter Graf geboren wurde, und zwar von Ella Graf. Ist das nicht der Mädchenname Ihrer Mutter?« Er wartete meine Antwort nicht ab. »Es spricht alles dafür, daß Ihr richtiger Name nicht Peter Debauer, sondern Peter Graf ist. Wenn Sie heiraten wollen, müssen Sie das natürlich unter Ihrem richtigen Namen tun.«

»Mein richtiger Name? In meinem Alter ändere ich doch nicht den Namen, den ich mein Leben lang getragen habe.«

Er nickte nach dem Augenblick des Triumphes wieder gönnerhaft freundlich. »Es gehört zwar nicht zu meinen Aufgaben, aber lassen Sie mich darauf hinweisen, daß Sie den Namen, den Sie bisher benutzt haben, vielleicht in einem

Namensänderungsverfahren annehmen können. Ich kann Ihnen zu den Aussichten des Verfahrens...«

»Ich soll meinen Namen in meinen Namen ändern?«

»Wenn Sie's so nennen wollen. Es geht um die Änderung Ihres richtigen Namens in den von Ihnen bisher fälschlich benutzten Namen.« Er schloß die Akte und beendete das Gespräch. »Wie gesagt, es war nur ein Hinweis. Übrigens ändern die meisten Frauen den Namen, den sie ihr Leben lang getragen haben.«

II

Ich stand vor dem Standesamt und versuchte, mich zu erinnern, wo ich das Auto geparkt hatte. Ich konnte mich auch nicht erinnern, ob ich vorgehabt hatte, wieder in den Verlag zu fahren oder mich mit einem Autor zu treffen oder mit Max ins Kino zu gehen. Es war drei Uhr.

Ich fand das Auto und fuhr zu meiner Mutter. Sie arbeitete im Garten. Als ich vor ihr stand, richtete sie sich auf und schob mit dem Handrücken das Haar aus dem Gesicht. »Hallo.« Sie trug die Jeans und den gelben Pullover, die sie zu Hausputz, Umzug, Tapezieren und Anstreichen schon getragen hatte, als ich ein Junge war. Sie sah gut aus, ausgeruht und entspannt, und wenn ich den bitteren Zug in ihrem Gesicht nicht so gut kennen würde, hätte ich ihn vielleicht übersehen. Ich las in ihren Augen, daß sie den Verdruß, die Enttäuschung, die Verletzung in meinem Gesicht sah.

»Ich war auf dem Standesamt.«

»Was ist passiert? Will Barbara nicht mehr?« Ich hatte beide Frauen zusammen zum Abendessen eingeladen, und sie hatten einander gemocht oder mir doch danach versichert, sie hätten einander gemocht. Beide waren entschlossen gewesen, aus der Begegnung einen Erfolg zu machen – mit der gleichen Art entschlossener Härte, von der ich wußte, daß meine Mutter sie reichlich hatte, und von der ich an dem Abend merkte, daß sie auch ein Teil von Barbara war.

»Das Standesamt hat Polen angeschrieben. Es gab keine Trauung Debauer/Graf im September 1944 in Neurade und keine Geburt Peter Debauer im April 1945 in Breslau, dafür eine Peter Graf. Ich soll in Zukunft Peter Graf sein.«

Meine Mutter packte das Gartenwerkzeug in einen Spankorb und zog die Handschuhe aus. »Tee?«

»All die Jahre. Was hast du mir all die Jahre erzählt?«

Sie lachte spöttisch. »Daß ich dir zuviel erzählt hätte, wäre ein neuer Vorwurf. Noch vor ein paar Wochen war's zuwenig.« Sie ging vor mir her ins Haus, setzte Wasser auf und fragte noch mal: »Tee? Oder willst du eine heiße Schokolade? Oder weißt du nicht, was du willst? Dann mache ich Lapsang Souchong.« Sie holte die Dose aus dem Schrank, tat die Blätter in das große Sieb in der gläsernen Kanne, wartete, bis der Kessel pfiff, und goß das Wasser auf. Ich sah ihr an, daß sie sich überlegte, was sie mir sagen wollte.

»Überleg nicht so lange. Rede einfach.«

Aber sie sagte nichts, bis sie das Sieb aus der Kanne genommen, Kanne, Teegläser und Kandiszucker auf den Tisch gestellt, eingegossen und sich gesetzt hatte. Sie schüttelte den Kopf. »Du tust, als schuldete ich dir etwas. Wenn schon nicht deinen Vater, dann sein Andenken, sein Bild, seine Geschichte. Aber ich schulde dir nichts. Dadurch, daß ich deinen Vater und mich als verheiratet ausgegeben habe, habe ich dir kein Unrecht zugefügt. Ich habe unser beider Leben leichter gemacht, und ich habe dir Großeltern verschafft, die kein Problem hatten, dich als ihren Enkel zu sehen und zu lieben. Wärst du lieber ohne sie aufgewachsen? Wärst du in der Schule lieber das uneheliche Kind gewesen, der Bankert, der Bastard? Heute interessiert das niemanden mehr, damals hätte es dir das Leben versaut. Also sei froh, daß es erst heute rausgekommen ist und nicht schon damals.« Sie sah mich abweisend, beinahe verächtlich an. »Das mit dem Namen ist ärgerlich. Aber ich glaube nicht, daß die die Sache verfolgen. Die machen doch kein Verfahren, um den Namen, den du trägst, durch einen anderen zu ersetzen. Wenn du von denen nichts willst, wollen die auch nichts von dir. Macht einfach einen Bogen um deinen komischen Standesbeamten, Barbara und du, und heiratet anderswo, jenseits des Rheins, an der See, in den Alpen, meinethalben in Las Vegas.«

»Wenn ihr Frauen eines Tags soweit seid, Kinder ohne Väter zu kriegen, hast du recht. Aber ihr seid nicht soweit, und ich will nicht mehr, als über meinen Vater wissen, was du weißt.«

»Ich habe dir schon mal gesagt, daß du fast mehr weißt als ich. Nimm aus dem, was ich dir erzählt habe, die Heirat raus, und du hast alles.«

»Woher kam der Schweizer Paß mit deinem Pseudoehenamen?«

»Woher soll ich das wissen. Ich war froh, daß ich ihn hatte. Ich hab doch keine Untersuchung angestellt, wer ihn wo und wie gefälscht hat. Im Krankenhaus hat er mir nichts genützt, die wollten die Heiratsurkunde sehen. Aber die Polen und Russen hat er beeindruckt. Ich weiß nicht, wo ich ohne ihn wäre. Und wo du ohne ihn wärst. Nichts für ungut, aber je länger ich rede, desto ärgerlicher werde ich. Ich will nicht, daß du mir großherzig verzeihst, ich will für das, was ich getan habe, deine Anerkennung. Ich habe dich aus Breslau rausgebracht, ich habe dich und deine Großeltern zusammengebracht, ich habe dich großgezogen, ich habe immer ein Netz aufgehalten, in das du hättest fallen können, wenn du abgestürzt wärst.«

»Was hat den Schweizer Johann Debauer nach Neurade und nach Breslau gebracht?«

»Ich habe keine Ahnung. Es hat mich nicht interessiert. Ich war einsam, er sah gut aus, hatte Charme, Witz, Geld, ich war verliebt – er hat mir sicher was erzählt, aber ich hab's vergessen. Damals hat es einen an alle möglichen und unmöglichen Orte verschlagen.«

»Hast du gehofft, er werde dich heiraten?«

Sie kniff die Augen zusammen und fauchte mich an. »Das ist die letzte deiner blöden Fragen, die ich beantworte. Ich habe alles gehofft, und ich habe nichts gehofft. Ja, ich habe von einem Leben an der Seite eines reichen Schweizers geträumt, der mich auf Händen trägt und vielleicht sogar in Zürich Medizin studieren läßt. Nein, ich habe am Freitag nicht erwartet, daß ich am Samstag neben ihm aufwache, und am Samstag nicht, daß wir noch den Sonntag zusammen haben. So ist das, wenn die Zeiten verrückt sind und du heute nicht weißt, was morgen sein wird, und oft nicht mehr wissen willst, was gestern war.« Sie goß sich und mir Tee nach. Dann saß sie und sann.

»An dem Donnerstag vor dem Freitag, an dem ich deinen Vater getroffen habe, war ich nach Neurade gekommen, um Onkel Wilhelm und Tante Herta zu besuchen. Onkel Wilhelm war mein Patenonkel, ein Kindheits- und Jugendfreund von Mutter, ein ziemlicher Nazi, aber lustig und witzig, und ich mochte ihn. Er hat mir das Spiel mit den Fingern beigebracht, das du immer wieder sehen wolltest. Weißt du noch?« Sie legte die Handflächen aneinander, beugte die Mittelfinger, drehte die Handflächen gegeneinander, daß sich Handflächen und Fingerspitzen berührten, und bewegte die Mittelfinger hin und her. Ich mußte lachen; es war wieder ein kleines Wunder, daß die beiden Finger in den gegeneinandergelegten Handflächen wie ein einziges Fingerpendel schwangen. »Ja, ich habe viel gelacht, wenn ich bei ihnen war. Ihre Kinder waren größer als ich, der Sohn in Polen gefallen und die Tochter in Ostpreußen verheiratet. Einen Tag, bevor ich sie besuchen kam, hatten sie erfahren, daß die Tochter mit Mann und Kindern von den Russen umgebracht worden war, vergewaltigt, verstümmelt, erschlagen, verbrannt. Ich kam in ihre Wohnung und fand Onkel Wilhelm und Tante Herta im Schlafzimmer; er hat zuerst sie und dann sich erschossen.«

Sie sah mich an, als bedürfe es eines eigenen Entschlusses, auch noch das folgende zu sagen. »Zuerst war es furchtbar, die beiden zu finden. Dann fand ich furchtbar, mich um alles kümmern zu müssen: Polizei, Arzt, Nachbarn, Beerdigung. Sonst hatte immer Vater alles Organisatorische erledigt. Die Nacht war furchtbar. Obwohl die beiden rausgeschafft worden waren und ich nicht in ihrem, sondern im Gästezimmer schlief, war mir, als lägen sie neben mir. Aber am nächsten Morgen – was für eine überwältigende Freude, am Leben zu sein! Ich wachte auf, hatte den ganzen Tag für mich und wollte jede Minute genießen. Am Abend traf ich deinen Vater.«

12

Schon vor Wochen hatte ich in einem Antiquariat ein Buch über das Schweizerische Rote Kreuz im Zweiten Weltkrieg gefunden. Damals war die Lektüre nicht dringlich erschienen. Als ich jetzt nach Hause kam, wollte ich's wissen. Das Buch war nicht der Überblick, den ich erwartet hatte, sondern der Bericht eines Schweizer Arztes, der 1940 mit anderen Schweizern unter dem Roten Kreuz in Rußland in deutschen Lazaretten gearbeitet hatte. 1940 war mein Vater gerade mit der Schule fertig. Auch später, so meinte der Arzt, habe es Missionen dieser Art gegeben. War mein Vater später im Auftrag des Roten Kreuzes in den Krieg der Deutschen und Russen geraten? Allerdings waren fast alle Schweizer, die im Bericht des Arztes auftauchten, Ärzte oder Krankenschwestern und -pfleger, und mein Vater hatte Jura studiert. War er einer der wenigen Fahrer gewesen? Ich schrieb an das Schweizerische Rote Kreuz und fragte, ob zwischen 1940 und 1945 Johann Debauer für sie gearbeitet habe.

Der Arzt berichtete auch von einem nach Osten fahrenden Zug mit Schweizer ss-Freiwilligen, dem er auf der Heimfahrt nach Westen begegnet war. Aber wenn das Schweizer Militär meinen Vater nicht nahm, würde ihn auch die ss nicht genommen haben.

Es war Abend. Ich legte das Buch aus der Hand, stand auf, öffnete eine Flasche Wein und schenkte mir ein, legte Schumann auf und setzte mich wieder. Mir fiel ein, daß ich am Nachmittag in Mainz ein Treffen mit einem Autor verpaßt hatte. Ich hatte meine Sekretärin nicht angerufen. Ich hatte auch Max nicht angerufen, mit dem ich für den Abend Kino und Pizza in Aussicht gefaßt hatte. Als ich mich entschuldigen wollte, nahm niemand ab. Zu Barbara, die noch mal in Ostberlin war und dort bei einer Kollegin wohnte, kam ich gar nicht erst durch.

Ich wurde ruhig. Peter Graf – warum nicht? Warum als Barbaras Mann nicht Peter Bindinger? Weil ich meinen Namen mochte. Er knüpfte ein Band zwischen meinen Großeltern und mir, das mir teuer war. Das Band, das er zwischen meinem Vater und mir knüpfte, war dünner und weniger wichtig. Aber wie sollte, wenn es risse, das andere Band unbeschädigt bleiben? Dann merkte ich, daß, was ich gerade gedacht hatte, nicht stimmte. Das Band zu meinem Vater war dünner, aber es war nicht weniger wichtig. Mein Vater war ein Fremder, aber ob als Kind mit Papiermütze und Steckenpferd, als ungeduldiger Jüngling im Knickerbockeranzug, als Abenteurer, den es nicht zu Hause litt und in die Ferne trieb, als Charmeur, der meiner spröden Mutter den Kopf verdrehte – er war mir interessant, und ich sah mich gerne als seinen Sohn und ihn gerne als meinen Vater, nicht als heimlichen, sondern als öffentlichen. Er war ein Teil von mir. Dazu gehörte, daß wir denselben Namen trugen.

Mir fiel der Vater ein, dessen Sohn in einem Sommer bei den Großeltern kurzfristig mein Spielgefährte gewesen war und der mir damals gesagt hatte, ich hätte die Augen meines Vaters. Ich wollte versuchen, von ihm über meinen Vater zu erfahren, was ich erfahren konnte. Weil ich mich schon heute nicht um den Verlag gekümmert hatte, beschloß ich, gleich morgen hinzufahren.

Am späten Vormittag war ich dort. Ich wußte den Namen nicht mehr, aber das Haus. Wo die Familie gewohnt hatte, wohnte eine andere. Die Nachbarn halfen weiter. Der Vater erklärte sich am Telephon zögernd bereit, mich zu empfangen. Viel, das wolle er gleich klarstellen, habe er nicht zu sagen.

Am späten Nachmittag saß ich mit ihm auf der Terrasse seines Hauses mit Blick auf See und Alpen. Er hatte es zu Wohlstand gebracht. Er war allein; die Frau habe in der Stadt zu tun, und der Sohn, der sich sicher gefreut hätte, mich wiederzusehen, sei in Amerika. Auch er müsse noch in die Stadt. Das klang alles völlig plausibel. Zugleich war mir, als sei er froh, mich alleine abfertigen zu können.

»1940 mußte mein Vater seine Stelle in Frankreich wegen des Kriegs aufgeben und mit uns in die Schweiz zurückkehren. So kam ich im letzten Schuljahr in eine Klasse, in der ich niemanden kannte und auch bis zum Ende keine Freunde fand. Das Schuljahr hatte schon angefangen, war kurz, alle anderen kannten sich und waren eingespielte Cliquen – du kannst dir das sicher vorstellen. Auch dein Vater hatte seine Clique und sich nicht für mich interessiert. Aber wir hatten ein Stück weit denselben Heimweg, und obwohl wir nur selten gemeinsam fuhren, hatten wir, wenn es sich ergab, interessante Gespräche. Ich fand sie jedenfalls interessant; ich hörte deinem Vater zu, ohne selbst viel beitragen zu können. Er war viel weiter als ich, ob in der richtigen oder falschen Richtung, ist eine andere Frage.

Dein Vater konnte unendlich charmant sein. Vielleicht ist Charme auch nicht das richtige Wort für seine Fähigkeit, seinem Gesprächspartner das Gefühl zu geben, er sei wichtig, er sei besonders, er genieße das Privileg völliger Aufmerksamkeit und Anteilnahme. Das schuf eine Atmosphäre des Vertrauens, der Intimität, die ungeheuer verführerisch war, von der aber schon bei der nächsten Begegnung womöglich nichts mehr übrig war, nur ein freundliches, abwesendes Zunicken. Ich glaube nicht, daß er Theater spielte. Ich glaube, er war in den Situationen völlig präsent, nicht nur mit einer Fassade, sondern mit der ganzen Person. Er probierte sein Gegenüber aus, eine ernste Sache, die manche wohl nicht ernst nehmen, er aber mit vollem Einsatz betrieb. Und wenn's nichts war, dann war's nichts.«

Er wandte sich mir mit einem freundlichen, traurigen Lächeln zu, das ich wiedererkannte. »Du merkst, dein Vater hat mich verführt und dann kein Interesse mehr an mir gehabt. Wir sind auf einer Heimfahrt in ein furchtbares Gewitter geraten und haben uns zusammen untergestellt, unter das Vordach einer Kirche, ich könnte sie dir zeigen, ich fahre manchmal daran vorbei. Dein Vater fragte mich aus: Wie ich in Frankreich aufgewachsen sei, wofür ich mich interessierte, was ich aus mir und meinem Leben machen wolle. Ich weiß nicht, womit ich ihm das Stichwort für das gegeben habe, was er dann sagte. Wir seien eine verlorene Generation. Vor zehn Jahren habe es auch in der Schweiz einen Geist des Aufbruchs gegeben, ein Bewußtsein der Krise, ein Ringen um Gemeinschaft und die Bereitschaft, von der nüchternen, mechanischen Welt der Aufklärung in eine organische, schöpferische Welt der Begeisterung zu wechseln, den ungebändigten Egoismus und Individualismus in gemeinsamer Arbeit zu überwinden, die sozialen Gegensätze zu überbrücken, an die Stelle der Demokratie des Haben-Wollens eine Aristokratie der Leistung zu setzen und ein neues, geistiges Reich, ein Reich der Söhne zu bauen. Er schwärmte von freisinnig-demokratischen Akademikertagungen der Jahre 1928 – 1931, von Julius Schmidhauser, Othmar Spann, Carl Schmitt und ich weiß nicht, wem noch. Er redete mit glühender Leidenschaft von dem, was vor zehn Jahren war, ich weiß nicht, wieweit in der Wirklichkeit und wieweit in seiner Phantasie, und steckte mich an. Auch ich«, er lachte, »der nüchternste, kalkulierendste, pedantischste Mensch, den du dir vorstellen kannst, bekam Sehnsucht nach dem totalen Engagement, nach einem Leben des rückhaltlosen Einsatzes und Wagnisses. Aber dein Vater sagte, für uns sei es zu spät. Vor zehn Jahren hätten sie ihre Chance gehabt und verspielt. Was als Aufbruch einer neuen Front begonnen habe, sei zu kleinlichem Parteienwesen verkommen, zu Gezänk um Organisationen und Geschachere um Posten, zum Nachäffen dessen, was die Deutschen und die Italiener machten, zu einer Karikatur der mechanistischen, egoistischen Mittelmäßigkeit, gegen die man angetreten sei.«

Er hörte auf zu reden. Nach einer Weile fragte ich ihn: »Wie sollte es weitergehen?« – »Das habe ich ihn auch gefragt. Nicht mehr auf Bewegungen, Parteien, Gruppen setzen. Das totale Engagement nur noch für die eigene Person suchen und wagen. Oder auf ein Wunder hoffen. Er sagte es, als verstehe es sich von selbst, und ich traute mich nicht weiterzufragen. Ich wollte auch die vertraute Atmosphäre, die entstanden war oder die ich doch empfunden hatte, durch meine Fragen nicht zerstören. Und das Gewitter hatte aufgehört.«

»Sie sind einfach auf die Fahrräder gestiegen und nach Hause gefahren?«

»Ja, und als ich ihn am nächsten Tag nach einer durchwachten, durchdachten Nacht mit meiner Begeisterung und meinen Zweifeln ansprechen wollte, nickte er mir nur freundlich zu und wandte sich ab.« Er lächelte wieder sein Lächeln. »Danach habe ich mit deinem Vater nicht mehr ernsthaft geredet. Er hat hier zu studieren angefangen, war aber bald weg, es hieß, in Deutschland, und ich dachte manchmal an sein totales Engagement und Goebbels' totalen Krieg und hatte kein gutes Gefühl. Aber es war nur ein Gefühl, und daß auf meine Gefühle kein Verlaß ist, lehrt gerade die Begegnung mit deinem Vater.« Er lächelte wieder sein Lächeln. »Ich verlasse mich auch nicht auf sie.«

»Könnte er mit dem Roten Kreuz in Deutschland oder Rußland gewesen sein?«

Er sah mich an. Ein erfolgreicher Geschäftsmann, gepflegt, entspannt, selbstbewußt, graues Haar, ruhige Augen, energisches Kinn. So kannte ich Banker und Unternehmer von den Bildern in der Zeitung, normalem Leben und normalen Menschen ebenso weit entrückt wie Bundespräsidenten und -kanzler, Kardinäle oder Filmstars. Auf einmal wurde mir bewußt, wie wenig selbstverständlich dieses Gespräch war, welche Aufmerksamkeit er mir erwies, mit mir zu reden, und auch, welchen Eindruck mein Vater auf ihn gemacht haben mußte. Auf einmal sah ich auch, daß er nicht nur freundlich und traurig lächeln konnte, sondern daß im ganzen Gesicht eine große Freundlichkeit lag. Als mache sie ihn verlegen, wandte er den Blick zur Seite. »Rotes Kreuz? Gewiß, das ist nicht auszuschließen. Dein Vater war kein Arzt, aber es brauchte wohl auch andere, viele waren im Grenzdienst und er... Hatte er nicht einen Herzfehler, der ihn vom Militärdienst befreite?« Dann stand er auf. »Ich wünsche dir alles Gute.«

13

Barbara nahm den Bescheid des Standesbeamten leicht. »Wart einfach ein bißchen. Vielleicht freundest du dich mit Peter Graf oder Peter Bindinger an. Wenn nicht, fliegen wir nach Las Vegas. Bis dahin ziehst du bei mir ein.«

»Hier?«

»Augie und ich haben hier nie zusammen gelebt, wenn es das ist, was dich stört. Wir können alles verändern, nichts muß bleiben, wie es ist. Und wir können das Zimmer nebenan dazunehmen, das frühere Mädchenzimmer, aus dem die Studentin gerade ausgezogen ist.«

Ich war nicht überzeugt. Ein Freund von mir hatte mich dafür, daß Deutschland sich bei der Wiedervereinigung eine neue Verfassung geben müsse, mit dem Argument gewonnen, zwei, die sich lieben und zusammenziehen wollen, müßten sich auch eine neue Wohnung suchen, und es könne weder sie zu ihm noch er zu ihr ziehen.

»Ich räume meine Sachen in den Keller, bestelle Handwerker, und wenn sie fertig sind, gucken wir uns die renovierte Wohnung wie eine völlig neue an und entscheiden, wie wir uns in ihr einrichten wollen.« Sie sah, daß ich immer noch zögerte. »Ich hänge an dem Haus, es ist ein gutes Haus. Ich hänge an den großen, hellen Räumen und am Balkon,

unter dessen Dach ich schon als Kind bei Regen Mittagsschlaf gehalten habe. In den Bäumen rauscht der Regen und
singen die Vögel, und es ist frisch, aber du ziehst die warme
Decke über die Ohren und bist geborgen. Mach's mal!«

Mir kam in Erinnerung, wie ich in den ersten Jahren bei
den Großeltern Mittagsschlaf halten mußte und daß ich ihn
auf der Loggia halten durfte, wenn es nicht zu kalt war. Bei
Regen wurde eine Decke über mich gebreitet, und es war,
wie Barbara es beschrieb. Wie hatte ich es vergessen können.

Es dauerte zwei Monate, bis die Wohnung renoviert war.
Als wir einzogen, fanden endlich die Möbel zueinander, die
wir gemeinsam ausgesucht und aufeinander abgestimmt
hatten: ihr Jugendstil-Eßzimmer und mein Schlafzimmer
aus Kirschbaum, ihr Ledersofa und meine Ledersessel mit
passendem Tisch, der Spiegel aus ihrem und die Lampe aus
meinem Flur.

Schule und Ministerium waren bereit, Barbara nach Thüringen zu schicken, aber nicht nach Berlin. Unser Bundes-
land sei für den Aufbau in Thüringen zuständig, für den in
Ostberlin sei es Westberlin. Also sah ich mich auch in Thüringen nach Verlagen um und verhandelte ein paar Wochen
lang hoffnungsvoll sowohl mit der Berliner Verlagssozietät
als auch mit dem Thüringischen Verlag. Bis ein großer
Hamburger Verlag mir beide Geschäfte vor der Nase weg-
schnappte.

Also blieb es beim Alltag mit juristischen Hand- und
Lehrbüchern, Kommentaren und der Zeitschrift. Manchmal wurden mir Doktor- und Habilitationsschriften, in-
und ausländische Abhandlungen zum Druck angeboten,
und aus den besten Arbeiten wollte ich gerne eine Reihe ma-

chen. Ich wollte auch eine weitere, nicht monatlich, sondern vierteljährlich erscheinende Zeitschrift mit längeren, tieferen Beiträgen gründen. Aber die Verlagsleitung wollte nicht; sie meinte, das vorhandene Angebot juristischer Gebrauchsliteratur, das sich problem- und risikolos verkaufte, werde durch anspruchsvollere juristische Veröffentlichungen gefährdet. Mit der anderen, neuen, besseren Gestaltung der Arbeit, von der ich seinerzeit auf dem Rückflug von Berlin nach Frankfurt zu phantasieren begonnen hatte, war's nichts.

Das war mir zunächst egal. Ich war mit Barbara zu glücklich. Ich war glücklich über das gemeinsame Aufstehen und Duschen, unser Zähneputzen, Kämmen, ihr Make-up-Auflegen und mein Rasieren Seite an Seite, das gemeinsame Frühstück mit Absprachen für Einkäufe, Erledigungen und abendliche Unternehmungen, das Nachhausekommen, wenn sie schon zu Hause war, vom Schreibtisch aufstand und mir die Arme um den Hals legte, oder wenn sie noch nicht zu Hause war und ich dies oder das machte und mich auf sie freute, die Abende außer und zu Hause, das gemeinsame Schlafengehen und die gemeinsamen Nächte, in denen ich beim gelegentlichen Aufwachen ihren Atem hörte und nur den Arm ausstrecken, mich nur umdrehen oder rüberrutschen mußte, um sie zu berühren und mich an sie zu kuscheln oder auch um sie aufzuwecken. Manchmal zog Barbara mich auf. »Heirate ich einen Spießer? Dir würde genügen, wenn wir jeden Abend zu Hause säßen, läsen, Musik hörten, fernsähen und redeten und allenfalls einen Spaziergang am Fluß machten.« Dabei lachte sie, und ich lachte zurück. »Wir könnten auch am Berg spazierengehen.«

Wenn sie es gewollt hätte, wäre ich mit ihr jeden Abend ins Kino, Theater oder Konzert gegangen oder mit Freunden losgezogen. Ich genoß nicht das Zu-Hause-Sein. Ich genoß die Routine der Liebe. Mein Leben mit meiner Mutter hatte seine bestens organisierte, bestens funktionierende Routine gehabt, aber war kalt gewesen. Auch mein Leben allein habe ich immer routiniert geführt: Bei mir brennt keine Glühbirne durch, ohne daß eine Ersatzbirne bereitliegt, Vorräte werden erneuert, bevor sie aufgebraucht sind, kaputte Geräte werden sofort zur Reparatur gebracht, es gibt's nicht, daß ein Anzug, den ich anziehen will, nicht gereinigt oder ein Hemd nicht gewaschen ist, und ich arbeite so konzentriert, daß ich, auch wenn ich mir für meine Tage viel vornehme, am Abend geschafft habe, was ich schaffen wollte. Aber obwohl ich die effiziente Routine brauche, obwohl mir die Jahre mit Veronika und Max auch darum schwer wurden, weil es Jahre des Chaos waren, war ich am Abend meiner effizienten, routinierten Tage nie wirklich befriedigt. Es blieb ein Gefühl der Kälte. Nur die Wochen mit Max hatten, wie seinerzeit die Ferien bei den Großeltern, beides vereint: Routine und Wärme. Und jetzt hatte ich eine Routine der Liebe gefunden – was konnte es Besseres für mich geben!

Aber nach einer Weile ließ das Glück der Routine mit Barbara mich das Unglück der Routine im Verlag besonders stark empfinden. Ich war unglücklich. Ich mußte mich jeden Morgen zwingen, zur Arbeit zu fahren, mich an den Schreibtisch zu setzen, die eingegangene Post zu lesen und zu beantworten, Manuskripte zu lektorieren. Schlimmer als die Abläufe selbst war das Wissen, daß keine Änderung in Sicht war.

Aber dann kam sie doch. Anders als ich sie phantasiert hatte. Sie hat meine Arbeit nicht verändert, aber sie hat mich von ihr Abschied nehmen lassen. Sie hat mein Leben verändert.

Sie wurde durch das alltäglichste der alltäglichen Ereignisse in der Arbeit eines Lektors ausgelöst: die Anfrage, ob Interesse an einer Veröffentlichung bestehe. Daß der Anfrage nicht ein Manuskript, sondern ein Buch beilag, machte das Ereignis nicht weniger alltäglich; so ist das eben bei Anfragen zur Veröffentlichung auf englisch schon erschienener, ins Deutsche noch zu übersetzender Arbeiten. Da die Idee einer Reihe, in die solche Arbeiten vielleicht gepaßt hätten, gestorben war, beschäftigte ich mich mit den Anfragen nicht mehr ernstlich. Die Sekretärin beantwortete sie mit einem Standardbrief. Aber sie legte sie mir vor.

Daher lag es auf meinem Schreibtisch. Ein in der Cambridge University Press erschienenes Buch, gebunden, mit festen Buchdeckeln und Schutzumschlag. Der Schutzumschlag zeigte in blassem Blau das verschwommene Bild eines antiken Schiffs mit prallen Segeln und ins Wasser gesenkten Rudern. Autor, Titel und Verlag waren in dunkelblauer Schrift angegeben. Ich las den Titel: »The Odyssey of Law«. Ich las den Autor: John de Baur.

14

Dem Buch lag eine Rezension aus der *New York Times* bei, die auch über den Autor informierte. Er sei Jurist, zu revolutionär, als daß er an einer der berühmten Law Schools reüssiert hätte, aber hinreichend bedeutend, um an der Columbia-Universität zu landen, nicht an der Law School, aber im Political Science Department. Er sei Schüler von Leo Strauss und Paul de Man, Gründer der Deconstructionist Legal Theory. Lange habe er mehr über seine Veranstaltungen als durch Veröffentlichungen gewirkt; seine Dienstagsseminare seien legendär. *The Odyssey of Law* sei sein erstes Buch seit *With Rousseau at the Opera*, seiner innovativen Interpretation von Rousseaus philosophischem Werk aus dem kompositorischen Programm der frühen Opern. Ich konnte mir unter Deconstructionist Legal Theory nichts vorstellen, kannte weder Strauss noch de Man und wußte nicht, daß Rousseau Opern komponiert hat. Ich schlug das Buch auf.

Die Einleitung handelte nicht vom Recht, sondern von der Odyssee. Sie beschreibt sie als die Urform aller Heimkehrgeschichten. In allen seinen Abenteuern, seinen Irrungen und Fehlungen, seinem Scheitern und Gelingen bleibe Odysseus sich treu, bis er nach Hause findet. Zu Hause erwarten ihn frecher Widerstand, aber auch treue Liebe und überdies die Waffe, mit der er den Widerstand bricht, damit sich die Liebe glücklich erfüllt.

Ich blätterte weiter und fand Bruchstücke einer Geschichte des Rechts. Von mythischem und epischem, magischem und rationalem Recht war die Rede und von strafender und belohnender Gerechtigkeit, legitimer Herrschaft, kollektivem Nutzen und individuellem Glück als den Zielen des Rechts. Ein Kapitel handelte von den Kreisläufen des Rechts, den großen, in denen das Recht über Jahrhunderte einem Ziel nach dem anderen dient und am Ende wieder beim ersten beginnt, und den kleinen, in denen das Geflecht des Rechts ständig weitergesponnen, aber auch ständig aufgelöst wird wie Penelopes Gewand. Gesellschaften, die das Geflecht des Rechts nicht wieder auflösten, sondern immer dichter spönnen, müßten darin ersticken.

Ich fand Kapitel über die Rolle von Wahrheit und Lüge, Aufklärung und Ideologie im Recht. Oft genug seien Wahrheiten Lügen und Lügen Wahrheiten und schaffe Aufklärung mit der Zerschlagung des einen ideologischen Weltbilds nur den Raum für ein anderes. Das heiße nicht, daß es Wahrheit und Lüge nicht gibt. Es heiße, daß wir Wahrheit und Lüge machen und die Entscheidung, was wahr und was falsch ist, persönlich zu verantworten haben. Auch die Entscheidung, was gut und was böse ist und ob das Böse frei vagabundieren darf oder in den Dienst des Guten treten muß, müßten wir persönlich verantworten. Damit sei mehr und anderes gemeint, als daß wir sie redlich treffen. Der Forderung nach intellektueller Redlichkeit gilt die Verachtung de Baurs. Denn Redlichkeit sei bei einer Entscheidung, die keine Folgen hat, müßig und bei einer Entscheidung, die Folgen hat, zuwenig. Die Entscheidung, Böses im Dienste des Guten einzusetzen, verlange die Bereitschaft, sich selbst dem Bösen auszusetzen.

Ich verstand vieles nicht – weil ich zu schnell las, weil ich mich nicht konzentrieren konnte, weil ich Theorien und Diskussionen, an die angeknüpft wurde, nicht kannte. Aber ich verstand, daß ich der eisernen Regel wieder begegnet war. Die Bereitschaft, sich dem Bösen auszusetzen, als Rechtfertigung dafür, das Böse einzusetzen – das war nichts anderes.

Dazwischen stieß ich auf eine Geschichte aus dem 24. Buch der *Ilias*. Als Achilles Hektor erschlagen hat, kommt der greise Priamos, König der Trojaner und Vater Hektors, ins Lager der Griechen und bittet Achilles um die Leiche seines Sohnes. Achilles, sonst rücksichts- und erbarmungslos, hat Mitleid mit dem Greis, gibt ihm die Leiche und versucht, ihn zu trösten. Zeus habe auf seiner Schwelle zwei Fässer stehen, ein Faß des Guten und eines des Bösen, und wem er nur vom Faß des Bösen gebe, den mache er zuschanden. Wem er aber vermischt aus beiden gebe, den treffe eben mal ein gutes und mal ein böses Geschick. Dieses Bild der beiden Fässer findet de Baur bei Platon wieder. In der *Politeia* spricht Sokrates über Gut und Böse und erörtert, ob Zeus tatsächlich zwei Fässer oder nur ein Faß auf seiner Schwelle stehen habe: das Faß des Guten. Sokrates zitiert die Passage aus der *Ilias* wörtlich, macht aber einen Fehler. Er zitiert, als gehe nicht der zuschanden, dem nur vom Faß des Bösen, sondern der, dem nur von einem Faß zugeteilt wird: wem Zeus nicht beides vermischt, sondern unvermischt das eine gebe, sei es das

Böse oder das Gute, den verfolge herznagende Not auf der heiligen Erde. Das ist für de Baur die philosophische Wende. Anders als Religion gehe Philosophie von der Gleichberechtigung von Gut und Böse aus. Das Gute ohne das Böse sei dem Menschen ebensowenig gemäß wie das Böse ohne das Gute.

15

Ich bin langsam. Ich jubele nicht, wenn mir etwa Tolles passiert, und verliere nicht die Fassung, wenn mir etwas Schlimmes zustößt. Nicht daß ich mich beherrschen würde. Es dauert einfach, bis ich ein tolles oder schlimmes Ereignis emotional zur Kenntnis genommen habe. Zunächst ist es nur eine intellektuelle Wahrheit, die mich meine Arbeit weitertun, wie immer nach Hause oder wie verabredet ins Kino gehen läßt.

Ich machte die Schlußredaktion der Zeitschrift, überprüfte Titelei, Korrekturen und Umbruch und brachte das Inhaltsverzeichnis in Ordnung. Aber diesmal war ich nicht bei der Sache, auch nicht, als ich nach der Arbeit mit Max ins Kino und in die Pizzeria ging. Ich machte, daß ich nach Hause kam und weiterlas – mit derselben Hast und demselben Mangel an Konzentration, mit dem ich schon im Verlag gelesen hatte. Es wurde spät, und ich wurde müde und kämpfte mit dem Schlaf. Aber ich mußte mich durch das Buch kämpfen, das ich nur halb aufnahm und halb verstand, ich mußte einfach. Manchmal war es auch ganz einfach.

Wenn wir bei Mord von allen Zutaten absehen, von Vorbedachtheit, Hinterhältigkeit und Grausamkeit, bleibt die Beendigung des Lebens eines Menschen ohne dessen Willen. Ohne, nicht gegen – das Überlisten oder Brechen des Willens ist schon hinterhältige oder grausame Zutat. In seiner reinen Gestalt ist Mord die Beendigung des Lebens eines Menschen im Schlaf.

Ein Mensch verliert sein Leben. Ein Mensch opfert sein Leben. Ein Mensch begeht eine verrückte, verzweifelte oder mutige Tat, die ihn sein Leben kostet. Ein Mörder raubt einem Menschen dessen Leben. Wir reden davon, als stünde der Mensch danach ohne sein Leben da – ohne sein Leben, aber er stünde. Als reibe er sich verdutzt die Augen, weil ihm das Leben abhanden gekommen ist. Als könne er sich darüber empören, daß ihm sein Leben geraubt wurde. Als könne er um sein Leben trauern.

Aber er ist nicht mehr. Er ist nicht verdutzt, kann sich nicht empören, kann nicht trauern. Er leidet nicht nur nicht mehr an dem, woran er im Leben litt, an Einsamkeit, Krankheit, Armut und Dummheit. Er leidet auch nicht an seinem Tod. Der Mensch leidet nie an seinem Tod: vor dem Tod nicht, weil er noch lebt, nach dem Tod nicht, weil er nicht mehr ist. Ebenso leidet der Mensch auch nicht daran, ermordet zu werden: vor dem Mord lebt er noch, nach dem Mord ist er nicht mehr. Tod und Mord sind der Übergang von einem Zustand, der für den Menschen seine Richtigkeit hat, in einen anderen Zustand, der für ihn auch seine Richtigkeit hat. Denn was könnte für ihn falsch sein, wenn es ihn nicht mehr gibt? Ohne Subjekt sind die Prädikate heimat- und sinnlos.

Wir strafen den Mörder nicht, weil er das Leben eines Menschen ohne dessen Willen beendet hat. Was sollte es da zu strafen geben? Wir strafen die Hinterhältigkeit und Grausamkeit, mit der er die Tat begangen, das heißt die Enttäuschung und die Schmerzen, die er dem Opfer vor dessen Tod zugefügt hat. Aber warum bestrafen wir den Mord auch ohne diese Zutaten, das heißt den Mord in seiner reinen Gestalt? Nicht wegen des Opfers, sondern wegen der anderen. Wegen der Frau, die den Mann, wegen des Kinds, das den Vater, wegen des Freundes, der den Freund verloren hat. Wegen aller, die sich auf das Opfer verlassen haben und seiner beraubt wurden. Wegen der Ordnung der Welt, die wir brauchen und auf die wir uns verlassen; zu ihr gehört, daß Leben und Sterben ihre natürliche Zeit haben.

Darum konnte Selbstmord zur Sünde erklärt und sein Versuch zur Straftat gemacht werden; er beraubt die anderen fast wie ein Mord. Darum wurde ein Mord in früheren Zeiten nach Maßgabe des Werts bestraft, den das Leben des Opfers für andere hatte: das Leben des Sohns und der Tochter für den Vater, das Leben des Sklaven für den Herrn. Darum wurde lange der Weiße, der den Schwarzen ermordet hatte, milder bestraft als der Schwarze, der den Weißen ermordet hatte – nicht weil er als Täter mehr Schonung verdient hätte, sondern weil sein Opfer weniger Wert hatte. Darum wurde Völkermord so oft mit so gutem Gewissen begangen; er läßt keine anderen übrig, die sich der Opfer beraubt fühlen könnten. Voraussetzung dafür ist, daß das Volk isoliert ist, daß es nicht zusammen mit anderen Völkern in die Ordnung einer Welt eingeschlossen ist und daß sein Mord radikal ist.

Wie viele Völker, wie viele Menschen schließt eine Welt

ein? Wie groß wir die Welten zuschneiden, in denen wir leben, und wie wir ihre Ordnungen gestalten, ist unsere Sache, nicht die Sache des Mörders. Nicht er begeht den Mord, wir begehen ihn.

16

Ich wachte auf, weil Barbara mich am Arm packte und schüttelte. Sie saß neben mir auf dem Sofa, hatte das Buch auf den Knien und sah mich erstaunt an. »Das ist böse.«

Ich sah auf die Uhr. Es war halb zwei. »Wo warst du?«

»Wir sind nach der Probe noch ins ›Sole d'Oro‹ gegangen und haben zuerst nur gegessen und getrunken und dann die Inszenierung umgeschmissen und neu gemacht.« Sie sah mich an, begeistert vom Abend mit den Freunden und Kollegen in der Theatergruppe, irritiert von dem, was sie gerade gelesen hatte, so wach, lebhaft, glühend, daß ich nicht fassen konnte, daß sie mein sein sollte. »Du hast noch nie so lange gelesen, daß du darüber eingeschlafen bist. Was ist das für ein Buch?« Sie sah auf die Seiten, über denen ich eingeschlafen war und die sie gerade gelesen hatte.

Ich stand auf. »Willst du einen Tee? Pfefferminz, grüne Minze, Kamille?« Sie nickte, ich ging in die Küche, setzte Wasser auf, füllte Teeblätter ins Teesieb und hängte das Teesieb in die Kanne.

Barbara kam nach, das Buch in der Hand. »John de Baur? Kennst du ihn?«

»Ich glaube, er ist mein Vater. Er hat, als er nach Amerika kam, seinen Namen von Debauer in de Baur verändert.

Oder er hat sich schon hier den entsprechenden Paß besorgt. Er war gut in solchen Sachen; für meine Mutter hat er in Breslau einen Schweizer Paß beschafft, ich weiß nicht, ob vom Gauleiter, vom Reichssicherheitshauptamt oder für Geld. Eine Weile hieß er Vonlanden, eine Weile Scholler. Vor dem Krieg hat er für die Nazis geschrieben, nach dem Krieg für die Kommunisten. Von ihm stammt auch der Heftroman, ohne den wir uns nicht kennengelernt hätten.«

»Hat deine Mutter nicht gesagt, dein Vater sei tot? War sie nicht sogar dabei?«

»Sie hat sich geirrt, oder sie hat mich belogen – es wäre nicht das erste Mal.«

Barbara legte ihre Hand auf meinen Rücken. »O Gott.«

Als der Kessel pfiff, goß ich das Wasser in die Kanne. Barbara sah mich forschend an. »Bist du froh, daß deine Suche zu Ende ist? Neugierig auf deinen Vater? Wütend auf deine Mutter? Ich habe als Mädchen geträumt, ich sei ein Findelkind und meine wahren Eltern seien ein Königspaar oder, später, berühmte Filmstars, Künstler oder Millionäre. So ähnlich könntest du das Ganze doch auch sehen, oder?«

»Ich hatte keine solchen Kinderträume, Barbara. Aber ich will's versuchen.« Sollte ich versuchen, in de Baur den mächtigen König zu sehen, der mich aus einem kläglichen Schicksal ruft? Mein Schicksal war nicht kläglich.

Sie wendete das Buch hin und her. »Schade, daß das Buch kein Bild von ihm hat.«

»Lies die Rezension, die hinten im Buch liegt. In Amerika scheint er wichtig und bekannt zu sein.«

Barbara las vor, was ich schon gelesen hatte. »Ich verstehe nichts davon. Aber sonst klingt es nicht schlecht, oder?«

»Du hast gerade gesagt, was er schreibt, ist böse.« Ich ärgerte mich über Barbaras Sinneswandel, ihr Interesse an John de Baur und darüber, daß sie den Text laut vorgelesen hatte. Hätte sie ihn nicht leise lesen können?

»Ja, was ich gelesen habe, ist böse.« Sie schenkte Tee ein, tat Honig dazu und rührte. »Nehmen wir den Tee mit? Gehen wir ins Bett?«

Aber als wir im Bett lagen, konnte ich nicht schlafen. Barbara hatte sich an mich gekuschelt, den Kopf an meine Schulter, rechte Brust und rechten Arm auf meine Brust, rechtes Bein auf meinen Bauch. Wie viele Nächte hatte ich das Gewicht ihres Körpers auf und an meinem genossen, als erde es mich. Aber jetzt störte es mich, war mir zu viel und zu schwer und zu nah. Außerdem schlief Barbara mir zu gut. Ging sie, wie es um mich stand, nichts an? Konnte sie, solange ich nicht einschlafen konnte, nicht auch wach bleiben? Ich wünschte mir, ich läge in meinem eigenen Bett, allein mit meinem Ärger. Ich fühlte keine Kränkung, weil mein Vater sich abgesetzt und nicht um mich gekümmert hatte, keine Enttäuschung, weil zu Mutters Lügen vielleicht noch eine kam, schlimmer als die anderen. Ich war nicht niedergeschlagen, ich war ärgerlich, ein trotziger, empörter Ärger, den ich doch gegen die, die ihn verursacht hatten, nicht wenden konnte. Ein paar Tage freinehmen, nach New York fliegen und einem älteren Herrn, der vermutlich gelernt hat, seine Vergangenheit zu vergessen, meinen Ärger entgegenschleudern – lächerlich. Mutter konfrontieren und wieder ein bißchen Wahrheit aus ihr herauspressen, gerade so viel, wie sie meint, angesichts dessen, was ich ohnehin weiß, preisgeben zu müssen – müßig. Ich wollte meinen Ärger nicht an Barbara auslassen oder unser Verhältnis vergiften lassen oder gegen mich selbst richten. Aber wo sollte ich mit ihm hin?

17

Ich schlief auch in den nächsten Nächten schlecht. Zum Ärger der ersten Nacht kamen doch noch Kränkung und Enttäuschung, und ich fühlte eine Aggressivität, die nicht mit sich argumentieren, sich nicht besänftigen und nicht betäuben ließ. Ich glaubte nicht, daß ich ein glücklicheres Kind gewesen wäre, wenn ich gewußt hätte, daß mein Vater lebt, aber nichts von mir wissen will. Oder daß ich später glücklicher geworden wäre, wenn ich mich hätte entscheiden können, ob ich ihn stelle oder nicht stelle. Oder daß ich mein Leben anders geführt hätte, wenn ich gewußt hätte, daß er lebt – außer daß ich nicht nach dem Autor von Karls Geschichte gesucht hätte. Oder daß ich ihm geschrieben, ihn besucht, ihn auch nur nach dem Ende von Karls Geschichte gefragt hätte. Aber das erledigte nicht die Aggressivität.

Aus der Universitätsbibliothek entlieh ich Literatur über Dekonstruktivismus und speziell über die Deconstructionist Legal Theory. Dekonstruktivismus bedeutet Ablösung des Texts von dem, was der Autor mit ihm gemeint hat, und Auflösung in das, was der Leser aus ihm macht; er geht sogar weiter und kennt keine Wirklichkeit, sondern nur die Texte, die wir über sie schreiben und lesen. Mit dem Anspruch rechtlicher wie auch moralischer Regeln auf Verbindlichkeit paßt das nicht zusammen. Wenn man es gleichwohl zusammenzwingen wolle, gehe das nur in einer existentialistischen Wendung – ein Artikel sah durch de Baur und die Deconstructionist Legal Theory eine Renaissance des Existentialismus eingeleitet. Vielleicht hätte ich auch über Existentialismus nachlesen sollen, aber ich hatte genug. Soviel verstand ich: Wenn es bei Texten nicht darum geht, was der Autor gemeint hat, sondern was der Leser liest, ist für den Text nicht der Autor verantwortlich, sondern der Leser. Wenn die Wirklichkeit nicht die Welt da draußen ist, sondern der Text, den wir über sie schreiben und lesen, sind nicht die wirklichen Mörder verantwortlich, auch nicht die Opfer, die nicht mehr sind, wohl aber die Zeitgenossen, die den Mord beklagen und bestrafen. Wie daraus in einer existentialistischen Wendung die Forderung nach der Bereitschaft erwächst, sich selbst dem auszusetzen, dem man andere aussetzt, verstand ich noch nicht. Aber wenn es die anderen mit hoher Wahrscheinlichkeit erwischt und einen selbst nur mit geringer – was ist die Bereitschaft dann wert?

Er war sich treu geblieben. Mit der spielerischen Leichtigkeit, die mir in seinem Roman gefallen und die mich in seinen Briefen an Beate und seinen Aufsätzen aus dem Krieg erschreckt hatte, jonglierte er hier mit der Wirklichkeit und ihrer Darstellung, mit den Rollen von Autor, Leser, Täter, Opfer und Zeitgenosse, mit Verantwortung. Ich konnte mir auch die Artikel vorstellen, die er im *Nacht-Expreß* geschrieben hatte: auf der Linie, die der Major von der sowjetischen Militäradministration vorgab, aber in eigenem Stil, mal preisend, was geschmäht gehörte, mal schmähend, was

Lob verdiente, und gelegentlich die Macht, der er diente, zum ethischen Prinzip verklärend. Was blieb am Ende? Am Ende dieses Lebens und am Ende von *The Odyssey of Law*?

Ich mochte meinen Vater nicht und nicht seine Theorie, die ihn von jeder Verantwortung lossprach: von der Verantwortung für das, was er geschrieben, und für das, was er getan hatte. Zugleich faszinierte mich, wie er durchs Leben gegangen war, sich auf das, was war, immer eingelassen, sich ihm aber auch immer wieder entzogen und am Ende noch eine Theorie entwickelt hatte, die diesen Weg durchs Leben rechtfertigte. Seine spielerische Leichtigkeit faszinierte mich, und nicht einmal damit, sie zu verurteilen, tat ich mich so leicht, wie ich mich gerne getan hätte. Ich war selbst zu gerne, zu leicht, zu spielerisch im Wartesaal der Geschichte gesessen.

Nein, ich mochte meinen Vater nicht. Aber dadurch wurde die Aggressivität nicht geringer. Daß ich bei einem Vater, den ich nicht mochte, nichts verpaßt hatte, fand ich nicht tröstlich. Daß der Vater, der sich nicht um mich gekümmert hatte, auch sonst nur an sich gedacht hatte, machte mich vielmehr besonders aggressiv.

Das Gespräch mit Mutter war kurz. »Für mich ist er tot«, sagte sie. »Habt ihr euch nach Breslau noch mal gesehen? Hat er dir aufgetragen, du sollst hierherziehen? Hat er dir versprochen, er wird hierherkommen? Hat er mit seinen Eltern nach dem Krieg Kontakt gehabt? Hat er dir aus Amerika geschrieben?« – »Für mich ist er tot.«

Barbara wartete eineinhalb Wochen. Am Sonntag fragte sie beim Frühstück: »Wie geht es weiter?«

»Was?«

»Wir schlafen nicht mehr miteinander.«

»Wir haben schon früher…«

»Nein, wir haben nie länger als zwei oder drei Nächte nicht miteinander geschlafen.« Sie sagte es, als hätte ich sie aus Eigensucht und Mutwillen unglücklich gemacht. Als sei ich nicht selbst unglücklich.

Ich wurde wütend. »Wir haben jahrelang nicht miteinander geschlafen.«

»Du bist verrückt.« Sie sah mich fassungslos an.

»Ich…«

Sie stand auf. »Du wirfst mir die Jahre vor, die wir nicht zusammen waren? Soll ich mich für sie entschuldigen, damit du sie mir verzeihst? Du bist wirklich verrückt.« Sie ging aus der Küche, drehte sich in der Tür aber noch mal um. Ich sah, daß sie sich Mühe gab, die Fassung zu bewahren. Ich sah auch das Grübchen über der linken Braue. »Du schläfst nicht mit mir. Du kuschelst nicht. Du redest nicht. Abends liegst du wie ein Stock da. Wenn ich nachts aufwache, sitzt du am Schreibtisch, und wenn ich komme und frage, was ist, guckst du schmerzlich. Zwei Wochen warte ich, daß du redest – wie lange soll ich noch warten?«

»Es sind erst eineinhalb…«

Sie wollte etwas sagen, ließ es aber bleiben, winkte ab, schüttelte den Kopf und ging aus der Küche und aus der Wohnung. Sie knallte keine Tür, sondern ließ sie offen, als überlasse sie unsere Wohnung dem Wind, der hindurchwehen, Regen, Schnee, Staub und Blätter hereintragen und unsere häusliche Gemeinsamkeit dem Verfall preisgeben mochte.

Ich hörte ihren Schritten nach. Dann stand ich auf, machte die Türen zu und räumte den Tisch ab. Ich wußte, daß ich mich ins Unrecht gesetzt hatte. Ich wußte auch, daß ich mich wieder ins Unrecht setzen würde. Ich konnte meine Aggressivität nicht loswerden und ließ sie an denen aus, an denen ich sie auslassen konnte: an Barbara und an mir. Zu einem großen Ausbruch war ich nicht in der Lage, nur zu kleinen Häßlichkeiten. Aber auch mit ihnen würde ich schließlich einen Schaden anrichten, der sich nicht mehr reparieren ließ.

Ich wußte nicht, was ich machen sollte: mit Barbara, mit mir, mit dem angefangenen Sonntag. Ich war in einer Falle gefangen und sah nicht, wie ich mich befreien sollte. Ich setzte mich auf den Balkon, hörte die Glocken zum Beginn des Gottesdienstes läuten und eine Stunde später zum Ende. Ich schlief ein, wachte nach ein paar Stunden mit steifen Gliedern auf und fing an, das Abendessen vorzubereiten, obwohl es noch viel zu früh war. Ich wollte, daß Abendessenszeit wäre, daß Barbara käme und daß wir zusammen äßen.

Sie kam erst spät und war distanziert. Aber sie hörte an, was ich über meinen Ärger, meine Kränkung, meine Enttäuschung, meine Aggressivität und über die Falle sagte, in der ich gefangen war, und als wir im Bett lagen und ich um sie warb, wies sie mich nicht ab. Sie war eine spröde Geliebte, aber als wir schon am Einschlafen waren, umarmte sie mich noch mal. Das machte mich glücklich. Zugleich wußte ich, daß ich meiner Falle nicht entkommen war, aber entkommen mußte, wenn es zwischen uns stimmen sollte.

18

Wir hatten keinen Streit mehr. Ich reagierte auf alles mögliche aggressiv: den Schnürsenkel, der beim Binden riß, den Scheibenwischer, der die Scheibe nicht sauber wischte, die Reisenden, die die Treppe zum Bahnsteig blockierten, die Sekretärin, die einen Brief zu schreiben vergessen hatte, meine Hände, die zu ungeschickt waren, die Armbanduhr mit einem neuen Armband zu versehen. Manchmal meinte ich, über den widrigen, tückischen Kleinigkeiten des Lebens platzen zu müssen. Aber ich war nicht gegen Barbara aggressiv. Wir schliefen miteinander, wir kuschelten, wir redeten.

Eines Tages besuchte mich meine Mutter im Verlag. Sie hatte das noch nie gemacht, und sie ließ sich dies zeigen und bestaunte und bewunderte jenes, um hinauszuzögern, weshalb sie gekommen war. Schließlich tranken wir in meinem Büro Kaffee.

»Ja, er hat gesagt, ich soll nach dem Krieg hierherkommen, und er kommt auch. Ich wäre sonst gleich aufs Land gezogen, in ein kleines Dorf oder auf einen einsamen Hof.« Sie machte eine lange Pause, und ich drängte nicht. Sie war gekommen, weil sie es für ihre Pflicht hielt, und diese Pflicht würde sie erfüllen. »Im Herbst 1946 kam er auch. Ich weiß nicht, wie er mich gefunden hat, aber er hat mich schon in Breslau gefunden – das konnte er. Und er hat mir einen Handel angeboten: Wenn ich bestätige, daß er tot ist, vererbt er sich mir als Ehemann und dir als Vater, und wir kriegen Schweizer Schwieger- und Großeltern. Ich habe angenommen, deinet-, aber auch meinetwegen, und an seine Eltern geschrieben, ich hätte gesehen, wie er erschossen wurde, und hätte bei ihm einen Brief an sie gefunden, den ich beilegte. In dem Brief hat er ihnen geschrieben, daß wir geheiratet haben.« Sie sah mich kalt an, aber ich merkte, daß sie nicht nur von mir keine emotionale Äußerung zulassen, sondern mehr noch zu ihren eigenen Emotionen Distanz halten wollte. Dann erlaubte sie sich ein winziges Lächeln. »Du verstehst jetzt, warum ich die Großeltern nicht sehen wollte?«

»Warum wollte Vater weg?«

»Er sagte, er sei in Gefahr, dürfe nicht gefaßt werden, müsse sich verstecken, wolle auswandern. Ich hab's ihm nicht geglaubt; ein Mann, der in den letzten Kriegsmonaten in Tweed, mit blauem Hemd und gepunkteter Krawatte rumläuft, gerät nicht in Gefahr. Allerdings trug er, als er zu mir kam, Reste einer Uniform.« Sie zuckte die Schultern. »Er blieb zwei bis drei Monate, genau gesagt zehn Wochen, und eines Abends, als ich nach Hause kam, war er weg.«

»Er kennt mich?«

»Er hat sich, wenn ich bei der Arbeit war, um dich gekümmert. Er ging nicht viel aus. Er wartete auf falsche Papiere, ein Visum, ein Ticket fürs Schiff – ich weiß nicht, auf was. Er saß zu Hause, kümmerte sich um dich und schrieb Romane. Damit ich sie verkaufen und ein bißchen zusätzliches Geld machen könne.«

»Er kennt mich!« Ich war so wütend, daß ich nicht wußte, wo ich mit mir hinsollte.

»Die schwangere Freundin verlassen hättest du ihm vielleicht verziehen, aber den Sohn…«

Ich hörte Mutters Spott und wußte, daß sie recht hatte. Aber es änderte nichts; daß er mich gesehen, sich um mich gekümmert, mit mir geredet und gespielt und mich trotzdem verlassen hatte, war eine viel tiefere Kränkung als das Verlassenwerden als Ungeborenes. Ich war für ihn nicht nur ein Abstraktum gewesen, sondern eine Person, gewiß nicht weniger liebenswert als Max. Was ich, nachdem ich ihn kannte, nicht einmal bei dem Sohn meiner Freundin gekonnt hatte, hatte er bei seinem eigenen Sohn geschafft: ihm den Platz in seinem Leben und seinem Herzen zu verweigern.

Ich habe nicht wieder den Fehler gemacht, meine Wut gegen Barbara zu richten. Ich hielt an mich. Nur bei den gerissenen Schnürsenkeln, vergessenen Briefen und ungeschickten Händen merkte ich über die Monate, wieviel Kraft mich das kostete. Aber ich wußte auch nicht, was ich tun könnte, wenn ich nicht an mich hielte.

Im Sommer gab es noch mal die Aussicht auf einen Verlag, und noch mal scheiterte das Projekt. Die Trottsche Verlagsbuchhandlung, deren alter Name, Programm von Philosophie bis Lyrik und Sitz in Potsdam mir gefallen hatten, ging wieder an eine große Buchhandelskette, und wieder war der Ablauf der gleiche: Die Verhandlungen, die zunächst gut gelaufen waren, stockten, dann war mein Ansprechpartner nicht mehr erreichbar, und schließlich war eine Sekretärin über meinen Anruf verwundert, weil die

Trottsche Verlagsbuchhandlung doch schon seit einer Woche verkauft war.

Nicht daß der Sommer nicht schön gewesen wäre. Barbara drängte an den Wochenenden wieder aufs Verreisen, wie früher, und wir fuhren bis an die Ostsee, nach Wismar, Rostock und Greifswald, auf den Darß, ins Oderbruch, nach Görlitz an der Neiße und die Elbe hinauf. Wir fanden Eintönigkeit und Schäbigkeit, aber auch verwunschene Dörfer und städtische Straßen- und Häuserzüge, die mit großer Würde die Narben der Geschichte trugen. Auf den kopfsteingepflasterten Alleen, die über das Land führten, war die Zeit stehengeblieben; nur selten kam uns ein Traktor, ein Trabant, ein Lastwagen entgegen, und wenn wir anhielten und ausstiegen, hörten wir nichts außer den Vögeln und dem Wind. Als die Mähmaschinen über die Felder fuhren, stakten Störche hinter ihnen her.

Auch für Barbara und mich war es, als wäre die Zeit vor Jahren stehengeblieben. Zuerst probierten wir die alten Rituale nur aus, bereit, sie als nicht mehr gemäß sofort wieder zu lassen. Aber sie fühlten sich gut an. Das spielerische Drängeln, wenn wir das Badezimmer gemeinsam benutzten, das Tanzen auf dem Weg vom Schlaf- ins Badezimmer und wieder zurück, die Gedichte von Gernhardt, das gemeinsame Schweigen – es stimmte, wie es damals gestimmt hatte und als ob es nie zu stimmen aufgehört hätte.

19

Eines Nachts fing ich an zu reden. Ich hatte es mir nicht vorgenommen, hatte mich nicht vorbereitet. Vielleicht war es einfach zu viel geworden, als daß ich es für mich hätte behalten können.

»Wenn wir gemeinsam reisen, geht es. Aber selbst da gibt es Momente, wo ich mit aller Kraft an mich halten muß, um nicht aus der Haut zu fahren. Erinnerst du dich, wie wir heute nachmittag eine halbe Stunde hinter dem Traktor herfahren mußten, der uns hätte vorbeilassen können, aber nicht wollte? Oder wie wir uns gestern nicht an einen der freien Tische setzen durften, weil der Kellner nur an den besetzten Tischen bediente? Oder auch wie du heute morgen die Reisetasche dreimal auf- und wieder zugemacht hast, weil du was vergessen hattest? Es sind Situationen, die mich verrückt machen und, weil ich meine verrückten Impulse unterdrükken muß und will, völlig erschöpfen.« Ich nahm ihre Hand. »Es ist erst so, seit ich von meinem Vater weiß. Als würde sich die Wut, die ihn nicht erreicht, andere Ventile suchen. Ich weiß, daß du's mit mir oft nicht leicht hast, und es tut mir leid. Es ist auch nicht nur mein Vater. Seit ich weiß, daß es mit ihm nicht stimmt, wird mir bewußt, was auch sonst nicht stimmt. Auch deshalb hat es mich so getroffen, daß ich den

Verlag nicht gekriegt habe. Es wäre ein Aufbruch gewesen, ein Ausbruch. Ich hätte mich endlich eingelassen auf die Welt und das Risiko des Lebens. Mir kommt es vor, als hätte ich immer im Rückzug gelebt oder doch in der Bereitschaft, mich bei Widerstand sofort zurückzuziehen.«

Ich setzte mich auf. Der Mond schien ins Zimmer, und ich konnte Barbaras mir zugewandtes Gesicht sehen. Es leuchtete hell.

»Das Beste, was ich in meinem Leben gemacht habe, war, daß ich dich nach dem Flug angesprochen habe. Und vielleicht ist dich zu verlassen und nach Amerika zu fahren das Dümmste, was ich in meinem Leben mache. Aber ich muß es tun. Ich muß zum 1. September im Verlag kündigen, nach New York ziehen und meinen Vater stellen. Ich muß ihn stellen, nicht nur mal ansprechen und mich abwimmeln lassen. Ich werde mich als Wissenschaftler von der Humboldt-Universität ausgeben, der über ich weiß nicht was forscht und für den es eine große Ehre und ein großer Gewinn wäre, an seinen Veranstaltungen teilnehmen zu dürfen. Wie es dann weitergeht, werde ich sehen.«

»Und du möchtest, daß ich hier auf dich warte.«

»Komm mit, Barbara, kündige auch, und komm mit.«

»Du weißt, daß ich das nicht kann.« Sie setzte sich auf. »Was mach ich mit meiner Sehnsucht danach, Tag um Tag nach Hause zu kommen und es zu Hause kuschelig zu haben? Du hast sie geweckt. Du wolltest sie erfüllen. War das nicht dein Versprechen von Anfang an?«

»Es tut mir leid, Barbara. Ich komme wieder.«

»Ich mag nicht mehr auf meinen Mann warten. Ich habe es lange genug getan.«

»Ich beeile mich.«

Sie schüttelte den Kopf. Nach einer Weile begann sie zu weinen. Immerhin ließ sie sich von mir in die Arme nehmen. Wenn ich weinen könnte, hätte ich mit ihr geweint.

FÜNFTER TEIL

I

In New York nieselte es. Die Wischerblätter zogen Schlieren über die Scheibe der gelben Taxe, und auf die Seitenfenster setzten sich die Tropfen dicht an dicht. Manchmal ließ der Fahrtwind einen Tropfen wandern, eine Spur ziehen, sich in der Spur verbrauchen oder mit einem anderen Tropfen zusammenwachsen. Die Autos machten die Scheinwerfer früh an, und in den Schlieren und Tropfen brach sich das Licht. Der Regen wurde stärker. Ich sah nicht viel. Aber als wir über eine Brücke fuhren, türmte die Stadt sich glitzernd vor dem regen- und abenddunklen Himmel.

Barbara hatte mit ein paar Anrufen ein billiges Zimmer für mich gefunden. Riverside Drive – obwohl sie mir gesagt hatte, das Zimmer gehe auf den Hof, hielt meine Phantasie an einem Zimmer mit Blick auf den Fluß fest, bis ich in der Tür stand und durch das Fenster eine wenige Meter entfernte Mauer sah. Ich packte aus und räumte ein. In Deutschland war Mitternacht vorbei, und ich war zugleich müde und wach. Ich lief zur Universität. Es regnete nicht mehr. Auf den Gehwegen drängten die Menschen, als könnten sie die Zeit, die ihnen beim Warten auf das Ende des Regens davongelaufen war, einholen. Auch am Eingang zur Universität gab es Gedränge, wollten Studenten und Professoren rein und raus, wurden Handzettel verteilt und Regenschirme verkauft. Auf dem Campus war es dunkel und ruhig; die umgebenden Gebäude schirmten den Lärm der Straßen ab, der Rasen war leer, und auf den Wegen und breiten, flachen Stufen, die zu einem Bau mit Säulen und Kuppel anstiegen, verloren sich die Menschen. Im Licht der Laternen sah ich mir jeden, der mir begegnete, genau an. War er's?

Ich wußte, daß das Political Science Department hinter dem Campus in einem modernen, hohen Haus untergebracht war. Ich fand es und fand auch das Stockwerk mit den Büros der Professoren. John de Baur – warum traf es mich, auf dem Schild seinen Namen zu lesen? War ich nicht gekommen, weil ich seinen Namen hier lesen, weil ich ihn hier finden würde? Als eine Tür ging, machte ich mich davon. Ich wartete nicht, bis der Aufzug und der, dessen Schritte ich auf dem Gang hörte, da waren. Ich nahm die Treppe.

Auf dem Heimweg aß ich ein chinesisches Gericht und kaufte ein. Plötzlich war ich so müde, daß alles unwirklich wurde: die vielen Gänge, Regale und Waren im Supermarkt, die lauten Gespräche der Kunden in der Schlange vor der Kasse, draußen die feuchte, warme, schwere Luft, die sich wie ein Gewand um mich legte, die fremden Reklamen, Verkehrs- und Straßenschilder, die großen Trucks und die heulenden Sirenen der Polizei- und Krankenwagen. Vor der Haustür schaute ich in den Himmel. Er war klar, ich sah die Sterne und Flugzeuge, die rot und weiß blinkend so dicht aufeinanderfolgten, daß das eine noch nicht verschwunden war, wenn das andere auftauchte. Auch die vielen Flugzeuge kamen mir unwirklich vor. Wo wollten die Leute alle hin? Was wollte ich selbst hier? Hinter was für einem Phantom war ich her?

2

Am nächsten Tag saß er vor mir, kein Phantom, sondern ein Mann in offenem blauen Hemd und zerknittertem hellen Leinenanzug, groß, schlank, mit weißem Haar, blauen Augen, großer Nase, großem Mund und eigensinnigem, großzügigen, entspannten Gesichtsausdruck. Er saß in einem Sessel neben dem Schreibtisch, die Füße auf einem Stuhl und ein Buch auf den Knien. Die Tür zu seinem Büro stand auf, und ich konnte ihn einen Augenblick lang betrachten, ehe er aufsah und mich ansprach.

Ich sah keine Ähnlichkeit. Nicht mit dem Kind mit Papierhut und Steckenpferd, dem Jungen auf dem Fahrrad oder dem jungen Mann im Knickerbockeranzug. Nicht mit mir – meine Augen sind nicht blau, sondern braun-grüngrau, meine Nase und mein Mund fallen nicht auf, und ich bin nicht eigensinnig, so gerne ich's wäre. Meine Mutter hatte seine schrägen Augen in meinen wiedererkennen wollen, aber ich fand seine Augen nicht besonders schräg.

Es gab keine Ähnlichkeit, die mich hätte beeindrucken können, aber ich war überwältigt von seiner Leibhaftigkeit. Er war eine Idee gewesen, ein Konstrukt aus Geschichten, die ich über ihn gehört, und Gedanken, die ich von ihm gelesen hatte. Er war zugleich übermächtig und machtlos gewesen; er hatte mein Leben geprägt, ohne daß ich mich zu ihm hätte verhalten können, und ich hatte mir ein Bild von ihm gemacht, ohne daß er darauf hätte Einfluß nehmen können. Jetzt war er ein Körper, berührbar, verletzlich, sichtbar älter und vermutlich schwächer als ich. Aber die Körperlichkeit gab ihm eine Präsenz, eine Evidenz, eine Dominanz, vor der ich mich erst wieder finden mußte.

»Kommen Sie herein!« Er nahm die Füße vom Stuhl, lud mich ein, mich zu setzen, und sah mich auffordernd an. Ich gab mir einen Ruck und erzählte ihm, wie ich es mir zurechtgelegt hatte, von meiner Lehrtätigkeit an der Humboldt-Universität, von meiner Habilitationsarbeit, die ich nach zehn Jahren im Verlag fertigschreiben und in der ich mich mit der dekonstruktivistischen Rechtstheorie beschäftigen wolle. Dann warf ich meinen Köder aus. »Außerdem überlegt mein Verlag, Ihr Buch zu kaufen, und hat mich gefragt, ob ich es übersetzen will. Es geht nicht nur um meine Habilitation – ich glaube, ich käme auch am besten in die Übersetzung rein, wenn ich ein Semester lang an Ihrer Vorlesung und Ihrem Seminar teilnehmen könnte. Meinen Sie, das läßt sich machen? Ich weiß, daß das Studium hier eigentlich etwas kostet, sogar eine Menge, aber …«

Er winkte ab. Ich könne den Status eines Visiting Scholar bekommen, ohne eigenes Büro, ohne eigenen Schreibtisch, aber mit Zutritt zur Bibliothek und zu seinen Veranstaltungen. Ich würde ihm eine Freude machen, wenn ich in seinem Seminar einen Vortrag halten würde, und eine Ehre erweisen, wenn ich sein Buch übersetzte und dabei Kontakt mit ihm hielte. »Ich spreche Ihre Sprache, und die Genehmigung der Übersetzung liegt bei mir. Aber es ist mißlich, wenn die Mißverständnisse, die bei einer Übersetzung schlechterdings unvermeidlich sind, erst am Ende zur Sprache kommen.«

Er sprach lebhaft, mit ausholenden Handbewegungen, mir ganz zugewandt. Der leichte Akzent machte die Sprache nicht hölzern, wie ich es von anderen Amerikanern deutscher Herkunft kannte und bei mir selbst hörte, sondern weich, einschmeichelnd, verlockend. Ich erinnerte mich an Rosa Habe, die statt des Schweizer Akzents einen Gruß aus Wien gehört hatte und sich hatte verlocken lassen. Ich erinnerte mich an den Vater meines einstigen Spielgefährten, der sich vom Charme meines Vaters hatte verführen lassen. Auch ihn hatten meine Augen an die Augen meines Vaters erinnert.

»Wenn Sie mein Buch kennen, wird Ihnen die Vorlesung keine eigentlichen Überraschungen bieten, aber immerhin Vertiefungen, Erweiterungen, Illustrationen. Im Seminar lesen wir Texte der Klassiker der Moderne. Sie haben sich viel zu sagen – sich und uns.« Er stand auf, zeigte mir den Weg zur Verwaltung des Departments, versprach, sogleich dort anzurufen und mich anzukündigen, und verabschiedete mich.

Auf der Verwaltung wurde ein Bild von mir gemacht und mit einem Kärtchen, das mich als Dr. Fürst auswies, in Plastik eingeschweißt. Mit diesem Namen hatte ich mich de Baur vorgestellt, mit ihm hatte er mich der Verwaltung angekündigt, die ihn von mir nicht mehr nachgewiesen, sondern nur noch buchstabiert haben wollte.

Als ich auf die Straße trat, überwältigte mich ein Gefühl des Triumphs, als hätte ich nicht nur Zugang zu seiner Vorlesung und seinem Seminar, sondern ihn in meine Gewalt bekommen. Als könnte ich, der alles über ihn wußte, mit ihm, der nichts von mir wußte, machen, was ich wollte. Als könnte ich überhaupt machen, was ich wollte, als hätte ich Kräfte in mir, die mir bislang verborgen waren und die ich endlich entdeckte.

3

Das Gefühl des Triumphs hielt an, auch als das Leben eine alltägliche Gestalt bekam. Manchmal fühlte ich mich betrunken, obwohl ich keinen Tropfen getrunken hatte. Manchmal lief ich so beschwingt, als hätte ich nicht Asphalt und Beton, sondern eine Wiese unter den Füßen. Ich kaufte Sportschuhe, rannte täglich im Park am Fluß und war danach nicht erschöpft, sondern voller Energie. Ich ging leichter, als es mir eigentlich gegeben ist, auf die Leute zu, die mir begegneten.

Alle paar Tage rief ich Barbara an. Wir berichteten einander, was wir machten und erlebten. Schule, Department, Freunde, Bekannte, Filme, ein Arztbesuch, ein Mißgeschick, ein Traum – ein Telephonalltag der Alltagsberichte. Ich hatte manchmal Angst, daß sie mir, auch wenn sie es nicht zeigte, die Zeit meiner Abwesenheit übelnehmen und nachtragen würde. Ich hatte keinen Zweifel, daß sie und ich zusammengehörten; ich liebte sie und sehnte mich nach ihr. Aber die Sehnsucht galt ihr als Teil eines Lebens, das wieder meines werden sollte, jetzt aber nicht meines war. Jetzt war ich hier. Erstmals glaubte ich Odysseus, daß er sich nach Penelope gesehnt hatte und zugleich fröhlich unterwegs gewesen war, nicht die ganzen zehn Jahre, nicht das Jahr bei

Kirke und nicht die Jahre bei Kalypso, aber die Wochen der Entdeckungen und Abenteuer.

Mit der *Odyssee* fing wie de Baurs Buch auch seine Vorlesung an. Aber es ging um sie nicht als die Urform aller Heimkehrgeschichten, wie ich beim ersten Lesen gemeint hatte. Das Verständnis der *Odyssee* als Urform aller Heimkehrgeschichten sollte gerade dekonstruiert werden. Nur die Sehnsucht des Lesers sehe die *Odyssee* zielgerichtet und folgerichtig auf die Heimkehr zulaufen. Ohne die Sehnsucht zeige sich ein anderes Bild: Odysseus strebt nicht nach Hause, sondern verliegt sich zuerst bei der einen und dann bei der anderen Frau. Er kehrt heim nicht aus eigenem Entschluß, sondern auf den Ratschluß der Götter, und nicht weil seine Situation in der Fremde, sondern weil die Situation seiner Frau zu Hause nach einer Lösung verlangt. Die Freier haben Penelopes Spiel, das tags gewobene Gewand nachts wieder aufzutrennen, durchschaut und bestehen auf der Vollendung des Gewands und Einlösung des Versprechens, nach der Vollendung einen der ihren zu heiraten. Odysseus kehrt nicht einmal wirklich heim; er muß alsbald wieder aufbrechen, und diesem neuen Aufbruch ist eine gute Heimkehr zwar verheißen, aber deshalb noch nicht gewiß.

Auch sonst spielten dem Leser seine Sehnsüchte und Hoffnungen Streiche. Er meine gerne, Odysseus habe auf seinen Fahrten das Weltganze ausgemessen, das Ganze der damals bekannten und der damals schaudernd geahnten Welt, und dieses Ausmessen des Weltganzen habe den Fahrten ihren Sinn gegeben. Aber wir könnten lesen, daß Odysseus ein Lügner war. Wir wüßten über seine Fahrten nur, was er den Phäaken erzählt hat, denen er sich mit Lügen angenehm zu machen guten Grund hatte. Zwar spielten Lügen und Listen in seinen Abenteuern manchmal sogar eine aufklärerische Rolle. Sie überwinden die magische Gewalt Polyphems, Kirkes und der Sirenen. Aber später belügt er die Göttin Athene, seine Frau, seinen Sohn und seinen Vater nur, weil sich die Lügengeschichten so gut erzählen und anhören. Er bleibe sich treu? Der Lügner, der sich als Lügner treu bleibt, verstrickt sich und uns ins Paradox des Lügners und verkehrt Treue in Verrat.

Nicht einmal des Sinns des Endes der *Odyssee* könne der Leser gewiß sein. Ist der Sinn die Ermordung der frechen Freier, wie Aristoteles meinte? Ist er das Liebesglück von Mann und Frau, wie ein hellenistischer Kommentator es sah? Ist er, wie das Mittelalter die *Odyssee* las, die Wiederherstellung der legitimen Herrschaft des Königs über sein Reich? Oder ist er, so eine beliebte Interpretation nach großen Kriegen, Demut vor den Fügungen des Schicksals? Oder nichts von alledem?

Das Ende der *Odyssee* – je genauer man es sich ansehe, desto ratloser mache es einen. Die Ermordung der Freier als Strafe für deren Frevel? So frevlerisch sind die Taten der Freier nicht. Sie werben um eine vermeintliche Witwe, zehren zwar von deren Eigentum, mehren es aber auch durch Geschenke, und ihre Absicht, Telemach zu ermorden, gedeiht nicht einmal zum Versuch. Die Ermordung der Freier als großer Sieg von Odysseus und Telemach gegen eine gewaltige Übermacht? Den Speerwurf, der Odysseus treffen soll, vereiteln nicht Odysseus oder Telemach, sondern die Göttin Athene. Überhaupt die Götter – mal sind sie gerecht und mal ungerecht, mal belohnen und bestrafen, mal lieben und hassen, mal würfeln sie. Alles sei im Fluß: Ziel und Sinn der *Odyssee*, Wahrheit und Lüge, Treue und Verrat. Das einzig Bleibende sei, daß die *Odyssee* den uralten Mythos von Aufbruch, Abenteuer und Heimkehr von einem zeit- und ortlosen Geschehen zu einem Epos gewandelt habe, zu einer Geschichte, die zu einer Zeit und an einem Ort spielt. Sie habe die abstrakten Größen Raum und Zeit geschaffen, ohne die wir keine Geschichte und keine Geschichten hätten.

Dann schlug de Baur einen großen Bogen: Auch bei der Odyssee des Rechts sei alles im Fluß: die Ziele, Auf- und Abschwünge des Rechts, was gut am Recht sei und was böse, was rational und was irrational, was Wahrheit und was Lüge. Das einzig Bleibende der Odyssee des Rechts seien die abstrakten Größen Recht und Unrecht – und daß es ständig Entscheidungen zu treffen gilt.

Widerwillig stellte ich fest, daß er ein glänzender Lehrer war. Ich hätte ihn lieber schlecht gefunden: wenn schon ein guter Redner, dann seicht, wenn schon tief, dann eitel, wenn schon begeisternd, dann ein Strohfeuer. Aber er weckte eine wirkliche Leidenschaft in den Studenten und brachte sie dazu, in Vorbereitung auf die Vorlesung lange Texte mit, wie ihre Fragen und Antworten zeigten, Verstand zu lesen. Er redete klar, anschaulich, eindringlich, ohne Getue und Eitelkeit. Er war mit Körper und Händen so lebhaft bei der Sache, daß er im Seminar einmal mit dem Stuhl, auf dessen Beinen er beim Reden gerne kippelte, umfiel. Er stand mit schallendem Lachen auf. Sonst lachte er wenig, und Witze, wie amerikanische Professoren sie gerne machen, bekamen seine Studenten nicht zu hören.

Die Vorlesung fand in einem Hörsaal statt, der wie ein Amphitheater anstieg, etwa hundertzwanzig Personen faßte und Stunde um Stunde voll war. Im Seminar waren wir eine Runde von achtzehn; wir saßen im Kreis, hatten keine Tische vor uns, wer etwas zu sagen hatte, redete, und ohne Rednerliste und -aufruf kam jeder zu Wort. Zwei Drittel der Teilnehmer waren junge Studenten, die gleich nach dem Abschluß des College ein politikwissenschaftliches Graduiertenstudium begonnen hatten, das letzte Drittel bestand aus älteren Studenten, die schon einen anderen Beruf gehabt hatten, jetzt auf der Law School waren und dieses Seminar für das juristische Studium angerechnet bekamen. Zu ihnen zählten eine Ärztin, eine Psychoanalytikerin, eine Professorin für Französisch und ein ehemaliger Angehöriger der Marines. Sie wollten das Studium, wenn irgend möglich, nach zweieinhalb statt drei Jahren beenden und hatten ein schlechtes Gewissen, daß sie ihrer Neigung nachgegeben und anstelle eines Seminars über Handels- und Gesellschaftsrecht eines über politische Theorie gewählt hatten. Sie begrüßten meinen Vorschlag, daß wir Älteren uns einmal auf einen Drink treffen, hatten aber stets zu viel zu tun, als daß sie ihn realisiert hätten. Nur mit einem älteren Studenten kam ich ins Gespräch; wir nahmen beide sowohl am Seminar als auch an der Vorlesung teil und hielten einander dort in der ersten Reihe einen Platz frei. Jonathan Marvin hatte seine Firma verkauft, verwaltete sein Vermögen und lebte seinen Interessen. An den Veranstaltungen von de Baur nahm er seit Jahren teil und gefiel sich darin, ihn besser zu kennen als alle anderen.

»Wissen Sie, daß er jahrelang auf einer Farm in den Adirondacks eine utopische Gemeinschaft geführt hat?« flüsterte er mir zu, als de Baur über die *Odyssee* als Suche nach einer Utopie sprach. Aber als ich nach der Vorlesung mehr hören wollte, hatte er nicht viel zu sagen. Es sei in den siebziger Jahren gewesen, habe gut angefangen und böse geendet, und einer der zwanzig bis dreißig Teilnehmer, die von Anfang bis Ende dabei waren, solle einen Bericht darüber geschrieben haben, hinter dem er schon lange her sei.

»Muß in einem obskuren New-Age-Blättchen erschienen sein – leider hat keine Bibliothek alle gesammelt.«

Nach einer Seminarsitzung bin ich de Baur heimlich gefolgt. Es war kein weiter Weg. Auch er wohnte am Riverside Drive, wo, wie ich inzwischen wußte, der Universität Häuser über Häuser gehörten, in denen sie ihre Professoren komfortabel unterbrachte. Mein Weg in die Universität oder zur Untergrundbahn führte mich nicht an de Baurs Haus vorbei. Aber ich machte mir den Umweg zur Gewohnheit. Dabei begegnete ich ihm einmal mit einem Rottweiler an der Leine und einmal, wie er in weißer Hose, weißem Hemd und mit Tennisschläger aus dem Park kam. Also machte ich mir auch zur Gewohnheit, beim Rennen im Park eine Kurve um die Tennisplätze zu drehen, und eines Tages sah ich ihn spielen, mit großen Schritten und ausholenden, kraftvollen Schlägen, so sicher, daß er es sich leisten konnte, nach manchen schnellen Bällen gar nicht erst zu rennen.

Immer noch hatte ich das Gefühl, ich hätte ihn in meiner Gewalt. Ich umkreiste, belauerte, witterte ihn; ich würde bald alles über ihn wissen, und ihm würde nichts bleiben, wo er sich vor mir würde verstecken können.

Aber dann kam der letzte Sonntag im September. Es war ein klarer Tag mit den ersten bunten Blättern an den Bäumen und der letzten Wärme des Sommers in der Luft. Ich hatte mir ein Fahrrad geliehen, war bis zur Spitze Manhattans gefahren, hatte zur Freiheitsstatue geschaut und kam auf dem Heimweg an de Baurs Haus vorbei. Ich hatte sein Haus schon von weitem im Blick. Vor dem Eingang stand ein silberner Mercedes mit offener Heckklappe, durch die de Baur den Rottweiler ins Auto springen ließ. Er schlug die

Heckklappe zu und wandte sich zum Haus. Der Türsteher hielt die Tür auf, und eine junge Frau mit zwei Kindern trat heraus, einem Jungen von elf oder zwölf und einem wenig jüngeren Mädchen. Irgendeine Bewegung, eine Geste, ein Ausdruck zeigte es mir. Die Frau war seine Frau. Die Kinder waren seine Kinder.

Ich weiß nicht, warum er dadurch meiner Gewalt entglitt. Als könne er sich hinter seiner Frau und seinen Kindern verstecken.

5

Anfang Oktober lud er das Seminar zum Abendessen zu sich nach Hause ein. »Das ganze Seminar – das macht er nicht oft«, erklärte mir Jonathan Marvin. »Meistens lädt er nur einzelne Studenten zu sich ein. Ich glaube, die Einladungen sind Tests, und wer sie besteht, kommt mit aufs Januarseminar.«

»Ein Seminar in den Ferien?«

»Seit Jahren macht er in jedem Januar ein einwöchiges Seminar in den Adirondacks, an dem nur teilnimmt, wen er persönlich einlädt. Ich weiß nicht, was dort passiert. Die Studenten, die dort waren, machen ein Geheimnis darum, und de Baur macht's auch. Ich würde ihm das Seminar bis zur Emeritierung finanzieren, wenn er mich einmal mitnähme.«

»Er finanziert das Seminar selbst?«

»Ich nehm's an. Es ist keine Columbia-Veranstaltung, und trotzdem zahlen die Teilnehmer nichts.«

Ich wollte nicht zu früh und nicht zu spät zum Abendessen kommen und stand, vom Türsteher angekündigt und vom Aufzug in den elften Stock befördert, pünktlich mit einem Strauß Astern vor der Tür. Die Frau machte auf, begrüßte mich, bedankte sich für die Blumen, führte mich in ein großes Zimmer mit Blick auf den Fluß und das andere Ufer, schenkte mir Wein ein, ging raus und kam mit den Astern in einer Vase wieder zurück. »Sie sind der Visiting Scholar aus Deutschland?«

Sie war meine Stiefmutter. Sie war ein bißchen jünger als ich, blond, groß, schlank, trainiert, mit offenem Gesicht, spöttischem Mund und neugierigen Augen. Was wußte sie über ihren Mann? Was hatte er ihr erzählt? War sie seine zweite Frau? War sie seine Studentin gewesen? Kannte, bewunderte, verachtete, liebte sie ihn?

»Ja. Sind Sie auch vom Fach?«

Sie schüttelte den Kopf. »Ich bin Brokerin.«

Ich konnte mir darunter nichts vorstellen, hätte gerne nachgefragt, hatte aber Wichtigeres herauszufinden. Jeden Augenblick konnte der nächste Gast klingeln. »Ich bewundere, daß Sie das schaffen – Brokerin und Mutter von zwei Kindern. Ich sah Sie neulich mit Sohn und Tochter.«

Sie waren mein Halbbruder und meine Halbschwester. Waren wir einander ähnlich? Würden wir einander verstehen, akzeptieren, ablehnen? Vermutlich konnte ich ihnen einen Teil ihres Erbes streitig machen. Vermutlich konnte ich sie, wenn ich ihnen von ihrem Vater und meiner Mutter erzählte, ein bißchen verstören.

Sie lächelte. »Die beiden sind wunderbare Kinder. Aber sie gehen um halb acht in die Schule und kommen oft erst um fünf nach Hause. Sie machen mir meine Arbeit nicht streitig.«

»In Deutschland ist die Schule mittags zu Ende. Zum Glück hat sich, als ich im Alter Ihrer Kinder war und meine Mutter arbeiten mußte, meine Halbschwester aus der ersten Ehe meines Vaters um mich gekümmert. Halbgeschwister können ein großes Glück sein – haben Ihre Kinder auch welche?« Mir fiel so schnell nichts Besseres ein.

Sie war befremdet. »Wie? Sie wollen wissen, ob unsere Kinder Stiefgeschwister haben? Nein, wir haben…« Es klingelte. Sie war erleichtert, mich verlassen zu können. Es klingelte wieder, und in rascher Folge trafen die Gäste ein. Als alle da waren, kam de Baur mit zwei großen Schüsseln aus der Küche, einer mit Pasta und einer mit Salat. Er hatte eine Schürze um, spielte mit ein paar Brocken Italienisch einen leutseligen italienischen Gastwirt und ließ sich beklatschen. Zuerst klatschte Jonathan, dann klatschten alle. Ich merkte, daß ich störend auffiel, mochte aber nicht mittun.

Jeder nahm sich, schenkte sich ein, setzte sich, wie er mochte. Die Kinder kamen dazu, aßen mit und waren ganz unbefangen. Als sie sich zufällig zu mir stellten, sah ich sie viel zu intensiv an; ihnen wurde unter meinem Blick unbehaglich, und sie wandten sich ab, ehe ich sie in ein Gespräch hätte ziehen können.

Ich tue mich in größerer Gesellschaft nicht nur wegen meiner Partyschwerhörigkeit schwer. Ich kann keine Konversation machen. Ich treffe den Ton nicht. Ich kann nicht gewichtig über Leichtes und leicht über Gewichtiges reden. Entweder nehme ich, was mein Gegenüber sagt, zu ernst und lasse mich zu ernst darauf ein, oder ich empfinde es als nur so dahingesagt und reagiere darauf wegwerfend.

Ich hätte mich in das Gespräch über ein Theaterstück, das ich nicht gesehen hatte, nicht einmischen sollen. Ich ließ mich hinreißen, weil ich den ganzen Abend noch nichts gesagt hatte. Und weil ich mich empörte.

Jane, die ehemalige Psychoanalytikerin, und Anne, die ehemalige Professorin für Französisch, hatten gerade *Mosaic* gesehen, eine schwarze Komödie in vier Szenen, von denen sie eine besonders beeindruckt hatte. Sie war einem Experiment des Sozialpsychologen Stanley Milgram nachgebildet, bei dem eine Versuchsperson angewiesen wird, einer anderen Person Fragen vorzulegen, falsche Antworten mit Stromstößen zu bestrafen und die Stromstöße zu steigern, bis die andere Person vor Schmerz schreit, um ihr Leben bettelt und schließlich verstummt. Die Stromstöße sind nicht echt, die andere Person wird nur gespielt, und die Anweisungen gibt ein Wissenschaftler, der der Versuchsperson erklärt, das Experiment diene der Forschung, und sie, wenn sie zögert, anhält weiterzumachen. Wenn die Versuchspersonen die anderen Personen nur hören können, sind sie zu 65 Prozent bereit, zum Äußersten zu gehen, können sie sie auch sehen, sinkt der Prozentsatz auf 40 Prozent, und müssen sie sie sogar gewaltsam festhalten, auf 30 Prozent.

Jane war vom Verhalten der Versuchspersonen schockiert. »Es zeigt, daß Hannah Arendt recht hat, nicht? Daß das Böse banal ist, daß normale Menschen zu allen Furchtbarkeiten bereit sind, wenn nur jemand mit Autorität sie dazu auffordert.«

Anne stimmte nicht zu. »30 bis 65 Prozent aller Menschen gehorsame Eichmänner? Ich glaube es nicht. Ich glaube auch nicht, daß Eichmann und die anderen einfach nur gehorcht haben. Sie haben genossen, was sie getan haben, sie waren mit Eifer und Freude grausam. Hast du *Sophie's Choice* nicht gesehen?«

»Niemand ist nur aus Gehorsam grausam«, mischte sich

Katherine, die ehemalige Ärztin, ein. »Ich habe das Stück auch gesehen. Nicht erst die Stromstöße sind grausam, sondern schon die Fragen. Habt ihr's nicht gemerkt? Es sind Fragen, auf die es keine Antworten gibt. Wer solche Fragen stellt, quält gerne.«

»Das ist nur im Stück so. Bei Milgram wurden Fragen zur Sache gestellt, die der Leiter des Experiments vorgelesen hatte und die die Versuchspersonen sich merken sollten.«

Das war, was mich empörte. Sahen Jane, Anne und Katherine nicht, daß das Experiment eine Gemeinheit war, ganz egal, wie die Fragen gefaßt und ob sie zusätzlich eine Quälerei waren? Aber ehe ich etwas sagte, brach's aus einer der jungen Studentinnen heraus: »Man kann doch... man darf doch mit Menschen nicht experimentieren!«

»Darf man nicht?« De Baur hatte zugehört. »Milgrams Versuchspersonen haben sich anders geäußert. Für sie war das Experiment eine Bereicherung, eine Gelegenheit, sich kennen-«, er machte eine kleine Pause, »und fürchtenzulernen.« Er sprach, als sei die Sache damit erledigt, und wandte sich ab.

»Wenn alles positiv ist, was die Gelegenheit zur Selbsterfahrung bietet, gibt's nur Positives in der Welt.« Ich war immer noch empört.

De Baur drehte sich wieder um. »Ist das nicht schön? Was soll daran falsch sein?« Ich hörte den Spott in seiner Stimme. Auch die anderen hörten ihn und wurden neugierig.

»Etwas Schlechtes wird nicht dadurch gut, daß man eine Lehre daraus zieht.«

»Darf man nicht klüger werden? Gibt's nur Instant-Einsichten?« Die anderen lachten.

»Die Einsicht ändert nichts am Ereignis. Wir können aus allem Einsichten gewinnen: aus Gutem, aus Schlechtem, aus Ereignissen, die weder gut noch schlecht sind.«

»Was ist ein Ereignis anderes als die Deutung, die wir ihm geben? Warum sollen wir nicht die Einsicht gewinnen, daß, was zunächst schlecht erschien, eigentlich gut ist?«

»Aber das Experiment war nicht gut. Es hat die Leute getäuscht und benutzt und zu etwas getrieben, was sie lieber nicht getan hätten. Wollten Sie, daß man so mit Ihnen umgeht?«

Er hob die Arme und ließ sie wieder sinken und lachte. »Muß ich das wollen? Genügt nicht, daß ich bereit bin, es mir zuzumuten – um der Wissenschaft und des Fortschritts willen?«

»Was ich bereit bin, mir zuzumuten, darf ich auch anderen zufügen? Ist Ihnen die goldene Regel zu weich? Wollen Sie eine härtere, eine eiserne Regel?« Ich hätte es nicht gesagt, wenn ich nicht so erregt gewesen wäre. Das fehlgelaufene Gespräch mit der Frau, der fehlgelaufene Kontakt mit den Kindern, mein Versagen in der Gesellschaft, mein schlechter Einstieg in die Diskussion mit Jane, Anne und Katherine, die Enge, in die mich de Baurs Fragen trieben, und sein Spott – ich war so erregt, daß ich ihn nicht mehr nur belauern konnte, sondern stellen mußte.

De Baur nickte. »Eine eiserne Regel…« Überlegte er, ob er mich fragen solle, wie ich auf den Begriff der eisernen Regel käme? Er schien befriedigt, mich aus der Deckung gelockt zu haben, und zugleich irritiert über das, was ich in der Deckung verborgen hatte. Die anderen warteten, daß unser Schlagabtausch weiterginge. Aber de Baur sagte nichts mehr zu mir, sah mich nur noch mal prüfend an und rief: »Haben Sie alle Wein, sind Sie bereit anzustoßen? Heute ist der 3. Oktober 1990, der Tag der Wiedervereinigung der beiden Teile Deutschlands. Freuen wir uns mit unserem Freund aus Deutschland!«

6

Von da an wurde unser Verhältnis anders. Nach der nächsten Seminarsitzung fragte de Baur mich, ob ich ihn beglei-
ten wolle, ich wohne doch auch am Riverside Drive. Unterwegs erwartete ich die Frage nach der eisernen Regel. Aber
er fragte nach meiner Übersetzung seines Buchs, wie weit
ich sei, auf welche Schwierigkeiten ich stieße, welche Anregungen ich für die nächste Auflage hätte. Es war, als wolle er
mir beweisen, daß er die Frage nicht nötig hatte. Auch als er
die Einladung wiederholte und aus den gemeinsamen Heim-
wegen eine gewisse Nähe wuchs, vermied de Baur Fragen
danach, warum mich etwas interessierte, warum ich etwas
vertrat, woher ich kam.

In seiner Vorlesung und in seinem Seminar sprach er mich
manchmal direkt an – mit freundlichem, augenzwinkernden
Spott, als sei ich von liebenswerter Naivität. »Die ganze Welt
als Rechtsgemeinschaft – ist das nicht, was Sie gerne hätten?« Ehe ich antworten konnte, legte er dar, warum das eine
schöne, aber falsche Idee sei und daß Gemeinschaft Homogenität voraussetze, nicht notwendig nationale oder ethni-
sche oder religiöse Homogenität, aber zumindest eine ho-
mogene Vision, wie sie die Einwanderer teilten, die nach
Amerika kamen und Amerikaner werden wollten. »Die Na-

tion – Sie glauben nicht mehr daran?« Er erklärte, daß die Globalisierung, würde sie die Nationalstaaten zersetzen, die Menschen nicht etwa alle zu Brüdern machen, sondern auf ihre Familien, ihre ethnischen oder religiösen Gemeinschaften, ihre Gangs verweisen würde. Anteilnahme an den Beleidigten, Erniedrigten und Ermordeten jenseits erlebbarer Nähe und Wärme sei nur ein Ritual.

»Das Gute am Bösen – unser Freund kann sich gar nicht vorstellen, daß es ein Gutes am Bösen geben soll.« Er lächelte zuerst mich, dann die anderen an. »Was ist das Gute am Bösen? Daß es unseren moralischen Sinn weckt und schärft? Daß es uns Institutionen bauen läßt, mit denen das Böse gebändigt wird und ohne die es keine Kultur gibt? Daß es die Feindschaft zwischen Gut und Böse begründet und damit die Feindschaft zwischen Menschen ermöglicht, ohne die der Mensch ohne Identität und sein Leben ohne Spannung ist?« Ich sah Ratlosigkeit in den Gesichtern der anderen. De Baur fuhr fort. »Das Gute am Bösen ist, daß es in den Dienst des Guten gestellt werden kann.« Für einen Augenblick guckten die anderen erleichtert. Aber de Baur freute sich schon darauf, daß die Erleichterung wieder der Ratlosigkeit weichen würde. »Armut und Elend ermöglichen Fortschritt und Kultur, Gewalt sichert Frieden, die Opfer Unschuldiger führen die gerechte Revolution zum Erfolg und den gerechten Krieg zum Sieg. Nur dank der Versuchung der Sirenen hat Odysseus sich mit offenen Ohren an den Mastbaum gebunden und uns die Idee der Verfassung gegeben: von der Macht kosten, aber sich selbst so binden, daß man ihr nicht erliegt. Wir müssen entscheiden, ob das Böse das Gute überwältigen darf oder dem Guten dienen muß. Wir müssen auch entscheiden, was das Gute und das Böse ist – wer sonst?«

Er lächelte mich noch mal an. »Unser Freund fragt sich, was das Reden vom Bösen soll. Sind nicht die großen Bösewichter tot und die Reiche des Bösen zerschlagen oder zerfallen? Setzen sich Freiheit, Demokratie und Markt nicht auf der ganzen Erde durch? Beginnt nach dem Ende des Kalten Kriegs nicht der ewige Friede? Wird in zehn Jahren das Jahrhundert des Bösen nicht vom Jahrhundert des Guten abgelöst?«

Die Stunde war um. Mit so vielen offenen Fragen entlassen, standen die Studenten langsam und zögernd auf. De Baur wartete, bis die ersten an der Tür waren. Als er noch mal ansetzte, blieben sie stehen und wandten sich ihm zu. »Seien Sie mißtrauisch! Trauen Sie weder dem nächsten Jahrzehnt noch dem nächsten Jahrhundert! Trauen Sie weder dem Guten noch dem Normalen! Die Wahrheit offenbart sich erst im Angesicht des Bösen und im Augenblick der Krise.«

De Baur nahm seine Papiere und Bücher und war an der Tür und aus dem Saal, ehe die Studenten begriffen, daß dies seine letzten Sätze waren. Es war ein eindrucksvoller Auftritt, und ich war sicher, daß er ihn inszeniert und genossen hatte. Er wollte nicht nur akademischen Unterricht geben und die Studenten Forschen und Denken lehren. Er wollte sie verwandeln. In was?

7

Anfang November begann Barbara zu drängen. »Wie lange willst du bleiben? Du hast ihn kennengelernt – was willst du noch? Willst du dich ihm offenbaren? Dann tu's! Worauf wartest du?«

Ich wich aus. Ich wolle ihn noch besser kennenlernen. Ich wolle versuchen, Kontakt zu seiner Frau und seinen Kindern zu kriegen. Ich könne mich nicht um den Vortrag drücken, den ich zugesagt hatte und der in zwei Wochen anstand. Ich müsse die Übersetzung seines Buchs, mit der ich schon so weit sei, nun auch abschließen. Daß ich wegen der Übersetzung bleiben müsse, überzeugte sie nicht, und nach zwei Wochen war der Vortrag gehalten und hatte ich sogar Frau und Kinder noch mal getroffen.

Ich hatte ihn mit meinem Vortrag provozieren wollen und über Hannah Arendt und ihre Definition des totalitären Denkens gesprochen. Ich wußte, daß er sie nicht mochte. Ich dachte, daß ihre Definition, nach der totalitäre Denker Tatsachen für beliebig fabrizierbar und manipulierbar halten und deshalb zutiefst verachten, ihn treffen würde. Hielt nicht auch er Tatsachen für beliebig interpretierbar? Stellte Hannah Arendts Definition ihn nicht in eine Ecke, in der es ihm unheimlich werden mußte? Er ließ sich nicht provozieren. Hannah Arendt habe recht. Aber wir alle seien heute totalitäre Denker, das Denken sei heute totalitär. Was uns gegen Beliebigkeit schütze, seien nicht die Tatsachen, sondern sei die Verantwortung, die wir für unser Denken trügen. »Die großen Lügen, die totalitäre Regime propagiert haben – sind sie an den Tatsachen gescheitert? Hätten die Regime nur noch mehr Beweise vernichten, Zeugen ermorden, Dokumente fälschen müssen? Nein, sie sind am Denken gescheitert. Wir weigern uns, alles zu denken, was man uns denken machen will, auch was uns die Tatsachen denken machen wollen.«

Auf dem gemeinsamen Heimweg lobte er meinen Vortrag und lud mich ein. Ob ich nicht mit ihm, seiner Frau und seinen Kindern zu Abend essen wolle? Seine Frau begrüßte mich freundlich, als habe es nie eine peinliche Situation zwischen uns gegeben, seine Kinder probierten fröhlich das Deutsch an mir aus, das sie in der Schule lernten, und der Hund wollte von mir gestreichelt werden. Nach dem Essen machten die Kinder für uns Espresso und ließen uns allein.

»Was machen Ihre Geschwister? Sie haben sie neulich erwähnt, und ich bin neugierig.«

Eine Lüge führte zur anderen, und bald mußte ich aufpassen, daß ich, was ich über Eltern und Halbgeschwister erfand, richtig in Erinnerung behielt.

»Wo sind Sie aufgewachsen?«

Diesmal sagte ich die Wahrheit, um die Frage anschließen zu können, ob sie die Stadt kennten. Nein, sie seien noch nicht zusammen in Deutschland gewesen.

»Aber Sie und der Hauch eines Akzents, mit dem Sie

sprechen, stammen aus Deutschland, nicht wahr? Oder aus Österreich?«

»Aus der Schweiz. Ich bekam 1950 ein Stipendium, und aus einem Jahr in Amerika wurde ein Leben.«

»Haben Sie manchmal Heimweh?«

Er lachte. »Nach mehr als vierzig Jahren?«

»Odysseus, dessen Geschichte Sie lieben, hatte nach zwanzig Jahren noch Heimweh genug, um sich letzten Gefahren auszusetzen.«

»Heimweh?« fragte seine Frau. »Sie meinen, er hatte Heimweh? Hatte er nicht Sehnsucht nach seiner Frau und seinem Sohn?«

»Statt Penelope hatte er Kalypso, und Telemach hatte er völlig vergessen. So sehe ich's, aber Ihr Mann kennt die Geschichte besser.«

Seine Frau sah ihn an. Er zuckte die Schultern. »Bei Homer steht, Odysseus habe sich nach der Heimat Ithaka und nach Penelope gesehnt. Telemach – ich weiß nicht, ob Odysseus überhaupt wußte, daß er einen Sohn hatte.«

»Weil man einen Sohn, von dem man weiß, nicht einfach vergißt?«

Er schöpfte keinen Verdacht. »Richtig ist, daß Odysseus sich erst in Ithaka für Telemach interessierte. Bei Penelope ist es anders, nach ihr sehnt er sich schon, als er noch bei Kalypso ist. Aber warum sehnt er sich? Wenn wir Homer glauben dürfen, sehnt Odysseus sich nach der Heimkehr, weil er von Kalypso einfach genug hat.« Er machte eine kurze Pause. »Wie er sich wohl verhalten hätte, wenn Penelope ihm nicht treu geblieben wäre? Hätte er sie umgebracht, wie er die Freier umgebracht hat? Hat er damit gerechnet, daß sie versuchen würde, ihn umzubringen, wie Klytämnestra Agamemnon umgebracht hat? Es galten harte Regeln – wie sagten Sie neulich, eiserne Regeln?«

Darum hatte er keinen Verdacht geschöpft. Wie ich im Gespräch ihn stellen wollte, wollte er mich stellen. Aber während ich nur im Nebel tastete, wußte er, was er greifen wollte. Er wollte wissen, woher ich die eiserne Regel kannte, seine Regel, seinen Begriff, und war darauf so fixiert, daß er die Anspielung auf den vergessenen Sohn nicht registriert hatte.

»Eiserne Regel? Ich erinnere mich nicht mehr. In welchem Zusammenhang…« Er winkte ab. »Ist nicht wichtig.« Wenn ich mich wirklich nicht mehr erinnerte, war meine Verwendung des Begriffs harmlos, gab ich nur vor, mich nicht mehr zu erinnern, dann wollte ich ihm nichts sagen und würde nur ein Spiel mit ihm spielen. Die Frage nach der eisernen Regel war für ihn erledigt. Wenn ich ihn irritierte und er mich stellen wollte, mußte er einen anderen Anlauf nehmen.

Als er mich zur Tür brachte, lud er mich zum Seminar ein. War das der andere Anlauf? »Die erste Woche im Januar – ich würde mich freuen, wenn Sie mitkommen.«

»Gerne.«

»Zur Koordination treffen wir uns Anfang Dezember – Sie bekommen Nachricht. Daß ich Sie eingeladen habe, behalten Sie bitte für sich. Ich will niemanden kränken.«

Also sagte ich Barbara, ich käme Anfang Dezember, gleich nach dem Koordinationstreffen für das Seminar.

Sie schwieg so lange, daß ich schließlich fragte, ob sie noch dran sei. »Du willst im Januar wieder rüber?«

»Nur für eine Woche. Fängt die Schule nicht am 7. wieder an? Ich fliege einen Tag davor, am letzten Ferientag, an dem du sowieso immer in der Vorbereitung steckst.«

Sie schwieg wieder.

»Barbara?«

»Was willst du in einer Woche finden, das du in drei Monaten nicht gefunden hast? Und wenn du's in der einen Woche nicht findest – gibt's dann noch eine oder noch einen Monat oder zwei?«

»Nein, nach der einen Woche ist Schluß.«

»Wie willst du das wissen? Wenn du nicht weißt, was du willst, kannst du auch nicht wissen, daß du's hast.«

»Ich liebe dich.«

»Peter?«

»Barbara?«

»Komm erst zurück, wenn du wirklich zurückkommst.«

8

Sie blieb dabei. Ich könne kommen, natürlich könne ich kommen. Sie würde sich freuen, wenn ich käme. Aber wenn ich wieder gehen wolle, sei es besser, ich käme gar nicht erst.

»Es ist doch nicht besser, wenn…«

»Es ist besser für mich. Wenn du dich nicht entscheiden kannst, kannst du dich nicht entscheiden. Aber ich will keinen Mann, der sich nicht entscheiden kann, hörst du? Ich will einen, der sich entscheidet, der sich für mich entscheidet, der nicht da draußen einer Idee nachjagt, von der er nicht einmal weiß, was sie ist, sondern der hier ist und hier bleibt.« Sie wurde immer lauter. »Und hörst du bitte auf, mich jeden Tag anzurufen und mir dasselbe zu sagen?«

»Barbara, wir könnten Weihnachten zusammen feiern und das neue Jahr zusammen anfangen, Barbara, ich wäre nur eine Woche weg, du warst auch schon eine Woche weg, Barbara, du kannst mich nicht aussperren, die Wohnung ist meine wie deine, Barbara…«

»Ach, Scheiße.« Sie legte auf.

Ein paar Stunden später rief sie noch mal an. »Ich will nicht, daß ›Ach, Scheiße‹ das letzte ist, was du von mir im Ohr hast. Ich nehme dir nichts übel, du bist, wie du bist. Du mußt auch keine Angst haben – ich stürze nicht los und greife mir den ersten besten. Vielleicht wird alles gut, wenn du wiederkommst, im Januar oder Februar oder wann auch immer. Aber laß uns mit den Anrufen aufhören, sie tun mir weh. Und komm erst, wenn du bleibst, ja?«

Wir telephonierten immer, ehe sie schlafen ging. Für sie war es zwölf oder eins, für mich sechs oder sieben, und wenn das Wetter nicht ganz schlecht war, rannte ich anschließend im Park. Von dem Haus, in dem ich auf der Höhe der 127. Straße wohnte, ging es zuerst aufwärts, dann am Grabmal von General Ulysses S. Grant vorbei in den Riverside Park, auf einem waldigen Weg bis zur 96. Straße und auf einer breiten Promenade zurück. Am Ende verschnaufte ich auf einer großen Terrasse, unter der einst ein Bahnhof gewesen war. Ich sah auf den Hudson, die Schiffe, die Häuser, Felsen und kleinen Wälder am anderen Ufer, die Sonne, die glühend unterging, und den Abendstern am tiefblauen Himmel. Es war ein Sehnsuchtsplatz. Das Dahinziehen der Schiffe, gelegentlich das Rumpeln eines Zugs, der durch den stillgelegten Bahnhof fuhr, und die nicht abreißende Folge von Flugzeugen über mir luden mich ein – in die Fremde, in die Heimat, wohin auch immer.

Als ich nach dem Telephonat mit Barbara rannte, war ich entschlossen, Anfang Dezember nach Hause zu fliegen. Die Entschlossenheit wuchs mit jedem Schritt, jedem Auftreten auf dem Boden, jedem Abfedern vom Boden. Ob ich zu Hause bleiben oder doch noch zum Seminar fahren würde, würde sich finden. Alles würde sich finden. Wenn erst Barbara und ich uns wieder gefunden hätten. Aber dann stand ich auf der Terrasse und merkte, daß es so einfach nicht war. Hatte ich mir nicht vorgenommen, mit den Halbherzigkeiten Schluß zu machen? Nach Hause fliegen und offenlassen, ob ich bleiben oder wieder fahren würde und was ich von de Baur eigentlich wollte, wäre nur eine weitere Halbherzigkeit. Ja, ich mußte mich entscheiden. Ich würde noch mal über alles nachdenken, schlafen und dann entscheiden. Morgen. Ich sah die Sonne untergehen, suchte und fand den Abendstern und sehnte mich nach Barbara. Morgen. Morgen würde ich alles in Ordnung bringen.

So ging das Semester zu Ende. Was ich bei de Baur gelesen und in seiner Vorlesung und in seinem Seminar gehört hatte, fügte sich zusammen: Was wir für Wirklichkeit halten, sind nur Texte, und was wir für Texte halten, nur Interpretationen. Von der Wirklichkeit und den Texten bleibt nur, was wir daraus machen. In der Geschichte gibt es kein Ziel, keinen Fortschritt, kein Versprechen eines Aufstiegs nach einem Niedergang, keine Gewähr des Siegs für den Starken oder der Gerechtigkeit für den Schwachen. Wir können sie interpretieren, als ob sie ein Ziel hätte. Dagegen ist auch nichts einzuwenden, denn wir müssen ständig so tun, als ob – als ob Wirklichkeit mehr wäre als Text, als ob im Text der Autor zu uns spräche, als ob es das Gute und das Böse, Recht und Unrecht, Wahrheit und Lüge gäbe und als ob die Institutionen des Rechts funktionieren könnten. Dabei können wir wählen und entweder nachbeten, was uns vorgebetet wird, oder selbst entscheiden, als was wir die Welt nehmen, wer wir in ihr sein und was wir in ihr machen wollen. Unsere Wahrheit, die uns unsere Entscheidung treffen läßt, erfahren wir in der existentiellen, der extremen, der Ausnahmesituation. Die Richtigkeit unserer Entscheidung erweist sich in dem Einsatz, mit dem wir sie verwirklichen, und der Verantwortung, die wir für die Verwirklichung übernehmen – Verantwortung im Sinn der eisernen Regel, die de Baur aber nicht benannte und für die er gefälligere Beispiele gab als in den Kriegsaufsätzen.

In seiner letzten Vorlesung redete de Baur über Augustin. Ama, et fac, quod vis – liebten wir, könnten wir tatsächlich machen, was wir wollen. Das leidenschaftliche Herz heilige den leidenschaftlichen Einsatz. Was wir liebten, sei freilich unsere verantwortliche Entscheidung. Liebe sei keine Sache des Gefühls, sondern des Willens. »Es ist nicht an mir, Ihnen zu sagen, was Sie lieben sollen. Aber ich will meinen Respekt für die neue Generation, die die Aufgabe der Zeit darin sieht, der Welt Freiheit, Demokratie und Wohlstand zu bringen, nicht verschweigen.«

Die Studenten klatschten, standen auf und klatschten weiter. Ich blieb sitzen, bis nach de Baur auch die Studenten den Saal verlassen hatten. Jetzt also Freiheit, Demokratie und Wohlstand? Die Zeiten wandeln sich und mit ihnen die Aufgaben. Das würde er mir sagen, wenn ich ihn stellen würde – was sonst? Was würde ich entgegnen? Daß die Zeiten und die Aufgaben sich nicht wandeln?

Ich stand auf und sah mich um. Leere Reihen mit Klappsitzen und Klapptischen, eine große, grüne Tafel mit ein paar Jahreszahlen zu Augustins Leben, das Katheder, hinter dem es de Baur nie hielt, kein Fenster. Eine Neonlampe ging immer wieder für den Bruchteil einer Sekunde zuckend aus; es hatte mich schon während der Vorlesung gestört.

Nein, ich würde nicht hierher zurückkommen. Nicht in de Baurs Vorlesung und nicht in sein Seminar. Ich wußte nicht, was ich von ihm wollte. Jedenfalls wollte ich ihm nicht mehr zuhören. Aufs Januarseminar würde ich noch gehen. Würde ich danach nicht mit ihm reden, ihn nicht stellen, mich ihm nicht offenbaren, würde ich's eben lassen. Allmählich konnte ich mir vorstellen, einfach in mein Leben zurückzukehren. Lange war ich sicher gewesen, zwischen uns müsse etwas passieren, ich müsse zumindest das Ende der Geschichte von ihm erfahren. Ich war es nicht mehr.

9

Aber es wurde mir nicht so leichtgemacht, de Baur nicht zu mögen und hinter mir zu lassen. Der dicke Brief mit Barbaras Absender, der Anfang Dezember im Briefkasten lag und den ich gespannt aufriß, war eine Nachsendung. Der Vater meines einstigen Spielgefährten hatte mir geschrieben.

Lieber Peter Debauer,

in den Jahren vor seinem Tod hatte ich Kontakt mit meinem Deutschlehrer. Er war ein begeisterter Lehrer, ein vorzüglicher Goethekenner, der mit uns das ganze letzte Schuljahr nur Faust las. Die Klasse hatte ihn früher schon einmal gehabt, in der 10. oder 11., und aus dieser Zeit hat er einen Aufsatz deines Vaters aufgehoben. Er hat ihn mir gezeigt, und ich habe ihn kopiert und in meinen Gottfried Keller gelegt. Hier ist er.

Der Lehrer mochte deinen Vater, und er mochte den Aufsatz. Der Schluß sei deinem fünfzehn- oder sechzehnjährigen Vater ein bißchen groß geraten. Aber daß er Wenzel Strapinski, den Schneider im dunklen Mantel, der auf regnerischer Landstraße von einem gräflichen Kutscher aufgelesen, vor einem Gasthof aus der gräflichen Kutsche abgesetzt und für einen Grafen gehalten wird,

nicht nur als Spielball der Umwelt und der Umstände ge-
sehen, sondern in das Recht des Handelnden gesetzt hat,
hat dem Lehrer gefallen. Er hat im Aufsatz lediglich ver-
mißt, daß Wenzel Strapinski durch die Liebe zum Han-
delnden wird.

Auch ich mag den Aufsatz. Mit freundlichen Grüßen
Gotthold Rank

Die Kopie war neu, eine Kopie der alten Kopie. Die Schrift
war nicht nur sauber, sondern mit dünnen Auf- und dicken
Abstrichen schön. Das Papier trug keine Linien, und mein
Vater hatte auch kein Linienblatt benutzt, sondern mit mal
ein bißchen kleinerem, mal ein bißchen größerem Zeilenab-
stand frei geschrieben – Seite um Seite ein gefälliges, lebendiges Schriftbild. Der Lehrer hatte keine Rechtschreib- und
Zeichensetzungsfehler gefunden und unter den Aufsatz nur
»Bravo« geschrieben und eine Sechs gesetzt, in der Schweiz,
wie ich wußte, die beste Note.

Wenzel Strapinski – Hochstapler wider Willen?

Ein Hochstapler wider Willen ist ein Widerspruch in
sich. Denn ein Hochstapler will mehr sein, als er ist. Er will
es – er kann es nicht zugleich nicht wollen.

Wenzel Strapinski kann also kein Hochstapler wider
Willen gewesen sein. Er war ein Hochstapler, oder er war
keiner. War er einer, dann bleibt freilich die Frage, was für
einer er war. Denn es gibt sympathische und unsympathi-
sche, moralische und unmoralische, fröhliche und traurige
Hochstapler.

Wenzel Strapinski hat alles getan, was ein Hochstapler

tut. Sein Verhalten ist geradezu eine Anleitung zum Erlernen der Kunst des Hochstapelns.

1. Setze ein, was du hast! Der dunkle, mit schwarzem Samt gefütterte Mantel gab Wenzel Strapinski ein edles und romantisches Aussehen und erregte Aufmerksamkeit und Neugier – Wenzel Strapinski trug ihn mit Stil.

2. Setze ein, was du gelernt hast! Wenzel Strapinski hatte früher auf einem Gut und bei den Husaren gedient, konnte mit Pferden umgehen und kannte die Redensarten von Gutsherren und Offizieren – von den Redensarten machte er Gebrauch, und als man ihm Zügel und Peitsche anbot, ergriff er sie.

3. Verbirg deine Schwächen nicht, sondern nutze sie! Wenzel Strapinski war unbeholfen und schüchtern – er bediente sich nur zaghaft von Fisch und Wein, überzeugte dadurch Wirt und Köchin von seinen guten Manieren, er redete nur sparsam, was seinen Worten Gewicht gab, und wurde vor Nettchen rot und verlegen, was sie hinreißend fand.

4. Gestalte deine Rolle so, daß du deine Interessen nicht verstecken mußt, sondern verfolgen kannst! Wenzel Strapinski war daran interessiert, daß sein Woher und Wohin im Dunkeln blieben – dadurch, daß er die anderen glauben machte, er sei ein verfolgter Flüchtling, entzog er sich allen Fragen nach seinem Woher und Wohin.

5. Mache von deiner falschen Identität nicht unnötig Gebrauch! Wenzel Strapinski hatte es damit leicht, denn bis auf den Titel hieß er so wie der Graf, für den er gehalten wurde. Aber er war auch klug genug, sich nie als

Graf auszugeben und immer nur als Wenzel Strapinski zu unterschreiben.

6. *Präsentiere deine falsche Identität nicht selbst, sondern laß die anderen sie erfinden! Die Goldacher haben an den Grafen Wenzel Strapinski so fest geglaubt, weil sie ihn mit ihrer sensationshungrigen Deutung einfacher Ereignisse selbst erfunden haben.*

7. *Das Geheimnis des Erfolgs ist das Geheimnis – es macht dich interessant und erlaubt den anderen, dich so zu sehen, wie sie dich haben wollen!*

8. *Versichere dich der Sympathie der Mißtrauischen, aber traue ihnen nicht! Mißtrauisch war unter den Goldachern allein Melchior Böhni. Wenzel Strapinski genoß zunächst seine Sympathie, versäumte dann aber, ihn im Auge zu behalten. Er mußte seine Sympathie allerdings ohnehin verlieren, da er mit ihm um Nettchen konkurrierte.*

9. *Bemäntele, wenn es schiefgeht, deine Niederlage nicht, sondern akzeptiere sie!*

Obwohl Wenzel Strapinski alles getan hat, was ein Hochstapler tut, wollte er zunächst nicht mehr sein, als er war. Er hatte allerdings den Irrtum der anderen, er sei mehr, auch nicht ausgeräumt. Wäre er dazu verpflichtet gewesen?

Die Goldacher haben ihn nicht um seinet-, sondern um ihretwillen zum Grafen gemacht. Er hat ihnen nichts weggenommen; nichts, was er durch ihre Gastfreundschaft gewonnen hat, konnte er mitnehmen. Nein, Wenzel Strapinski schuldete den Goldachern nichts.

Wäre er verpflichtet gewesen, Nettchen aufzuklären?

Auch Nettchen hatte ihn nicht um seinet-, sondern um ihretwillen zum Grafen gemacht. Sie hat ihn auch nicht um seinet-, sondern um ihretwillen geliebt und sich mit ihm nicht um seinet-, sondern um ihretwillen verlobt. Allerdings gefährdete sie mit der Verlobung ihr Ansehen und ihre Zukunft, was sie nicht wissen konnte, aber Wenzel Strapinski. War er daher zur Aufklärung verpflichtet? Machte das Unterlassen der Aufklärung ihn ebenso zum Hochstapler, wie wenn er Nettchen aktiv in die Irre geführt hätte?

Die Fragen können dahinstehen. Denn Wenzel Strapinski hat Nettchen nicht nur nicht aufgeklärt. Am Ende wollte er, daß sie ihn irrig für den Grafen Wenzel Strapinski hält. Er sagte es ihr offen: Er wollte als Graf einige kurze Tage des Glücks mit ihr genießen, dann ihr den Betrug gestehen und sich das Leben nehmen. Daß »die Torheit der Welt ihn überfallen hat«, hat ihn noch nicht zum Hochstapler gemacht. Aber dann hat die Torheit ihn oder vielmehr er sich »zu ihrem Spießgesellen gemacht«. Wenzel Strapinski ist nur zögernd zum Hochstapler geworden, aber schließlich war er einer.

Er war es nur für kurze Zeit. Nachdem er entlarvt worden war, zog er nicht weiter, um sein hochstaplerisches Geschick und Glück an einem anderen Ort zu versuchen. Er blieb, gründete mit Nettchen eine Familie, hatte Erfolg als Schneider und Tuchhändler und wurde ein angesehener Mann. Damit fand seine hochstaplerische Karriere ein erfolgreiches Ende. Sie hatte ihn finden lassen, was ihm gemäß war und was er anders nicht gefunden hätte. Er war klug genug, es festzuhalten.

Wenzel Strapinski war ein sympathischer Hochstapler –
moralisch, bescheiden, lernfähig und fröhlich. Er ist der
beste Beweis, daß ein Hochstapler zu sein noch nichts
Schlechtes ist. Es kann einfach eine Möglichkeit sein, im
Leben zu erreichen, was einem gemäß ist.

Am selben Abend traf ich de Baur auf der Straße. »Sie sind
hier? Ich hatte angenommen, Sie seien wieder in Deutschland und kämen erst zum Seminar.« Als ich ihm sagte, ich
bliebe hier, lud er mich zu Weihnachten ein. »Überlegen Sie
sich's, und rufen Sie an – wir würden uns freuen.« Er lächelte ein eigentümlich kindliches, verlegenes Lächeln, und
plötzlich sah ich ihn als jungen Menschen vor mir, nicht
im Knickerbockeranzug, aber im dunklen, mit schwarzem
Samt gefütterten Mantel.

10

Nach dem Koordinationstreffen für das Januarseminar, bei dem wir Teilnehmer uns einander vorstellten, Aufgaben übernahmen und die Abfahrt verabredeten, wurde mein Leben still. Das Buch, über das ich auf dem Seminar berichten sollte, hatte ich bald gelesen. Die Übersetzung von de Baurs Buch, an der ich langsamer und langsamer gearbeitet hatte, stellte ich ein. Manchmal traf ich mich mit Jonathan Marvin, den de Baur endlich zum Seminar eingeladen hatte.

Auch als es kälter und dunkler wurde, rannte ich an jedem späten Nachmittag im Park, stand danach auf der Terrasse und hatte Sehnsucht. An manchen Tagen brachte mich nur das Rennen aus dem Haus und lag ich sonst auf dem Bett, las Romane, trank Orangen- oder Grapefruitsaft mit Wodka, dämmerte, las, trank und dämmerte weiter, bis ich irgendwann abends einschlief. In meinem Zimmer wurde es nie richtig hell. Wenn Tag war, konnte ich die Backsteine der gegenüberliegenden Mauer erkennen und zählen, in der Dämmerung verschwammen sie, und bei Nacht wechselte die Mauer mit dem Licht, das aus den verschiedenen Fenstern des Luftschachts auf sie fiel, ihr Gesicht.

Wenn ich auf dem Bett lag, hatte ich ein höher gelegenes Fenster im Blick. Hinter ihm lebte eine junge Frau, die ich sah, wenn sie das Fenster auf- und zumachte und sich am offenen Fenster das Haar bürstete. Sie stand entweder ganz früh oder ganz spät auf, und auch der Rhythmus, in dem sie ihre Wohnung verließ und in sie zurückkehrte, ließ mich vermuten, daß sie Ärztin oder Krankenschwester war. Sie war nicht hübsch, aber was ich sie tun sah, tat sie so entschlossen, ökonomisch und effizient, daß mir ihr Anblick eine Freude war. Ich hatte de Baurs Einladung abgelehnt und nahm mir vor, meine Nachbarin an Weihnachten, sollten wir beide alleine sein, zum Essen einzuladen. Aber sie war an Weihnachten nicht da. Als sie ein paar Tage später nach Hause kam, brachte sie einen Mann mit, mit dem es nicht gutging. Mitten in der Nacht wachte ich von lautem Wortwechsel und schlagenden Türen auf, und am nächsten Morgen begegnete ich meiner Nachbarin das erste und einzige Mal im Fahrstuhl, das Haar so ins Gesicht gekämmt, daß ich darunter ein blaues Auge vermutete.

Eine Woche im Dezember beschäftigte ich mich damit, für Barbara einen Kalender zu machen. Der Blick von der Terrasse, auf der ich mich nach ihr sehnte, das Haus, in dem ich wohnte, das Haus, in dem sie mit Augie gelebt, und die Schule, in der sie damals unterrichtet hatte, der Flughafen – ich kaufte einen Photoapparat und machte Photographien, nahm für andere Kalendermonate Titelblätter des *New Yorker* und zerschnitt für den Dezember einen handgroßen Plastiktannenbaum, klebte ihn flach auf das Kalenderblatt, brachte auf den Zweigen winzige bunte elektrische Kerzen und hinter dem Blatt eine winzige Batterie an und fand sogar einen Chip, der Jingle Bell spielte. Ich gab mir viel Mühe, zuerst aus Liebe, dann aus einem Perfektionismus, der nichts mit Barbara, sondern nur mit dem Werk zu tun hatte, und schließlich aus Trotz: Ich machte ihr ein einzigartiges Geschenk, ob sie mich liebte oder nicht. Für Max kaufte ich alle Kaugummisorten und -marken, die ich finden konnte, und für meine Mutter eine Lederkappe für ihre Fahrten mit offenem Verdeck. Ich legte ihr eine Broschüre des Political Science Department mit einem Bild von John de Baur ins Päckchen.

Mein Leben war still, aber ich fühlte mich nicht einsam. Manchmal ging ich in zwei oder drei Filme hintereinander und war von den großen Bildern auf den großen Leinwänden überwältigt. Manchmal ging ich in ein Restaurant, in dem am späten Abend Gesangsschüler und -schülerinnen Opernarien sangen, am Klavier von einer alten Dame begleitet, die stoisch jede Partitur spielte, die ihr gegeben wurde. Wenn die Oper aus war, verirrte sich gelegentlich ein richtiger Tenor ins Restaurant und sang mit. Manchmal lieh ich mir ein Fahrrad und fuhr ein Stück der Wasserfront Manhattans nach dem anderen ab.

Als ich zehn Tage vor Weihnachten die Päckchen an Barbara, Max und Mutter abgeschickt hatte, hatte ich das Gefühl, das Jahr sei vorbei. Ich versuchte, was es mir gebracht hatte, zu sichten und zu ordnen – wie man seine Wohnung aufräumt, in der sich im Laufe eines Jahres alles mögliche angesammelt hat. Ich kam nicht weit. Sehnsucht nach Barbara und Hilflosigkeit, weil ich tun mußte, was ich tat, ohne zu wissen, warum ich es tun mußte, Trauer um meine Mutter, als habe sie sich mir mit ihren Lügen nicht nur entzogen, sondern sei für mich gestorben, weiterhin Aggressivität und auch Entsetzen gegenüber meinem Vater, obwohl ich in

John de Baur wiederfand, was ich an Johann Debauer gemocht hatte – das war keine gute Bilanz.

An Heiligabend kaufte ich ein Weihnachtsbäumchen, das
letzte, das es am Stand um die Ecke gab, ein Bäumchen, daß
Gott erbarm. Ich hatte plötzlich die Gewißheit, Barbara
würde überraschend kommen, und wollte sie festlich empfangen. Ich wußte, daß sie immer mit Lufthansa flog und
daß der letzte Lufthansaflug um halb acht ankam und daß
sie mindestens zwei Stunden durch den Zoll und zu mir
brauchen würde – die Stunden von halb zehn bis halb zwölf
waren der Tiefpunkt meiner Zeit in New York.

An Silvester zog ich mit Jonathan Marvin durch die Knei-
pen von Greenwich Village und endete im Bett einer Frau,
die sagte, sie heiße Callista – ich mochte den Namen.

11

Wir trafen uns am 7. Januar um neun Uhr vor dem Eingang zum Department. Aus dem Seminar waren die Älteren dabei; Jane und Katherine, die ehemalige Psychoanalytikerin und die ehemalige Ärztin, die ehemalige Französischprofessorin Anne, der Ex-Marine Mark und Jonathan. Die anderen waren Teilnehmer früherer Seminare, denen ich erstmals beim Koordinationstreffen begegnet war. Meg und Pamela waren junge Rechtsanwältinnen in großen New Yorker Kanzleien, Philip, Gregory und Michael arbeiteten in Washington für Abgeordnete oder Senatoren, und Ronald leitete in einem Think-Tank eine Arbeitsgruppe zur Jugendkriminalität. Es war kalt, und keiner mochte reden. Als Mark und Pamela sich Zigaretten anzünden wollten, forderte Katherine sie barsch auf, Abstand zu wahren; sie gingen, Jonathan und Anne gingen mit, und Katherine erklärte ausführlich, warum, was sie getan hatte, richtig gewesen war. Wir anderen sahen und hörten dem Ganzen verlegen zu. Bis Ronald Katherine freundlich unterbrach und fragte, ob er ihr an der Ecke einen Kaffee holen dürfe. Ohne Milch, mit Milch, mit viel oder wenig Milch, ohne Zucker, das habe er sich gedacht, aber vielleicht mit Süßstoff oder statt mit Süßstoff mit Splenda, wenn sie's haben, schmeckt wie Zucker, ist aus Zucker, aber ohne Kalorien?

Als Viertel nach neun der kleine Bus kam, der uns fahren sollte, setzten sich die vier Raucher in die letzte Reihe, Katherine neben den Fahrer in die erste und in die drei Reihen dazwischen Ronald und Meg, dann Jane und ich und dann Philip, Gregory und Michael. Ich hätte gerne mit Jane geredet: über das bevorstehende und das zurückliegende Seminar, über de Baur, ihr Interesse an ihm und ihren Eindruck von ihm, über ihren Wechsel von der Psychoanalyse zum Recht. Aber sie war mit der Vorbereitung für das Seminar nicht fertig geworden und wollte lesen. So lehnte ich mich zurück und hörte dem Gespräch hinter mir zu. Für Phil, Greg und Mike war die Teilnahme am Seminar eine große Sache. Wer teilgenommen hatte, gehörte zu den echten Schülern de Baurs und konnte hoffen, über deren informelles Netzwerk in Washington gefördert zu werden. An einer Raststätte bei Albany machten wir Pause. Um immerhin über dem Mittagessen mit meiner Nachbarin ins Gespräch zu kommen, aß ich mit ihr in einem japanischen Imbiß Sushi. Jane war Kind eines Psychoanalytikers und einer Psychoanalytikerin, in New York aufgewachsen, auf eine exzellente private Schule und in Harvard aufs College gegangen, als Psychoanalytikerin erfolgreich gewesen, bis das Bedürfnis übermächtig wurde, aus ihrer Welt, in der nur gedacht und geredet wurde, auszubrechen und etwas zu gestalten, zu verändern, zu machen.

»Was?«

Sie sah mich an, als habe ich eine besonders dumme Frage gestellt. »Du erlebst doch, wie die Welt sich verändert! Ich will, daß daraus ein Erfolg wird.«

Im Bus las sie weiter, bis ihr die Augen zufielen. Die anderen schliefen schon. Draußen zogen Hügel mit gepflügten Feldern, schmutziggrünen Weiden und kahlen Wäldern vorbei, manchmal eine Farm mit großen Silos und manchmal eine kleine Siedlung. Der Himmel war grau und hing so tief und schwer über uns, daß ich, als die ersten Flocken fielen, dachte, er könne es tagelang auf uns schneien lassen. Dann schlief auch ich ein. Ich wachte kurz auf, als der Bus vom Highway auf eine zweispurige Straße wechselte. Es schneite weiter, und der Schnee blieb liegen.

Ich wachte auf, weil der Bus über unebenes Gelände holperte und hielt. Die Welt war weiß, in der Luft tanzte der Schnee, und die Autos, die vor dem einsamen Restaurant mit Bar parkten, vor dem auch wir hielten, hatten dicke Hauben auf den Dächern und Kühlern. Es dämmerte. Ich sah auf die Uhr, es war vier; ich hatte zwei Stunden geschlafen.

Der Fahrer stieg aus, und Katherine, Jane und Meg folgten ihm ins Restaurant. Katherine kam als erste zurück, setzte sich, drehte sich zu uns um und sagte: »Ich fürchte, der Fahrer hat sich verfahren. Es wird dunkel und schneit. Vielleicht sollten wir im nächsten Motel übernachten und morgen früh weiterfahren. Was meint ihr?«

»Fragen wir den Fahrer!«

»Ich habe auf der Fahrt mit ihm zu reden versucht. Wir müssen ihm sagen, was er machen soll. Wenn wir ihn fragen, macht er, was er will. Er wird riskieren wollen, heute abend weiterzufahren; den zweiten Tag mit uns zahlt ihm keiner.«

Draußen hielt ein Jeep. Vier Männer stiegen aus, eingemummt in armeegrüne Jacken und Camouflagehosen, mit dunklen Strickmützen auf dem Kopf und wadenhohen, geschnürten Stiefeln an den Füßen. Sie sahen den erleuchteten Bus, lachten und stapften ins Restaurant.

»Wartet de Baur nicht auf uns? Sagte er nicht, er wolle ein paar Tage vor uns hochfahren?«

»Wir sollten ihn anrufen.«

Wir hatten beim Koordinationstreffen eine Notfallnummer genannt bekommen, und Ronald ging ins Restaurant, kam aber gleich wieder zurück. »Es ist nur ein Anrufbeantworter, und es meldet sich auch nicht de Baur, sondern ein Notfalldienst.«

»Hat jemand noch eine Nummer?«

Wir stellten fest, daß keiner die Nummer unseres Ziels oder auch nur die Nummer de Baurs in New York hatte. Ronald ging noch mal ins Restaurant, bekam de Baurs Nummer von der Auskunft, rief an, erfuhr aber vom Anrufbeantworter nur, daß die Familie verreist und erst ab dem 14. wieder erreichbar sei.

Katherine insistierte. »Wenn wir nicht kommen, weiß de Baur selbst, warum. Er sieht doch auch, was los ist.«

Aber dann kam der Fahrer mit Jane und Meg, und die beiden Frauen setzten sich, als sei alles in Ordnung, und der Fahrer grinste. »Na, alle wach? Zwischen sieben und acht sind wir dort, später als geplant, aber früher als befürchtet. Keine Angst, Sie müssen nicht schieben. Der Allradantrieb packt's schon.« Wir fuhren weiter.

»Was war? Katherine meinte, er habe sich verfahren.«

Jane zuckte die Schultern. »Er hat am Tresen über Routen und Orte geredet – das habe ich auch gehört. Aber offensichtlich weiß er, wohin es geht.«

Zuerst kamen uns gelegentlich Autos entgegen, Perso-

nenwagen, mal ein Schulbus, mal ein großer Truck mit glüh-
birnenbekränzter Fahrerkabine. Dann wurden die Straßen
schmaler, der Verkehr hörte auf, und immer seltener leuchteten helle Fenster über ein freies Feld oder durch die Bäume. Im Bus war es dunkel, niemand mochte das kleine
Lämpchen über sich anmachen und lesen. Wir alle sahen mit
dem Fahrer auf die Straße, die sich ohne Reifenspuren weiß
durch Wälder zog, die nicht aufhören wollten. Wir sahen
auf die eingeschneiten Kiefern, auf den im Licht der Scheinwerfer fallenden Schnee. Nach zwei oder drei Stunden hörte es zu schneien auf, und der Fahrer sagte: »Endlich!«, aber
ohne den Schleier der Flocken umgab die weiße Welt uns
noch abweisender.

Dann waren wir am Ziel. Das Licht hatten wir schon eine
Weile gesehen, zuerst jenseits einer großen, weißen Fläche,
dann immer wieder hinter einer Biegung der Straße.
Schließlich kurvte der Bus ein paar Serpentinen hoch und
hielt vor einem hellerleuchteten alten Hotel.

»Bitte beeilen Sie sich«, sagte der Fahrer, sprang aus dem
Bus, machte die Hecktür auf und lud unser Gepäck aus. »Sie
sehen, was los ist. Ich muß machen, daß ich zurückkomme.«

Als wir ausgestiegen waren, im Schnee versanken und
nasse Füße bekamen, saß er schon wieder im Bus. Er wendete, winkte uns zu und fuhr los. Wir sahen ihm nach, sahen ihn die Serpentinen hinunterfahren, in der einen und
anderen Straßenbiegung auftauchen und nach einer Weile
jenseits der großen, weißen Fläche entlangfahren. Da hörten
wir ihn schon nicht mehr.

12

Das Hotel war ein dreistöckiger Holzbau mit Balkonen vor dem ersten und zweiten Stock. Laternen beleuchteten den Platz, auf dem wir standen, und die Treppe, die zum Eingang hochführte, und aus den Fenstern im Erdgeschoß und ersten Stock schien Licht. Wir warteten, aber niemand trat aus der Eingangstür, um uns zu begrüßen. »Dann wollen wir mal.« Ronald nahm sein Gespäck und stieg die Treppe hoch. Wir folgten ihm.

In der Halle warteten wir wieder, und wieder kam niemand, nicht de Baur, kein Manager, kein Personal. Ronald rief »hallo«, aber niemand antwortete. Ein paar von uns setzten sich in die Sessel, die in der Halle standen, Ronald, Katherine und ich gingen im Erdgeschoß auf die Suche, Mark sagte: »Ich schau oben nach«, und Jonathan schloß sich ihm an. Wir kamen durch einen Speisesaal in einen Salon mit Kamin, fanden im Speisesaal hinter einer weiteren Tür eine Treppe, die in die Küche im Keller führte, und einen kleinen Aufzug, der die Gerichte hinaufbeförderte, gingen durch die Küche und durch leere Kellerräume bis ans andere Ende des Hauses, wo wir über eine Treppe in einen kleinen Raum hinter einer Bar fanden, von der sich eine Tür in eine Bibliothek mit leeren Regalen und eine andere in die

Halle öffnete, in der wir die anderen fanden. Alles war heruntergekommen, die Wände rissig und fleckig, die Polster zerschlissen, das Holz zerkratzt, und im Speisesaal lehnten Stühle an der Wand, die auf drei Beinen nicht stehen konnten. In der Küche hingen nur wenige Pfannen und Töpfe an den Haken, und die großen Kühlschränke standen auf und waren leer. Aber alles war einigermaßen sauber.

»Im nächsten Stock gibt es eine Suite, in der de Baur Sachen abgestellt hat, und mehr als genug Zimmer für uns. Einen Stock höher ist es dunkel; wir haben nichts sehen können.«

»Was ist mit der Heizung?« Pamela hatte sich in den Sessel geschmiegt und die Arme um ihre Brust gelegt. Es war kalt.

Katherine stemmte die Arme in die Taille. »Was soll der vorwurfsvolle Ton? Ich habe die Heizung nicht abgestellt. Ich habe sie nicht einmal gesehen. Der Zugang muß draußen sein.«

»Kommst du mit?« Jonathan nickte, und wir gingen hinaus und um das Haus herum. Wir fanden keinen Heizungskeller oder -anbau, aber einen großen Stoß Holz und griffen davon, soviel wir konnten. Als wir wieder in die Halle kamen, knallte Greg fluchend den Hörer auf das Münztelephon. »Das Ding funktioniert nicht.«

»Was soll das Holz? Habt ihr die Heizung nicht angestellt?«

Auch mich ärgerte Pamelas Ton, und ich wollte schon etwas sagen, als Katherine es tat. »Hör mit dem Jammern auf. Geh raus und hol Holz.«

»Moment.« Ronald hob die Hand. »Wir sollten uns ein

bißchen organisieren. Wie wär's, wenn wir zuerst Holz ins Kaminzimmer schafften und dann auf die Suche gingen, vier im Keller, vier in diesem und vier im nächsten Stockwerk? Lebensmittel, Decken, Kerzen – alles, was wir brauchen können, wenn die Nacht lang und kalt wird.«

Wir machten uns an die Arbeit, nur Pamela blieb im Sessel sitzen. Als genug Holz neben dem Kamin lag, fragte Phil: »Funktioniert der überhaupt?«

»Das werden wir sehen. Laßt uns auf die Suche gehen, solange wir Licht haben. Habt ihr auch gemerkt, daß die Schalter nicht gehen? Irgendwo muß ein Hauptschalter sein, aber ich habe ihn noch nicht gefunden, und wenn eine Zeituhr das Licht um acht oder neun oder zehn abstellt, ist es dunkel. Schaut also auch nach dem Hauptschalter.«

Diesmal ging ich mit Greg, Phil und Mike los und im nächsten Stock systematisch von Zimmer zu Zimmer. Auf jedem der achtzehn Betten lagen gefaltet ein Leintuch und eine dünne Wolldecke, die Schränke und Schubladen waren leer, und aus den Wasserhähnen kam kein Wasser. Die drei nahmen's leicht, Greg fluchte mit Witz und Hingabe, und Phil und Mike übten schon, wie sie in Washington von ihrem Abenteuer in den Adirondacks erzählen würden. Vor de Baurs Suite zögerten wir, durchsuchten dann aber auch sie und fanden einen Karton mit Kerzen und eine halbe Flasche Whisky. »Das reicht sowieso nicht für alle«, entschied Greg, nahm einen großen Schluck und gab die Flasche an Phil weiter. Als Mike sie ausgetrunken hatte, sagte er »sorry« zu mir, machte das Fenster auf und warf sie in die Nacht.

Die Suche der anderen war auch nicht sehr erfolgreich. In der Küche drei Dosensuppen, Tomate von Campbell, und zwei Kanister mit Wasser, in der Bar ein paar Flaschen mit Whisky- und Cognacresten, in der Bibliothek eine Kiste mit Zigarren. Keine Heizung, kein Hauptschalter, kein Zentralhahn fürs Wasser. Anne und Jane gingen mit einer Kerze in den obersten Stock, fanden aber nur leere Zimmer.

Trotzdem war die Stimmung gut. Greg bot an zu kochen, und als wisse sie, wie er's mit knappen Gütern hielt, begleitete Katherine ihn. Während Mark im Kamin Feuer machte, trugen wir die Sessel aus der Halle in den Salon. Sogar Pamela, aus ihrem Sessel vertrieben, wollte sich nützlich machen und schichtete das Holz zum Turm, zwei Scheite längs, zwei Scheite quer.

Dann saßen wir um den Kamin, nahmen reihum drei Schluck aus dem Topf mit der Suppe, leerten die Flaschen aus der Bar und sahen in die Flammen. Um neun ging das Licht aus. Als Katherine wenig später schlafen gehen wollte, verlosten wir die Decken und Leintücher; wer Glück hatte, bekam zwei Decken und ein Leintuch, und wer Pech hatte, zwei Leintücher und eine Decke. Ich hatte Pech.

Obwohl es in meinem Zimmer bitterkalt war, schlief ich ein. Um vier wachte ich mit klammen Gliedern auf. Ich nahm meine Decke und ging hinunter ins Kaminzimmer, wo noch andere saßen und schliefen. Ich sah ins Feuer, das gleichmäßig und doch immer wieder ein bißchen anders brannte, und dachte an die Liebe meines Großvaters zu den Wellen, die gleichmäßig und doch immer wieder ein bißchen anders anrollen. Ich dachte an den Schmerz, den mein Vater meinen Großeltern zugefügt hatte, und bekam plötzlich Angst, daß ich dieselbe Härte, dieselbe Kälte in mir hätte.

Als es hell wurde, legte ich die Decke um und trat vors

Hotel. Die große weiße Fläche war ein zugefrorener, zugeschneiter See. Dahinter reihte sich Bergzug hinter Bergzug, bis Himmel und Berge in der Ferne im Dunst ineinander verschwammen. Links ging die Sonne auf, kündigte sich mit weißem Licht an, stieg gelb über den Kamm des Bergs und hing schließlich rot am dunstigen Himmel.

Jonathan trat zu mir. »Vermutlich hatte de Baur seine Kommune hier, nicht auf einer Farm. Eine Kommune mit strikter Kontrolle. Hast du die Geräte gesehen?«

»Geräte?«

»Komm mit.« Ich folgte ihm hinein und von Raum zu Raum. In jedem Raum waren unter der Decke ein oder zwei kleine Videokameras installiert. »Ich habe oben geschaut. Es hat sie auch in den Zimmern.«

»Gab es damals schon Videokameras?«

»Offensichtlich.« Er lachte. »Vielleicht bei euch in Europa noch nicht.«

13

Wir gingen alle davon aus, im Laufe des Vormittags werde das Abenteuer vorbei sein und das Seminar anfangen. Aber nichts tat sich. Wir warteten.

Als der Hunger immer schlimmer wurde, durchsuchten wir das Hotel noch mal von unten bis oben. Wir fanden nichts. Auch im Schuppen hinter dem Hotel gab es keine Vorräte, sondern noch mehr Feuerholz, rostige landwirtschaftliche Geräte, einen Kanonenofen und ein altes, kaputtes Auto. Hinter dem Hotel fanden wir auch eine Treppe, die zu einer verschlossenen Eisentür auf dem Niveau des Kellers führte, vermutlich zur Heizung.

Die Sonne schien, und über Mittag war es so warm, daß wir uns auf die Terrasse setzten. »Jetzt ein Bagel mit Cream Cheese und Lachs und ein Glas Champagner«, träumte Jonathan, und für Meg war's Hüttenkäse mit frischen Erdbeeren, für Phil ein Steak mit Pommes frites, für jeden etwas anderes, und für mich waren es zwei Eier im Glas mit Schnittlauch, getoastetem Vollkornbrot und Honig. Es gehörte zum Spiel, etwas anderes zu wollen als die anderen, und Katherine beeindruckte mit ihrem Traum von einem Omelett aus Wachteleiern.

Aber dann war das Spiel aus, der Hunger blieb, die Sonne verschwand hinter den Wolken, und es war kalt. Als wir wieder im Salon um den Kamin saßen, wurde die Stimmung aggressiv. Was de Baur sich eigentlich denke. Was der Busfahrer sich gedacht habe, als er einfach losfuhr. Warum Jonathan, wenn er doch vermutet habe, hier habe de Baur vor zwanzig Jahren eine Kommune geführt, uns vor dem Ort nicht gewarnt habe. Warum Mark nichts tue – sei er nicht Marine?

»Wenn heute keiner kommt, müssen wir morgen früh los.« Mark lachte. »Man muß kein Marine sein, um darauf zu kommen.«

»Wir? Warum gehen nicht ein paar und holen den Rest mit dem Auto ab?«

»Und die, die gehen, kriegen die besten Schuhe und Kleider, die wir haben.«

»Aber wenn sie nicht ankommen und ich später auch noch los muß?«

Jane sagte zu mir: »Ich halte das nicht mehr aus. Kann ich, wenn ich mich oben aufs Ohr haue, deine Decke haben?« Ich nickte, und sie stand auf. Aber sie ging nicht. Sie schaute aus dem Fenster und tat das so gebannt, daß wir auch aufstanden und schauten. Auf dem anderen Ufer fuhr ein Auto.

Wenige Minuten später war es da, ein Jeep, aus dem vier Männer stiegen. Ronald flüsterte: »Kennen wir sie nicht? Sind wir ihnen gestern nicht vor dem Restaurant begegnet?« Sie kamen die Treppe herauf, stellten sich vor uns und fragten: »Was macht ihr hier?«

Ronald erzählte vom Seminar und der mißlichen Lage, in die wir geraten waren. »Wir sind froh, daß Sie hier sind. Wie kommen Sie hierher? Wie weit ist es zur nächsten Siedlung?

Wann fahren Sie weiter, und wie viele können Sie mitnehmen? Zu viele Fragen auf einmal, tut mir leid.«

Der Wortführer, ein kräftiger älterer Mann mit kantigem Gesicht und kurzgeschorenem Haar, der Ronald ohne Wimpernschlag und mit mahlenden Kiefern zugehört hatte, ließ sich mit der Antwort Zeit: »Ich weiß nicht, wo ihr denkt, daß ihr seid. Jedenfalls habt ihr hier nichts verloren. Jetzt wird es dunkel, aber morgen früh seid ihr hier weg.«

Pamela stellte sich vor, ganz die effiziente, souveräne Anwältin, und erklärte mit geduldiger Freundlichkeit, daß dies der Ort unseres Seminars sei, daß auch der Professor sich hier schon eingerichtet habe, daß bei ihm irgend etwas schiefgelaufen sei, daß wir selbst nicht bleiben wollten, daß wir sie gerne für die Nacht aufnähmen, aber auch gerne auf ihre Hilfe zählten.

»Pa«, sagte einer der anderen drei grinsend zum Wortführer. »Wie wär's, wenn die Mädels kochten?«

Der Wortführer drehte sich nicht nach seinem Sohn um, sondern sah weiter Ronald an. »Wenn ihr heute abend essen wollt, macht ihr euch besser nützlich. Die Frauen können kochen, die Männer meinen Jungs helfen.« Er wandte sich an Mark. »Wer bist du? Was hast du bei denen zu suchen?«

Mark zögerte. Ich kannte ihn nicht gut. Vom Elitesoldaten zum Jurastudenten mit Interesse für politische Theorie – das hatte mich beeindruckt, und seine Äußerungen hatte ich immer informiert, überlegt und geradeheraus gefunden. Was ging ihm in den Sekunden des Zögerns durch den Kopf? Daß er sich jetzt zwischen uns und den anderen entscheiden müsse? Daß er bei den anderen fein raus wäre? Daß er sich bei ihnen für uns stark machen könnte? Daß ihn mit uns eigentlich nichts verband? »Mark Felton. Ich bin bei denen, weil ich mit ihnen studiere. Bis vor zwei Jahren war ich bei den Marines.«

Der andere streckte die Hand aus. »Steve Walton. Flugzeugträger Independence. Freut mich, Mark, freut mich. Laß uns ein Bier trinken.«

Sie gingen in den Salon. Der Sohn des Wortführers und, wie er uns wissen ließ, seine Vettern machten sich eine Freude daraus, uns beim Hochtragen von Gepäck und Vorräten anzutreiben und die Frauen beim Kochen herumzukommandieren. Sie belegten de Baurs Suite und die benachbarten Zimmer. Sie waren laut und grob, und ich glaube, die anderen waren ebenso wie ich hin- und hergerissen zwischen dem Gefühl, die Situation sei entwürdigend und wir dürften sie uns nicht gefallen lassen, und dem Wunsch, keinen Ärger zu kriegen und das Ganze rasch hinter uns zu bringen. Keiner von uns begehrte auf. Ich hielt mich an Kindheitserinnerungen an einen lauten und groben Klassenkameraden fest, der's auf mich abgesehen hatte und dem ich mich innerlich so entzog, daß er den Spaß an mir verlor.

Wir aßen gemeinsam im Salon, Hamburger mit Kartoffeln und Ketchup. Die anderen ließen uns wissen, daß wir kein Recht auf das Essen hätten. Bis es Mike zuviel wurde. Geschniegelt, wie er war, hatte ich ihn für einen eitlen Angeber gehalten. Aber er setzte einfach seinen Pappteller mit dem halbgegessenen Hamburger ab, stand auf und ging. »Eßt euer Zeug alleine.«

Als er drei Schritte gemacht hatte, streckte Steve Waltons Sohn das Bein vor, und Mike stolperte und fiel. Er fiel einem Vetter vor die Füße, der sich vorbeugte, mit der Rechten

Mikes Haar packte, den Kopf anhob und das Gesicht in den Teller preßte, den er in der Linken hielt. Dazu lachte er, und seine Kumpane lachten, zeigten mit den Fingern auf die Szene, schlugen sich auf die Schenkel, lachten lauter. Dann sagte Steve Walton: »Es reicht«, und der Vetter ließ los, und Mike stand mit ketchupverschmiertem Gesicht auf und ging raus. »Sind ein bißchen wild, die Jungs«, sagte Steve Walton zu Mark, der neben ihm saß, und prostete ihm zu, »wie wir früher«. Mark prostete zurück.

Wir anderen saßen erstarrt. Jane und ich sahen uns an und lasen in unseren Gesichtern dieselbe Fassungslosigkeit. Ich habe keine Erfahrung mit körperlicher Gewalt. Ich hatte auch jetzt nicht Angst, ich würde körperlich angegriffen und niedergemacht werden. Aber ich fühlte mich ausgeliefert, wehr- und hilflos. Ich wollte hier weg. Dann stand Katherine auf, denselben Ausdruck aufgebrachter Rechtschaffenheit in Gesicht und Haltung, mit dem sie Mark und Pamela wegen des Rauchens zurechtgewiesen hatte, und wandte sich zur Tür.

»Setzen Sie sich!« Steve Walton fuhr sie mit solcher Wut an, daß sie sich zuerst nicht zu rühren, auch nicht zu setzen wagte. Sie setzte sich, als er die Arme auf die Lehnen seines Sessels stützte, als wolle er sich erheben. »Unser Essen wird aufgegessen, ist das klar?«

Wir hätten aufstehen und rausgehen müssen. Die Bissen hätten uns im Hals steckenbleiben müssen. Aber wir aßen. Wir schämten uns, sahen uns nicht an und aßen hungrig die Teller leer.

Nach dem Essen wiesen sie uns aus dem Salon. Ronald versuchte, unsere Lage zu erklären und einen Kompromiß zu verhandeln, aber die beiden Vettern packten ihn und setzten ihn vor die Tür. Eine Weile standen wir frierend in der Halle.

»Wir brechen morgen früh auf, sobald es hell wird.«

»Schaffen wir's ohne Mark? Ich glaube nicht, daß er mitwill.« Er saß mit Steve Walton und den Jungs im Salon.

»Ich komme nicht mit. Ich koche lieber ein bißchen und warte, bis jemand kommt. Oder die nehmen mich mit und setzen mich ab. Dreißig Meilen durch den Schnee laufen – ich nicht.«

»Ich auch nicht. Mit dem, was wir anhaben, holen wir uns den Tod.«

Ronald sah sich um. »Ich breche jedenfalls morgen früh auf. Wer kommt mit?«

»Ich.«

Jonathan schüttelte den Kopf. »Wir sollten kein Drama aus der Sache machen. Ich werde mal Geld mit denen reden.«

Mike hatte sich das Ketchup aus dem Gesicht gewischt. Er mied unsere Blicke. »Ich komme mit.« Greg und Phil nickten.

Als auch Pamela nickte, lächelte Katherine. »Aber nicht, daß du rauchst.«

»Ich habe nichts mehr.«

»Ich käme gerne mit. Aber ich habe ein Problem mit der Hüfte und kann kaum eine Meile laufen.«

»Sind wir also sieben.« Ronald grinste und streckte die Hand aus. »Einer für alle und alle für einen.« Wir schlugen ein.

Als ich frierend im Bett lag, klopfte es. Jane stand mit

Decken und Leintuch vor der Tür. »Die Wärme des menschlichen Körpers ... Es wäre einfach vernünftiger ...«

Also krochen wir zusammen unter unsere Decken. Das Bett war schmal, sie schmiegte sich an meinen Rücken, und mir war's recht: lieber einen gewärmten Rücken als einen gewärmten Bauch. Zusammen hörten wir, wie Jonathan aus dem Salon geworfen und angeschrien wurde. »Wir wollen dein Scheißgeld nicht. Wir wollen unseren Spaß.« Es gab Gepolter, die Tür zum Salon wurde zugeschlagen, und nach einer Weile kamen schwere Schritte die Treppe hinauf und gingen am Zimmer vorbei.

Jane sagte: »Vielleicht sollte ich doch mitkommen. Du weißt, daß es Wahnsinn ist. Wir schaffen dreißig Meilen nicht an einem Tag, und die Nacht im Freien bringt uns um.«

Ich erzählte ihr von den Puniern in den Alpen, den Franzosen an der Beresina und den Deutschen vor Moskau – wie mein Großvater es mich gelehrt hatte –, bis sie einschlief.

14

Ich wachte auf und wußte nicht, was mich geweckt hatte. Es war dunkel, mir war leidlich warm, und Jane atmete ruhig. Dann hörte ich, wie versucht wurde, einen Motor anzulassen. Es mußte der zweite Versuch sein, der erste mußte mich geweckt haben. Auch der zweite Versuch scheiterte. Ich stieg aus dem Bett und ging ans Fenster. Es schneite leicht. Der dritte Versuch hatte Erfolg. Der Jeep fuhr los, nach ein paar Metern gingen die Scheinwerfer an, und dann war er auf der Straße. Aber er schlingerte, nahm die erste Serpentine nur mit Mühe, fuhr in der zweiten in den Graben und kam nicht mehr los. Im Erdgeschoß wurden Türen aufgerissen, die Jungs rannten auf die Terrasse und waren beim Jeep, als Fahrer und Beifahrer gerade ausstiegen.

»Es sind Greg, Mike und Phil«, sagte Jane, die neben mich getreten war. Die Jungs trieben sie vor sich her zum Hotel und in die Halle, schrien, wir sollten runterkommen, und einer von ihnen rannte in den ersten Stock und riß die Türen auf. Unten hatte der Sohn von Steve Walton das Wort. Er hielt eine Taschenlampe und zeigte mit ihr auf Greg, Mike und Phil. »Einer für alle und alle für einen? Euren drei Freunden hier geht es nicht um alle, sondern um sich.« Er lachte. »Gescheit genug, den Wagen kurzzuschließen, aber zu blöd, den Schalter für den Vierradantrieb zu finden. Wer von euch war der Held? Wo bist du denn aufgewachsen und hast nichts gelernt?« Er lachte weiter. »Jetzt zieht ihr eure Schuhe an, kommt mit und zieht das Auto aus der Scheiße, klar?«

»Ihr spinnt.« Katherine war empört. »Einen Jeep aus dem Schnee ziehen? Der mit Vierradantrieb selbst fahren kann?«

Wieder begriffen wir nicht, was geschah, und standen erstarrt, als es vorbei war. Der Sohn packte Katherine, eine kleine, dünne Frau, vorne am Pullover, machte die Tür auf und warf sie in den Schnee. »Willst du barfuß raus?« Dann fuhr er uns an. »In drei Minuten seid ihr bereit.« Ich half Katherine auf. Sie zitterte und weinte, ich dachte, sie hätte sich verletzt, und war besonders vorsichtig. Sie schüttelte den Kopf. Es war die Demütigung der Ohnmacht.

Der Schnee fiel dichter. Wenn es so weiterschneite, würden wir am nächsten Tag keine Straße finden. Ronalds und mein Blick trafen sich, und ich sah, daß er das gleiche dachte. Wir zogen und schoben den Jeep aus dem Graben, über die Straße, auf den Platz. Es war harte Arbeit, und es gab Streit, weil Ronald sich empörte, daß Greg, Phil und Mike nur so taten, als würden sie mithelfen, und die anderen die Arbeit machen ließen. Als der Jeep wieder auf dem Platz stand, waren wir erschöpft, schnee- und schweißnaß. Wir gingen zurück in die Halle. Katherine wies uns an, uns trockenzureiben und mit allen Kleidern, die wir hatten, ins Bett zu gehen.

»Moment.« Steve Walton, der unsere Aufmerksamkeit nicht sofort hatte, zog eine Pistole, hob sie und schoß. Als wir uns ihm zuwandten, steckte er die Pistole in das Halfter unter seiner Schulter und sah uns mit seinem starren Blick an. »Wir sind enttäuscht. Wir lassen euch bleiben, obwohl ihr nicht hierhergehört. Wir teilen unser Essen mit euch. Was tut ihr? Der da«, er zeigte auf Jonathan, »behandelt uns, als seien wir Taxifahrer, die ihn für Geld zu bringen haben, wohin er will. Die drei bestehlen uns. Du«, er wandte sich Ronald zu, »gehst mir mit deinen Sprüchen über Verständnis und Kompromiß auf die Nerven. Was wir wollen, ist Dankbarkeit und Freundlichkeit.« Er wurde laut. »Dankbarkeit und Freundlichkeit und eine Entschuldigung für euer bisheriges Verhalten. Ist klar, was ich morgen hören möchte?« Er stellte sich vor mich. »Ist es klar?« Als ich nicht sofort antwortete, stieß er mich zurück, ich fühlte die Wand in meinem Rücken. Er stellte sich so dicht vor mich, daß sein Gesicht meines beinahe berührte und ich seinen Atem roch. Ich hatte Angst. »Ist es klar?«

»Ja.«

Er ging unsere Runde ab, und alle sagten »ja«.

Dann ging er mit den Jungs in den Salon. Wir gingen wortlos auf unsere Zimmer. Jane und ich zogen uns aus und rieben uns trocken, verlegen, weil unsere Nacktheit nicht unser Begehren weckte.

Im Bett sagte sie: »Wir sind erst zwei Nächte hier und doch schon eine Ewigkeit.«

Eigentlich wollte ich »ja« sagen, aber ich konnte mich nicht noch mal »ja« sagen hören. Immer noch hatte ich Angst, nicht in Hinsicht auf ein bestimmtes Ereignis, sondern als körperlichen Zustand.

»Was kommt morgen?«

»Es schneit immer stärker, und ich fürchte, wir können

nicht weg. Sie werden uns nicht in den Salon lassen, und wir müssen versuchen, den Ofen aus dem Schuppen in die Bibliothek zu holen.«

»Wir müssen uns entschuldigen.«

»Wir müssen sie dazu bringen, wieder ihr Essen mit uns zu teilen.«

Nach einer Weile sagte Jane: »Sie haben uns gar nicht gesagt, was sie hier eigentlich wollen.«

15

Sie sagten es uns am nächsten Tag. Sie wollten jagen. Als es um zehn Uhr zu schneien aufhörte, packten sie Vorräte in die Rucksäcke und probierten auf der Terrasse die Gewehre aus, und als um halb elf die Sonne durchkam, brachen sie auf. Mark ging mit.

»Jetzt«, sagte Pamela.

»Was jetzt? Beim Jeep ist die Lenkung gesperrt.«

»Dann bereiten wir eine Falle vor. Wir sägen ein Loch in den Boden der Halle. Oder hat jemand Schlafmittel? Wir tun es ihnen ins Essen. Oder wir verschanzen uns mit den Vorräten, und dann müssen sie mit uns verhandeln.«

Aber die Vorräte waren nicht mehr in der Küche. Die Suite war abgeschlossen, und wir schafften weder die Tür aufzubrechen noch über den Balkon einzusteigen.

»Woher haben die den Schlüssel?«

Greg sagte: »Kommt mal mit«, und wir folgten ihm zum Jeep. Das Lenkrad war mit einer eisernen Harke versperrt, aber die Türen waren nicht verschlossen. Greg öffnete die rechte Tür und zeigte auf die Ledermappe, die vor dem Beifahrersitz auf dem Boden lag. »Ist das… Ich habe heute nacht nicht genau hin- und nicht reingeschaut, aber erinnert ihr euch nicht auch…«

Pamela machte sie auf. Zwei Bücher, ein Bündel Papiere, ein Kalender. Sie blätterte im Kalender. »Ja, das sind de Baurs Sachen.«

»Was heißt das?«

»Ich weiß nicht.« Pamela legte die Mappe zurück. »Aber es gefällt mir nicht.«

»Du glaubst doch nicht…« Ronald sprach nicht zu Ende, und auch kein anderer sprach aus, wovor wir Angst hatten. Wir setzten den Ofen, führten das Rohr durch eine Luke, schafften Holz in die Bibliothek und machten's uns warm. Manchmal hörten wir Schüsse. Wenn es irgend ginge, würden wir morgen aufbrechen. Heute mußten wir uns entschuldigen. Wer? Wir losten, ich ging mit dem Champagnerkübel aus der Bar herum, und es traf Katherine.

»Ich mache es. Aber ich glaube nicht, daß die mit der Entschuldigung einer Frau zufrieden sind.« Pamela sah mich an. »Du solltest es machen.«

»Wir haben gelost, und es hat Katherine erwischt. Jetzt soll sie's auch versuchen. Wenn es nicht klappt, sehen wir weiter.«

»Warum sollen wir ein Risiko eingehen, das wir vermeiden können? Er soll sich entschuldigen, oder, noch besser, sie sollen's gemeinsam tun.«

»Ich mache es nicht. Warum haben wir gelost, wenn…«

»Das hast du schon gesagt. Wir haben gelost, weil wir's nicht besser wußten. Weil wir nicht nachgedacht haben. Jetzt haben wir nachgedacht und wissen es besser.«

Pamela hatte recht. Ich wußte es, aber ich wollte nicht. Ich wollte mich nicht entschuldigen für etwas, für das ich nicht schuldig war. Als es ans Losen ging, kam mir in Erinnerung, wie eine Nachbarin sich bei meiner Mutter über mich beschwert hatte, ich hätte ihr »Pißnelke« nachgerufen, und meine Mutter mich unter Druck setzte, bis ich mich bei der Nachbarin entschuldigte. Ich war ein Kind und hatte das Schimpfwort noch nie gebraucht oder auch nur gehört. Nach der Entschuldigung war mir so elend, daß ich es nicht begreifen konnte. Daß ich dem Frieden mit meiner Mutter meine Würde geopfert hatte, daß alle Rituale der Selbstkritik mit falschen Anschuldigungen und falschen Entschuldigungen auf dieses Opfer der Würde zielen und daß in dem Opfer die Selbstachtung zerbricht, verstand ich erst später. Nein, ich würde mich nicht verraten. Ich würde mich nicht entschuldigen. Katherine sollte es versuchen, und wenn es nicht klappte, konnten wir weitersehen.

Sie kamen mit einem geschossenen Rehbock. Katherine wurde für das Zerlegen bestimmt, weil sie Ärztin war, und ich half ihr, weil ich ihr gegenüber ein schlechtes Gewissen hatte. Ich weiß nicht, was die anderen machten: Holz für den Kamin im Salon holen, Feuer machen, Bier kalt stellen, das Gerät und die Lautsprecher installieren, aus denen auf einmal Schlager durch das Hotel und bis in die Küche schallten. Vermutlich hatten Steve Walton und die Jungs in den drei Stunden, während denen Katherine und ich brieten, Gelegenheit, mit jedem von uns unter vier Augen zu reden, auch mit Katherine, die ich ein paarmal allein ließ und deren Bratkünste die vier immer wieder neugierig verfolgten. Sie rückten beim Essen nicht sofort mit dem raus, was sie erfahren hatten. Zu Beginn des Essens entschuldigte Katherine sich, und wir dachten, die Entschuldigung sei gut angekommen; Katherine redete von deren und unseren verschiedenen

Erwartungen, die einander unglücklich in die Quere geraten seien, von verschiedenen Temperamenten und verschiedenen Stilen, bedauerte, daß wir sie, unsere Helfer in der Not, gekränkt hätten, und hoffte, daß das Essen uns versöhne und daß der Rehbock allen schmecke.

Aber nachdem wir eine Weile stumm gegessen hatten, sagte der Sohn zu Steve Walton: »Wollte die sagen, wie wir reden, hat nicht das richtige Niveau? Hält die uns für Bauerntrampel, für Dorfdeppen?«

»Ich weiß nicht, ob sie das sagen wollte. Aber ich weiß, daß sie uns für Idioten hält, bei denen man sich für Kleinkram entschuldigt und von den großen Sachen nicht redet. Fallen stellen, Löcher sägen, Essen vergiften«, er wurde immer lauter, »wie wär's, wenn ihr euch dafür entschuldigen würdet? Und diesmal möchte ich nicht ein Mädel hören, sondern einen Kerl. Ist das klar? Du da«, er zeigte auf mich, »ist das klar?«

Ich nickte, und als das nicht genügte, sagte ich »ja«, und als nach dem Essen die vier im Salon und wir in der Bibliothek saßen, sagte ich auch »ja« dazu, am nächsten Morgen unsere Entschuldigung vorzubringen. Ich wollte, daß wir noch mal Lose ziehen, und hatte mich vorbereitet, dabei zu betrügen, wie ich schon beim ersten Mal betrogen hatte. Aber die anderen weigerten sich, auch nur darüber zu reden. Auch über anderes wollte niemand reden. Wer hatte den vieren von Pamelas Vorschlägen erzählt? Wem war zu trauen?

Jane sagte zu Meg: »Ich meine, ich sollte offen zu dir sein. Ich habe kein Vertrauen zu dir. Ich habe keine Beweise gegen dich, aber mein Gefühl sagt mir…«

Meg schüttelte traurig den Kopf.

Als um neun das Licht ausgegangen war, kam einer der Vettern und zeigte auf Pamela: »He, kleine Schlampe, steh auf und komm mit.« Er klang angetrunken. Pamela sah sich um, und immerhin standen Katherine, Jane, Ronald, Jonathan und ich auf. Aber als hätten sie darauf gewartet, standen Steves Sohn und der andere Vetter in der Tür. Steves Sohn trug ein Halfter mit Pistole, nicht umgeschnallt, sondern einfach über die Schulter gehängt. Pamela sah von denen zu uns und von uns zu denen, stand auf und ging mit.

Wir warteten, hörten Gelächter, Wortwechsel, die laute Stimme Steve Waltons und die leise Pamelas. Wir verstanden nicht, was im Salon geredet wurde, aber an der Tür zu lauschen trauten wir uns nicht. Eine Weile war es still, dann hörten wir einen lauten Schrei und gleich darauf noch einen. Jane rannte los, versuchte die Salontür aufzumachen, fand sie verschlossen und trommelte dagegen. Pamela machte auf, blaß, mit roten Flecken auf den Wangen und erschrockenen Augen. »Ist gut, Jane, ist gut.«

16

Warum wurde ich erst im Augenblick meiner Niederlage hellsichtig? Weil nach der Niederlage nichts mehr zu gewinnen, nichts mehr zu verlieren ist? Weil die Niederlage mit den Illusionen über die eigene Person auch die falschen Vorstellungen von den anderen zerstört? Weil die Frage der Niederlage: wie konnte es dazu kommen? näher und genauer hinsehen läßt?

Als ich am Abend in mein Zimmer kam, hatte Jane ihre Decken und ihr Leintuch geholt. Sie hatte Meg angeklagt, aber ertrug auch meine Nähe nicht mehr. Ich saß auf dem Bett und merkte, daß es mir nicht anders ging; ich ertrug die anderen nicht mehr, nicht ihre Gesichter, was sie redeten, wie sie sich bewegten, ihre Angst. Was wir erlebten, schweißte uns nicht zusammen, sondern entfernte uns voneinander. Die Nacht würde ohne Janes Körper und Decken zu kalt werden. Ich sollte meine Sachen nehmen, in die Bibliothek gehen und mich an den Ofen legen. Aber die Vorstellung, die Atemzüge der anderen zu hören und ihre Ausdünstung zu riechen, war mir unerträglich, und ich legte mich in mein Bett.

Bis ich um vier aufwachte und die Kälte unerträglicher als die Atemzüge und die Ausdünstung der anderen war. Ich legte mich in die Bibliothek. Um acht holten sie uns in die Halle; als letzte kam Pamela aus dem Salon, stellte sich zu uns, sah uns aber nicht an. Was wir ihnen zu sagen hätten? Ich trat vor, und sie spielten ein Spiel. Was ich wolle? Mich entschuldigen? Für die Gruppe? Für mich nicht? Wär's nicht besser, wenn ich mit mir anfinge?

Schließlich hatte ich mich entschuldigt. Ich ging in mein Zimmer und zog alle meine Kleider an, ging in die Bibliothek, holte meine Decke, legte sie um mich und ging raus. Der Schnee war immer noch zu hoch, um den Weg zu finden, aber mir war's egal; ich wollte nur raus aus dem Hotel und weg von den anderen. Ich stapfte den See entlang, bis ich das Hotel jenseits der weiten weißen Fläche am Hang thronen sah.

Was mochte die Kommune hier gemacht haben? Wohin ich sah, war Wald. Die Leute konnten hier nicht einmal anbauen, was sie brauchten. Was konnten sie produzieren? Wie sollten sie Materialien heranschaffen und Produkte ausliefern?

Nichts stimmte. Die Kommune konnte nicht das Experiment eines neuen, anderen, besseren gemeinsamen Lebens gewesen sein, das Kommunen gemeinhin sind. Sie war ein Experiment de Baurs an den Leuten, die sich ihm anschlossen. Wie diese Woche ein Experiment an uns war, bei dem die Herausforderungen, Bedrohungen und Gefahren ebensowenig echt waren wie bei der Kommune das Versprechen eines besseren Lebens.

Wie verhalten sich Studenten, künftige Politiker, Richter, Geschäftsleute und andere Verantwortungsträger unter extremen Bedingungen? Wie solidarisch, wie egoistisch? Wie prinzipienfest, wie kollaborationsbereit? Was braucht es, daß sie einander verraten, daß sie sich gegeneinander wenden? Bei wieviel Kälte, Hunger, Druck, Angst ist der Lack der Zivilisation ab?

Zugleich darf keiner der Teilnehmer am Experiment erfrieren, verhungern oder ernsthaft Schaden nehmen. Es muß gerade genug Decken geben, für den ersten Abend muß sich gerade genug zu essen finden, die Okkupanten müssen gerade genug für alle mitbringen, und wenn das Zimmer mit dem Kamin okkupiert wird, muß sich ein Ofen finden und in ein anderes Zimmer schaffen lassen. Wenn's Gewalt gibt, muß sie schlimm aussehen, darf aber nicht wirklich weh tun; Mike fiel auf den Boden, Katherine in den Schnee, und ich war sicher, daß Pamela nicht vergewaltigt, sondern nur zutiefst erschreckt und bloßgestellt worden war.

Experiment? Was sollte die Woche eigentlich zeigen, was de Baur nach all den Seminaren, die er hier veranstaltet hatte, noch nicht wußte? Nein, er wollte uns nicht erforschen. Er hielt sich nicht einmal raus, wie es sich bei einer ordentlichen Versuchsanordnung gehört. Er spielte mit. Die Videogeräte stammten nicht aus der Zeit der Kommune und waren nicht abgeschaltet. Über sie verfolgte er, wie wir uns verhielten, und er gab seinen Helfern Weisungen, wie sie sich uns gegenüber verhalten sollten. Niemand hatte Pamela verraten; de Baur hatte sie über Video gesehen und gehört. Als Steve Waltons Sohn Greg, Mike und Phil verhöhnte, daß es keinem von ihnen um alle und allen nur um sich gehe, hatte er sich verplappert und hätten wir es merken können. Wie sollte er von unserem abendlichen Schwur wissen?

De Baur wollte uns nicht erforschen, sondern formen.

Mir fielen Passagen aus seinem Buch und seiner Vorlesung ein, mit denen ich beim Lesen und Hören nichts hatte anfangen können. Daß wir alles nur verdrängt hätten: die Freude am Bösen, die Lust des Hassens, Kämpfens und Tötens, die Lust an den düsteren Ritualen des Faschismus und Kommunismus. Daß wir dem Bösen nicht ins Auge sähen, sondern den Blick von ihm abwendeten und daß daher alles, alles wiederkäme. »Meinen Sie, es sei eine Sache nur dieser Menschen gewesen? Nur dieser Zeit?« – wir hatten es mehr als einmal gehört, wenn er in der Vorlesung über die Furchtbarkeiten der Vergangenheit sprach.

Das Seminar sollte uns lehren, dem Bösen ins Auge zu sehen, dem Bösen in den anderen und in uns selbst. Alle kamen in der einen Woche dran, alle sollten erfahren, daß sie ihre guten Prinzipien verleugnen, verraten, verkaufen und mit Entschiedenheit böse handeln. Wer bisher noch nicht gefallen war, würde noch fallen, vielleicht mit Hilfe eines Schubses, den de Baur bestimmen würde, weil die Videogeräte ihm die entsprechende Schwäche gezeigt hatten.

Ich hatte die anderen beim Losen betrogen und mit der Entschuldigung mich selbst verraten. Was sollte ich daraus lernen? Daß ich fähig war, böse zu handeln? Daß ich diese Fähigkeit nutzen konnte? Ging es darum, aus den Teilnehmern der Seminare eine Gemeinschaft derer zu schmieden, die dem Bösen ins Auge gesehen hatten und nun bereit waren, sich seiner entschlossen zu bedienen?

Ich wollte nicht zu dieser Gemeinschaft gehören, nichts mit ihr zu tun haben. Ich wollte auch nicht warten, bis alle drangewesen waren und de Baur dazustieß und deutete und erklärte und versöhnte und verführte und schließlich alle mit dem Gefühl entließ, sie seien nach dieser besonderen Erfahrung besondere Menschen. Ich bin über den See zurück zum Hotel gelaufen. Mitten auf der großen, leeren, weißen Fläche überfiel mich noch mal die Angst – die Angst der letzten Tage, die Angst vor dem Einbrechen und Ertrinken, die reine Angst, die keinen Gegenstand braucht. Am anderen Ufer war sie weg. In meinem Zimmer im Hotel habe ich mich vor die Videokamera gestellt. Ich habe de Baur gesagt, daß es Zeit ist und daß er kommen und die Sache zu Ende bringen soll.

17

Die vier nahmen mich im Jeep mit nach New York. Ich paßte sie beim Abfahren ab und sagte ihnen auf den Kopf zu, daß sie das Hotel nicht nur kurz verließen, wie sie uns gesagt hatten, sondern daß sie ihre Aufgabe erfüllt hatten und daß de Baur bald kommen würde. Sie ließen mich achselzuckend einsteigen.

Sie waren Schauspieler. Der, den wir als Steve Walton kennengelernt hatten, war vor Jahren Mitglied der Kommune gewesen und organisierte, seit die Januarseminare die Kommune abgelöst hatten, weitere Schauspieler, mit denen er mal eine Jagdpartie, mal eine Poker- und Saufrunde, mal eine Gruppe befreundeter Veteranen darstellte. »Einmal haben wir eine Bande gespielt, die sich vor der Polizei versteckt.« Er lachte. »Es hat Spaß gemacht, aber einer von uns hat's übertrieben und war nicht mehr echt, sondern Film. Nicht immer spielt das Wetter so gut mit wie diesmal.«

»Wo ist de Baur?«

»Schon lange im Hotel. Er sitzt im Cottage hinter dem Berg und hat's nicht weit.«

»Sitzt vor einer Wand mit Monitoren.«

»Als es die Kameras noch nicht gab, haben wir mehr improvisiert. Johns Traum ist, daß wir ihn nicht nur ab und zu anrufen, sondern daß jeder von uns einen kleinen Empfänger im Ohr hat und er uns genau dirigieren kann. Ohne mich – ich bin Schauspieler, kein Roboter.«

Er fuhr vorsichtig und gleichmäßig. Nachdem die Adirondacks hinter uns lagen, war die Fahrt auf dem Highway durch die Dunkelheit eintönig, und die anderen schliefen ein. Ich brauchte eine Weile, bis ich mich an die Welt ohne Schnee und den Strom der Autos gewöhnt und die Bilder der letzten Tage aus dem Kopf hatte.

»Wie war die Kommune?«

»Wie die Kommune war?« Er dachte nach. »Ich hätte keines von den normalen Mitgliedern sein mögen. Ich war beim Stab, und sogar da war's manchmal zuviel. Daß es keine Privatsphäre gab, daß man, außer man wurde zur Strafe ausgeschlossen, immer mit anderen zusammen war, beim Essen, beim Schlafen, beim Lieben, auf dem Klo, ging noch. Aber John hat ständig die Regeln verändert, und er hat nicht gesagt, daß und wie er sie ändert, sondern es galt am einen Tag einfach nicht mehr, was am Tag davor gegolten hatte, sondern etwas anderes. Wir vom Stab kannten die neuen Regeln natürlich; wie hätten wir sie durchsetzen können, wenn wir sie nicht gekannt hätten. Aber die anderen merkten nur, daß die alten Regeln nicht mehr stimmten. Nichts stimmte, nichts hatte Bestand, auf nichts war Verlaß. Auch nicht auf de Baur – er war heute so und morgen so.«

»Was für Regeln gab es?«

»Wann aufgestanden wird, in welcher Reihenfolge das Frühstück ausgegeben wird, wer Frühstück macht und wer danach Geschirr und Besteck abwäscht und aufräumt, wer für welche Arbeit eingeteilt wird und wer frei hat, wer mit wem Liebe machen darf – für alles gab es Regeln.«

»Was sollte es, sie ständig zu ändern?«

Er lachte. »Ob ich das noch zusammenkriege? Es hatte mit der Wahrheit der Ausnahmesituation zu tun. Wenn alles normal läuft, erfahren wir nicht, wer wir sind. Wir lassen uns täuschen, täuschen uns selbst, und nur in der Ausnahmesituation passiert mit uns...« Er zögerte. »Ich weiß nicht mehr, was in der Ausnahmesituation mit uns passiert. Den Mitgliedern der Kommune ist jedenfalls passiert, daß sie die Orientierung verloren haben. Ihnen hat er auch nichts über die Ausnahmesituation und ihre Wahrheit gesagt. Sie sollten es erfahren.«

»Warum sind sie geblieben?«

»Nur die Hälfte ist geblieben. Die anderen, Stärkeren, sind gegangen. Von denen, die geblieben sind, ist einer schließlich durchgedreht. Das war das Ende der Kommune.«

»Nach wie vielen Jahren?«

»Jahren? Die Kommune hat neun Monate gehalten, vom Frühling bis in den Winter.«

»Warum haben Sie mitgemacht?«

»Wir kannten uns seit dem Studium, John Jura und ich Schauspiel. Er brauchte jemanden, und ich war gerade frei.«

»Wer zahlte für die Kommune? Wer zahlt für das, was jetzt stattfindet?«

»Eine Stiftung, ich weiß nicht, welche. Ich weiß auch nicht, ob es heute noch die ist, die damals schon gezahlt hat.«

Ich hatte Mühe, die Augen offenzuhalten, und wollte doch so viele Fragen beantwortet haben. Wie war de Baur als junger Mann gewesen, wie als Chef der Kommune? Was hatte er über sein Leben in Europa erzählt? Wie war er mit Frauen? Wie mit Freunden? Hatte er überhaupt Freunde? Aber ich kam über die Frage, ob die Mitglieder der Kommune ihn am Ende gehaßt hatten, nicht hinaus.

»Gehaßt? Nein, die, die geblieben sind, haben ihn verehrt.«

18

Sie setzten mich am Times Square ab. Mitternacht war vorbei, aber auf den Straßen drängten sich die Autos und auf den Bürgersteigen die Fußgänger, und Leuchtreklamen wechselten zuckend Farben und Muster. Es war nicht kalt, und statt mit der Untergrundbahn zu fahren, ging ich zu Fuß.

Ab und zu lud eine Nackte in Neon zu einer Show ein. Ab und zu war ein Laden auf und verkaufte Sandwiches, Bier, Zeitschriften. Ab und zu lag und schlief einer in einem Hauseingang oder auf der Stufe vor dem heruntergelassenen eisernen Rolladen eines Geschäfts. Auf dem Weg nach Norden wurde es auf Straße und Bürgersteig allmählich ruhiger. Bei der 72. Straße wechselte ich auf den Riverside Drive und war allein. Links blinkten die Lichter vom anderen Ufer durch die kahlen Bäume des Parks, rechts standen die hohen Häuser dunkel vor den stadthellen Wolken.

Taute in den Adirondacks der Schnee? Knackte das Eis auf dem See? So warm, daß das Seminar kein Feuer im Kamin bräuchte, würde es nicht sein. Saßen sie im Salon und ließen sich von de Baur erklären, was sie erfahren hatten? Was sie daraus lernen sollten?

In Gedanken stritt ich mit de Baur. Nichts sei daraus zu

lernen. Ja, wir seien zu Selbstsucht und Rücksichtslosigkeit, Verrat und Betrug und noch zu viel Ärgerem fähig. Aber das wüßten wir ohnehin. Ja, das Böse sei mit den Verbrechen und Kriegen des 20. Jahrhunderts nicht erledigt, sondern weiter in der Welt. Auch das sei uns nicht neu. Was die künstliche kleine Ausnahmesituation, die er gebaut habe, zeige, sei nicht interessant. Interessant sei allein, wie wir unsere Normalität einrichteten und daß wir immer besser, gerechter, respektvoller, freundlicher miteinander umgingen.

De Baur lachte. Immer besser? Wenn ich meinte, es gehe voran, hätte ich nichts begriffen. Nichts von der Gegenwart des Bösen in der Welt und nichts von seiner Gegenwart in mir. Wenn wir wüßten, zu welcher Schlechtigkeit wir fähig seien – warum urteilten wir so überheblich über die Schlechtigkeit anderer? Wenn wir wüßten, daß das Böse weiter in der Welt sei – warum lebten wir, als müßten wir uns ihm nicht stellen? Als müßten wir nicht entscheiden, was es ist, und die Entscheidung nicht verantworten?

Er höhnte: Wagst nicht einmal, dich dem Streit mit mir zu stellen. Bist auf dem Weg in dein Zimmer und dein Bett, statt hier im Hotel. Würdest dich über das, was ich lehre, nicht einmal empören, wenn du nicht darüber empört wärst, daß ich dir kein Vater war. Daß ich dich nicht so süß fand, daß ich bei dir bleiben mußte. Empörst dich doch auch sonst über nichts. Läufst durch die Welt, beschäftigst dich ein bißchen mit Gerechtigkeit, als sei es eine Denksportaufgabe, begegnest deiner politischen Gegenwart, als sei sie ein Bilderbuch der Geschichte. Wäre ich nicht dein Vater, wäre ich für dich eine genauso interessante, nein, lachte er, eine viel interessantere Entdeckung als deine Entdeckungen in Ber-

lin nach der Wende. Ich höhnte zurück: Entscheidung verantworten? Als du deine Entscheidungen hättest verantworten müssen, hast du dich davongemacht. Und erzähl mir
nichts von der Verantwortung vor dir selbst – sie tut nicht
weh und ist nichts wert. Sie ist ein Witz.

Ein Mann kam mir entgegen, Mantel über dem Schlafanzug und Hund an der Leine, sah mich verwundert an, und
ich merkte, daß ich laut mit mir redete. Ich hörte auf, mit
mir, und hörte auch auf, mit de Baur zu reden. Sollte ich ihn
statt in Gedanken in Wirklichkeit stellen? Er würde sich
nicht entziehen. Er würde die Konfrontation sogar genießen. Wenn ich die Sache leicht, sportlich, spielerisch nehmen
würde, könnte aus der Konfrontation zwischen Sohn und
Vater eine Vater-Sohn-Begegnung werden. Er würde Spaß
an dem Weg haben, der mich vom Roman zur Freude und
zur guten Unterhaltung zu ihm geführt hatte, und mir,
wenn er sich noch an sie erinnerte, Karls Heimkehr erzählen. Dann würden wir zusammensitzen und Rotwein trinken und über Heimkehren reden: die von Odysseus, die von
Karl, seine, meine.

Vielleicht hätte ich mich auf ihn einlassen mögen, wenn er
tatsächlich der Abenteurer, der Spieler gewesen wäre, den
ich lange in ihm gesehen hatte. Aber die spielerische, aben-
teuerliche Leichtigkeit war immer nur eine Fassade gewesen,
hinter der de Baurs Dämonen lauerten.

Um zwei Uhr war ich zu Hause. Das Zimmer war überheizt, ich machte das Fenster auf und hörte leise Musik. Ich
merkte, daß ich nicht würde schlafen können, und wollte
wissen, welcher armen Seele es ebenso ging. Aber alle anderen Fenster waren dunkel. Ich saß am Tisch und hörte dem

Jazz zu, Klavier ohne Begleitung, ruhig, zögernd, ironisch. Mit der Heizung, die ich nicht ab- oder kleiner stellen konnte, und dem offenen Fenster war die Temperatur angenehm. Ich nahm einen der Blöcke mit gelbem Papier, die ich hier kennen- und mögengelernt und zahlreich eingekauft hatte und fing an zu schreiben.

> *Von einem, der auszog, das Fürchten zu lehren*
> *Wie Tausende vor und nach ihm ließ er in Europa Frau und Kind, seine dunkle Vergangenheit und seinen alten Namen zurück, kam in Amerika mit neuem Namen und heller Zukunft an und machte Karriere.*
> *Seine Karriere führte John de Baur an die Columbia-Universität in New York und machte ihn zum Professor für politische Theorie. In seiner Vergangenheit...*

Ich berichtete über seine Schweizer Herkunft, sein Studium in Deutschland, seine Nähe zu Hanke, seine Flucht mit ihm, seine Zeit in Berlin, seine Pseudonyme. Ich berichtete über das, was er geschrieben hatte: der Aufsatz im Studium, die Artikel im Krieg, in der *Deutschen Allgemeinen Zeitung* und in *Das Reich*, die Artikel nach dem Krieg im *Nacht-Expreß*, die Romane. Ich schrieb nicht, wie ich seine Theorie der Odyssee des Rechts verstand. Daß de Baur mit ihr versuchte, seine Vergangenheit zu rechtfertigen – war es nicht offenkundig, wenn man seine Vergangenheit erst einmal kannte? Aber ich erwähnte, was er in seiner Kommune gemacht hatte und in seinen Januarseminaren machte.

Am frühen Morgen war ich fertig. Ich legte mich hin, schlief kurz und schlecht, ging um zehn mit dem Manuskript in die Universität, schrieb es am Computer ab und zeichnete es mit meinem Namen. Dann rief ich den Rechtsanwalt an, den ich bei einem Vortrag in der Law School kennengelernt hatte, suchte ihn auf und vereinbarte mit ihm, er solle mein Manuskript der *New York Times* anbieten und sicherstellen, daß es entweder ganz oder gar nicht abgedruckt würde. Für denselben Tag bekam ich keinen Flug mehr, aber ich bekam den ersten Flug für den nächsten.

19

Das Flugzeug startete mit Verspätung. Als es entlang der Küste nach Norden flog, ging bereits die Sonne unter. Im Abendlicht schimmerte Wasser und glühte Schnee – ich glaubte nicht wirklich, daß es der Hudson und die Adirondacks waren, aber nahm Abschied, als seien sie's. Dann sah ich die Lichter von Hallifax. Dann war es völlig dunkel.

Ich hatte Angst davor gehabt, Barbara anzurufen und mich anzukündigen, und es gelassen. Was, wenn sie am Telephon sagen würde, es habe sich mancherlei getan? Ich solle zunächst besser bei einem Freund unterkommen oder bei meiner Mutter? Wir müßten erst einmal sehen, wie es mit uns weitergehe? Nein, sie habe niemanden anders, jedenfalls niemanden Festes, aber sie habe jemanden kennengelernt? Doch, sie habe mich lieb, sie habe mich sehr lieb, aber sie sei mit sich nicht im reinen? Ja, sie wolle mich sehen, aber zusammen in einer Wohnung sei einfach zu nah und zu eng?

Ich hatte vermieden, es von ihr am Telephon zu hören. Aber ich hatte dadurch nichts gewonnen. Was, wenn ich es im Treppenhaus zu hören bekäme, vor dem Eingang zur Wohnung? Oder im Wohnungsflur? Oder im Wohnzimmer? Aus dem, wie auch aus den anderen Zimmern, meine Möbel schon ausgeräumt und im Möbellager abgestellt waren?

Barbara hatte mir zu Weihnachten den Stoffbären geschickt, den ich als Kind bekommen und seitdem in meinen verschiedenen Wohnungen ins Bücherregal gesetzt hatte. »Mit einem lieben Gruß aus der Heimat« hatte sie dazugeschrieben, und ich hatte mich gefreut. Aber woher wollte ich eigentlich wissen, daß sie den kleinen Bären als Boten der Liebe geschickt hatte, der Nähe herstellen sollte? Hatte sie sich vielleicht nur gescheut, ihn in einen der Kartons zu packen, in denen meine Sachen mit meinen Möbeln lagerten?

Aber das hätte sie mir doch geschrieben! Die Männer in meinen Geschichten kehrten ahnungslos heim, weil es keine Post, kein Telephon, keinen Kontakt gab. Das stimmte nicht ganz, Agamemnon kehrte ahnungslos heim, obwohl er durch einen Boten Kontakt zu Klytämnestra hergestellt hatte. Sie hatte sich verstellt, weil sie ihn umbringen wollte und auch umbrachte. War ich verrückt? Was für dumme, dumme Gedanken! Meine Möbel und Sachen waren noch in der Wohnung – davon konnte ich ausgehen. Wenn es anders wäre, hätte sie's mir geschrieben. Aber das war auch alles, was sie mir geschrieben haben würde. Mit dem anderen würde sie warten. Sie würde warten, bis sie es mir von Angesicht zu Angesicht sagen könnte.

Ich war für die Ablenkung des Essens und des Films froh, und meine Nachbarin erzählte mir von ihren vier Kindern und zwölf Enkeln. Als die Deckenbeleuchtung ausgeschaltet wurde und meine Nachbarin ihren schnarchenden Kopf an meine Schulter sinken ließ, drehte sich das Rad meiner Angst weiter. Ich versuchte, es anzuhalten und meine Optionen anzuschauen. Wenn sie mich nicht in der Wohnung haben wollte – sollte ich trotzdem bleiben? Zuerst konnte ich es mir nicht vorstellen, aber dann wurde ich unsicher, ob ich, wenn ich nicht bliebe, es um ihret- oder um meinetwillen täte. Wollte ich ihr meine Nähe nicht zumuten, oder wollte ich mich nicht exponieren? Nein, ich würde den Fehler, den ich einmal gemacht hatte, nicht noch einmal machen. Ich würde bleiben. Präsent sein, nicht fordern, aber werben, mich nicht aufdrängen, aber anbieten, meine Gefühle nicht unterdrücken, aber Verständnis für ihre haben und zeigen, ein bißchen Selbstironie an den Tag legen – je länger ich die Option entwickelte, desto richtiger erschien sie mir und desto klarer wurde mir, daß ich sie nicht leisten konnte. Ich konnte nicht.

Was tun, wenn sie in der Tür stünde und neben ihr und den Arm um sie gelegt ein anderer? Kämpfen? Auf einmal leuchtete mir die Idee des Duells ein. Mir leuchtete ein, daß, wenn zwei Männer dieselbe Frau lieben, nicht für beide Platz auf dieser Welt ist. Daß sie, wenn sie sie wirklich lieben und nicht kriegen, auf dieser Welt auch nicht beide einen Platz wollen und lieber im Duell sterben, als ohne sie leben. Zu dumm, daß die Frauen nicht mehr mitspielen und unter Umständen den falschen wollen, den, der stirbt, oder sogar alle beide. Schon bei einer Prügelei mit dem anderen konnte ich nicht darauf rechnen, daß Barbaras Augen leuchten würden. Wenn er zurückschlagen, ich die Treppe rücklings hinunterstürzen und auf dem Absatz liegenbleiben würde, käme sie vielleicht gerannt und nähme meinen blutigen Kopf in ihren Schoß. Aber wenn er fiele? Wenn sie in ihm das tapfere Opfer und in mir den Rohling sähe?

Ich merkte, daß ich mit der Angst Schluß machen mußte.

Sie breitete sich aus wie ein Klecks, der auf dem Blatt für nichts anderes Platz läßt. Bald würde ich auf dem Blatt nicht mehr den Platz finden, »Ich liebe dich« zu schreiben.

Als das Flugzeug in Frankfurt landete, war es noch dunkel, und es war auch noch dunkel, als ich in meiner alten Heimatstadt aus dem Zug stieg. Ich mußte umsteigen, aber auf der Strecke waren die Leitungen oder die Schienen beschädigt oder hatte es einen Selbstmord gegeben, und der nächste Zug sollte frühestens in zwei Stunden fahren. Ich nahm eine Taxe. Wir fuhren auf die Berge zu, über denen die Sonne aufging – ich nahm es als gutes Omen. Das schlechte war, daß ich wie Karl über die Autobahn kam.

Dann stand ich vor dem Haus. Mit dem winterlich kahlen Garten sah es noch massiger und düsterer aus, und mir wurde das Herz schwer. Ich öffnete das Gartentor, ging an die Haustür und klingelte. Nach einer Weile hörte ich das Summen des Türöffners, drückte die Tür auf und ging die Treppe hoch. Noch war die Tür zur Wohnung zu. Ich blieb auf der Treppe stehen.

Ich hörte, wie an der Tür die Kette aus dem Riegel geschoben und fallen gelassen wurde. Die Tür ging auf. Barbara stand im Morgenmantel, das Haar nach hinten gerafft, wie bei unserer ersten Begegnung, und eine Brille auf der Nase. Sie nahm die Brille ab, erkannte mich, und ihr Gesicht leuchtete. Sie lehnte sich an den Türrahmen, verschränkte die Arme vor der Brust und sah mir zu, wie ich die letzten Stufen hochstieg, mein Gepäck in den Händen. Sie lächelte ihr schiefes, freches, warmes Lächeln. »Da bist du ja!«

20

Es war, als wäre ich nicht weg gewesen. Barbara mußte in die Schule, und während sie sich duschte, schminkte und anzog, machte ich Frühstück. Als sie aus der Schule nach Hause kam, hatte ich die Koffer ausgepackt, die Sachen aufgeräumt und meine Post gelesen.

Mein Verlag bot mir meine Stelle wieder an; er hatte meinen Nachfolger nach Ablauf der Probezeit nicht behalten wollen. Nähme ich das Angebot an, könne ich auch gerne die neue Reihe und die neue Zeitschrift machen. Über dem Essen konnte ich Barbara mitteilen, daß wir am nächsten Morgen wieder wie früher gemeinsam zur Arbeit aufbrechen würden. Am nächsten Morgen – würde ich länger warten, würde sich nur mehr Arbeit auf meinem Schreibtisch häufen.

Nichts von dem, wovor ich Angst gehabt hatte, war passiert. Es gab keinen anderen Mann in Barbaras Leben, sie trug mir nicht nach, daß ich weg gewesen war, sie freute sich einfach, daß ich wieder da war. Gleichwohl habe ich die Angst nicht völlig verloren. Würde Barbara die Routine der Liebe, die mir so wichtig ist und wohltut, eines Tages langweilig werden? Damit sie nicht merkt, wie es um mich steht, mache ich manchmal flippige Vorschläge, auf die sie auch lachend eingeht. Was, wenn sie mich eines Tages durchschaut? Oder durchschaut sie mich schon?

Mein Aufsatz über John de Baur ist nicht erschienen. Die *New York Times* wollte, daß ein Reporter alle Tatsachen mit mir durchgeht, sich von mir berichten und belegen läßt, und das wollte ich nicht. Ich wollte, was zwischen John de Baur und mir gewesen war, nicht mehr aufrühren.

Jahre später war seine Geschichte dann doch in den Medien, den amerikanischen und den europäischen. Ich vermute, daß der Journalist, auf dessen Schreibtisch mein Aufsatz gelandet war, selbst recherchiert hatte. Er verschwieg mich als Quelle, und mir war's recht. Ich wäre sonst noch in den Medienrummel geraten.

In den meisten Veröffentlichungen ging es um de Baurs Biographie, seine verschiedenen Namen und Rollen, auf was er sich eingelassen oder in was er sich verstrickt hatte, seinen Egoismus oder seinen Opportunismus oder seine Arroganz oder was immer der Schreiber als Schlüssel zu de Baurs Leben entdeckt hatte. Das Fernsehen lud nicht ihn, sondern den Journalisten ein, der über ihn geschrieben hatte, aber er bekam eine Sendung im Radio und war souverän und charmant, über seine jugendliche Abenteuerlust und Verführbarkeit zugleich betroffen und amüsiert, verständnisvoll, was die Medienkampagne anging, stolz auf das, was er in Amerika geleistet hatte, und auf Amerika, das es ihn hatte leisten lassen, so bescheiden, aufrichtig und freundlich, daß er danach nicht mehr einfach niedergemacht werden konnte. Ich hörte Auszüge der Sendung in einem dritten Programm, und er war wirklich beeindruckend.

Die wissenschaftliche Auseinandersetzung kreiste um seine intellektuelle Redlichkeit und darum, ob er sich mit der Deconstructionist Legal Theory um die Verantwortung drücken oder eine richtige Theorie habe entwickeln wollen oder beides. De Baurs Freunde organisierten eine Konferenz, in der die Fragen diskutiert wurden, und nachdem die amerikanischen Kollegen über seine schwierigen oder schrecklichen oder blinden oder hintersinnigen oder widerständigen Kriegstexte vorgetragen hatten und ein französischer Kollege in ihnen wie in einem Feuer die Glut unter dem Flackern der Flammen gesehen hatte, trat de Baur selbst auf und dekonstruierte seine Kriegstexte so, daß man sie ihm nicht vorwerfen noch auch ihm vorwerfen konnte, er verweigere für sie die Verantwortung. Auch das war eine meisterliche Leistung.

Ein Beitrag auf der Konferenz löste eine eigene kleine Debatte aus. Der Autor legte dar, daß de Baurs Versuch, die Vergangenheit zu rechtfertigen und in die Gegenwart zu integrieren, nicht nur intelligenter als die anderen Versuche sei, mit denen Theoretiker und Praktiker des Rechts sich herkömmlich rausredeten: Recht ist Recht, Befehl ist Befehl, Gehorsam ist Gehorsam. Er mache auch vorstellbar, was lange Zeit unvorstellbar erschienen sei: einen modernen intellektuellen Faschismus. Aber auch diese Debatte überstand de Baur.

Ich halte für möglich, daß er den Rummel nicht nur überstanden, sondern genossen hat. Danach wurde es um ihn still, jedenfalls in Europa, und ich bin seinem Namen erst wieder um die Jahrtausendwende begegnet, zu der er einen beachteten, ahnungsvollen, unheilkündenden Aufsatz geschrieben hat. Nach dem 11. September 2001 hat er eine Theorie des Terrorismus entwickelt – ich sah das Buch angezeigt und besprochen, mochte es aber nicht lesen. Als er achtzig wurde, strahlte das Fernsehen eines späten Abends ein Interview mit ihm aus. Ich sah und hörte ein bißchen zu. Dann schaltete ich den Ton ab, dann das Bild aus.

Wenig später rief meine Mutter an. »Hast du ihn im Fernsehen gesehen?«

»Ja.«

»Willst du noch das Ende seines Romans wissen?«

»Du hast es mir schon vor Jahren erzählt.«

Sie lachte. »Das hast du dir immerhin zusammengereimt.« Sie wartete auf eine Reaktion auf ihre Boshaftigkeit, aber ich sagte nichts. »Er hat, bevor er nach Schlesien kam, hier gelebt und studiert und eine Freundin gehabt. Nach dem Krieg hat er sie aufgesucht, sie war verheiratet und hatte zwei Kinder.«

»War eines von ihm?«

»Er hätte es mir gesagt. Er hat mich nie geschont. Aus der letzten Begegnung mit ihr und der Absprache mit mir hat er das Ende des Romans gemacht.«

»Warum erzählst du mir das?«

»Vielleicht kommst du, wenn ich alles sage, endlich klar. Du weißt noch immer nicht, ob du Peter Debauer bleiben oder Peter Graf oder Peter Bindinger werden willst. Du hast noch immer nicht geheiratet. Für eigene Kinder ist es bei euch zu spät, aber du könntest immer noch...«

»Willst du Großmutter werden?«

»Ich will nichts.« Sie legte auf.

Es stimmt. Sie will nichts von mir, und das macht's mir einfach und macht mich traurig. Ich freue mich, daß ich für Max wichtig geblieben bin, über Kino und Pizza, über Schule und Studium hinaus. Gerne würde ich von ihm mehr wollen, als ich will. Ich muß es noch lernen.

Manchmal hab ich Sehnsucht nach dem Odysseus, der von Wenzel Strapinski die Listen und Lügen des Hochstaplers gelernt hat, ungeduldig ins Leben aufgebrochen ist, Abenteuer gesucht und bestanden hat, mit Charme meine Mutter gewonnen, mit Lust Romane zur Freude und zur guten Unterhaltung geschrieben und mit spielerischer Leichtigkeit Theorien erfunden hat. Aber ich weiß, daß es nicht die Sehnsucht nach Johann Debauer oder nach John de Baur ist. Es ist nur die Sehnsucht nach einem Bild, das ich mir von meinem Vater gemacht und an das ich mein Herz gehängt habe.

Das Hörbuch zum Buch

Bernhard Schlink
Die Heimkehr

Ungekürzt gelesen von HANS KORTE

8 CD, Spieldauer 592 Min.

Bernhard Schlink
im Diogenes Verlag

Selbs Justiz
Zusammen mit Walter Popp

Roman

Privatdetektiv Gerhard Selb, 68, wird von einem Chemiekonzern beauftragt, einem ›Hacker‹ das Handwerk zu legen, der das werkseigene Computersystem durcheinanderbringt. Bei der Lösung des Falles wird er mit seiner eigenen Vergangenheit als junger, schneidiger Nazi-Staatsanwalt konfrontiert und findet für die Ahndung zweier Morde, deren argloses Werkzeug er war, eine eigenwillige Lösung.

»Bernhard Schlink und Walter Popp haben mit Gerhard Selb eine, auch in ihren Widersprüchen, glaubwürdige Figur geschaffen, aus deren Blickwinkel ein gesellschaftskritischer Krimi erzählt wird. Und das so meisterlich, daß sich das Ergebnis an internationalen Standards messen läßt.«
Jürgen Kehrer/Stadtblatt, Münster

1992 verfilmt von Nico Hofmann unter dem Titel *Der Tod kam als Freund,* mit Martin Benrath und Hannelore Elsner in den Hauptrollen.

Die gordische Schleife
Roman

Georg Polger hat seine Anwaltskanzlei in Karlsruhe mit dem Leben als freier Übersetzer in Südfrankreich vertauscht und schlägt sich mehr schlecht als recht durch. Bis zu dem Tag, als er durch merkwürdige Zufälle Inhaber eines Übersetzungsbüros wird – Spezialgebiet: Konstruktionspläne für Kampfhubschrauber. Polger gerät in einen Strudel von Ereignissen, die ihn Freund und Feind nicht mehr voneinander unterscheiden lassen.

Anläßlich der Criminale 1989 in Berlin mit dem Glauser, Autorenpreis für deutschsprachige Kriminalliteratur, ausgezeichnet.

Selbs Betrug
Roman

Privatdetektiv Gerhard Selb sucht im Auftrag eines Vaters nach der Tochter, die von ihren Eltern nichts mehr wissen will. Er findet sie, aber der, der nach ihr suchen läßt, ist nicht ihr Vater, und es sind nicht ihre Eltern, vor denen sie davonläuft.

Selbs Betrug wurde von der Jury des Bochumer Krimi Archivs mit dem Deutschen Krimi Preis 1993 ausgezeichnet.

»Es gibt wenige deutsche Krimiautoren, die so raffinierte und sarkastische Plots schreiben wie Schlink und ein so präzises, unangestrengt pointenreiches Deutsch.« *Wilhelm Roth / Frankfurter Rundschau*

»Gerhard Selb hat alle Anlagen, den großen englischen, amerikanischen und französischen Detektiven, von Philip Marlowe bis zu Maigret, Paroli zu bieten – auf seine ganz spezielle, deutsche, Selbsche Art.« *Wochenpresse, Wien*

Der Vorleser
Roman

Eine Überraschung des Autors Bernhard Schlink: Kein Kriminalroman, aber die fast kriminalistische Erforschung einer rätselhaften Liebe und bedrängenden Schuld.

»Ein Höhepunkt im deutschen Bücherherbst. Eine aufregende Fallgeschichte, so gezügelt wie Genuß gewährend erzählt. Das sollte man sich nicht entgehen

lassen, weil es in der deutschen Literatur unserer Tage hohen Seltenheitswert besitzt.«
Tilman Krause/Tagesspiegel, Berlin

»Nach drei spannenden Kriminalromanen ist dies Schlinks persönlichstes Buch.« *Michael Stolleis/FAZ*

»Die Überraschung des Herbstes. Ein bezwingendes Buch, weil eine Liebesgeschichte so erzählt wird, daß sie zur Geschichte der Geschichtswerdung des Dritten Reiches in der späten Bundesrepublik wird.«
Mechthild Küpper/Wochenpost, Berlin

Auch als Diogenes Hörbuch erschienen,
gelesen von Hans Korte

Liebesfluchten
Geschichten

Anziehungs- und Fluchtformen der Liebe in sieben Geschichten: als unterdrückte Sehnsüchte und unerwünschte Verwirrungen, als verzweifelte Seitensprünge und kühne Ausbrüche, als unumkehrbare Macht der Gewohnheit, als Schuld und Selbstverleugnung.

»Wieder schafft es Schlink, die Figuren lebendig werden zu lassen, ohne alles über sie zu verraten – selbst wenn ihn gelegentlich sein klarer, kluger Ton zu dem einen oder anderen Kommentar verführt. Er ist ein genuiner Erzähler.«
Volker Hage/Der Spiegel, Hamburg

»Schlink seziert seine Figuren regelrecht, er analysiert ihr Handeln. Er wertet nicht, er beschreibt. Darin liegt die moralische Qualität seines Erzählens. Schlink gelingt es wieder, wie schon beim *Vorleser*, genau die Wirkung zu erzielen, die wesentlich zu seinem Erfolg beigetragen hat. Er erzeugt den Eindruck von Authentizität.« *Martin Lüdke/Die Zeit, Hamburg*

»In *Liebesfluchten* ist der Erzähler Bernhard Schlink der Archäologe des Gefühls. Er findet den wunden

Punkt der deutschen Gegenwart. Das ist ergreifend und kühn.« *Süddeutsche Zeitung, München*

Selbs Mord
Roman

Ein Auftrag, der den Auftraggeber eigentlich nicht interessieren kann. Der auch Selb im Grunde nicht interessiert und in den er sich doch immer tiefer verstrickt. Merkwürdige Dinge ereignen sich in einer alteingesessenen Schwetzinger Privatbank. Die Spur des Geldes führt Selb in den Osten, nach Cottbus, in die Niederlagen der Nachwendezeit. Ein Kriminalroman über ein Kapitel aus der jüngsten deutsch-deutschen Vergangenheit.

»Schlink ist der brillante Erzähler, der mit der Klarheit und Nüchternheit eines Ermittlungsrichters die Geschichte auf ihr Ende zusteuert. Dieses Ende ist konsequent und immer überraschend.«
Rainer Schmitz / Focus, München

Die Heimkehr
Roman

Das Fragment eines Heftchenromans über die Heimkehr eines deutschen Soldaten aus Sibirien. Als Peter Debauer darin Details aus seiner eigenen Welt entdeckt, macht er sich auf die Suche. Die Suche nach dem Ende der Geschichte und nach deren Autor wird zur Irrfahrt durch die deutsche Vergangenheit, aber auch durch Peter Debauers eigene Geheimnisse.

»Bernhard Schlink schreibt eine klare, präzise, schöne Prosa, die in der deutschen Gegenwartsliteratur ihresgleichen sucht.« *Christopher Ecker / Berliner Zeitung*

Auch als Diogenes Hörbuch erschienen,
gelesen von Hans Korte

Diogenes Hörbücher

»Gescheites bekommt der Mensch nur
selten zu hören.« *Kurt Tucholsky*

Paulo Coelho
Der Zahir
Roman. Aus dem Brasilianischen von
Maralde Meyer-Minnemann

Gekürzte, autorisierte Lesefassung.
5 CD
Gelesen von **Christian Brückner**

John Irving
Bis ich dich finde
Roman. Aus dem Amerikanischen von
Dirk van Gunsteren und Nikolaus
Stingl

Gekürzte, autorisierte Lesefassung.
20 CD
Gelesen von **Rufus Beck**

Liveaufnahme von der Lesetour 2006.
1 CD
Englisch gelesen von **John Irving**
Deutsch gelesen von **Veit Schubert**

Donna Leon
Mein Venedig
Aus dem Amerikanischen von Monika
Elwenspoek und Christa E. Seibicke

Ausgewählte Geschichten aus dem
Band *Über Venedig, Musik, Men-
schen und Bücher.* 1 CD
Gelesen von **Hannelore Hoger**

Blutige Steine
Roman. Aus dem Amerikanischen von
Christa E. Seibicke

Ungekürzte Lesung. 8 CD
Gelesen von **Achim Höppner**

Ian McEwan
Saturday
Roman. Aus dem Englischen von
Bernhard Robben

Gekürzte, autorisierte Lesefassung.
6 CD
Gelesen von **Jan Josef Liefers**

Ingrid Noll
Ladylike
Roman

Ungekürzte Lesung. 7 CD
Gelesen von **Maria Becker**

Bernhard Schlink
Der Vorleser
Roman

Ungekürzte Lesung. 4 CD
Gelesen von **Hans Korte**

Die Heimkehr
Roman

Ungekürzte Lesung. 8 CD
Gelesen von **Hans Korte**

Patrick Süskind
*Die Geschichte
von Herrn Sommer*
Erzählung

Ungekürzte Lesung. 2 CD
Gelesen von **Hans Korte**

Alfred Andersch
Der Vater eines Mörders
Erzählung

Ungekürzte Lesung. 2 CD
Gelesen von **Hans Korte**

F. Scott Fitzgerald
*Drei Stunden
zwischen zwei Flügen*
Meistererzählungen

Diogenes Sammler-Edition
6 CD in Geschenk-Verpackung
Gelesen von **Helene Grass, Volker
Hanisch, Hannelore Hoger, Diet-
mar Mues, Friedhelm Ptok, Ernst
Schröder**

Patricia Highsmith
*Kleine Mordgeschichten
für Tierfreunde*
Aus dem Amerikanischen von Melanie Walz

Ausgewählte Stories aus dem Band
Kleine Mordgeschichten für Tierfreunde / Kleine Geschichten für Weiberfeinde. 2 CD
Gelesen von **Alice Schwarzer**

Zvi Kolitz
*Jossel Rakovers
Wendung zu Gott*
Aus dem Jiddischen von Paul Badde

Ungekürzte Lesung. 1 CD
Gelesen von **Traugott Buhre**

W. Somerset Maugham
*Regen und andere
Meistererzählungen*
Ausgewählte Geschichen aus den
Bänden *Ost und West / Der Rest der
Welt.* Gesammelte Erzählungen in
zwei Bänden. Aus dem Englischen
von Tina und Gerd Haffmans, Ilse
Krämer, Raymond G. May, Kurt Wagenseil und Mimi Zoff

Diogenes Sammler-Edition
6 CD in Geschenk-Verpackung
Gelesen von **Marietta Bürger, Hans
Korte, Friedhelm Ptok, Werner
Rehm**

Kurt Tucholsky
Rheinsberg
Ein Hörbuch für Verliebte

Ungekürzte Lesung. 1 CD
Gelesen von **Helene Grass**

René Goscinny /
Jean-Jacques Sempé
*Der kleine Nick
erlebt eine Überraschung*
Aus dem Französischen von Hans
Georg Lenzen

Neun Geschichten aus dem Band
Neues vom kleinen Nick. 1 CD
Gelesen von **Rufus Beck**

*Der kleine Nick
ist der Beste*
Aus dem Französischen von Hans
Georg Lenzen

Acht Geschichten aus dem Band *Neues
vom kleinen Nick.* 1 CD
Gelesen von **Rufus Beck**

*Der kleine Nick
spielt Fußball*
Aus dem Französischen von Hans
Georg Lenzen

Vier Geschichten. 1 CD
Gelesen von **Rufus Beck**

Hans Werner Kettenbach
im Diogenes Verlag

»Schon lange hat niemand mehr – zumindest in der deutschen Literatur – so erbarmungslos und so unterhaltsam zugleich den Zustand unserer Welt beschrieben.« *Die Zeit, Hamburg*

»Hans Werner Kettenbach erzählt in einer eigenartigen Mischung von Zartheit, Humor und Melancholie, aber immer auf erregende Art glaubwürdig.«
Neue Zürcher Zeitung

»Dieses Nie-zuviel-an-Wörtern, diese unglaubliche Leichtigkeit und Selbstverständlichkeit... ja, das ist in der zeitgenössischen Literatur einzigartig!«
Visa Magazin, Wien

»Ein beweglicher ›Weiterschreiber‹ nicht nur der Nachkriegsgeschichte, sondern der Geschichte der Bundesrepublik ist Hans Werner Kettenbach. Seine Romane aus dem bundesrepublikanischen Tiergarten sind viel unterhaltsamer und spitzer als alle Weiterschreibungen Bölls.« *Kommune, Frankfurt*

*Minnie oder Ein Fall
von Geringfügigkeit*
Roman

Hinter dem Horizont
Eine New Yorker Liebesgeschichte

Sterbetage
Roman

Schmatz oder Die Sackgasse
Roman

Davids Rache
Roman

Die Schatzgräber
Roman

Grand mit vieren
Roman

Glatteis
Roman

Die Konkurrentin
Roman

Kleinstadtaffäre
Roman

Zu Gast bei Dr. Buzzard
Roman